Vanessa Schöche

BROKEN Hope

Bis ich dich lieben kann

VANESSA SCHÖCHE

BROKEN Hope

BIS ICH DICH LIEBEN KANN

ROMAN

VAJONA

Dieser Artikel ist auch als E-Book erschienen.

BROKEN Hope – Bis ich dich lieben kann

info@vajona.de

Druck und Verarbeitung:
KAdruk S.C.
Rapackiego 2
71-467, Szczecin

Gemeinsam mit unseren Partnern und Lieferanten setzt sich der VAJONA Verlag für eine klimaneutrale Buchproduktion ein.

Lektorat und Korrektorat: Désirée Wandschneider
Umschlaggestaltung: Julia Gröchel unter Verwendung von Motiven von Rawpixel
Satz: VAJONA Verlag, Oelsnitz

ISBN: 978-3-9819888-8-8
www.vajona.de

VAJONA Verlag

Für alle, die glauben, es gäbe in den schlimmsten
Momenten im Leben keine Hoffnung mehr.
Hope und Liam beweisen Euch das Gegenteil.

…

Playlist

Owl City: *Fireflies*

Taylor Swift: *I Knew You Were Trouble*

Dixie Chicks: *Long Time Gone*

Lighthouse Family: *High*

Kings Of Leon: *Sex on Fire*

OneRepublic: *Counting Stars*

Coldplay: *The Scientist*

Imagine Dragons: *Radioactive*

Snow Patrol: *Crack the Shutters*

1

Hope

Hibbelig, obwohl ich erst wenige Minuten vor dem Haupteingang des großen Bürokomplexes warte, lehne ich mit verschränkten Armen an unserem alten, klapprigen Volvo und starre jede Sekunde auf die Uhr. Meine Fingerspitzen tippen nervös auf dem Ellenbogen.

Wann kommt er denn endlich ...

Mein Herz pocht bis zum Hals, weil ich nicht weiß, wie ich ihm diese lebensverändernde Nachricht überbringen soll. Ich ringe mit mir, es ihm erst zu Hause zu erzählen. Aber ich kenne Sam. Und er kennt mich. Jede kleinste Veränderung nimmt er direkt an mir wahr. Egal, wie sehr ich versuchen würde, sie zu überspielen. Etwas zu verheimlichen, war noch nie meine Stärke. Schon gar nicht vor ihm.

Als der Geduldsstrang in meinem Körper langsam zu reißen droht, sehe ich ihn. Er tritt aus der elektrischen Glastür ins Freie und wirft seinen Rucksack über die Schulter. Mit einem kurzen Handschlag verabschiedet er einen Kollegen. Danach sieht er sofort in meine Richtung.

Wie auch ich kann sich Sam ein Grinsen nicht verkneifen. Sam und ich lächeln im Einklang, wie wir es immer tun, wenn wir uns sehen. Dieses Lächeln war der Grund, warum ich mich damals in ihn Hals über Kopf verliebte.

Ich liebe diesen Anblick: Sam in einem schwarzen Hemd, das bis zu den Ellenbogen hochgekrempelt ist. Darunter beachtlich definierte Armmuskeln, an die sich der Stoff anpasst.

Doch das Schönste passiert, während Sam mir näher kommt. Seine Grübchen werden tiefer und schlagen einen immer größeren Schatten auf seine Wangen.

Jedes Mal, wenn wir uns sehen, verhalten sich unsere Synapsen wie die zweier frisch verliebter Teenager. Dabei sind wir fast sieben Jahre ein Paar und seit Kurzem sogar verlobt. Sam hat mir vor wenigen Monaten den schönsten Antrag überhaupt gemacht. Nur wir zwei, am Meer, im Sand. Ganz unspektakulär, aber mit so tiefsinnigen Worten, dass ich sie mein Leben lang niemals vergessen werde. Perfekt für mich und mehr, als ich wohl jemals zu träumen gewagt hätte.

Sam ist ein so wunderschöner Mann. Noch heute frage ich mich, was ihn damals geritten hat, sich auf meine Person einzulassen. Er war es, der den Kontakt zu mir suchte und mich intensiv um ein Date bat. Dabei hätte er jede andere haben können. Modelähnliche Mädchen. Nicht so, als liefen sie ihm damals nicht permanent hinterher.

Ich hingegen bin absoluter Durchschnitt. Mein Körper ist nicht mit einer üppigen Oberweite oder einem prallen Hintern gesegnet. Meine braunen Augen, die braunen Haare und das schmale Gesicht sind nicht unbedingt besonders. Das denke ich nicht aus einem Mangel an Selbstwertgefühl. Ich mag mich, so wie ich aussehe. Einschließlich jeder kleinen Kurve an meinem Körper. Und trotzdem wäre ich damals nicht annähernd auf den Gedanken gekommen, mich an jemanden wie Sam heranzutasten. Heute ist dieser unnahbare Mann mein Verlobter.

Ungeduldig kommt Sam auf mich zu und lässt seinen Rucksack zu Boden sinken. Dann nimmt er mich erleichtert in die Arme. Seine warmen Hände legen sich langsam auf meine Wangen. Schließlich drückt er zärtlich seine Lippen auf meine. Sams Dreitagebart legt sich sanft über meine Haut.

Ein befreiendes Stöhnen entrinnt seinen Stimmbändern, als hätten wir uns Wochen nicht mehr gesehen. Dabei war ich nur zwei Tage fort.

»Ohne das auf deinen Namen schieben zu wollen, aber du bist meine Hoffnung, Hope. Jeden Tag aufs Neue. Der Gedanke an dich hilft mir, den Tag in dieser muffigen Bude zu überstehen. Und trotzdem waren die letzten achtundvierzig Stunden schrecklich ohne dich«, raunt Sam.

Sofort fühlt es sich auch für mich wie eine Erlösung an.

Mir ist bewusst, wie sehr ihm dieser Bürojob zu schaffen macht und dass der Gedanke an unsere gemeinsame Zeit, die wir meistens nur am Abend haben, die Stunden im Büro für ihn erträglicher werden lassen. Umso schwerer fiel es mir, nach New York zu reisen. Geschäftlich.

»Jetzt bin ich ja wieder da«, lache ich.

Dabei rast mein Herz so schnell, dass ich die Vibration in meinem Trommelfell spüren kann. Wie sehr ich diesen Mann liebe, wird mir mit jeder Nacht, die er nicht neben mir liegt, bewusster.

Sam arbeitet mit seinen achtundzwanzig Jahren als Unternehmensberater. Er hat sein Wirtschaftsstudium mit Bestnoten abgeschlossen und ist jetzt bei dem renommiertesten Unternehmen in unserer Gegend beschäftigt. Manchmal hat er Zwölf-Stunden-Tage. Dass er lieber mehr Zeit in seine Musik stecken würde, weiß ich. Aber der Job in diesem muffigen Gebäude, so wie er es immer nennt, beansprucht ihn den ganzen Tag.

Sofern Sam Zeit bleibt, schreibt er tiefsinnige Songs über das Leben. Durch kleine Auftritte in den Pubs und Restaurants unserer Gegend finanzierte er damals sein Studium. Und das fiel ihm nicht schwer, denn Sam ist wirklich gut darin, Songs zu schreiben und zu komponieren. Die Leute nehmen ihm jedes Wort ab. Man spürt die Leidenschaft dahinter.

Sobald er mit seiner Gitarre in der Hand singt, schmelze ich dahin.

Es ist schade, dass ihm sein Job kaum Zeit lässt, weiter an diesen prägenden Songs zu schreiben. Immer wenn ich ihn bitte, sich dem hinzugeben, was ihn erfüllt, lächelt er meine Worte weg.

Sam behauptet, man könne damit keine Familie ernähren. Ich bin völlig anderer Meinung. Er ist besser, als er selbst glaubt. Das Angebot eines Musiklabels vor einigen Monaten bestätigte mir meine Ansicht.

Dass er es ablehnte, brach nicht nur mein Herz. Ich sah Sam an, wie schwer ihm diese Entscheidung fiel. Seine Bodenständigkeit steht ihm im Weg. Dazu kommt, dass Sam absolut kein Risikotyp ist.

Mein Verlobter bemerkt die Nervosität, die ich in mir trage. Ich kann die Nachricht, die seit wenigen Stunden in meinem Kopf hin und her wandert, kaum noch für mich behalten. Ich wüsste nicht, wann meine Knie einmal so geschlackert haben.

»Was ist los?«, fragt er skeptisch, während seinen Lippen ein zaghaftes Schmunzeln entgleitet.

»Sam, ich weiß nicht, wie ich das sagen soll. Ich wollte das eigentlich an einem anderen Ort tun. Nicht gerade hier.« Nervös kaue ich auf der Innenseite meiner Wangen herum.

»Erzähl. Du machst mich neugierig. Und du weißt, wie ungeduldig ich dann bin. Was ist los, Hope?«

Ich sehe eine gewisse Sorge in seinen Augen, die ich sofort brechen will.

Verhalten und etwas unsicher streichle ich über meinen Bauch. Ich sehe zwischen meinen Händen und Sams tiefblauen Augen auf und ab.

Die Sorge um mich entweicht seinem Blick, der sich nun mit purer Freude füllt. Sein Atem stockt. »Ist es das, was ich denke, dass es ist?«

Ich nicke zaghaft.

Überrascht öffnet sich sein Mund. Ihm fehlen die Worte. Mir auch. Weil nie etwas Ungeplantes in meinem Leben geschieht.

In seinen Augen kann ich wenige Tränen sehen. Tränen des Glücks. Wortlos hebt er mich an der Hüfte in die Luft und wirbelt mich durch die angenehme Frühlingsluft.

»Gott, ich liebe dich, Hope.«

»Ich liebe dich auch, Sam«, erwidere ich gelöst.

Mir gleitet ein ungewolltes Kichern über die Lippen.

Behutsam setzt er mich ab und ich lehne mich erleichtert zurück an unser Auto.

»Seit wann weißt du es?«, fragt er mich. Dabei verflechtet er seine Finger mit meinen.

»Seit wenigen Stunden. In New York war mir irgendwie anders. Ich hatte nachts enorme Hitzewallungen, die ich mir einfach nicht erklären konnte. Und du weißt, eigentlich bin ich eine totale Frostbeule. Außerdem bin ich seit zwei Wochen überfällig. Ich habe mir einen Test besorgt und siehe da, er war positiv«, erkläre ich.

»Hope. Ich weiß nicht, was ich dazu sagen soll. Es ist wohl mit deinem *Ja* zu meinem Antrag die schönste

Nachricht, die ich jemals bekommen habe«, sagt er voller Begeisterung.

»Dann hoffe ich, dass du morgen Zeit hast. Ich habe nämlich einen Arzttermin ausgemacht. Gleich in der Früh.«

»Egal, was morgen ist. Ich werde auf jeden Fall mitkommen und das kleine Du-und-ich willkommen in deinem Bauch heißen.«

Zärtlich berührt Sam die Stelle, hinter der unser kleines Wunder wächst. Hoffentlich vollkommen gesund und munter.

»Also, Miss Green, bitte setzen Sie sich. Sie bitte auch, Mr. Green.« Die Ärztin, die ihre besten Jahre wohl schon hinter sich hat, streckt erst mir und dann Sam ihre Hand entgegen.

»Miller«, korrigiert Sam. »Aber bald Green. Also lasse ich das mal gelten«, zwinkert Sam der Ärztin zu. Wahrscheinlich wirkt sein Charme auch in ihrem Alter.

Für Sam war es von Anfang an klar, dass er meinen Namen annehmen würde. Er ist der festen Überzeugung, dass man Hope und Green nicht trennen darf. Beides steht für die Hoffnung.

»Na dann steht euch ja noch ein wunderbares Fest bevor«, lächelt uns die Ärztin warm an.

Immer wieder mustert Sams blauer Blick mein Gesicht.

»Ihre Körpersprache verrät mir, dass Sie sich beide sehr über eine Schwangerschaft freuen würden«, mutmaßt sie.

»Absolut«, erwidert Sam euphorisch.

»Ich habe auch bereits einen Test gemacht, der positiv war«, erkläre ich.

Unter dem Tisch ergreift Sam meine Hand, die angespannt auf meinem Bein liegt. Die Ruhe, die Sam mit dieser Berührung überträgt, besänftigt mein aufgewühltes Gemüt ungemein.

Er sieht heute mal wieder umwerfend aus. Sein brauner Teint, der durch sein weißes Hemd blitzt, sein verführerischer Blick, den er immer öfter ungewollt einsetzt, und sein sanftes Lächeln, das über seine schmalen Lippen gleitet, machen mich wahnsinnig.

»Seit wann sind Sie denn überfällig?«, fragt die Ärztin.

»Heute sind es genau zwei Wochen.«

»Das klingt doch alles sehr vielversprechend. Dann sollten Sie bereits in der sechsten Woche sein.«

Meine Antwort notiert sich die Ärztin in ihren Akten und lächelt uns weiter warm an.

»Ich möchte Sie bitten, sich einmal auf die Liege zu legen. Ich würde sehr gern einen Ultraschall bei Ihnen machen.«

Ohne Umschweife lege ich mich auf die Liege, dann tröpfelt mir die Ärztin ein Gel auf meinen Unterbauch und fährt mit dem Ultraschallgerät alles nach und nach ab, bis sie fündig wird. Ich bin total nervös und Sam entgeht das nicht.

Auf dem Weg hierher habe ich ein wenig im Internet herumgesurft. Hätte ich das mal lieber gelassen. Ich bekam mehr und mehr Angst, dass irgendetwas mit unserem Baby nicht stimmen könnte. Schon seitdem ich ihn kenne, sagt Sam, ich solle aufhören, Dr. Internet zu fragen, sobald ich irgendwelche Beschwerden habe. Schwindel, Schmerzen und niedriger Blutdruck seien doch im Netz sofortige Krebsanzeichen, witzelt er. Alles werde dramatisiert und das mache mich nur wuschig. Recht hat er.

Mit Sam, der meine Hand hält, sehe ich auf den Monitor der Ärztin.

»Sehen Sie? Das ist Ihre Gebärmutter«, erklärt sie uns geduldig. Keine Anzeichen in ihrer Stimme, dass irgendetwas nicht in Ordnung sein könnte. »Und dieser kleine Punkt ist die Eizelle, die sich fabelhaft eingenistet hat. Mehr ist aber in diesem Moment noch nicht zu sehen. Es ist also alles in bester Ordnung. Demnach darf ich Ihnen gratulieren. Herzlichen Glückwunsch!«

Für Sam und mich ist es in diesem Moment ein wunderschöner hellgrauer Punkt, den wir auf dem Monitor erahnen.

»Und keine Sorge. In vier Wochen, wenn Sie zur nächsten Untersuchung kommen, werden Sie eine enorme Veränderung erkennen. Dann werden wir auch schon das kleine Herz schlagen sehen können.«

Ich lächle mit Sam im Einklang, wie immer. Ich erkenne das Glück in seinen Augen.

Verträumt und gespannt sehe ich in den Monitor, auf unsere Zukunft. Schon jetzt stelle ich mir die Frage, wie ich noch mindestens dreiunddreißig Wochen aushalten soll, wenn mich in der sechsten bereits die Angst heimsucht.

Vor fünf Minuten haben wir die Arztpraxis verlassen. Mittlerweile sitzen wir in unserem Auto, auf dem Weg nach Hause. Wir haben uns beide den heutigen Tag freigenommen. Für einen Tag im April ist es erstaunlich warm. Die Sonne leuchtet durch die Frontscheibe unseres alten Volvos.

»Glaubst du, es wird ein Mädchen? Oder vielleicht doch ein Junge?« Sam streift sich nachdenklich das Kinn.

Er sitzt am Steuer, klappt die Sonnenschutzblende hinunter und blickt sekundenweise durchdringend zu mir rüber. Ich lege meine Hand auf den Bauch, schließe die Augen und stelle mir unsere Zukunft vor. Dabei entgleitet mir nur ein Schmunzeln, weil es mir absolut egal ist, was es wird.

Ich sehe Sam mit einem Mädchen herumtollen. Sie vor widerspenstigen Jungs beschützen. Und ich sehe Sam mit einem Jungen auf dem Schoß, dem er seine Musik vorspielt.

»Ich weiß, dass du gern eine kleine Prinzessin möchtest«, erwidere ich und greife mit meinen Fingern durch sein dunkles Haar, das zu allen Seiten wegsteht.

»Du hörst gut zu, Hope. Doch egal, ob es eine kleine Prinzessin oder ein kleiner Superheld wird. Hauptsache er oder sie bekommt deine bildschönen braunen Augen.«

Meine braunen Augen? Sam, sieh dich im Spiegel an. Du bist so malerisch schön. Meine braunen Augen verblassen, wenn man in deine tiefblauen hineinsieht. Wie kannst du dir nur meine Augen für unser Kind wünschen?

»Aber das Erste, was wir uns wohl oder übel zulegen müssen, auch wenn dir das nicht gefallen wird, ist ein neues Auto. Das Klapperding ist nicht mehr zuverlässig.«

»Nein. Ich liebe diese Klapperkiste. Das ist unser erstes gemeinsames Auto. Da hängen Erinnerungen dran«, erinnere ich ihn und streichle theatralisch über das Cockpit.

»Mag sein. Und ich liebe jede einzelne Erinnerung an unsere Vergangenheit. Aber wenn unser kleiner Stern da ist, möchte ich euch sicher wissen. Und dass du damit täglich fahren musst, ist für mich schon schlimm genug.«

Wenn ich eins weiß, dann, dass es sinnlos ist, mit Sam zu diskutieren. Er hat stets die vernünftigeren Argumente.

Wir biegen in die Schotterstraße ein, die uns zu unserem Zuhause führt, das wir gekauft haben. Ja, mit vierundzwanzig Jahren habe ich mich mit Sam entschlossen, ein Haus zu kaufen. Ich konnte es zu jenem Zeitpunkt ja selbst kaum glauben. Damals vermutete ich eine Kurzschlussreaktion dahinter. Doch jetzt bin ich der festen Überzeugung, dass man, wenn man etwas mit einem Menschen so sehr teilen will, keine Zeit zum Überlegen braucht. Man ist sich einfach sicher.

Vor fast einem Jahr waren wir auf der Suche nach einer neuen Wohnung, bevor Sam auf die Internetannonce dieses Hauses in Newport stieß.

Newport in Rhode Island ist unsere Heimat. Daher war es ausgeschlossen, woanders hinzuziehen.

Ich bin hier geboren und aufgewachsen. Ging ganz in der Nähe zur Elementary School. Dann zur High School. Anschließend studierte ich Wirtschaftswissenschaften an einer der angesehensten Privatuniversitäten unserer Gegend.

Mein Vater arbeitete hart, um mir dieses Studium zu ermöglichen, – ohne dass ich nebenbei einen Nebenjob antreten musste.

Und heute bin ich bei einem mittelständischen Unternehmen als Außenwirtschaftlerin beschäftigt. Das Bachelor-Studium hat sich also gelohnt. Ich würde es nicht als Leidenschaft bezeichnen. Aber ich denke, es gibt schlimmere Arten für mich, Geld zu verdienen. Die Zusammenarbeit mit anderen Ländern, der Import und Export gefallen mir.

Ich hatte nie das Bedürfnis, meine Heimat zu verlassen. Nicht wie es meine Schulkameraden taten. Sie konnten es kaum erwarten, auf eine mindestens eintausend Meilen entfernte Universität zu gehen.

Das Meer ist von unserem Haus in wenigen Minuten zu Fuß erreichbar. Ich liebe es. Denn der weite

Ozean ist etwas, das ich in meiner Nähe brauche, um abschalten zu können. Mindestens dreimal die Woche sind Sam und ich dort. Genau an der Stelle, an der er mir den Heiratsantrag gemacht hat.

Sam zog im Teenageralter mit seiner Mutter direkt in die Nachbarschaft. Sie hatte ihren gewalttätigen Ehemann verlassen und war etliche Meilen über das Land geflohen. Zu meinem Glück landeten sie hier, in einer Kleinstadt an der Ostküste. Sam verliert nicht sehr viele Worte über diese Zeit. Ich weiß kaum etwas darüber.

Die Tatsache, dass er nur seine Mutter hat, gehört zu den vielen Dingen, die uns verbinden.

Auch ich habe nur ein Elternteil, weil der andere zu unfähig ist, sich um sein Kind zu kümmern. Meine Mutter verließ uns, als ich vier Jahre alt war. Sie glaubte, etwas in ihrem Leben verpasst zu haben. Jegliches Sorgerecht gab sie an meinen Vater ab. An ihr Gesicht kann ich mich nur sehr vage erinnern. Zum Glück komme ich optisch wie charakterlich nach Daddy. Geschwister haben weder Sam noch ich. Zumindest nicht, dass ich von ihnen wüsste. Das heißt, Sam und mein Vater, diese beiden Menschen, sind meine Familie.

Als Sam die Bilder unseres jetzigen Hauses im Internet sah, brachte ihn das schon damals dazu, sich in dieses zarte Anwesen zu verlieben. Die Bitte, es uns wenigstens einmal anzuschauen, konnte ich ihm daher nicht abschlagen.

Dabei hatte dieses Haus nichts Besonderes an sich. Es entspricht dem Kolonialstil Mitte der Neunziger, wie es für Newport klassisch ist. Das doppelstöckige Eigenheim besitzt fünf Zimmer, wurde mit einer Einbauküche ausgeschrieben und war einfach nur sanierungsbedürftig. Und um ehrlich zu sein, wusste ich zu jenem Zeitpunkt nicht, was Sam in diesem Haus sah.

Einen Tag später standen wir dann davor. Während ich keine Worte fand, da es innendrin einer dreckigen Baustelle glich, war Sam völlig aus dem Häuschen. Ja, wortwörtlich.

Er sah unsere Zukunft darin, plante jeden Raum akribisch durch und konnte mich letzten Endes vom Kauf überzeugen. Ich vertraute ihm.

Es war ein kleines Wunder, dass wir über die Bank einen vernünftigen Kredit bekamen. Das haben wir vor allem meinem Vater zu verdanken. Er hatte uns eine hohe Summe Eigenkapital vorgestreckt, das der Bank positiv entgegenkam.

Jetzt, ein Jahr später, weiß ich, was Sam in diesem Haus gesehen hat. Bis auf das Gästezimmer und das angrenzende Bad im Obergeschoss sind alle Räume saniert. Er hat so viel Zeit und Liebe in das Bauprojekt gesteckt, dass ich mich schnell wohl gefühlt habe.

Von außen hat das Haus optisch einen Hang zur Verspieltheit. Das Satteldach ist deutlich in die Tiefe gezogen und es besitzt eine überdachte Veranda, welche die gesamte Breite des Hauses umfasst.

Immer wenn ich sie betrete, sehe ich uns mit unseren Enkelkindern darauf spielen. Welch Kitsch. Aber solche Klischees mag ich ganz besonders.

Sam bleibt vor der Garage stehen, was mich ein wenig wundert. Normalerweise parkt er drin.

»Ich muss dann nochmal los«, antwortet er auf meine Verwunderung.

»Wo denn hin?«

Wortlos hält Sam seinen Zeigefinger vor den Mund. Damit verrät er mir, dass er wieder irgendetwas geplant hat, was ich nicht wissen darf.

Als ich die Autotür öffne und aussteigen will, kommt mir Sam zuvor und hält mir, ganz gentlemanlike, seine Hand hin. Ich muss lachen.

»Was soll das?«, frage ich.

»Was soll was?«, entgegnet Sam und zuckt mit den Schultern.

Hand in Hand laufen wir zu unserer Haustür. Mit dem nächsten Schritt stehen wir schon im Wohnzimmer, das angenehm holzig riecht. Sam hat das Kaminholz aufgefüllt.

Entspannt atme ich einmal kräftig ein und erleichtert wieder aus. In einem kleinen Nebenraum hänge ich meine Jacke auf und lasse mich auf unser rotes Dreimannsofa fallen.

»Soll ich dir den Kamin anmachen?«, fragt Sam.

»Nein, heute ist es draußen wieder so schön warm«, erwidere ich.

Meinen Kopf lege ich in den Nacken und sehe auf unseren atemberaubenden Dachstuhl. Das Wohnzimmer ist bis unters Dach offen.

Genauso wie Sam dieses Haus für uns sanierte, stellte ich mir immer mein Zuhause vor. Offen, im ländlichen Stil und dennoch einen Hauch modern.

Sam geht in die angrenzende Küche, die mit unserem Wohnzimmer verbunden ist, und stellt den Wasserkocher an. »Tee?«

»Bitte.«

Meine Blicke gehen durch die großen Panoramafenster und legen sich in den Wald, der nur wenige Schritte von uns entfernt ist. Noch ein Grund, warum dieses Haus das schönste weit und breit ist.

»Wenn die Sonne unseren Vorgarten so anstrahlt, bekommt man richtig Lust, rauszugehen«, murmle ich.

»Was hält uns auf?«, fragt Sam und übergibt mir vorsichtig die heiße Tasse Tee.

Pfefferminz. Gott, wie gut er mich kennt.

»Ich fühl mich so kaputt«, gestehe ich und lasse mich tiefer in die Couch sinken.

»Dann ruh dich aus. Ich muss ja sowieso noch einmal los.« Sam zwinkert provozierend.

»Und du sagst mir nicht, wohin?«

Normalerweise ahne ich, was in Sams hübschem Kopf vorgeht. Jetzt weiß ich nur, dass er vor Aufregung und Glück platzen könnte.

»Nope«, erwidert er standhaft.

»Du weißt, dass ich das hasse«, erinnere ich ihn.

»Jap.«

»Warum tust du das dann immer wieder?«

»Weil ich es liebe«, lacht Sam und gibt mir einen Kuss auf die Stirn.

Er nimmt mir den Tee aus der Hand und stellt ihn auf den Couchtisch. Dann verschränkt er seine Finger mit meinen. Seine blauen Augen finden mein Braun.

»Du machst mich so glücklich, Hope. Alles hier ist genauso, wie ich es mir erträumt habe. Du, ich und bald ein vollständiges Wir.«

»Ich liebe dich, Sam«, grinse ich völlig verliebt.

Diese Aussage erwidert Sam mit einem leidenschaftlichen Kuss.

Sanft umspielt er meine Zunge mit seiner und saugt liebevoll an meiner Unterlippe. Mir wird klar, dass ich niemals genug von diesen Berührungen bekommen werde.

Unsere Zungen harmonieren perfekt miteinander und unsere Herzen schlagen im Einklang.

Meine Hände lösen sich von der Verflechtung unserer Finger und wandern über seinen Nacken. Sanft fährt Sam unter mein Shirt und berührt jeden Zentimeter meines Rückens. Dann gleiten seine warmen Lippen zur Haut an meinem Hals und meiner Schulter. Immer tiefer lässt er seine Hände hinabwandern, greift unter meinen Po und hebt mich mit Leichtigkeit auf seinen Schoß. Ein heißer Schauer läuft über meinen Rücken, und als ich mich noch dichter an Sam presse, legt er aufs Neue seine Lippen auf meinen Mundwinkel.

Gott, ich will ihn. Ich will ihn so sehr. Jetzt.

Im Moment ist es mir absolut egal, wie erschöpft ich bin. Ich schiebe sein Hemd über die Brust und ziehe es ungeduldig über seinen Kopf. Sam tut es mir gleich.

Ich würde es gern auf meine Hormone schieben. Aber Sams Berührungen, verbunden mit seinem umwerfenden Aussehen, bringen mich, schon seitdem ich ihn kenne, in Wallung.

Seine Mundwinkel tanzen nach oben. Meine mit ihnen. Und es ist wie immer: Die Verbindung zwischen uns. Genauso wie sie schon seit mindestens sieben Jahren besteht.

Sam legt mich mit dem Rücken auf das Sofa und beugt sich anschließend über mich. Er drängt sich zwischen meine Beine und fährt mit seinen Lippen über mein Dekolleté. Gierig öffnet er den Knopf meiner Hose und zieht mir die Jeans quälend langsam aus. Als Sam seine Hand unter den BH schiebt, halte ich die Luft an und lege meinen Kopf in den Nacken. Mein Körper bebt, während er meinen Slip zur Seite schiebt, mit seinen Lippen weiter hinabgleitet und meine Mitte sanft liebkost. Ich schließe die Augen und genieße es. Ich genieße die sanften Stöße, als er in mich eindringt. Und ich liebe die Art, wie Sam meinen ganzen Körper berührt. Als wäre ich seine Göttin.

»Du bist wunderschön, Hope. Das Schönste überhaupt.« Sein Atem trifft auf meine Haut und mein Herz schlägt mir bis zum Hals. Und mit diesen Worten küsst mich Sam so einfühlsam und gleichzeitig drängend, dass ich unter seinem durchtrainierten

Körper zu Wachs werde. Meine Finger suchen Halt in seinem Haar, was ihn antreibt, schneller in mich zu stoßen.

Wie soll ich jemals genug von diesem Mann bekommen?

Irgendetwas Nasses berührt mein Gesicht und holt mich aus dem Schlaf. Etwas Nasses und Warmes. Für einen Moment glaube ich, dass ich träume. Nach nur wenigen Sekunden wird mir aber klar, dass dem nicht so ist.

Ich bin eingeschlafen, nachdem Sam und ich uns liebten.

Langsam öffne ich meine Augen und mein verschlafener Blick kann kaum glauben, welch niedliches Geschöpf es sich auf meinen Beinen bequem macht und an meinen Fingern leckt. Wenige Sekunden setzt mein Herz aus und in meinen Augen brennen Tränen der Freude. Große Kulleraugen, schwarz wie die Nacht, blicken mich an. Dunkles Fell und süße hängende Ohren. Passend dazu eine schwarze Stupsnase, die meine Beine beschnuppert. Die kleinen Pfoten wirken so zerbrechlich – trotzdem hebe ich ihn auf meine Arme und drücke ihn fest an mich. Sein Blick lässt mein Herz zerschmelzen.

»Sam«, rufe ich aufgeregt. Meine Hände streicheln unaufhaltsam über das weiche, schwarze Fell des kleinen Welpen, der mit seiner Rute hin und her wedelt.

»Oh mein Gott. Sam«, rufe ich erneut, weil mein Verlobter einfach nicht auf meinen ersten Ruf reagiert hat.

Wie angestochen kommt er von der angrenzenden Garage in die Küche. In der Hand eine grüne Leine und ein grünes Halsband.

»So ein Mist. Das sollte doch eine Überraschung werden«, flucht Sam mit einem Lachen in der Stimme und streift sich durch sein dunkles Haar.

»Und das ist es nicht?«, frage ich irritiert.

»Er hat doch sein Halsband noch gar nicht dran«, schmunzelt Sam.

»Er?«

Sam setzt sich zu mir auf die Couch und streichelt über den Kopf des Welpen.

»Ja. Er ist ein Rüde, Hope. Unser Rüde«, antwortet Sam.

Der niedlichste Hund auf der ganzen weiten Welt.

»Wie …«, stottere ich.

Schon über meine ganze Kindheit hinweg wünschte ich mir einen Hund. Und jetzt geht der Wunsch auf einmal mir nichts, dir nichts in Erfüllung?

»Du wolltest doch immer einen Hund. Und hier ist er.« Sams Augen leuchten, während er die pure Glückseligkeit in meinem Gesicht sieht.

»Ich liebe dich, Sam.« Mich sucht ein Schluchzer heim, der unaufhaltsam scheint. Stumm legt Sam seine Hand auf meine, die den Welpen fest umgreift.

»Eigentlich wollte ich ihn gestern schon holen, um dich zu überraschen. Aber du und der Arzttermin waren schneller.«

Sam nimmt das Halsband, öffnet die Schnalle und legt dem kleinen Racker das grüne Schmuckstück um.

»Und er gehört wirklich uns?«, frage ich.

»Er gehört wirklich uns. Er wird dich stets beschützen.«

Ich lehne meinen Kopf gegen Sams Schulter, der neben mir sitzt und mich mit seinen Armen an sich gezogen hat. Dann hebe ich den kleinen Labrador in die Luft und gebe ihm einen Kuss auf seine feuchte Nase. Sofort schnellt seine Zunge über die Stelle, die mein Mund berührte. »Hast du denn auch schon einen Namen, du kleiner Racker?«

»Hat der Kleine noch nicht. Ich dachte, wir suchen ihn gemeinsam aus.«

Man sollte glauben, dass unser Hund einen Namen aus irgendeiner Serie bekommen würde, wie es heutzutage gang und gäbe ist. Aber Sam und ich sind nicht die größten Serienfreaks. *Game of Thrones*, *Prison Break*, *Lost* und *The Walking Dead* sind uns ausschließlich den Namen nach bekannt.

Nur eine Serie hat es uns wirklich angetan: *The Big Bang Theory*. Wir lieben den unsozialen Sheldon, der sich seiner Umgebung immer mehr öffnet, und Leonard, der tagtäglich mit Sheldons Macken kämpfen muss.

Ein Name aus einer Serie wird es mit Sicherheit nicht für unser neues Familienmitglied sein.

Eine Weile lang sehe ich den kleinen Kerl in meinen Händen bewundernd an und suche in meinem Kopf einen passenden Namen für das schwarze Fellknäuel.

»Mhm. Ich denke gerade an …«, murmle ich zaghaft und stoppe kurz.

»Barcley«, sagen Sam und ich im gleichen Atemzug.

Ich reiße meine Augen auf, starre Sam an. Sein Grinsen ist breit, meines ist dennoch viel breiter. Ich frage mich, wie verbundener man noch im Leben mit einem Menschen sein kann. Sam ist nicht nur mein Verlobter. Er ist mein Seelenverwandter.

»Eindeutiger geht es nicht.« Seine Mundwinkel zucken. Ich liebe es.

»Hallo, du süßer Barcley. Willkommen in unserer Familie«, schluchze ich.

Der kleine Kerl klettert zurück auf meine Beine, legt sich auf den Rücken und lässt mich mit dem Zeigefinger Kreise auf seinen Bauch malen.

»Er schläft heute mit bei uns im Bett«, lache ich.

»Was anderes habe ich nicht erwartet. Alles, was dich glücklich macht, meine Hope. Was dich glücklich macht, macht unser Baby glücklich«, erwidert Sam und verziert meine Stirn mit einem flüchtigen Kuss.

2

7 Monate später

Hope

»Ist das nicht etwas kitschig?«, frage ich.

»Prinzessinnen-Rosa. Was ist da bitte zu kitschig? Sie wird es lieben. Du wirst schon sehen. Und schau dir Barcley an. Er sieht das genauso.« Aufgeregt und unaufhaltsam läuft Barcley durch unsere Beine.

Als Sam erfahren hat, dass ich ein kleines Mädchen im Bauch trage, war er außer sich vor Freude. Und jetzt streicht er eine Wand in ihrem Zimmer mit einem Prinzessinnen-Rosa. Dabei sieht er selbst aus wie ein kleiner rosa Schlumpf, mit all der Farbe im Gesicht. Auch Barcley wurde von einigen Spritzern nicht verschont.

»Kann ich dir nicht bei irgendetwas helfen?«, frage ich.

»Du kannst dich auf deinen süßen Hintern setzen und mir bei der Arbeit zusehen. Ich glaube, dass Barcley so langsam seine nächste Streicheleinheit einfordern wird. Das kannst du übernehmen«, lächelt Sam.

Da ich seit dem sechsten Monat nicht nur Schwierigkeiten beim Laufen habe, sondern auch von enormen Rückenschmerzen geplagt werde, schiebt Sam jegliche Arbeit von mir.

Die Nächte werden kürzer. Die Kleine strampelt permanent in meinen Magen und drückt auf meine Blase. Wie in genau diesem Moment.

»Du weißt, ich bin schwanger …«, Sam unterbricht mich.

»… und nicht krank. Schon klar, Hope. Trotzdem hast du genug Last zu tragen. Und das meine ich wortwörtlich. Außerdem kannst du über einen Namen nachdenken. Es wird allerhöchste Zeit, dass wir den passenden Namen für sie finden.« Sam streichelt zaghaft meine Murmel und spürt ihre Tritte gegen meine Bauchdecke. Seine Augen werden größer, sein Lächeln breiter und sein Stolz gigantischer.

»Sie legt wieder ganz schön los.«

Rasch beugt er seinen Körper hinab. Dann legt er sein Ohr an meinen Bauch, versucht etwas herauszuhören.

»Und du, kleine Maus, wirst in wenigen Wochen gesund und munter in unseren Armen liegen. Dich wird das rosa Zimmer aus den Socken hauen«, spricht er zu ihr.

Ich habe Sam noch nie euphorischer und vor allem glücklicher erlebt. Unsere vergangenen Jahre waren geprägt von Glück, aber das hier ist einfach das i-Tüpfelchen unserer Zeit. Barcley macht unser Leben schon so viel bunter. Wie wird es dann wohl sein, wenn unsere kleine Dame auf der Welt ist?

Sam kümmert sich rührend um mich und das Baby in meinem Bauch.

Vor einigen Wochen verteilte er vorübergehend einen Großteil seiner Arbeit. Dadurch ist es möglich, dass Sam jeden Tag nach sieben Stunden wieder bei uns ist. Seine Kollegen unterstützen ihn gern, seit sie von unserer Schwangerschaft erfahren haben.

Jeder Moment vergeht wie im Flug und ich befasse mich allmählich mit der Geburt und dem Namen.

»Mila. Irgendwie finde ich den Namen schön«, murmle ich, während Sam zu mir ins Bett steigt.

»Eine kleine Mila also. Mila, Hope und Sam Green. Klingt, als harmonieren alle Namen im absoluten Einklang miteinander. Gefällt mir«, erwidert Sam.

»Wirklich? Es bedeutet „Die Liebe“ oder „Das Wunder“.«

»Ich wusste, dass du den passenden Namen für unsere Tochter finden würdest. Und Mila ist perfekt. Sie ist unsere Liebe und sie ist unser Wunder.«

Jeden Tag zeigt mir Sam seine Zuneigung. Vor allem ist er gierig auf meinen Körper. Betet ihn regelrecht an, trotz der immer mehr werdenden kleinen Dehnungsstreifen auf meiner Kugel.

Heute, und wie so oft in den letzten Wochen, bleibt es nicht bei einer abendlichen Massage, um einen Entspannungseffekt herauszukitzeln.

Sam überdeckt meinen Nacken und meine Brüste mit zärtlichen Küssen, saugt zärtlich meine Nippel ein und liebkost meine Mitte. Vorsichtig gleitet er in mich hinein und zeigt mir, wie sehr er mich liebt und wie sehr er seine Zukunft in mir sieht.

Gelöst und absolut entspannt schließen sich meine Augen und die Müdigkeit überkommt mich.

»Sam, steh bitte auf!« Meine Hände rütteln ihn hektisch aus dem Tiefschlaf. Mit zusammengekniffenen Augen sieht er mich fragend an.

Barcley ist durch die Aufregung total erschrocken und aus dem Bett gesprungen.

»Es geht los. Das ganze Bett ist nass und ich glaube, meine Fruchtblase ist geplatzt. Aber es ist zu früh, Sam.« Fürchterliche Angst beschleicht meinen Körper, aber Sam bewahrt die Ruhe.

Welche Eigenschaft ich an ihm wahnsinnig wertschätze? Er stellt nichts, was ich sage oder tue, jemals infrage.

Verschlafen und trotzdem mit voller Konzentration reibt sich Sam mit den Handflächen über das Gesicht, nimmt unsere gepackten Taschen aus dem Schrank und zieht sich schnell eine Jogginghose und einen Kapuzenpullover über. Dann legt er mein Gesicht zwischen seine weichen Hände und küsst mich. Vermutlich weil er weiß, wie das meine Aufregung dämpft. Zumindest für einen kurzen Moment.

Ich laufe langsam ins Bad und pelle mich aus meiner nassen Pyjamahose. Mein Oberteil ziehe ich aus und haue es in irgendeine Ecke. Dann greife ich nach dem Nächstbesten, was herumliegt, und stülpe es mir über. Ein gepunktetes blaues Schwangerschaftskleid.

Keine Anzeichen einer Wehe. Aber ich bin mir hundertprozentig sicher, dass meine Fruchtblase geplatzt ist.

Zusammen gehen wir vorsichtig die Treppen hinunter, durch die Küche laufen wir in die Garage.

»Hope, zieh dir bitte eine Jacke über. Es ist arschkalt draußen.« Gesagt, getan.

Sam wirft die Taschen auf den Rücksitz des Volvos, öffnet mir die Beifahrertür, setzt sich auf den Fahrersitz und startet den klapprigen Motor.

Wie sehr ich mir in diesem Moment wünsche, dass wir uns in den letzten Wochen doch für ein neues Auto entschieden hätten. Wir dachten, es wäre noch etwas Zeit.

Als könnte Sam meine Gedanken lesen. »Er war die ganze Zeit zuverlässig und wird es jetzt auch sein.« Ich nicke nervös.

Sam schafft es immer wieder, dass ich seinen Worten vollkommenes Vertrauen schenke und ihm glaube. Mag an der Ehrlichkeit in seiner Stimme liegen.

»Ich liebe dich, Hope. Du schlägst dich wirklich gut«, erwidert Sam auf meine nervöse Haltung und nimmt, bevor er losfährt, noch einmal meine Hand fest in seine.

Langsamer als ich es von ihm gewohnt bin, biegt er auf die Hauptstraße ab. Sam will kein Risiko eingehen, das weiß ich.

Obwohl es vier Uhr in der Früh und die Sonne nicht einmal in Sichtweite ist, sind die Straßen stark befahren.

Nur noch zehn Minuten und ungefähr sieben Meilen trennen uns vom Krankenhaus. Alles wird gut, Hope. Alles wird gut.

Um die Ruhe in mir beizubehalten, schließe ich meine Augen und lege die Hand auf meinen Bauch. Ich spüre sanfte Tritte unseres Mädchens.

Ich öffne meine Lider wieder, weil ich Sam nicht allein dem Verkehr überlassen will.

Doch ich werde geblendet und kann nichts sehen. Unerwartet kommen zwei grelle Lichter auf der Fahrbahn frontal auf uns zu. Ein ängstlich lauter Schrei, verbunden mit einem überforderten »Scheiße«, ertönt. Es ist Sams Stimme.

Er versucht, in nur wenigen Millisekunden den Lichtern auszuweichen. Schafft es aber nicht. Das Ausweichmanöver schlägt fehl und ein lauter Knall, Blech auf Blech, gibt mir für einen kurzen Moment das unangenehme Gefühl, unkontrolliert zu fliegen. Gleichzeitig schleudert es mich ruckartig in meinen Gurt.

Als das Auto zum Stillstand kommt, merke ich, wie sich das Blut in meinem Kopf sammelt, was mich anhält, panisch nach Sam zu sehen. Er sitzt eingeklemmt auf seinem Fahrersitz, wie auch ich kopfüber. Der blaue Glanz seiner Augen färbt sich schwarz und ich sehe nur noch Leere in ihm. Obwohl meine Blicke verschwimmen und alles um mich herum dunkler wird, ist das Einzige, woran ich denken kann, nicht mein Leben. Sondern nur die Leben meines Babys und meines Verlobten.

»Es wird alles gut. Du wirst sehen. Alles wird gut, Hope«, ertönt Sams Stimme ein weiteres Mal. Sein ruhiger Klang ist verschwunden. Die Klangfarbe wirkt fast panisch.

Warum glaube ich deiner Stimme diesmal nicht, Sam?

3

Hope

Ein fürchterlich lautes Piepen dröhnt mir ins Ohr und vertreibt die Dunkelheit meiner Lider. Der stechende Schmerz in meinen Beinen strahlt bis in den Bauch hinein und lässt mich auf grausame Art und Weise erwachen. Verwirrt sehe ich mich um. Weiße, sterile Wände. Apparate, an denen ich angeschlossen bin, die meine Herztöne überwachen, sind das Erste, was ich wahrnehme. Ich muss nicht lange überlegen, bis mir klar wird, dass ich im Krankenhaus liege. Ich hasse den Geruch nach Desinfektionsmittel. Für mich riecht es nach Tod.

Ein ungleichmäßiger Atem pfeift mir ans Ohr, der mich veranlasst, nach links zu sehen.

Daddy sitzt am Bett und hält meine Hand. Er zittert. Schon allein sein Blick verrät mir, dass irgendetwas Schreckliches passiert sein muss. Mir fehlt jedoch jegliche Erinnerung.

Ich sehe nur meine verbundene Hand und spüre eine Halskrause.

»Daddy«, murmle ich entgeistert. Durch den Kloß in meinem Hals fällt es mir schwer, zu sprechen.

»Hope, mein Kind. Du bist endlich wach.«

Trotz seiner Erleichterung lässt seine Stimmfarbe erahnen, dass etwas ganz und gar nicht in Ordnung ist.

»Sam? Mila? Was ist passiert?«, stottere ich geschwächt.

»Mein Schmetterling.«

Daddy streichelt sanft über mein Haar und bricht gleichzeitig in Tränen aus. Er verweigert es weiterhin, in meine Augen zusehen.

»Was ist passiert?«, frage ich erneut mit gebrochener Stimme, die mich absolut verunsichert.

Nach einem grausamen Schweigen findet mein Vater Worte. Aufgewühlt atmet er tief ein.

»Ihr drei hattet einen schweren Autounfall. Ein Mann hat die Kontrolle über seinen Wagen verloren und ist fast frontal gegen euch gekracht«, spricht mein Vater unter Tränen.

Mir scheint es, als hätte Daddys braunes Haar in kurzer Zeit graue Strähnen bekommen. Graue Strähnen aus Verzweiflung und Angst.

»Wo ist Sam?«, frage ich und greife panisch zu meinem Bauch.

Oh mein Gott, ich spüre keine Kugel mehr. Ich spüre gar nichts mehr in meinem Bauch. Keine Tritte, nicht die kleinsten Bewegungen. Stattdessen spüre ich einen ungewohnt stechenden Schmerz in der unteren Bauchregion. Sofort nimmt mein Vater meine Hand in seine, um die Panik aus meinem Kopf zu vertreiben. Sein Griff wird enger.

»Wo ist Mila?«, frage ich und höre selbst die Angst in meiner Stimme.

Doch mein Vater gibt mir darauf keine Antwort und bleibt stumm. Er sitzt neben dem Bett auf einem Holzstuhl, streichelt mit seinem Daumen über meinen Handrücken und bleibt einfach still.

»Sag mir, wo die beiden sind!«, schreie ich so laut ich kann, damit meinem Vater der Ernst der Lage bewusst wird. Aber wahrscheinlich ist ihm das schon längst klar.

»Sam hat versucht, ihm auszuweichen. Dadurch seid ihr nach dem Zusammenstoß eine Böschung hinabgerollt und erst auf dem Dach des Autos wieder zum Stehen gekommen. Sam war schwer eingeklemmt. Du auch.«

Ich kann nicht anders und weine los, weil kleine Erinnerungsfetzen in meinem Gedächtnis hervorgerufen werden. Ich weiß längst, was los ist. Ich kenne diesen Blick meines Vaters.

»Wo ist er, Daddy?« Mit schnellen Atemstößen versuche ich, die Kontrolle über meine Gefühle zu behalten.

Ich habe eine klitzekleine Hoffnung, dass, auch wenn alle schwer verletzt wurden, wir nach einigen Tagen nach Hause dürfen. Nach Hause zu Barcley. Mit unserer kleinen, wunderschönen Mila im Arm. Doch mein eigener Vater lässt die Hoffnung in mir zersplittern.

»Er hat es nicht überlebt, Hope.« Seine Stimme stockt. Mit letzter Kraft redet er weiter. »Und eure Tochter, mein geliebtes Enkelkind…«, mein Vater weint nun noch mehr.

»Was ist mit Mila? Sag schon!« Eigentlich will ich nicht hören, was mein Vater zu sagen hat. Aber ich weiß, dass es unausweichlich ist.

»Auch sie hat es nicht überlebt. Sie mussten dich notoperieren. Als sie die Kleine geholt haben, war sie schon nicht mehr am Leben. Mir tut es so wahnsinnig leid, mein Kind!«

Reflexartig halte ich eine Hand vor den Mund. Eine Träne nach der anderen rollt über sie.

Nein, Sam. Du hast mich nicht verlassen. Das darf nicht sein. Was bin ich denn ohne dich? Mila, meine geliebte Mila. Das kann nur ein fürchterlicher Albtraum sein. Ein Albtraum, mehr nicht.

Meine Gefühle stehen unter Strom. Ich kann nicht genau beschreiben, was in mir vorgeht. Angst? Verzweiflung? Schmerz?

»Du hast dir bei dem Unfall das rechte Handgelenk geprellt, das rechte Schienbein und zwei Rippen gebrochen. Einfache Brüche, zum Glück. Deine Halswirbel sind geprellt. Auch du hättest sterben können, mein Kind. Du hattest wahnsinniges Glück«, murmelt mein Vater in seinen dunklen Bart hinein. Erst jetzt bemerke ich, dass mein Bein eingegipst ist.

Glück, Daddy? Nein. Ich habe kein Glück. Ich habe alles verloren, wofür es sich zu Leben lohnt. Alles.

Als mir bewusst wird, was genau um mich herum geschehen ist, entweicht jegliche Kontrolle aus meinem Körper.

Der Atem wird schneller, dadurch wird der Schmerz in meinem Brustkorb intensiver. Reflexartig lege ich meine Hand auf die schmerzende Stelle. Aber das macht es nicht besser.

Meine Augen brennen und ich schreie lauthals Sams Namen. Ich reiße mich von meinem Vater los, rupfe mir die Nadeln aus dem Arm und versuche aufzustehen, um das Zimmer zu verlassen. Dabei ignoriere ich den wiederkehrenden, stechenden Schmerz meiner Rippen. Aber ich muss hier raus. Ich ertrage diesen Geruch des Todes nicht mehr.

»Sam. Mila. Barcley«, schreie ich immer und immer wieder.

Mein Vater ergreift meine Schultern, um mich am Gehen zu hindern, aber es gelingt ihm nicht.

Doch bevor ich die Gelegenheit dazu bekomme, trotz all der Schmerzen und des Gipsbeins einen Schritt aus dem Bett zu treten, kommt ein Arzt mit zwei Krankenschwestern. Sie fixieren mich auf dem Krankenbett.

Der Arzt spritzt mir etwas, dass mich zu beruhigen scheint. Doch sofort merke ich, dass die Flüssigkeit mir vielleicht die Kraft nimmt, aber die Leere in meinem Körper nicht vertreiben kann.

»Alles wird gut, mein Kind. Mein Schmetterling. Alles wird gut«, höre ich meinen Vater sagen, der sanft meine Stirn streichelt und hofft, mich damit beruhigen zu können.

Alles wird gut, habe ich die letzten Stunden einfach zu oft gehört. *Nichts wird jemals wieder gut werden.*

Innerlich bete ich, dass es alles nur ein fürchterlicher Albtraum war, in dem ich wie in einer Zeitschleife permanent festhänge. Aber das Piepen der Geräte in dem Zimmer nimmt mir wieder jegliche Hoffnung.

Sofort überfallen mich die grausamen Erinnerungen an den furchtbaren Unfall. Dabei bin ich noch nicht mal richtig wach. Meine Lider bleiben geschlossen. Ich versuche, mir damit die Realität vom Leib zu halten.

Wegen des Wundschmerzes im Unterbauch und den stechenden Schmerzen in meinem Brustkorb, die mit jedem Atemzug zunehmen, kann ich mich nur eingeschränkt drehen und bewegen.

Man sollte glauben, dass der Schmerz in meinem Körper schlimm ist. Aber die Gedanken an meine Tochter und an meinen Verlobten sind weitaus grausamer.

Der Schmerz in meinen Gliedern ist dahingehend ein Leichtgewicht auf meiner Seele.

Sam ist tot. Mila ist tot. Das war kein Albtraum.

Die Betäubung lässt nach. Jeder Gedanke dreht sich um die beiden. Um die Familie, die ich vollständig verloren habe. Ich möchte mich verkriechen und am allerliebsten nie wieder aufwachen. Dass Sam nicht mehr bei mir sein soll, ertrage ich nicht.

Nicht einmal die geringste Chance gab man mir, meine Tochter Mila kennenzulernen. Ich durfte sie ja noch nicht einmal sehen. Geschweige denn in den Armen halten. Dabei bin ich doch ihre Mutter.

Ich spüre eine Hand auf meiner und dabei muss ich nicht vollständig erwachen, um zu merken, dass es mein Vater ist, der nicht von meiner Seite weicht.

Ein schmerzhafter Blitz durchzieht meinen Kopf.

Du meine Güte, Barcley ist ganz allein! Und wie lange liege ich schon hier?

Auch wenn es mir schlecht geht und mir alles um mich herum egal ist, muss ich wissen, wo Barcley ist. Er ist mit meinem Vater das Einzige, was mir bleibt.

»Barcley«, nuschle ich. Dabei habe ich die Augen weiterhin geschlossen.

»Mach dir um ihn keine Sorgen. Er ist bei mir, Hope. Ihm geht es gut.« Erleichtert atme ich aus.

»Ich war vorhin zu Hause und bin mit ihm eine Runde gegangen.«

Ich ertrage die leidende Stimme meines Vaters kaum. Einen Schlitzweit öffne ich meine Augen. Die dunklen Augenringe meines Vaters zeigen mir, dass er die letzten Stunden schlaflos war.

»Bitte geh, Daddy. Geh ins Bett und lass mich allein.«

»Das kann ich nicht, Hope. Alles, was du jetzt nicht sein solltest, ist allein.«

»Aber ich will es sein. Und du musst schlafen. Bitte, gib mir Freiraum«, beharre ich.

Ich weiß, dass es meinem Vater schwerfällt, mich in dieser Situation allein zu lassen. Bei vergangenen Schmerzen, Verletzungen oder Teenagerproblemen war mein Vater immer zur Stelle und kümmerte sich liebevoll um mich. Zu sehen, wie sehr es ihn schmerzt, dass ich ihn von mir stoße, bricht mich noch mehr. Sam war für ihn wie ein Sohn und ich weiß, dass mein Vater ähnlich leidet wie ich. Dennoch kann ich seine Nähe nicht ertragen. Vielleicht, weil sie Sams Nähe so sehr ähnelt.

Oft bekommt man gesagt, dass sich Frauen in einen Mann verlieben, der ihrem Vater gleicht. Das kann ich nicht leugnen. Daddy und Sam waren charakterlich ziemlich ähnlich. Aufopfernd, bodenständig, kein Hang zum Risiko.

»Gut. Aber bitte melde dich, sobald irgendetwas ist. Ich komme dann morgen wieder zu dir.«

»Musst du nicht arbeiten?«, hake ich geschwächt nach.

»Natürlich nicht. Ich habe mir die nächste Zeit freigenommen.«

»Ist gut«, antworte ich.

Langsam steht er von seinem Stuhl auf, hinterlässt einen Kuss auf meiner Stirn und begibt sich Richtung Zimmertür.

»Daddy?«

»Ja, Schmetterling?«

»Wie lang bin ich schon hier?«

»Vier Tage. Die ersten zwei Tage warst du einfach nicht ansprechbar.«

Wortlos nicke ich.

»Ich hab dich lieb.«

»Ich hab dich auch lieb, mein Schatz.«

Mit diesen Worten verschwindet er im Gang des Krankenhauses und damit aus meiner Sicht.

Sam gab mir nie Kosenamen, weil er wusste, wie ich das hasse. Aber seinem eigenen Vater kann man einen Kosenamen doch nicht verbieten. Ich werde stets sein kleiner Schatz und sein Schmetterling bleiben. Gar nicht auszumalen, was mit ihm geschehen wäre, wenn auch ich diesen Unfall nicht überlebt hätte. Mein Vater hat doch sonst niemanden, obwohl ich ihm so sehr jemanden an seiner Seite wünsche.

»Ich möchte doch einfach nur schlafen und die Welt um mich herum vergessen«, murmle ich in mein Kissen hinein, während es an der Tür klopft. Abgeneigt ziehe ich mir die Decke über den Kopf in der Erwartung, der Person vor der Tür so zeigen zu können, dass sie unerwünscht ist. Ich will meine Ruhe.

Aber es ist Isa, meine beste Freundin, die auf mich zukommt und sich niemals abschütteln lässt. Diese Frau ist zu hartnäckig und deswegen manchmal auch eine richtige Nervensäge.

»Hey«, flüstert sie und nähert sich schleichend meinem Bett.

Eigentlich sollte sie doch gar nicht in Newport sein.

»Hey. Was willst du hier? Ich dachte, du bist in Washington?«, erwidere ich.

»Bitte? Du bist meine beste Freundin, Hope, und hattest einen fürchterlichen Unfall. Natürlich bin ich so schnell ich konnte hierhergekommen, um nach dir zu sehen. Die Frage, wie es dir geht, muss ich dir, glaube ich, nicht stellen.« Isas sonst so lebhaft blauer Blick wirkt niedergeschlagen und traurig. Auch sie mochte Sam und freute sich riesig auf Mila. Sie kannte ihren Namen ja noch gar nicht.

Vorsichtig setzt sie sich auf mein Bett. Ihre langen blonden Haare, die bis zu ihrem Po reichen, liegen teilweise auf meiner bandagierten Hand. Eine nachdenklich Stille umgibt uns.

»Wann darfst du nach Hause?«, fragt sie mich.

Wie kommt sie drauf, dass ich nach Hause will? Tränen brennen in meinen Augen, die ich tapfer wegblinzeln will.

»Nach Hause? Ich kann nicht nach Hause«, erwidere ich. Alles würde mich an Sam erinnern. Das ganze Haus riecht nach ihm und jeder Raum war kindersicher gemacht worden, sodass mich auch alles an Mila erinnern würde.

»Doch, das kannst du. Das wirst du. Du musst«, stammelt Isa mit einer auffordernden Handbewegung.

»Warum? Warum sollte ich mir das antun?«, frage ich entgeistert.

»Weil Sam niemals gewollt hätte, dass du euer gemeinsames Hab und Gut aufgibst, in das er so viel Liebe gesteckt hat. Er hat eure Zukunft darin gesehen.«

Isa ist direkt, bringt alles auf den Punkt und zieht das Pflaster auf meiner Seele mit einem Ruck ab. Schon in der Vergangenheit schmiss sie mich immer direkt ins kalte Wasser.

»Richtig. Unsere Zukunft. Aber wie du sicher weißt, ist Sam tot. Es gibt kein *Unser* mehr«, erwidere ich wütend.

Es ist keine Wut auf Isa. Es ist die Wut auf mein Leben. Wie konnte mir nur sowas Schreckliches widerfahren?

»Hope, das kannst du doch nicht tun. Du kannst jetzt nicht alles wegwerfen, was ihr hattet.«

»Es ist doch schon alles weg. Dieser Morgen hat mir alles genommen. Sag mir, was ich sonst tun soll. Ich. Habe. Alles. Verloren. Sam. Mila. Alles.«

Jetzt schießen mir noch mehr unkontrollierte Tränen, die ich so unbedingt unterdrücken wollte, aus den Augen und rinnen über mein Gesicht. Und auch Isa kann jetzt ihre Trauer nicht mehr verstecken. Weinend zieht sie mich an ihren Bauch und für einen kurzen Moment sind mir meine stechenden Schmerzen in den Rippen egal. Einen „Dank" an die Schmerzmittel.

»Ich weiß, meine Süße. Deswegen bin ich da. Ich lasse dich damit nicht allein«, flüstert sie mir zu.

»Er ist nicht mehr da, Isa. Sag mir, wie ich ohne ihn weiterleben kann. Es gibt kein Leben ohne Sam. Das war niemals eine Option.« Ich schluchze unaufhaltsam, bekomme kaum Luft dabei.

Ohne mir irgendeine Antwort zu geben, streichelt sie mir ununterbrochen über meine dunklen Haare. Ihre Tränen tropfen in mein Gesicht, vermischen sich mit meinen und gleiten meine Wange hinab.

Sanft rückt Isa mich zur Seite, sodass sie auf meinem Bett Platz findet. Ich lege mich weinend an ihre Brust und lasse mich das erste Mal seit meinem Unfall von jemandem trösten. Es tut gut, ändert aber nichts an meiner Leere.

Einige Stunden verharren wir so und ich danke Isa, dass sie mich nicht zum Reden zwingt. Wir starren einfach nur an die weiße, sterile Wand des Zimmers, in dem wir liegen.

»Mila also. Mhm?« Isa lächelt.

»Sie wäre eine Mila geworden, ja«, schluchze ich.

»Sie ist eine Mila. Und sie wird immer deine Mila sein. Genauso wie Sam immer dein Sam sein wird.« Isa legt ihre Hand auf mein Herz. Damit will sie mir sagen, dass meine Tochter und die Liebe meines Lebens immer da sein werden. Unter dem Brustkorb, in der schlagenden Mitte, die momentan zerbrochen ist. Mir reicht es nicht, dass sie nur in meinem Herzen sind.

In wenigen Minuten ist die letzte Untersuchung fällig. Dann darf ich nach Hause. Stopp! Ich darf nicht. Ich MUSS. Innerlich habe ich mir gewünscht, dass mein behandelnder Arzt nicht seinen Segen dazu geben würde.

Ich will nicht in unser Haus, das Sam für mich saniert hat. Ich will keine Wege gehen, die ich sonst nur mit Sam gegangen bin. Ich will mich nicht in das Bett legen, indem ich mit Sam so viele schöne Sachen getrieben habe. Ich will nichts anfassen, das Sam vor wenigen Tagen erst berührt hat.

Aber nach über zwei Wochen im Krankenhaus ist der Arzt der festen Überzeugung, dass ich zu Hause klarkommen werde. Gut genug genesen, um mit dem Großteil meiner Schmerzen selbst fertigzuwerden. Die Knochenbrüche würden in meiner gewohnten Umgebung genauso schnell verheilen. Der Rippenbruch hat keine inneren Organe verletzt. Aber ich müsse trotzdem regelmäßig zum Check vorbeikommen. Ich habe vernünftige Atemübungen gelernt, um die Schmerzen besser ausgleichen zu können, die mit jedem Zug entstehen.

Wenn der Arzt nur wüsste, wie es in mir aussieht, würde er mich nicht einfach gehen lassen. Wahrscheinlich würde er mich in die angrenzende Irrenanstalt stecken. Aber vielleicht ist es normal, dass ich momentan nicht so wirklich den Sinn in meinem Leben sehe. Mehr als Verzweiflung, Angst und Leere ist da nicht.

Der Desinfektionsgeruch in diesem Gebäude ist mir weitaus lieber, als einen Fuß in unser Haus zu setzen, um an alles immer und immer wieder erinnert zu werden. Das Haus wird mir Tag für Tag das Elend meines Lebens vors Gesicht halten. Es wird mir zeigen, was ich alles verloren habe, und ich kann mich nicht einmal dagegen wehren. Als würde mich nicht so schon alle Welt daran erinnern. Und wenn ich an morgen denke, schießen mir die Tränen wieder in die Augen. Die Beerdigung von Sam und Mila findet um zehn Uhr statt. Aufgelöst bat mich Sams Mutter, die Planung der Beerdigung zu übernehmen. Die Bitte konnte ich ihr nicht abschlagen. Und ich sehe es auch als meine Aufgabe an.

Aber allein war es für mich unmöglich, die Beerdigung zu organisieren. Körperlich wie auch seelisch. Also habe ich mich gemeinsam mit Isa in den letzten Tagen darum gekümmert. Auch wenn es mir die letzten Kraftreserven geraubt hat.

Man verlangt von mir, Abschied zu nehmen. Doch für mich ist es nicht nur ein Abschiednehmen. Es ist gleichzeitig ein Moment, in dem ich mein Herz mit ins Grab lege, weil ich weiß, dass ich niemals jemanden wieder so lieben kann wie Sam und Mila. Alles wird morgen zur Realität. Der einzige, minimale Trost, der bleiben wird, ist die Erkenntnis, dass meine zwei Liebsten zusammen sein werden. Im Himmel oder wo auch immer.

Doch heute wird erst einmal die Wunde an meinem Bauch, durch die sie meine tote Mila geborgen haben, untersucht.

Der Heilungsstand meines Gesichtes wird ebenso kontrolliert. Die zerbrochene Frontscheibe unseres Volvos hat wohl ziemliche Spuren hinterlassen.

An diesem Tag werde ich mich das erste Mal nach dem Unfall wieder in einem Spiegel sehen. Bisher habe ich diesen Blick vermieden, weil ich meine eigene Erscheinung nicht ertragen kann. Der erste Anblick mit dem Wissen, dass Sam und ich doch niemals eine Familie sein werden, weil alles, was ich so sehr liebte, von mir gegangen ist. Dabei habe ich mir nichts sehnlicher gewünscht, als mit Sam alt zu werden.

Mir würde es nichts ausmachen, sollte ich für immer entstellt sein. Aber wäre es so, hätte mir das Isa schon längst gesagt. Sie nimmt nie ein Blatt vor den Mund.

Ich sitze nervös auf meinem Bett und warte darauf, dass mich eine der Schwestern zur Untersuchung holt. Isa hält meine Hand. Sie wird mich begleiten. Denn ich brauche sie als seelischen Anker.

»Ich renne schnell in die Cafeteria und hol uns einen Kaffee. Ist das in Ordnung? Also mir einen Kaffee und dir eine Schokomilch natürlich.«

Isa weiß, dass ich Kaffee fürchterlich finde. Sie hingegen ist nichts ohne das schwarze Wasser. Für mich ist das nur eine ekelhaft bittere Brühe.

»Na klar. Beeil dich«, erwidere ich.

Nach nur zehn Minuten ist Isa wieder bei mir, mit einer verdammt heißen, aber überaus leckeren Schokomilch in ihren Händen. Dann kommt auch schon eine Schwester ins Zimmer.

»So, Miss Green? Kommen Sie bitte mit?« Die propere Krankenschwester winkt mich zu sich.

»Natürlich.«

Isa drückt mir meine Krücken entgegen, die ich fest mit meinen Händen umgreife. Sie nimmt mir meine Schokomilch ab.

Gemeinsam laufen wir den engen Gang bis zum Fahrstuhl. Was bei mir länger dauert, da mir das Laufen mit den Krücken schwer zu schaffen macht. Schwerer als anfangs gedacht. Es ist einfach nur anstrengend und meine Rippenschmerzen sind nicht gerade förderlich dabei. Geduldig wartet die Schwester auf uns und ich bin froh, dass Isa sich meinem Tempo anpasst. Das lässt mich nicht ganz so hilflos wirken.

Die Schwester drückt am Bedienfeld den Pfeil nach oben. Binnen Sekunden öffnen sich die silbernen Türen. Der Fahrstuhl fährt in den vierten Stock. Normalerweise fanden meine letzten Untersuchungen im dritten Stock statt.

»Chirurgie?«, frage ich unsicher.

Die Tür des Fahrstuhls öffnet sich.

»Ich begleite Sie zu Dr. Smith. Er hat hier oben sein Büro mit einem Untersuchungsraum.« Dr. Smith behandelt mich schon, seitdem ich eingeliefert wurde. Täglich sah er sich meine Verletzungen an und entschied hinterher die Vorgehensweise. Ich war schon neugierig, wie intensiv die Verletzungen in meinem Gesicht wohl sein würden. Aber ich brachte einfach nie den Mut auf, in den Spiegel zu sehen.

Die Krankenschwester klopft an die Tür von Dr. Smith, wartet seine Antwort ab und öffnet sie.

»Dr. Smith? Hier ist Miss Green.«

»Ist gut. Kommen Sie bitte herein.«

Langsam betrete ich sein Büro. Der Arzt, der das Alter meines Vaters hat, bittet mich direkt, auf seiner Untersuchungsliege Platz zu nehmen. Dann hält er mir zur Begrüßung seine Hand entgegen. Auch Isa begrüßt er freundlich, während sie aufmerksam hinter mir steht und die Hände auf meinen Schultern ablegt.

Danke, Isa, dass du da bist.

Aufgeregt, weil ich nicht weiß, was mich erwartet, atme ich schwer ein und halte kurz inne. Dabei umgreift mein Arm meinen Brustkorb.

»Miss Green, bevor sie uns verlassen, möchte ich Ihnen noch einmal mein Beileid aussprechen! Was Sie durchmachen, tut mir sehr leid. Eine junge Frau wie Sie sollte all diese Grausamkeiten, die das Leben zu bieten hat, nicht durchstehen müssen.«

Ich antworte nicht, nicke bloß. Isas Hände drücken sich straffer in meine Schulter. Auch sie ist angespannt.

Dr. Smith zieht sich Einweghandschuhe über die Finger und beginnt, vorsichtig mein Gesicht abzutasten. Behutsam löst er die Klebepflaster, unter denen die Wunden geschützt sind.

»Die Schnittwunden in ihrem Gesicht scheinen gut zu verheilen. Heute können wir die Fäden ziehen. Jedoch werden Sie eine Narbe davontragen. Das ist leider kaum zu vermeiden. Ich möchte gern, dass Sie sich den Schnitt einmal ansehen. Unter meiner Aufsicht. Natürlich nur, wenn Sie bereit dafür sind. Da Sie heute nach Hause gehen, möchte ich nicht, dass Sie allein damit umgehen müssen.«

»Sieht es denn so schlimm aus?«, frage ich.

»Nein«, erwidert Isa, ohne dem Arzt eine Chance auf eine Antwort zu geben.

Dr. Smith reicht mir einen kleinen Spiegel, dessen Griff ich fest umschließe. Dann schaue ich hinein und sehe das erste Ausmaß des Unfalls. Optisch ist es zu verkraften. Für mich.

Ein Schnitt verläuft senkrecht über meiner linken Augenbraue und endet auf meinem linken Lid. Der zweite und größere Schnitt beginnt auf meiner rechten Wange, setzt sich über meine Lachfalte fort und endet dann am Kinn. Diese Verletzung ist so groß und wahrscheinlich so tief, dass sie genäht werden musste und noch mit dunklen Fäden versehen ist.

Die Wunden sind teilweise ein wenig rot und entzündet. Aber an manchen Stellen auch verheilt.

»Ich habe es mir schlimmer vorgestellt«, erkläre ich, ohne dabei hervorblitzen zu lassen, dass ich diese Schnitte, die einmal zu fiesen Narben werden würden, jetzt schon über alles hasse. Nicht wegen der Optik. Es sind Male, die mich immer an den Unfall und an Sams und Milas Tod erinnern werden. Schon früh morgens, sobald ich in den Spiegel sehe, werde ich daran denken müssen.

Ihr fehlt mir so. Deine Küsse fehlen mir. Die Tritte in meinem Bauch fehlen mir. Mein altes Leben fehlt mir.

Dr. Smith entflieht ein sanftes Lächeln über seine Lippen.

»Sie sind stark, Miss Green. Aber jetzt legen Sie sich bitte einmal hin. Ich möchte gern noch einmal die Wunde an Ihrem Bauch sehen.«

Wie gefordert, lege ich mich vorsichtig auf die Liege und schiebe das Shirt nach oben. Zum ersten Mal sehe ich den waagerechten Schnitt an meinem Unterbauch, durch den Mila totgeboren wurde. Vor wenigen Tagen haben sie mir die Klammern, die den Schnitt zusammenhielten, entfernt. Heute ist die Narbe rot und wulstig.

Vorsichtig tastet Dr. Smith meinen Unterbauch ab.

»Es fühlt sich taub an«, stelle ich fest.

»Das ist ganz normal, Miss Green. Es kann bis zu einem Jahr dauern, bis das Taubheitsgefühl verschwindet. Aber auch dieser Eingriff verheilt gut. Die Fäden der Sectio caesarea können auch schon mit entfernt werden.«

Als Erstes widmet sich Dr. Smith der dunklen Naht an meinem Unterbauch. Danach der Naht in meinem Gesicht. Mit einer Pinzette und einer kleinen ärztlichen Schere schneidet er einen Faden nach dem anderen durch und zieht ihn durch meine Haut.

»Wir sind fertig. Bitte kommen Sie nächste Woche noch einmal her. Ich möchte beide Körperstellen unbedingt im Auge behalten.« Mit seiner Hilfe sitze ich.

»Meine Brüche müssen sowieso kontrolliert werden, daher ist es kaum ein Umweg«, erwidere ich.

Der Doktor legt mir ans Herz, Vollbäder zu meiden und die Wunden sorgfältig zu reinigen.

»Dann wünsche ich Ihnen, trotz Ihrer Umstände, alles Gute, Miss Green. Ich entlasse Sie hiermit.« Dr. Smith verabschiedet mich mit einem sanften Händedruck.

»Danke«, murmle ich.

Langsam verlassen wir den Untersuchungsraum und laufen zum Fahrstuhl, der uns wieder in den zweiten Stock und Richtung Krankenzimmer bringt. Bevor wir gehen, packt Isa meine Sachen zusammen. Chaotisch stopft sie alles in eine Reisetasche.

Isa war noch nie die Ordentlichste.

»Das ging ja schnell«, sagt Isa, als sie nach fünf Minuten fertig ist. Im Gegensatz zu ihr komme ich mit wenig ganz gut aus.

»Mhm.«

»Süße? Rede mit mir.« Dabei blickt sie mich mit ihren blauen Augen kritisch an.

»Ich werde jeden Tag, wenn ich in den Spiegel sehe, daran erinnert.«

»Hope, du unterschätzt, wie unglaublich stark du bist. Ich weiß, dass heute und morgen die schwersten Tage deines Lebens werden.«

»Mhm.«

Isa drückt mich warmherzig an sich.

»Bitte vergiss niemals: Ich weiche nicht von deiner Seite.«

»Danke, Isa.«

Meine beste Freundin löst sich von mir.

»Aber jetzt komm. Ich bring dich nach Hause.«

»Kannst du mich bitte vorher zu meinem Vater fahren?«

»Na, aber sicher.«

4

Hope

Wir fahren mit Isas nagelneuem Mercedes auf dieselbe Straße, auf der dieser grausame Unfall passiert ist. Nur bin ich jetzt auf der Gegenfahrbahn.

Die zwei Lichter, die Sam und mir näher kamen, glühen in meiner Erinnerung auf. Tag für Tag kann ich mich immer mehr an kleinste Details erinnern. Dabei will ich das gar nicht.

Ich drücke die Handflächen gegen meinen Kopf, um dem Druck irgendwie entgegenzuwirken.

»Ich weiß nicht einmal, was aus dem alten Mann geworden ist, der …«, räuspere ich angespannt in meinen Mantel hinein.

»Er ist tot«, antwortet Isa.

Irritiert sehe ich zu ihr rüber. »Woher weißt du das?«

»Ich habe seine Frau im Krankenhaus getroffen. Sie wollte eigentlich zu dir. Sich entschuldigen. Ich hielt es aber für keine gute Idee.«

»Warum hast du mir das nicht gesagt?«

»Weil du erst einmal zurechtkommen musst, Hope.«

Was wäre ich nur ohne meine Isa?

»Ich habe ihre Nummer. Falls du irgendwann Gesprächsbedarf hast, gebe ich sie dir.«

Im Moment finde ich nicht annähernd gute Worte für den Mann, der mein Leben zerstört hat. Und auch nicht für seine Frau. Obwohl ich beide nicht kenne, bin ich voller Hass, wenn ich nur an sie denke. Nie hätte ich mir vorstellen können, einen fremden Menschen so zu verachten. Doch wie konnte er, ihr Mann, es nur wagen, mir alles wegzunehmen, was mir etwas bedeutete?

Isa bemerkt meine aufgestaute Wut und dreht das Radio auf. Es läuft *Owl City* mit *Fireflies*.

»Mach das bitte aus.« Ich ertrage keine Musik. Vor allem nicht dieses Lied. Was haben Sam und ich diesen Song rauf und runter gesungen. Er harmonisch und perfekt, ich krumm und schief.

»Bist du sicher?«

Ich halte ja kaum meine Umgebung aus. Die Straße, der Blick auf Newport, das Meer. Alles erinnert mich an Sam.

»Ja, bitte«, murmle ich in meine Handfläche hinein. Ich stütze meinen Ellenbogen auf dem Fensterrahmen ab und sehe stumm nach draußen. Weite Wiesen, Wälder und ein See gleiten in Mordsgeschwindigkeit an mir vorbei.

Isa biegt auf die Straße ein, die uns zu dem Haus meines Vaters führt. An die Haustür gelehnt, erwartet er uns bereits. Die Fingerspitzen in seinem Bart ver-

graben.
»Hast du ihm Bescheid gegeben?«, frage ich Isa verwundert.

»Jap.« Sie löst sich aus ihrem Gurt, steigt aus und läuft um das Auto herum. Meine beste Freundin öffnet mir die Autotür. Dann nimmt sie meine Krücken von der Rücksitzbank und lehnt sie mir gegen mein Bein.

Ich kann gar nicht in Worte fassen, wie sehr mich diese Teile nerven und wie es mich ärgert, dass ich nicht schnell genug vorankomme und jeder auf mich warten muss.

»Guten Tag, Mr. Green«, winkt Isa meinem Vater zu. Ihr langes blondes Haar weht im winterlichen Wind. Die Blätter sind schon von den Bäumen gefallen und der Himmel wirkt kühl und dunkel.

»Nenne mich doch endlich Thomas, Isabella«, erwidert mein Vater mit einer wegwerfenden Handbewegung.

»Wenn Sie mich Isa nennen«, zwinkert sie meinem Vater spielerisch zu.

»*Du*, Isa.« Dabei betont er das *Du* ganz speziell.

Mein Vater kennt Isa schon viele Jahre. Warum er erst jetzt zulässt, dass sie ihn duzen darf, ist mir ein Rätsel. Ich lernte Isa auf der High School kennen, genauso wie Sam. Seitdem sind wir unzertrennlich, soweit es ihr Job eben zulässt. Obwohl sie so anders ist als ich. Isa ist chaotisch und ungebunden. Mit ihrer Erscheinung könnte sie glatt als Model durchgehen. Sie braucht ihre Freiheit, was bedeutet, zu reisen und zu leben, wie und wo sie will. Ihr Job als Flugbegleiterin ermöglicht ihr einiges dahingehend.

»Dann Thomas, hier sind wir.«

»Hallo, Daddy.« Als ich einen Schritt auf meinen Vater zugehe, kommt mir aufgeregt mein liebstes Fellknäuel entgegen. Barcley rennt durch Vaters Beine und kommt vor mir gerade so zum Stoppen. Er pfietscht und wedelt vor Freude mit seiner Rute. Dabei lasse ich eine Krücke auf den Asphaltboden fallen und streichle meinen kleinen Racker. Mir ist erst jetzt bewusst, wie sehr ich die kleine Stupsnase vermisst habe. »Na, mein kleiner Räuber? Wie geht es dir?«

»Ihm geht es gut, mein Schatz. Er hält mich ganz schön auf Trab«, erwidert Daddy.

»Wie immer, mein Süßer«, erfreue ich mich und streichle ununterbrochen durch sein schwarzes, glänzendes Fell. »Los, wir gehen rein«, sage ich zu Barcley.

Isa hebt mir meine Krücke auf und drückt sie unter meine Handfläche.

»Du siehst besser aus, Daddy«, sage ich, als ich auf ihn zu laufe und mich von ihm umarmen lasse.

»Dasselbe würde ich von dir auch gern sagen. Aber du weißt, lügen gehört sich nicht.« Mein Vater schmunzelt. Dieses gekünstelte Lachen sah ich das letzte Mal, nachdem meine Mutter verschwand.

»Vielen Dank auch.«

»Aber du machst dich ganz gut auf den Krücken.«

»Noch mindestens vier Wochen«, grummle ich genervt.

»Die Zeit wird wie im Flug vergehen, mein Schatz. Du wirst sehen.«

»Keine Sorge, Mr. … Ähm, Thomas. Deine Tochter wird in vier Wochen wieder einen Marathonsprint hinlegen können.« Isa klopft dabei stolz auf ihre Schulter. Mein Vater winkt Isa lachend ins Haus und nimmt ihr meine Reisetasche ab. Ich folge ihr.

»Ein nettes Mädchen«, murmelt mein Vater.

»War sie schon immer«, erwidere ich wohl wissend.

Als ich Isa meinem Vater vorstellte, war sie in einer ziemlich rebellischen Phase. Ein Lebensabschnitt, den ich niemals durchgemacht habe. Daddy hatte Angst, dass ich durch Isa auf einen falschen Weg treten und falsche Entscheidungen treffen würde. Er wusste nicht, dass sie trotz ihres gekünstelten Gothic-Stils auf der High School Bestnoten hatte und eigentlich nur ihren Eltern eins auswischen wollte. Irgendetwas hatten sie ihr damals verboten. Und Isa war schon immer anfällig dafür, dramatisch zu übertreiben.

»Aber, ohne dich vergraulen zu wollen: Warum hat Isa deine Tasche mitgebracht?«, fragt mich mein Vater. *Warum wohl, Daddy?*

»Ich kann nicht nach Hause«, versuche ich ihm klar zu machen.

»Wohin willst du dann?«

»Kann ich nicht hierbleiben?«

»Schatz, liebend gern. Aber umso früher du dich dieser Angst stellst …«, mein Vater stoppt und bringt den Satz nicht zum Ende. Sanft streichelt er mit seinem Zeigefinger meine Wange. »Du kannst aber die

Nächte bei mir schlafen. In deinem ehemaligen Kinderzimmer. Du weißt, alles ist noch so, wie du es damals verlassen hast. Aber bitte, mein Schatz, betrete wenigstens euer Haus.« Ich weiß, dass mein Vater recht hat.

»Aber nicht heute. Vielleicht morgen, nach der Beerdigung. Grausamer kann es morgen sowieso nicht werden.«

Wie soll ich den Tag morgen heil überstehen? Ich werde die Liebe meines Lebens und meine geliebte Tochter zur letzten Ruhe betten. Eine Mutter sollte ihr Kind nicht zu Grabe tragen.

Ich pelle mich angestrengt aus meinem Schlafanzug und gleite in ein schwarzes, knielanges Kleid hinein. Isa brachte es mir heute Morgen.

Welch Ironie. Für andere wäre es wahrscheinlich das unpassendste Kleidungsstück überhaupt an dem heutigen Tag. Aber mir gibt es ein Gefühl von Sicherheit, verbunden mit einer zauberhaften Erinnerung an Sam. Damit ist der Gedanke an seine Beerdigung ein wenig erträglicher. Auch wenn mir sofort brennende Tränen in die Augen schießen.

In diesem klassisch schwarzen Kleid hatte ich das erste Date mit Sam. Ich weiß noch genau, wie mich seine tiefblauen Augen damals angeschmachtet haben, als er mich das erste Mal darin sah.

Klingt etwas eingebildet, aber dieser Blick verriet mir, dass er spätestens ab diesem Zeitpunkt verliebt in mich war und mich unbedingt wollte.

Deswegen weigerte ich mich, auf Anraten von Isa ein neues Kleid zu kaufen, in dem ich den heutigen Tag irgendwie überstehen sollte.

Das Kleid, in dem ich stecke, das ich im Spiegel betrachte, erinnert mich an etwas Traumhaftes und absolut Perfektes, dass Sam und ich hatten.

Es hing schon viel zu lange unbenutzt in meinem Schrank.

Es macht keinen Sinn, eine Strumpfhose über mein Gipsbein zu ziehen, sodass ich mich entschließe, einfach die Zähne zusammenzubeißen und die frostige Kälte heute zu ertragen. Meine Schnittwunden im Gesicht verdecke ich mit weißen Pflastern.

Mit schnellen Zügen kämme ich meine Haare durch und stecke mit wenigen Klammern einzelne Haarsträhnen zur Seite. Die rosé-goldene Unendlichkeitskette, die ich einst von Sam geschenkt bekommen habe, bleibt dran.

Es ist der einzige Schmuck, den ich überhaupt trage. Ich besitze ja nicht einmal Ohrlöcher.

Als ich die Treppen vorsichtig hinuntergehe, den Griff fest um die Krücken gelegt, höre ich, wie mein Vater mit seinen Fingern auf dem Tisch herumklimpert. Ungeduldig wartet er auf mich.

»Guten Morgen, mein Schmetterling. Möchtest du noch etwas trinken oder etwas essen?«

Abgeneigt, aber wohl wissend, dass er es nur gut meint, schüttle ich den Kopf. Mein Vater drängt mich nicht zu etwas, das ich nicht will. Tat er noch nie. Liegt wahrscheinlich daran, dass ich seinen Sturkopf besitze und er es als verschwendete Zeit bewertet, mit mir herumzudiskutieren.

Barcley liegt unter dem Esstisch und bemerkt die bedrückte Stimmung im Raum. In seinen dunklen Augen fehlt jegliche Lebhaftigkeit. Er vermisst Sam genauso wie ich. Die letzte Nacht lag Barcley mit bei mir im Bett. Sein regelmäßiges Schnaufen beruhigte mich, wenn mich erneut Albträume heimsuchten.

Allmählich kommt mein schwarzes Fellknäul auf mich zu und schmiegt sich an mein Bein. »Wir nehmen ihn mit, Daddy.«

»Bist du dir sicher?«

»Bin ich. Er hat genauso das Recht, sich von Sam zu verabschieden.«

Ich schnappe mir Barcleys Leine und lege sie ihm an. Obwohl er sonst mit seiner Rute wild drauflos-wedelt, wenn er seine Leine sieht, ist ihm jetzt nicht annähernd danach. Er senkt seinen Kopf, winselt und wartet, bis ich mir meinen Wintermantel übergezogen habe.

Nach wenigen Minuten der Autofahrt erreichen wir den Friedhof, auf dem ein relativ großes rotes Ziegel-gebäude steht, indem die Trauerreden abgehalten werden. Als wir einparken, fällt mir sofort auf, wie viele Parklücken schon besetzt sind und wie viele Leute heute gekommen sind, um meinen Verlobten zu verabschieden. Und es werden mit Sicherheit noch mehr.

Zielgerichtet laufen wir auf das Ziegelgebäude zu. Mit der einen Hand halte ich eine Krücke, die mich stützen soll, mit der anderen Hand keile ich mich in Daddys Armbeuge, um das Gleichgewicht nicht zu verlieren. Mit abgesenktem Kopf folgt uns Barcley.

Meine Beine wirken mit jedem Schritt schwächer. Und es mag Einbildung sein, aber überall rieche ich Sams Aftershave, das mir buchstäblich den Boden unter den Füßen wegzieht. Sofort steigen mir wieder die Tränen in die Augen, obwohl ich so hart gekämpft habe, um sie zu unterdrücken.

»Du schaffst das, Liebling. Ich bin ja da«, tröstet mich mein Vater.

Als wir den erwärmten Raum betreten, ist alles so, wie wir es vom Krankenhaus aus geplant und organisiert haben. Der riesige Raum ist im vorderen Bereich mit bunten Blumensträußen verziert. Hauptsächlich mit Bauernrosen und Dahlien. Blumen, die wir uns auch für unsere Hochzeit vorgestellt haben. Viele traurige Blicke sind auf mich gerichtet und kaum einer traut sich, auf mich zuzukommen. Unwissend, mit mir umzugehen. Sie starren nur mit absoluter Impertinenz auf meine Pflaster im Gesicht. Ich wette, alle wollen wissen, was sich darunter verbirgt.

Die Menschen in Newport sind nicht schlecht, aber oft stellen sie unbewusst ihre Neugier über das Leid anderer.

Zwei verschlossene Särge stehen auf einem Podest. Der große für Sam und der kleine, in dem meine Mila für immer schläft. Die Särge sind von all den Blumensträußen zärtlich eingehüllt. Leise Gitarrenmusik, Sams komponierte Töne, hallen durch den Raum. Es tut unheimlich weh, sie hören zu müssen.

Die Menschenmenge wird größer, sodass nach nur wenigen Minuten schätzungsweise hundertfünfzig Trauergäste vor Sams und Milas Särge treten. Manche von ihnen legen Kerzen oder Blumen ab, sprechen einige Worte.

Dann, irgendwann, findet einer nach dem anderen Mut, mir Beileid auszusprechen. Ich höre zu oft, welch Glück ich gehabt habe, noch am Leben zu sein.

Glück? Dass ich nicht lache.

Ich sehe Sams Mutter durch den Eingang treten. Erschöpft erwidert sie meine Blicke und kommt in einem schwarzen Hosenanzug auf mich zu. Ihre Umarmung besitzt eine gewisse Zurückhaltung, die mir fremd ist. Wortlos nickt sie meinem Vater zu.

»Hope, ich danke dir, dass du all das organisiert hast. Ich hätte es niemals gekonnt. Du bist so stark«, sagt sie und tätschelt dabei zurückhaltend meine Schulter. »Du wirst immer meine Tochter bleiben. Ich weiß, wie sehr dich mein Sohn geliebt hat. Aber dennoch brauche ich einfach etwas Zeit, um das zu überstehen«, schluchzt sie.

»Natürlich, Camila. Wir sind für dich da«, erwidere ich niedergeschlagen.

Seitdem sie weiß, dass sie ihren Sohn verloren hat, scheint sie kaum noch zu essen. Ihr Körper wirkt so viel dünner, als er zuvor schon war. Ihr Teint ist blass. Obwohl sie erst Ende vierzig ist, macht sie der Verlust optisch so viel älter. Ihre dunklen Haare hängen ungekämmt zur Seite.

Camila hat nun keine Familie mehr.

Heute fällt der erste Schnee des Jahres. Nicht besonders für einen Tag Anfang Dezember. Aber das weißgraue Pulver lässt die Stimmung um mich herum so viel kälter erscheinen. Gefühle der Angst und Verzweiflung steigen in meine Magengrube.

Dann sehe ich einen kleinen Hoffnungsschimmer durch die Türe treten. Hoffnung, den Tag ohne einen Zusammenbruch zu überstehen. Isa mit meinem besten Freund James. Das James extra aus England gekommen ist, bedeutet mir viel. Mit einem verhaltenen Lächeln und seiner schlaksigen Erscheinung lässt er von Isa ab, kommt auf mich zu und nimmt mich wortlos in den Arm. Gefühlt stärker, als man es ihm ansieht. Dabei achtet er darauf, meine Krücke nicht aus Versehen aus meiner Hand zu schieben. Seine Umarmung lässt mich ein klein wenig Angst, die so langsam auf den Höhepunkt zuwanderte, abschütteln.

»Danke, dass du da bist, James«, murmle ich erleichtert in seine Jacke. Dabei kullern mir vereinzelte Tränen über die Wange.

»Das ist selbstverständlich, Hope«, erwidert er und streichelt meinen Rücken.

Ich drehe mich zum Pult vor, an dem ich unseren Trauerredner sehe. Mit einer nickenden Geste gibt mir der junge Mann ein Zeichen, dass es gleich los geht.

Alle nehmen ihre Plätze ein. Mit Isa, James und meinem Vater sitze ich in der ersten Reihe.

Isas Hand umfasst meine. Barcley ist nicht einmal von meiner Seite gewichen, seitdem wir hier sind, und nimmt auch jetzt direkt vor meinem Füßen Platz. Mit wimmernden Geräuschen und traurigem Hundeblick sieht Barcley zu mir auf. Meinem treuen Begleiter wird in diesem Moment klar, dass Sam niemals wiederkommen wird.

Ich starre auf die Särge und beiße mir immer wieder zur Ablenkung auf die Unterlippe. Anders würde ich sofort in Tränen ausbrechen. Wiederholt schließe ich die Augen und versuche, mit regelmäßigen Atemzügen die Kontrolle über meinen Körper zu bewahren.

Ich kann die Worte des Redners nicht verfolgen. Zu sehr leben die Erinnerungen an Sam auf, von dem ich mich jetzt verabschieden soll. Ich denke an die Schwangerschaft mit meiner Mila und an die Pläne, die Sam und ich gemeinsam mit ihr hatten. Wir wollten nächsten Sommer eine amerikanische Rundreise mit ihr machen. Nur wir drei.

Von all dem soll ich mich jetzt verabschieden? Aber ich bin noch nicht annähernd bereit dazu.

Der Ruf meines Namens lässt mich zusammenzucken und zieht mich ohne Vorwarnung zurück in die Realität. Die Blicke des Redners dringen zu mir durch. Er erwartet mich. Vorn an seinem Pult.

Zurückhaltend, aus Angst, gehe ich zu ihm. Meine Beine schlackern. Mein Herz rast. Mir wird übel.

Nun stehe ich hier, blickend auf die Trauernden vor mir. Ich sehe in Camilas leidende Augen. Sehe zu Isa, die sich ihre Tränen nicht mehr verkneifen kann und sich schutzsuchend an James Schulter lehnt. James, der mir ein sicheres Nicken zuwirft und mir damit zu verstehen gibt, dass er für mich da ist. Seine Finger mit Isas verschränkt. Sehe zu Daddy, der seine Hände angespannt zu Fäusten ballt. Ich schlucke den dicken Kloß hinunter, rede und fange an, mich zu verabschieden.

»Verlieren wir einen nahestehenden Menschen, sind Verzweiflung und Not groß. Vor allem in dieser Situation die passenden Worte zu finden, ist für mich besonders schwer. Sam, mein Verlobter. Mila, meine Tochter. Trauer ist nicht beschränkt auf die Zeit kurz nach dem Verlust. Zwar meinen viele, dass die Zeit Wunden heilt. Und vielleicht ist da sogar etwas dran. Dennoch braucht es manchmal nur eine Kleinigkeit, um die Trauer wieder aufleben zu lassen. Ein bestimmter Ort, ein Kleidungsstück oder eine Geste lösen eine Erinnerung aus. Und plötzlich sind Schmerz und Trauer wieder voll da. Es ist kein Geheimnis, dass Sam die Liebe meines Lebens war – und immer noch ist –, und für mich löst alles hier in Newport Erinnerungen an Sam und Mila aus. Was gut ist, denn an Sam habe ich nur wundervolle Erinnerungen, die mir ein Lächeln ins Gesicht zaubern. Ich weiß, es geht allen hier in diesem Raum wie mir. Mila, meine Tochter, durfte ich nie direkt kennenlernen. Aber ich spürte ihre Lebendigkeit in meinem Körper. Auch wenn ihr nicht die Zeit gegeben wurde, die Welt für jeden hier zu verändern, veränderte sie meine. Wir sollten für die Liebe, für diese beiden Menschen in unserem Inneren ein wenig mehr Platz schaffen und die Trauer, nur für kurze Momente, beiseiteschieben. Wir sollten dem Leben danken, dass wir jemanden wie Sam an unserer Seite haben durften. Natürlich viel zu kurz, ohne Frage. Aber wir sollten dankbar sein für die Zeit, die uns mit ihm gegeben wurde. Ich jedenfalls bin es von ganzem Herzen. Dass einzig Wichtige sind die Spuren, die Sam und Mila in unserem Leben hinterlassen haben. Lassen wir nicht zu, dass die Spuren der beiden irgendwann einmal verblassen.«

Mit diesen Worten habe ich angefangen, mich von Sam und Mila zu verabschieden. Aber dieser Prozess wird so viel Zeit in Anspruch nehmen. Wahrscheinlich mein ganzes Leben.

Ich glaube nicht an jedes Wort, das ich soeben gesagt habe. Aber es geht hier und jetzt nicht um mich. Zumindest nicht nur. Ich bin dankbar für die Zeit mit Sam, und ich bin auch dankbar für die viel zu kurze Zeit mit meiner Tochter Mila.

Ich werde niemals zulassen, dass sie in Vergessenheit geraten. Aber dass jeder Zentimeter in Newport Erinnerungen an Sam und Mila auslöst, ist nicht gut. Absolut nicht. Der kleinste Moment in meiner Heimatstadt zerrt mich nur weiter in die Dunkelheit, was durch mein Lächeln den Menschen vor mir verschleiert wird.

Ich war überzeugt davon, immer mit Freude an die Tage von Sam und mir zurückzudenken, doch mit der Zeit verwandeln sich diese schönen Erinnerungen in einen tiefen Schmerz.

Dennoch weiß ich, dass den Worten Bedeutung zugeschrieben wird und das Schicksal einen kurzen Moment gnädiger erscheint. Sams Mutter entlocke ich ein zartes Lächeln. Ich erkenne ein wenig Hoffnung darin.

Zu sagen, dass ich nicht weiß, wie ich je wieder lieben, hoffen oder vertrauen soll, gehört hier nicht her. Wäre aber ehrlich gewesen.

Die engsten Freunde, inklusive James, heben nach meiner Rede die Särge an. Hinter ihnen laufen wir zu einem Grab, das genug Platz für beide bietet. Mila und Sam können nebeneinander und gemeinsam Ruhe finden.

Es ist ein angenehmer Ort, an dem sie begraben werden. Die Sonne blitzt das erste Mal an diesem Tag durch die dicke Wolkendecke und strahlt auf meine nackten Beine. Es fühlt sich schön warm an und für einen kurzen Moment glaube ich, dass Sam und Mila in diesem Augenblick bei mir sind, um mir Kraft zu schenken.

»Es ist Zeit, sich von Sam und Mila zu verabschieden. Jeder auf seine ganz eigene Weise«, spricht der Redner.

Sams Arbeitskollegen sind die Ersten, die den Mut finden, ihm „*Lebe wohl*“ zu sagen. Mir war gar nicht bewusst, dass so viele von ihnen gekommen sind.

Nach ihnen treten Bekannte und Freunde hervor. Dann Sams Mutter, gestützt von meinem Vater.

Jeder von ihnen flüstert dem Grab trauernde Worte zu und wirft eine Blume samt einer Schaufel Erde hinein.

Als die Gäste nach und nach das Grab verlassen, bleibe ich mit Isa, James und Barcley zurück. Sams Mutter erträgt den tragischen Anblick kaum und verschwindet sofort.

Als wir vier allein sind, bricht es aus mir hervor, wie ich es so oft zu verhindern wusste. Schwach und verzweifelt lasse ich mich auf den kalten, frostigen Boden sinken und fange unaufhaltsam an zu weinen. Barcley eilt zu mir und leckt meine Tränen aus dem Gesicht. Isa und James setzen sich neben mich und schlingen ihre Arme um meinen Kopf. »Alles wird gut, Hope. Wir sind da.«

Seht ihr das nicht? Nichts wird gut! Gar nichts!

Auch wenn ich einen Nervenzusammenbruch riskiere, habe ich beschlossen, das Haus von Sam und mir zu betreten.

Also stehe ich hier, auf dieser wunderschönen Veranda, auf der ich mir stets eine Zukunft mit Sam vorgestellt habe. Wie wir hier sitzen. Alt und schrumpelig. Vor uns unsere Enkelkinder, die laut kreischen und herzhaft lachen.

Ich sehe es direkt vor mir. Und je intensiver ich daran denke, desto mehr Messerstiche bohren sich in mein Herz. Es sind nur Illusionen, die niemals wahr werden können.

Ich lehne eine der Krücken gegen das hölzerne Geländer. Dann krame ich den Haustürschlüssel aus meiner schwarzen Umhängetasche.

Jede Bewegung erfolgt nur unter Schmerzen des Brustkorbes.

»Warte, ich mach das«, sagt James und nimmt mir den Schlüssel aus der Hand.

»Danke«, erwidere ich schwach.

James schiebt die Spitze ins Schloss und dreht den Schlüssel dreimal um, bis sich die Tür öffnet. Ich bin noch nicht einmal über die Türschwelle getreten und schon steigt mir der vertraut holzige Duft unseres Wohnzimmers in die Nase.

Ich bin nicht annähernd bereit dazu und mein Körper lässt es mich spüren. Dem Schmerz vollkommen ausgeliefert, sacke ich nieder. Sofort sind James und Isa bei mir. Sie stützen mich.

»Es geht schon.«

»Du bist so mutig und tapfer, Hope«, spricht Isa.

Barcley schnüffelt distanziert und scheu mit angehobener Pfote über die Türschwelle.

Ich nehme all meinen Mut zusammen, schiebe die Zweifel beiseite und trete gemeinsam mit Isa und James auf den Holzboden des Wohnzimmers.

Ich habe es kuschelig, wohlig und warm in Erinnerung. Stattdessen ist es im Moment nur verdammt kalt. Genauso wie der Rest des Hauses. Alles wirkt dunkel, unbelebt, leer und verlassen. Es widerspiegelt mich.

Ich versuche, meinen Blick auf die Küche zu fixieren. Ich will nur konzentriert durch mein Heim hindurchlaufen, mich zusammennehmen. Schon mit dem Wissen, dass ich dieses Haus nicht ewig meiden kann.

Aber es gelingt mir nicht. Ungewollt mustere ich alles in diesem Raum und lasse die tiefsten Gedanken in mich eindringen. Nicht gut. Absolut nicht gut. Denn während ich auf diese vier Wände starre, für die ich so viele Pläne gehabt habe, gefriert in mir jede Vene.

Barcley geht es wie mir. Nur mit Zurückhaltung gleiten seine Blicke durch die Räume.

Reiß dich zusammen, Hope! Du kannst nicht auf Dauer in deinem alten Kinderzimmer leben. Du musst dich an das hier gewöhnen. Also fang am besten gleich damit an.

So sehr ich mich auch bemühe, kann ich meinen Körper und meine Gedanken einfach nicht kontrollieren. Mein Atem wird schneller. Ich sehe mich mit Sam. Genau hier auf der Couch.

Mein Puls rast, meine Knie werden weich. Sams Duft prasselt mit so einer Gewalt auf mich ein, dass der Brocken in meinem Hals immer schwerer wird. Es fühlt sich an, als hätte ich das Atmen verlernt.

»Langsam, Hope. Setz dich erstmal und lass dir alle Zeit, die du brauchst.« James legt seinen Arm um meine Schultern und führt mich behutsam zur Couch. Es fühlt sich falsch an, mich auf Sams Seite zu setzen.

Ich wünschte, es gäbe eine Möglichkeit, meinen Gefühlen den Hahn zuzudrehen und mein Herz dazu zu bringen, nichts mehr zu fühlen.

Aber ich fühle.

Und alles in mir brennt.

Nur langsam komme ich wieder zur Besinnung.

»Danke«, flüstere ich.

»Hör auf, dich zu bedanken. Dafür sind beste Freunde da.« James lächelt mich an. Erschöpft lehne ich mich an seine schmale Schulter.

Tief einatmen, Hope!

Isa umarmt meinen Bauch, was mich reflexartig zusammenzucken lässt. »Oh verdammt. Das tut mir leid. Deine Rippen. Ich. Es.«

»Schon gut«, unterbreche ich sie.

Gehemmt schmunzle ich ihr zu. Ich werde es überleben. Im Moment ist es mir ehrlich gesagt absolut egal, wie sich mein Körper anfühlt. In ihm spielt sich gerade nur ein Verlangen ab. Kein typisches Verlangen, bei dem man etwas unbedingt will, weil man es einfach haben oder erleben muss. Sondern ein Verlangen, das hinter sich gebracht werden muss, weil es einen sonst nie in Ruhe lassen würde – auf böse Art und Weise.

»Ich möchte gern hoch. Ich muss ihr Zimmer sehen«, flehe ich.

»Möchtest du es nicht erst einmal langsam angehen?«, fragt James.

»Nein!«

Ohne Widerworte laufen wir eine Etage nach oben.

Nie habe ich wahrgenommen, wie hohl die Treppe klingt und wie intensiv das Parkett knirscht. Wahrscheinlich bin ich auch noch nie so konzentriert und mit Angst in den Adern durch mein eigenes Haus gelaufen.

Obwohl ich nur wenige Schritte von Milas Zimmer entfernt bin, verlässt mich mein Mut und ich bin kurz davor, eine Kehrtwende zu machen.

Aber Barcley beweist im Gegensatz zu mir Entschlossenheit und stupst mit seiner schwarzen Nase die Tür auf.

Sachte laufe ich in den Türrahmen und folge meinem Fellknäuel. Zentimeter für Zentimeter schnüffelt Barcley alles ab.

Tief einatmen, Hope!

Wieder zieht sich die Schlinge um meinen Hals immer enger, als ich den Anblick des leeren Kinderbettes in mir aufsauge.

Für einen kurzen Moment glaube ich, mein Verstand wäre all dem hier gewachsen. Aber mein hektischer Atem und meine wackligen Beine zeigen mir das Gegenteil. Gewaltiger Selbstbetrug! Nicht einmal die Krücken halten mich ordentlich im Gleichgewicht.

Nur ein kurzer Blick in das Zimmer veranlasst mich, überfordert ins angrenzende Bad zu humpeln. Ruckartig drücke ich die Tür hinter mir zu und schließe meine Augen.

»Tief Luft holen, Hope! Tief einatmen!«, sage ich mir, mein ganz persönliches Mantra.

Mein Puls wird schwächer und nach wenigen Minuten laufe ich mit den Krücken in der Hand ans Waschbecken. Dann drehe ich den Wasserhahn auf und spritze mir die kühle Flüssigkeit ins Gesicht in der Hoffnung, dass sie mich wieder zur Besinnung bringt. Aber genau das Gegenteil tritt ein. Wieder pumpt sich mein Blut rasend schnell durch die Adern. Wut lodert in mir auf. Auf mich. Auf das Leben.

Wie kann ich leben, während ihr gegangen seid? Ich habe nicht das Recht, hier zu verweilen, während du es nicht tust, Sam! Wie soll ich all das überleben? Sag es mir!

Unbeherrschte Tränen laufen mir über die Wangen. Unaufhaltsam schluchze ich. Meine Kehle wird enger. Ich kann mich in diesem Moment nicht mehr zusammennehmen und schlage wütend meine Faust gegen den Spiegel. Mein Spiegelbild zerbricht in hundert Scherben und trotzdem sehe ich die junge verzweifelte Frau, die nicht mehr weiterweiß.

Ihre roten Augen, die dem ständigen Weinen geschuldet sind, wirken dick und angeschwollen. Die blasse Haut scheint zerbrechlich. Die Schnittwunde in ihrem Gesicht würde sie immer an den Tag erinnern, als sich ihr Leben änderte. Als ihr Leben anfing, der Hölle zu gleichen.

Rote Flecken laufen ins Waschbecken und ich erkenne sofort, dass sie von mir stammen. Blut.

Verzweifelt sinke ich auf den Boden wie ein Häufchen Elend und vergrabe mein Gesicht in meiner blutigen Hand.

Ohne aufzusehen spüre ich, dass James und Isa die Tür aufreißen und mich in ihre vertrauenswürdigen Arme nehmen. Dennoch beruhigt es mich nicht, lässt mich eher noch mehr hyperventilieren.

»Tief einatmen, Hope. Tief einatmen!«, spricht James mein eigenes Mantra zu mir.

Erst nach vielen Minuten höre ich auf das, was James mir immer wieder ins Ohr flüstert. Wahrscheinlich weil weder eine Träne aus meinen Augen noch ein weiteres Geräusch aus meinen Stimmbändern entrinnen kann. Mein Leib ist einfach zu erschöpft.

Das Wanken in den Armen meiner besten Freunde macht mich müde. Der Druck um meinen Oberkörper vertreibt die Panik. Isa nimmt meine Hand in ihre und sieht das Blut aus meinen Knöcheln laufen. »Ich hol etwas zum Abbinden.« Sie klingt besorgt.

»Ich kann nicht mehr, James. Wie soll ich ohne Mila und Sam jemals weiterleben?«

James sagt nichts. Er bleibt stumm. Weil er keine Antwort hat, die mich in diesem Augenblick trösten könnte.

»Steh erstmal auf, Hope. Lass uns runtergehen.«

Wie oft werde ich wohl noch am Boden liegen und aufstehen müssen?

5

Hope

»Soll ich euch den Kamin anmachen?«, fragt James.

»Bitte«, erwidere ich.

Vielleicht kann der Kamin die Kälte meiner Haut vertreiben, aber nicht die Kälte meines Inneren.

Noch nie war das Haus von Sam und mir mit solch einem Frost überzogen.

Meinen Kopf lege ich erschöpft in den Nacken und sehe zu unserem offenen Dachstuhl. Früher zauberte mir dieser Anblick ein Lächeln aufs Gesicht, weil Sam und ich etwas Schönes aus dem sanierungsbedürftigen Haus gemacht haben. Mehr er als ich.

Seine Abwesenheit ist überall spürbar und legt sich auf alles Schöne in diesem Haus.

»Du musst das ansehen lassen«, beharrt Isa und streichelt dabei mit ihrem Zeigefinger sanft über den Verband meiner Hand. Sie brennt und wurde von ihr nur provisorisch verbunden.

»So schlimm ist das nicht.«

Mit jeder Sekunde, die ich in diesem wunderschönen Haus verweile, habe ich das Gefühl, zu ersticken. Ich rieche in jedem Raum Sams Duft. Mir fehlt der Klang seiner sanften Stimme, die wusste, wie sie mich beruhigen konnte. Mir wird klar, dass ich in diesem Haus nicht länger bleiben kann.

»Tee?«, fragt mich James.

Wortlos nicke ich.

Nachdem James den Kamin zum Lodern gebracht hat, geht er in die Küche und stellt den Wasserkocher an. Genauso wie es Sam immer für mich getan hat.

Früher mochte ich das Rauschen des Kochers. Es hatte auf mich immer eine beruhigende Wirkung. Erinnerte mich an einen Wasserfall.

Jetzt fange ich so langsam an, das Geräusch zu verabscheuen.

»Es ist traurig, dass uns solch grausamer Umstand wieder zusammengeführt hat«, murmelt James und reicht mir eine Tasse Pfefferminztee.

Bevor ich überhaupt auf den Gedanken komme, einen Schluck davon zu nehmen, lasse ich ihn weitaus kürzer ziehen als vorgeschrieben. Ich hebe den Teebeutel aus der Tasse und lege ihn in ein Taschentuch auf dem Couchtisch.

Wer bitte sagt, dass man Tee nicht kürzer ziehen lassen darf, als auf dem kleinen Beipack draufsteht?

Stimmt, Sam hielt sich stets an das, was geschrieben stand, und konnte es nicht lassen, mich darauf hinzuweisen, wenn ich die Ziehzeit wieder einmal nicht eingehalten hatte. Er beobachtete mich regelrecht dabei und wartete, bis er mein Verhalten berichtigen konnte.

Das tat er nicht auf eine eingebildete Weise. Denn so war Sam ganz und gar nicht. Er tat es mit gewissem Charme und einem Lächeln im Gesicht. Ich mag starken Tee nicht. Sam kannte diese Eigenart von mir und wusste, dass ich sie niemals ablegen würde. Aber das störte ihn nicht. Er nannte es nur nicht Tee, sondern lediglich »Wasser mit Geschmack«. Irgendwie wurde das zu unserer ganz persönlichen Teezeremonie. Er freute sich immer wieder auf das nächste Mal, wenn er mich darauf hinweisen konnte, wie man einen vernünftigen Tee mit ordentlich Geschmack zubereitet. Und in diesem Moment fehlt mir dieses Gestichel von ihm. Es fehlt mir so sehr.

»Auch wenn du glaubst, mit Sam und Mila deine ganze Familie verloren zu haben, – vergiss nicht, wir werden immer ein Teil deiner Familie sein.«

»Ich danke euch sehr, dass ihr bei mir seid. Und mir tut es leid, was da eben passiert ist. Es überkam mich einfach.«

Barcley liegt mit seinem Kopf auf meinem Schoß. Meine Finger fahren durch sein schwarzes, weiches Fell.

»Hope, egal was du tust, wir verstehen das. Die momentane Phase deines Lebens machen manche erst mit siebzig oder achtzig durch. Du schon mit Mitte zwanzig. Das dürfte so gar nicht sein. Du versuchst einfach nur, damit klarzukommen. Und ich finde, du schlägst dich ganz gut«, entgegnet James.

»Ich weiß zwar nicht, was du siehst. Aber danke.« Mir entgleitet ein unglaubwürdiges Lächeln.

»Aber ich muss mir überlegen, was ich mit dem Haus mache. Es wird darauf hinauslaufen, dass ich es verkaufe«, spreche ich schweren Herzens.

»Was?«, plärren Isa und James im gleichen Augenblick. Sie erschrecken mich damit.

Mit absolutem Unverständnis sehen mich James' braungrüne Augen an. Dabei schüttelt er hektisch mit dem Kopf.

»Ich weiß einfach nicht, wie es mit mir und meinem Leben weitergehen soll. Es ist nicht nur so, dass ich mich mit Sams und Milas Tod auseinandersetzen muss. Ich muss mir auch über meine Wohnsituation Gedanken machen. Sollte mich irgendwann der Wunsch überkommen, und dieser Wunsch ist noch sehr weit entfernt, dass ich allein in unserem Haus leben will, muss ich mich fragen, wie ich die monatliche Kreditrate allein aufbringen soll. Es wird automatisch darauf hinauslaufen, dass ich es verkaufen muss«, erkläre ich mich.

»Was? Nein! Das geht nicht«, protestiert Isa.

»Ich habe nicht im Lotto gewonnen, Isa. Ich verdiene nicht schlecht, aber trotzdem werde ich es nicht schaffen, die Kosten zu stemmen. Irgendwann sind hier wieder Reparaturen fällig. Und außerdem …« Isa unterbricht mich und redet sich sofort in Rage. »Vermiete es mir unter. Zumindest einen Teil. Bis wir einen Plan haben, wie wir die Raten abbezahlen. Du darfst euer Zuhause nicht verkaufen. Überhaupt auf den Gedanken zu kommen, Hope. Ich kann mir vorstellen, was du durchmachen musst. Es ist die Hölle. Aber ich verbiete dir, Sams Traum, und vor allem auch deinen, einfach so zu verkaufen.« Ohne ein Blatt vor dem Mund. Ganz meine beste Freundin.

»Wir? Wie wir die Raten abbezahlen?« Wohl das Einzige, was ich aus ihrer hektischen Aussage herausgefiltert habe.

»Ja, wir! Ich werde den Teufel tun und zusehen, wie du euer Hab und Gut aufgibst oder aufgeben musst. Also, vermiete mir ein Zimmer!«

»Isa, das ist doch Schwachsinn. Du bist permanent unterwegs.«

»Die nächsten Wochen nicht. Ich bleibe bei dir. Hast du wirklich gedacht, die Beerdigung ist durch und jeder geht wieder seiner Wege? Nein, Hope. James und ich bleiben gemeinsam bei dir. Ob du das willst oder nicht. Du wirst dich nicht in dem Haus deines Vaters verschanzen und dich mit den Erinnerungen an Sam quälen. Wenn du dich quälst, dann an einem Ort, wo Sam auch immer sein wird. Nämlich hier. Und wir werden dir helfen, diese Qual zu überstehen. Wir werden bei dir sein und erst gehen, wenn du wieder gelernt hast, zu laufen.«

Welche Doppeldeutigkeit in ihrem letzten Satz steckt, fällt Isa selbst auf. Ihre blauen Augen weiten sich und ihr Mund bleibt offen, ohne dass ihr – für einen kurzen Augenblick – ein Wort entgleitet. »Laufen im emotionalen Sinne. Ich denke, sobald der Gips ab ist, …«

»Ich habe schon verstanden, Isa. Keine Sorge«, unterbreche ich schmunzelnd. »Trotzdem könnt ihr nicht euer ganzes Leben umkrempeln.«

»Können wir und werden wir«, erwidert James.

»Dasselbe würdest du für uns doch auch tun, oder etwa nicht?«

»Das ist keine Frage, oder?« Natürlich würde ich dasselbe tun!

»Siehst du.«

Wie abgesprochen, sehen mich beide so impulsiv und einnehmend an, dass ich nicht anders kann, als mein Okay zu geben. Wie ich das hasse, wenn mich beide gemeinsam einlullen.

»Ihr bleibt also da?«, frage ich.

Der Gedanke, nicht allein sein zu müssen, fühlt sich erleichternd an.

»Wir bleiben da. Solange es nötig sein wird.« Isa legt ihre Arme um meinen Hals und drückt sich fest an mich.

»Ihr. Bleibt. Hier. Ihr. Beide. Gemeinsam.« Isas Klammergriff löst sich von mir und sofort erkennt sie mein freches Grinsen, als ich jedes Wort wie einen einzelnen Satz ausspreche. Gott, fühlt es sich gut an, wenn sich die Gedanken einmal um etwas anderes drehen als immer nur um Tod und Leid.

»Warum sagst du das so blöd?«, wundert sich Isa.

Obwohl James und Isa in gewissen Charakterzügen nicht unterschiedlicher sein könnten, verstehe ich noch immer nicht, warum die beiden nach all den

Jahren nicht endlich ein Paar sind. Sie haben schon so viel Zeit verstreichen lassen.

Wir sind zwar alle drei seit fast einem Jahrzehnt beste Freunde, aber zwischen Isa und James war schon immer mehr. Wenn man sich die Bilder ihrer Vergangenheit genauer ansieht, die Innigkeit und Vertrautheit, erkennt man sofort, dass sie zusammengehören. Aber keiner von Ihnen will es sich nur annähernd eingestehen. Sturköpfe.

James sieht Isa genauso an, wie Sam mich angesehen hat. Mein bester Freund vergöttert sie. Und das Herz meiner besten Freundin höre ich von Mal zu Mal heftiger schlagen, wenn James in ihrer Nähe ist.

Isas Schönheit lässt andere vermuten, dass sie nur auf die typischen Football-Spieler stehen würde. Muskelprotze. Aber genau das Gegenteil ist der Fall. Was James vermutlich nicht sehen will.

Dabei kennt er sie doch so gut. Er weiß, wie Isa tickt. Aber James ist, im Gegensatz zu ihr, schüchtern und nicht mit dem größten Selbstbewusstsein gesegnet. Anders als sie ist er still und wählt alle Worte mit Bedacht.

Optisch ist er keine Modelerscheinung, aber dennoch maskulin und hübsch. Sein dichtes blondes Haar lädt dazu ein, darin herumzuwuscheln.

Wegen genau dieser Unterschiede würden sie sich so gut ergänzen.

Eines geben meine besten Freunde offen zu. Sie lieben beide das Weitwegsein. Bloß weg aus Newport.

Beide glauben, dass aus einer Freundschaft wie dieser niemals eine Liebe und schon gar keine Beziehung entstehen darf. Alles würde sich verkomplizieren. Schönes würde zerstört.

Blödsinn, wenn man mich fragt. Es würde nur schöner für die beiden werden.

James und Isa wissen, wie ich darüber denke, nur finde ich nicht mehr die Kraft, ihnen die Tomaten von den Augen zu zupfen. Vielleicht kann die gemeinsame Zeit hier in Newport etwas daran ändern.

»Ich will nur sichergehen«, schmunzle ich.

»Auch wenn es grade auf unsere Kosten geht – und ich weiß, dass es das tut –, ist es schön, dass du lachst«, erwidert Isa.

Die Abenddämmerung bricht an. James geht noch eine kleine Runde mit Barcley, während ich mit Isa in das gemeinsame Schlafzimmer von Sam und mir gehe. Eigentlich wollte ich auf der Couch schlafen, aber Isa war strikt dagegen. Ich brauche Ruhe und vernünftigen Schlaf, um ordentlich genesen zu können, meint sie.

Es dauert keine zehn Minuten, bis sie die Federdecken und Kissen anhebt, das Laken von den Matratzen streift, das Bett neu bezieht und damit Sams Duft vollkommen aus meiner Schlafstätte verbannt. Mit den Krücken in der Hand stehe ich daneben. Meinen Blick auf Sams Bettseite gerichtet.

»Das macht es nicht besser, wenn alles nach ihm riecht. Ich will dir, um Gottes Willen, nicht alles von ihm nehmen. Aber du sollst wenigstens irgendwie gut schlafen können. Und ich glaube, sein Duft ist kontraproduktiv.«

Ich nicke, obwohl ich völlig dagegen bin.

Meine beste Freundin ist keine Frau, die einen mit Samthandschuhen anfasst. Das weiß ich. Für Außenstehende mag es etwas grob wirken, wie sie mit tragischen Umständen umgeht. Auch wenn ich mir das in diesem Moment nicht eingestehen will, brauche ich das. Mitten ins eiskalte Wasser.

»Wo wird James schlafen?«, frage ich und setze mich auf die Bettkante.

»Ich habe ihn im Gästezimmer einquartiert. Und ich schlafe hier bei dir.«

»Ooookay. Das Gästezimmer ist ...« Selbst mir fehlt jegliches Wort dafür.

»Für James völlig ausreichend«, schmunzelt Isa.

Es ist kaum bezugsfertig und mitten in der Renovierung. Ein hässlich brauner Teppich ziert den Boden. Graue Tapeten drücken den Raum und lassen ihn total altmodisch erscheinen. Ausreichend groß, dass darin eine Klappcouch und ein kleiner Kleiderschrank Platz finden. Das zimmereigene Bad hat noch immer die beigen Fliesen der siebziger Jahre auf Boden und Wänden und die Dusche wie auch die Toilette funktionieren absolut notdürftig. Als wir in das Haus eingezogen sind, ging in diesem Badezimmer nicht einmal das Warmwasser. Ich weiß gar nicht, ob Sam es jemals repariert hat.

»Wie nett.« Mit fehlendem Verständnis schüttle ich den Kopf. Wie kann Isa James nur in diesem Raum schlafen lassen?

»Was? Er wollte es auch so.«

»Er wollte es so«, wiederhole ich skeptisch.

»Ja. Ob du es glaubst oder nicht. Du hast seine Wohnung in England noch nicht gesehen. Ich sage dir: die reinste Männerbude. Da ist das Gästezimmer absoluter Luxus.« Isa schüttelt das letzte Mal ihre Decke auf und wirft sich ins Bett hinein. Obwohl sie sich Sams Seite zu eigen macht, muss ich das jetzt genauer wissen.

»Du warst bei ihm in England? Wann?«, frage ich überrascht. Meine Stimme quiekt dabei unerwartet.

»Pst, Hope.« Isa hält sich ihren Zeigefinger vor den Mund und beobachtet haargenau ihre Umgebung im Augenwinkel.

»Wir sind allein. Also komm, sag schon«, flüstere ich ungeduldig.

»Sei aber leise. Letzten Monat. Ich wollte dir davon erzählen, aber der Unfall. Naja, du weißt schon.«

»Und was hast du da gemacht? Ich meine, seid ihr?«, frage ich hoffnungsvoll.

»Nein, Hope. Und das wird auch nie, nie, nie!« Isa wirft mir eine ablehnende Handbewegung zu. »Ich war einfach nur mal interessehalber dort. Aus Spaß. Als beste Freundin eben.«

»Also ich habe James noch nie besucht«, stichle ich.

»Naja, du sitzt auch hier in Newport fest, und das seit deiner Kindheit«, zwinkert sie mir provokant zu.

»Halt den Mund.« Ich muss lachen. »Du hast ihn vermisst.« Ich stelle diese Tatsache nicht nur in den Raum. Ich weiß, dass es stimmt.

»Blödsinn«, entgegnet sie launisch. »Absoluter Blödsinn.«

Meine Mundwinkel heben sich höher. »Und was habt ihr so gemacht?« Die Spitze des Eisbergs.

»Nicht, was du denkst, Hope. Er hat mir einfach nur London gezeigt«, erwidert sie schnippisch.

»Einfach nur London gezeigt«, wiederhole ich.

Isas Kopf wird immer röter, was mich amüsiert.

»Argh. Hope. Ich erzähl dir nie wieder etwas.« Sie stützt ihre Arme in die Hüften und dreht sich zur Seite. Als könnte sie mich ignorieren.

»Das sagst du immer, Isa, und doch hältst du dich nie daran«, flüstere ich ihr zu. Dabei entflieht mir das Grinsen nicht. Und auch sie hält nicht mehr inne.

Wir beide lachen gleichzeitig wild drauflos. Als wäre nie etwas vorgefallen. Als wäre die Welt um uns herum völlig in Ordnung.

Wie ich den Regen hasse, und das nur, weil du mich verlassen hast. Gemeinsam liebten wir den Regen. Hörten an, was er uns zusagen hatte. Während die Tropfen des Himmels auf die Straßen und auf unser Blechdach der Garage knallten, lag ich glücklich und vollkommen in deinen Armen. Uns beruhigten die sanften Töne des Regens. Aber jetzt, Sam, jetzt hasse ich diese Klänge. Weil mich der Regen an dich erinnert. An die Zeit, die wir im Bett gelegen haben. Unbeschwert und ohne einen Gedanken an Morgen. Wir waren glücklich. Ich war glücklich.

Jetzt wühlt mich der Regen nur noch auf und lässt mich an deine letzten Worte denken. Worte, die gelogen waren. Alles wird gut, sagtest du. Sam, siehst du, dass alles gut wird? Ich nicht. Du hast mich verlassen. Nur eins besänftigt diesen grausamen Gedanken ein wenig: dass du nicht allein bist, dort, wo du jetzt eben bist. Dass du unsere Mila bei dir hast. Und trotzdem, Sam, hasse ich den Regen!

Meine Augen blicken auf die weiße Decke. Wieder mal. Wie viel Zeit ich die letzten Stunden damit verbracht habe, dahin zu sehen. Mit dem Unterschied, dass jetzt das Tageslicht ins Zimmer bricht und das Weiß der Decke mir unangenehm in den Augen sticht.

Der Dezemberregen machte mich letzte Nacht fast wahnsinnig und das Einschlafen so gut wie unmöglich. Jedes Geräusch um mich herum analysierte ich haargenau.

Am liebsten hätte ich losgeschrien. Ich hätte so gern den Regen angeschrien.

Die erste Nacht in meinem Bett, und das, obwohl Isa neben mir lag, war grauenvoll.

Mein Hin- und Hergewende machte Isa wohl verrückt, sodass sie schon in der Morgendämmerung still und leise aus dem Bett krabbelte. Womöglich in der Hoffnung, dass sie mich damit nicht wecken würde. Dabei war ich fast die ganze Nacht wach, mit Tränen in den Augen. Tränen der Verzweiflung.

Ich dachte, die Anwesenheit meiner besten Freunde würde mir die gewohnte Umgebung erträglicher machen. Doch das ist nicht annähernd der Fall.

Erst als Barcley in der Nacht unter meine Bettdecke krabbelte, weil er spürte, dass ich einem Zusammenbruch nah war, konnte ich die Augen für ungefähr zwei Stunden schließen. Noch immer liegt mein kleines Fellknäul bei mir und weicht nicht einen Zentimeter von mir.

»Das Schicksal ist ein Arschloch«, murmle ich in sein Fell.

So fängt mein Tag also an. Negativ.

Ich drücke die kuschelige Federdecke von meinem Körper und krabble übermüdet aus dem Bett. Barcley folgt mir und schüttelt sich munter.

»Was machen wir jetzt, mhm?«, frage ich meinen kleinen schwarzen Freund.

Seit Sams Tod bin ich nicht nur völlig verzweifelt, sondern auch absolut unentschlossen in dem, was ich tue. Was ich von mir überhaupt nicht kenne. In der Vergangenheit wusste ich immer, was ich wollte.

Das war auch nicht sonderlich schwierig. Denn ich wollte ja immer nur Sam und ein Leben mit ihm. Mit allem, was dazugehört. Dass uns das Kapitel „Tod“ so schnell einholt und für uns entscheidet, habe ich nie gewollt. Daran habe ich nicht einmal gedacht.

Man denkt immer mal ans Sterben, aber sich wirklich damit auseinandersetzen, tut man nie. Hätte ich mal. Dann wüsste ich, was jetzt zu tun wäre, und müsste mir nicht sämtliche Fragen stellen, auf die mein Inneres sowieso keine Antwort hat.

Fragen wie: War die Beerdigung genauso, wie es sich Sam gewünscht hätte? Wie soll es mit mir weitergehen? Wo soll ich mein Leben fortführen? Soll ich das Haus behalten?

Und das sind nur wenige Fragen, die ich mir jetzt selbst beantworten könnte, wenn Sam und ich uns einmal die zehn Minuten Zeit genommen hätten.

In meinem Schlafpyjama und mit den Krücken in meiner Hand laufe ich aus dem Schlafzimmer, über den Flur, die Treppen hinunter. Barcley folgt mir auf Schritt und Tritt.

Isa steht bereits in der Küche und gießt die wenigen Pflanzen, die die letzten Wochen überlebt haben.

Meine übermüdeten Blicke sehen nur ihr Profil und sofort frage ich mich, wie sie es mit so wenig Mühe schafft, so wunderschön auszusehen. Ihre langen blonden Haare legen sich sanft über ihre Schulter, was fast einem Federflug gleicht. Ihre Haut wirkt mit sanftem Make-Up überzogen, aber das ist sie keineswegs. Würde ich Isa nicht selbst ein Jahrzehnt lang kennen, müsste ich glauben, sie trägt Kontaktlinsen, die ihre blauen Augen so zum Leuchten bringen.

»Morgen. James schläft noch. Aber du hast einen Haufen Post, Hope.« Mit der Gießkanne in der Hand dreht sie sich zu mir und zeigt mit einer nickenden Geste auf den Stapel.

»Standard«, erwidere ich trocken.

Mit den Krücken humple ich zur Kücheninsel und setze mich auf einen der drei Barhocker. Ich lehne eine Krücke gegen die Arbeitsplatte. Natürlich nicht im Gleichgewicht, sodass mir das blöde Ding auf den Boden knallt. Wie ich diese Teile, auf die ich momentan so angewiesen bin, hasse.

Sofort eilt Isa zu mir und stellt meine Gehhilfe auf.

»Was? Dass James schläft oder dass du so viel Post hier liegen hast?«

»Post«, trotze ich.

»Willst du sie dir nicht ansehen?«

»Nope.« Ich bin genervt, weil ich momentan nicht einmal in der Lage bin, mich anständig zu bücken, um meinen Kram selbst aufzuheben.

»Lass dich bitte nicht so gehen und schau dir wenigstens mal die Post an.«

»Nicht jetzt.« Isas gereizter, tiefblauer Blick durchsticht mich.

»Wann dann?«, fragt sie mich, dabei schlägt sie wie eine Lehrerin mit ihrem Nagel auf die eichenfarbige Arbeitsplatte der Kücheninsel. Der gefrustete Ton in ihrer Stimme entgeht mir keinesfalls.

»Keine Ahnung. Nicht jetzt«, wiederhole ich genervt. »Es wird höchste Zeit, dass wir gehen. Wir sind bei Daddy zum Frühstück eingeladen«, erinnere ich. Nicht weil ich sonderlich scharf darauf bin, zu frühstücken. Sondern weil ich froh bin, das Haus ohne eine Ausrede verlassen zu dürfen, einmal kurz durchatmen zu können. Dennoch erinnert mich das wieder an mein altes, unbeschwertes Leben und an das Ritual, das wir, Sam und ich, jeden Samstag hatten. Frühstück bei Daddy.

»Gut gerettet. Trotzdem siehst du aus wie Gollum, Hope. Geh dich duschen.« Isa, direkt wie eh und je. Sonst mag ich es ja, wenn sie kein Blatt vor den Mund nimmt. Aber heute treibt mich meine beste Freundin damit zur Weißglut. Dennoch hat Isa recht. Eine Dusche würde vielleicht nicht nur meinem blassen Gesicht etwas Farbe schenken. Sie würde auch meinem Haar ein wenig mehr zu Glanz verhelfen. Optisch wäre ich wenigstens so langsam wieder ein normaler Mensch. Muss ja keiner sehen, dass ich seelisch kaputt bin.

Ich gebe Barcley das Kommando, an Ort und Stelle auf mich zu warten, bis ich vom Duschen wieder herunterkomme. Schön, wie mein Hund hört. Nämlich gar nicht. Wie zu erwarten war, rennt er mir nach, als ich vom Hocker hinuntersteige und zur Treppe hinke. Barcley rennt zwischen meinen Beinen hindurch und eilt in wenigen Sätzen die Treppe hinauf. So schnell es mir gelingt, humple ich ihm nach. Hoch ins Bad.

Den Duschknauf drehe ich auf vierzig Grad und lasse das warme Wasser mit starkem Druck hinauslaufen, während ich versuche, mich aus meinem Pyjama zu schälen.

Das Ausziehen nimmt mehr Zeit in Anspruch als gedacht. Sofort bin ich wieder total gefrustet. Ich stelle mich an wie das erste Rennauto. Das Gipsbein, unbiegsam wie es ist, bleibt im rechten Hosenbein meines Pyjamas hängen und raubt mir fast jegliche Kraft, als ich versuche, mein kaputtes Bein auszuziehen.

Nachdem ich eine gefühlte Stunde später endlich nackt bin, stülpe ich mir eine Plastiktüte über mein Gipsbein. Dann fixiere ich sie mit einem Gummi, sodass der Gips nicht nass wird, wenn der kräftige Strahl der Dusche über meinen Körper gleitet. Über den notdürftigen Anblick muss selbst mein gefrustetes Gemüt ganz schön schmunzeln. Wie das aussieht. Ich sehe mich im Spiegel und schlage mir die Hand an die Stirn. Gut, dass mich so keiner sieht – außer Barcley.

Der amüsante Anblick meines Beines lenkt mich wenigstens von der Schnittwunde in meinem Gesicht ab.

Irgendwann wirst du dich dran gewöhnen.

Dann wickle ich den Verband von meiner Hand und trete vorsichtig in die Dusche hinein. Ich bin froh, als ich sehe, dass ich mir die Hand am Vortag nur oberflächliche verletzt habe. Auch, wenn ich kein Arzt bin, kann ich recht gut einschätzen, wann man etwas nähen lassen sollte und wann nicht.

Als ich unter dem Wasserstrahl stehe, überkommt mich für einen kurzen Augenblick das Gefühl purer Entspannung. Diese verfliegt recht schnell. Hätte aber länger anhalten können, würde mich mein Hund nicht so intensiv beobachten.

»Barcley, schau weg!« Barcley, der sitzend durch die Glastür mitten auf meinen Körper starrt und mich mustert. Seine Zunge fällt ihm hechelnd aus seiner

Schnauze, sodass es aussieht, als würde er mich anlachen. Was mich wiederum veranlasst, zurückzulachen. »Du weißt schon ganz genau, was du tun musst, um ein wenig gute Laune in mir zu entfachen, richtig?«

Rasch shampooniere ich mich ein und lasse den restlichen Schaum meinen Körper hinabwandern. Dann drehe ich den Wasserhahn zu und greife unüberlegt nach dem erstbesten Handtuch. Es musste natürlich so kommen, dass ich ausgerechnet nach Sams Handtuch greife, dass schon seit Wochen hier hängt. Noch immer riecht es nach seinem Duschgel. Verdammt, ich liebe diesen Duft. Holzig, fruchtig.

Ich drücke mir den weichen Stoff fest an meine Nase und versuche, alles zu inhalieren, was ich kriegen kann. Sofort fange ich zu weinen an, was unvermeidbar bleibt. Die Tränen vermischen sich mit der Nässe auf meiner Haut.

Reiß dich zusammen! Komm schon.

Als ich Sams Geruch von mir schieben kann und mir das Handtuch um meinen Oberkörper lege, komme ich versehentlich zu grob an meine Rippen.

Vorsichtig ein- und ausatmen, Hope.

Es ist absolut unverständlich, aber ich danke dem kommenden, stechenden Schmerz, dass er mich aus meinen Gedanken holt und mich Sams Duft für einen Moment vergessen lässt. Wenigstens für Sekunden.

So schnell ich kann, ziehe ich mir eine schwarze Jogginghose und einen grauen, viel zu weiten Kapuzenpullover über.

Damals sein Pullover. Jetzt gehört er mir.

Und wahrscheinlich werde ich ihn niemals waschen, weil dein ganzer Duft daran klebt.

Als wir bei meinem Vater ankommen, ist der Tisch bereits gedeckt. Obwohl er sich so viel Mühe gemacht hat, habe ich kaum Appetit.

Barcley wirft sich voller Freude auf den Rücken.

»Hallo, mein Guter.« Daddy erwidert Barcleys Geste mit einem wilden Kraulen.

Warum hatte er eigentlich selbst nie einen Hund?

»Hallo, Daddy«, sage ich.

Mit einer festen, aber achtsamen Umarmung begrüßt er mich und nimmt mir meinen Wintermantel ab. »Guten Morgen, mein Schatz. Hallo, Isa. Hallo, James. Setzt euch! Ich freue mich, dass ich heute nicht allein frühstücken muss.«

Allein. Wenn ich ein Wort mit meinem Vater in Verbindung bringen muss, außer, dass er liebevoll und herzensgut ist, dann wohl dieses einsame Wörtchen: *allein*. Daddy ist es schon viel zu lang. Ich frage mich, warum er nach meiner Mutter nie wieder jemanden gefunden hat. Für sein Alter sieht er recht athletisch aus, weil er regelmäßig joggt und leidenschaftlicher Tennisspieler ist. Er ist freundlich und hilfsbereit.

Vielleicht nicht der Gesellschaftlichste. Daddy hat nicht viele Freunde. Aber er ist der festen Überzeugung, dass eine Handvoll ausreichend ist. Kann ich nur bestätigen.

Mit ausgestreckter Hand führt er uns zum Tisch.

»Wie war die erste Nacht, mein Schatz?«

»Ging so«, erwidere ich. »Daddy, gibst du mir bitte die Zeitung?« Ich lese sonst nie die Zeitung. Aber ich denke mir, es würde vom Thema ablenken, wenn ich ein wenig in ihr herumblättern würde, statt sinnlose Löcher in die Luft zu starren. Optisch würde ich wenigstens Interesse für meine Umwelt zeigen und mein Vater würde sich dadurch vielleicht weniger Sorgen um mich machen. Muss er ja nicht wissen, dass meine Gedanken rund um die Uhr nur um Sam und Mila kreisen. Wir könnten jetzt gemeinsam hier sein.

»Willst du nicht erstmal etwas essen? Du wirst immer dünner, mein Schatz.«

Um die fordernden Blicke meines Vaters zu befriedigen, nehme ich mir das Müsli und schütte etwas in die Schüssel. Dann kippe ich Milch drauf und fange an, die ersten drei Löffel in mich hineinzuschieben.

»Bekomm ich sie jetzt?«, frage ich mit vollem Mund.

Zurückhaltend gibt er mir einen Teil der Zeitung.

»Was ist los?«, frage ich irritiert.

An seinen unruhigen braunen Augen erkenne ich, dass etwas nicht stimmt.

»Da ist ein Artikel über Sam und Mila geschrieben. Auch über die Beerdigung. Ein herzliches Beileid von der Stadt an alle Angehörigen«, stammelt mein Vater. Ruckartig reiße ich ihm die Zeitung aus der Hand und sehe diesen Artikel.

Es steht nicht viel dazu und eigentlich ist es nur ein Standardtext, der ein „herzliches Beileid“ formuliert. Sicherlich nett gemeint von der Newport-Gemeinde.

Aber mich wirft es sofort wieder aus der Bahn. Mein Atem gefriert. Ich zittere am ganzen Leib.

»Hope.« Isa legt ihre Hand auf meinen Unterarm.

»Lass mich. Ich muss kurz«, erwidere ich und stehe kraftlos vom Tisch auf. Dabei reise ich die Schüssel Müsli mit hinunter.

Zum Glück ist das Bad in diesem Haus nicht im Obergeschoss, sondern auf unserer Etage. Mit nur wenigen Schritten humple ich hinein. Es tut gut, den besorgten Blicken zu entgehen.

Ich stütze mich am Waschbeckenrand ab und spritze mir eiskaltes Wasser ins Gesicht. Immer wieder hole ich tief Luft. Atme ein und wieder aus. Stets darauf bedacht, den Schmerz in meinen Rippen nicht herbeizurufen.

Wer bin ich ohne Sam? Er war ein so bedeutender Teil meiner Existenz, dass ich nicht weiß, wie ich ohne ihn überhaupt leben soll.

Es bedarf weniger Minuten, bis ich mich wieder gesammelt habe. Wenige Minuten, die es eben braucht, um alles erneut zu ordnen.

Benommen trete ich aus dem Bad und laufe den schmalen Flur entlang. Überall hängen Bilder von meinem Vater und mir, die mich kurzzeitig in die abgelichteten Momente der Vergangenheit zerren. Manche von ihnen hängen schon so lang, dass die Farbe der Rahmen teilweise ausgeblichen ist.

Mein Blick geht direkt zu Daddys Lieblingsbild. Darauf war ich ungefähr sechs, er brachte mir das Baseballspielen bei.

Dann ein Bild mit drei, als ich mit ihm eine Matratzenhöhle erbaute.

Direkt danach das Bild von uns, das an dem Abend meines High-School-Abschlusses entstand. Herrje, war ich stolz.

Und das hier am Meer bedeutet mir am meisten. Wir sind darauf zu dritt verewigt. Sam. Daddy. Ich. Daddy in der Mitte, seine Arme um unsere Schultern gelegt und uns fest an sich gedrückt. Wir alle lachen aus tiefstem Herzen. An diesem Tag und an diesem Ort traf mein Vater das erste Mal auf Sam und war ab der ersten Sekunde absolut überzeugt von ihm. Er hatte nie einen Zweifel daran, dass Sam mich glücklich machen würde. Als das Bild entstand, war meine Welt noch in Ordnung.

Für Sam war Thomas Green der Vater, den er niemals hatte. Regelmäßig suchte er beim Ausbau unseres Hauses Daddys Rat. Genauso wie er mehrmals die Woche bei ihm saß, um Baseballspiele oder anderen Sport im Fernsehen zu sehen. Dabei stopften sie sich eine Menge Chicken Wings in den Rachen. Es war wie ein Ritual, das beide immer wieder aufleben ließen. Ein Ritual, das gleichzeitig mit Sam verstarb.

Gott, wie sehr mein Vater ihn vermissen muss. Er ist so tapfer – für mich.

Bis auf die grauen Haare und die kleinen Fältchen hat sich mein Vater auf den Bildern kaum verändert. Ich hingegen bin erwachsen geworden.

Die Wand schenkt mir eine Zeitreise in die kinderleichte Vergangenheit, die einfach so erloschen ist.

Aber eines hat und wird sich nie ändern: Mein Vater und ich waren schon immer ein Team. Auf ihn war Verlass und er tat alles dafür, dass es mir an nichts fehlte. Ich muss ihm die vergangenen Wochen wirklich den letzten Nerv geraubt haben – vor Sorge und Angst.

Ein hektisches Klopfen an der Haustür holt mich in die Realität zurück. Als ich sie öffne, sehe ich verwundert in diese traurigen tiefblauen Augen. Es ist Sams Mutter.

»Hope, endlich habe ich dich gefunden. Nur ganz kurz.« Camila ist in Eile.

»Hallo, Camila. Du kannst auch länger. Komm ruhig rein«, bitte ich sie.

»Nein. Ich muss dir einfach nur etwas von Sam geben.« Sie zückt einen weißen Briefumschlag aus ihrer roten Handtasche. Sofort bemerke ich, dass sie mir nicht eine Sekunde in die Augen sehen kann. Doch das ist erstmal Nebensache. Camila hat etwas von Sam? Von meinem Sam?

»Er hat eine Lebensversicherung vor seinem Tod abgeschlossen.«

»Eine Lebensversicherung?«

»Lass mich erklären. Du musst Post bekommen haben. Sam hat eine Lebensversicherung abgeschlossen. Du musst dich bei der Versicherung melden. Dazu gebe ich dir die Sterbeurkunde von ihm. Die wirst du dafür brauchen.« Camila redet so schnell, gleichzeitig mit solch einer gebrochenen Stimme, dass ich ihr kaum folgen kann. »Mein Sohn wollte euch abgesichert wissen, sollte ihm irgendwann irgendetwas passieren. Sam wollte, dass du damit das Haus abbezahlen kannst, damit ihr, jetzt nur noch du, immer ein sicheres Zuhause habt.«

Bitte was ist hier los? Camila überfällt mich, als hänge ihr Leben davon ab.

»Warum hat mir Sam nichts davon gesagt?«

»Er hat sie erst wenige Tage vor seinem Tod abgeschlossen. Auf mein Anraten hin. Nur habe ich es vergessen. Ich bin einfach zu sehr in der Trauer gefangen gewesen, um klar zu denken. Hope, es ist genug, dass du das Haus abbezahlen kannst. Und sogar ein klein wenig mehr. Mit dem, was übrig bleibt, kannst du dich erst einmal erholen, bevor du wieder arbeiten gehst. Nimm es. Nimm alles, Hope. Es steht dir zu.« Camila drückt mir Sams Sterbeurkunde an die Brust.

»Ich wünsche dir alles Gute, Hope. Bis bald.« Sie dreht mir den Rücken zu, ohne dass ich die Chance bekomme, etwas dazu zu sagen. Warum ist diese Frau so in Eile? Wenn ich es nicht besser wüsste, würde ich meinen, sie versucht, mich mit allen Mitteln zu meiden.

»Camila, warte mal«, schreie ich, bevor sie vollständig aus meinem Sichtfeld verschwindet. Humpelnd laufe ich ihr nach.

»Was ist los mit dir? Du meidest mich. Du meidest meinen Anblick«, werfe ich ihr vor. Camila bleibt still. Wieder wahrt sie Abstand und verhält sich reserviert. »Camila!«

»Es ist ...«, stammelt Sams Mutter vor sich hin.

»Es ist was?«, bohre ich weiter.

»Hope, es ist unfair, so zu denken. Aber ich kann dir nicht in die Augen sehen, weil du überlebt hast und er nicht. Das Einzige, was ich hatte, ist verschwunden. Ich erwarte nicht, dass du das verstehst. Aber ich kann einfach nicht, Hope. Ich brauche einfach Zeit.« Camila wendet mir erneut den Rücken zu und verschwindet in der nächsten Kreuzung.

Ich spüre regelrecht, wie alles an meinem Körper einschläft und mir meine Kontrolle aus den Händen gleitet.

Was hat sie da gesagt? Camila hasst mich, weil ich lebe und er nicht? Als würde ich das nicht schon selbst tun. Ihre Worte treten mir so immens in die Magengrube, dass ich mich übergeben muss.

Ohne Boden unter den Füßen hänge ich kraftlos über dem Gartenzaun meines Vaters und erbreche in einem Schwall.

Jemand tritt hinter meinen Rücken und streichelt mich. Es fühlt sich so angenehm warm an.

Das Würgen in der Kehle wird immer derber.

»Was ist passiert?« Isa. Meine Isa.

Ich kann meiner besten Freundin nicht antworten. Ich muss nur an Camilas Worte denken und schon ist mir wieder kotzübel.

Ich kann dir nicht in die Augen sehen, weil du überlebt hast und er nicht.

»Beruhig dich erstmal, Hope.«

Meine Augen tränen.

Isa legt sich meinen Arm um ihren Nacken. Vorsichtig humple ich mit ihrer Hilfe ins Haus, in dem Daddy mir schon einen warmen Pfefferminztee gemacht hat. Genauso wie ich ihn mag. James sitzt auf der Couch und klopft mit der flachen Hand auf den Platz neben sich.

»Sie hasst mich«, stammle ich. Dabei höre ich mich selbst kaum.

»Was? Was sagst du da?«, fragt James empört.

»Camila. Sie hasst mich«, wiederhole ich unter Tränen.

»Wie kommst du auf sowas?« Sein irritierter Blick fährt abwechselnd zu mir, Isa und Daddy.

»Sie kann mich nicht ansehen, weil ich lebe und er nicht«, spreche ich aufgewühlt nach. Mit den Handballen an meinem Kopf versuche ich, dem unangenehmen Druck entgegenzuwirken.

»Das hat sie nicht wirklich gesagt«, echauffiert sich Isa. Ihre sanfte Haut im Gesicht wird rot. Sie ballt ihre Hände zu wütenden Fäusten und stampft rasend mit einem Fuß auf den Boden.

Ich nicke nur zaghaft.

»Oh, ich schwöre dir. Ich …« Isa krallt sich ihre Jacke und ist im Begriff, aus dem Haus zu stürmen. Ich weiß, dass sie zu Camila will, und mir ist klar, dass ich sie stoppen muss.

»Nein, Isa. Sie trauert. Lass sie!«, bitte ich.

»Man trauert nicht, wenn man jemand anderem das Gefühl gibt, nicht auf dieser Welt sein zu dürfen. Das hat absolut nichts mit Trauer zu tun. Indirekt sagte sie dir, du hättest sterben sollen. Es steht ihr nicht annähernd zu, so etwas zu sagen!« Selten habe ich Isa so zornig erlebt. Ihre Stirn ist in Falten gelegt.

»Mir ging es schon vorher so. Camila ist einfach nur verzweifelt«, murmle ich.

»Bitte was? Wie, dir ging es schon vorher so?«, hakt meine beste Freundin nach.

»Ich lebe und er nicht.«

»Hör zu, Kind. Du darfst sowas nicht annähernd irgendwie denken!« Besorgt schaltet sich mein Vater ein.

»Das weiß ich doch, aber ich kann das Gefühl nicht einfach abschütteln.« Völlig verzweifelt drücke ich meine Stirn an James Schulter und fange unaufhaltsam an, zu schluchzen.

Isa, James und mein Vater nehmen mich in ihre Arme. Ich bin eingehüllt von den liebsten Menschen, die mir geblieben sind, und trotzdem kann ich nicht aufhören, zu weinen.

Irgendwann nehme ich aber meine Gedanken zusammen und gehe alles durch, was mir Camila gesagt hat. Ein Blitz leuchtet vor den Augen auf, der mich aus der Umarmung löst.

»Wir müssen sofort gehen!«

»Warum das?«, fragt mein Vater besorgt.

»Tut mir leid, Daddy. Ich erkläre es dir, wenn ich weiß, was das alles zu bedeuten hat.« Mit klappernden Beinen erhebe ich mich von der Couch.

»Was ist denn los?«, fragt James aufgewühlt. Seine Hand umgreift meinen Oberarm, um mich zu stützen.

»Bringt mich heim. Schnell!«

Auf dem Weg nach Hause erkläre ich James und Isa mit wenigen Worten, dass Sam eine Lebensversicherung abgeschlossen hat. Ihnen friert das Gesicht genauso ein wie mir.

Als ich durch die Haustür stürme, oder was man in meiner Lage sonst dazu sagen könnte, eile ich zum Poststapel auf der Kücheninsel und wühle in den Briefen herum.

Schnell werde ich fündig und öffne den Brief einer für mich unbekannten Versicherung. Vor lauter Hast schneide ich mir in den Finger. »Autsch!« Ich ignoriere den ziependen Schmerz und falte den Brief auf.

Ich falle aus allen Wolken, als ich sehe, dass darin ein Versicherungsschein enthalten ist, der über eine Viertelmillion Dollar abdeckt.

»Was ist das?«, flüstere ich in mich hinein.

Wenn ich es nicht besser wüsste, würde mein kaputtes Dasein glauben, ich würde erneut den Boden unter den Füßen verlieren.

»Er kümmert sich selbst jetzt um mich.« Fassungslos sinke ich auf den Fliesenboden der Küche und vergrabe mein Gesicht in meinen Armen.

Barcley tapst neben mich und leckt mir pausenlos ins Gesicht. Er spürt sicherlich meine Erleichterung.

Isa entzieht mir den Brief und ihre sonst so quirlige, unaufhaltsame Stimme wirkt betäubt.

»Hope, d-d-das ist ein Zeichen«, stottert sie. »Sam hätte niemals gewollt, dass du das Haus verkaufst.«

»Sieht ganz so aus«, murmle ich erleichtert.

Isa gibt den Brief der Versicherung an James weiter, der überwältigt die Hand auf seine Stirn schlägt.

Danke, Sam. Du zeigst mir damit, was nun zu tun ist. Ich werde das Haus behalten. Genauso wie du es wolltest und vorgesehen hast.

Das erste Mal seit Sams Tod spüre ich so etwas wie Hoffnung. Auch wenn es nur für den Moment anhalten soll, tut es gut. Die Tatsache lädt die wenigen Batterien in meinem Körper auf.

»Erfülle ihm den Wunsch«, flüstern Isa und James im Einklang.

»Das mache ich. Das tue ich auf jeden Fall.«

In den kommenden Tagen werde ich alles in die Wege leiten, damit das Haus mit keinem Kredit mehr belastet sein wird. Von dem Rest werde ich mich erholen. Wie es Camila gesagt hat.

6

Hope

Elf Wochen können so unfassbar lang sein, Sam. Elf Wochen, in denen ich jeden Tag sinnloser als den letzten verbracht habe. Elf Wochen, in denen ich Tag für Tag deine Pullover und Hemden trage. Nur so langsam ohne deinen Duft daran. Denn von Tag zu Tag verschwindet er immer mehr, was mich zur Verzweiflung bringt. Dein Duft ist mit den Erinnerungen das Letzte, was mir von dir geblieben ist. Und so makaber es auch klingt, der sanfte Geruch auf deinen Klamotten zeigt mir wenigstens, dass du einmal gelebt hast. Mit mir. Zusammen. Hier. In diesem Haus. Barcley ist bei mir. Er beschützt mich vor den grausamen Albträumen, die mich jede Nacht heimsuchen. Ohne ihn wäre ich noch verlorener. Sam, wir wollten unser Leben miteinander verbringen. Weißt du das noch? Warum hast du dein Versprechen gebrochen?

»Du bist nicht aus dieser Gegend, oder?« Die junge Frau in meinem Alter wirft mir verstohlene Blicke zu und ich überlege, wie viel ich bereit bin, ihr anzuvertrauen.

Nachdem ich den Hauskredit bei der Bank abgelöst hatte, blieb noch genügend Geld übrig, damit ich mir einen Gebrauchtwagen kaufen konnte. Mit Daddys Hilfe wurde es wieder ein Volvo. Ein grauer Kombi, sechs Jahre alt.

Da die Frau anscheinend kein Geld hatte, um sich ein Zugticket zu kaufen, hatte sie sich eine Alternative überlegt und versuchte ihr Glück im Trampen. Lebensmüde, wenn man mich fragt. Aber dass ich sie jetzt neben mir sitzen habe, ist genauso lebensmüde. Schließlich könnte sie eine Psychopathin sein. Früher wäre ich nie auf die Idee gekommen, fremde Menschen in mein Auto einsteigen zu lassen. Aber jetzt ist nicht mehr früher. Außerdem bin ich ja nicht allein. Barcley liegt hinten auf der Rücksitzbank. Gut, er wäre wohl keine große Hilfe, würde sie mich angreifen oder bedrohen. Aber irgendwie vertraue ich dieser jungen Frau mit der Nerdbrille auf der Nase, den kinnlangen schwarzen Haaren und den geschwungenen Lippen. Im strömenden Regen sammelte ich sie an einer Tankstelle im US-Bundesstaat Virginia auf, nachdem ich dort in einem kleinen Ort nächtigte. Als ich zur Morgendämmerung wieder aufbrach und mein Auto volltanken wollte, stand sie da.

Sie möchte nach Nashville und ich will nur ins Landesinnere. Ich weiß nicht genau, wohin mich meine Reise führen wird, aber ich musste einfach weg von Newport. Weg vom Meer. Weg von allem, das mich an Sam und meine Mila erinnert. Natürlich vermisse ich mein Haus, das Sam mit so viel Liebe saniert hat. Aber ich war es leid, in Newport immer einen Schritt vorwärtszugehen um dann wieder zwei zurückzumachen. Obwohl ich diesen Ort so sehr liebe, hasse ich ihn gleichzeitig.

Direkt an Nashville, das circa siebzehn Autostunden von Newport entfernt liegt, vorbeizufahren, ist für mich also kein Umweg. Zumal ich sowieso nicht weiß, wohin ich will.

»Nein«, antworte ich auf die Frage hin, ob ich aus dieser Gegend stamme. Beim Gedanken an die kommende Zeit und die bevorstehenden Veränderungen rast mein Puls.

»Mein Name ist im Übrigen Ava.«

»Hope«, erwidere ich.

»Und der Kleine hier hinten?«

»Barcley.« Nur wenige Blicke schenke ich der jungen Frau neben mir.

Ava sieht über ihre Schulter und erblickt Barcleys schwarze Knopfaugen. Sachte fährt sie mit ihren Fingern über seine weichen Pfoten.

»Er ist so süß. Ein Labrador, oder?«, schwärmt Ava.

Barcley erwidert ihr quirliges Geplapper, indem er ihre Hand ableckt.

Mittlerweile hat Barcley eine Widerristhöhe von sechzig Zentimetern und besteht aus wärmenden siebzig Pfund.

»Ganz genau.« Wahrscheinlich wirke ich etwas barsch.

Offen gesagt, rede ich mit Ava im Moment mehr als mit sonst jemandem in den letzten acht Wochen.
Selbst James oder Isa konnten mich nicht dazu verleiten, ihnen zu erklären, was genau in mir vorgeht. Wie soll man das denn auch in Worte packen? Bis heute weiß ich nicht, wie ich das Gefühl in mir beschreiben soll. Ich kann nicht erklären, was Sams und Milas Tod in mir ausgelöst haben. Zerbrochen würde es möglicherweise treffen. Zerbrochen und leer.

Bevor ich ihnen versuchte, etwas zu beschreiben, was sowieso in meinen offenen Wunden brennen würde, schwieg ich lieber. Von Tag zu Tag mehr. Es war alles andere als fair meinen besten Freunden gegenüber. Irgendwann konnte ich aber nicht mehr über sie reden. Der Schmerz sitzt einfach zu tief und kein Wort hat es jemals besser gemacht.
Wahrscheinlich rede ich deshalb gern mit Ava, weil sie mich zwar sehr an meine beste Freundin erinnert, mir aber keine mitleidigen Blicke schenkt und mich nicht zwingt, von Sam oder Mila zu sprechen.

Optisch ähnelt sie Isa keinesfalls, obwohl Ava wirklich richtig hübsch ist. Im Gegensatz zu meiner besten Freundin hat Ava kurze, dunkle Haare, eine Brille, dunkelbraune Augen, ein rundes Gesicht und ist schätzungsweise einen halben Kopf kleiner als sie. Dennoch ähnelt Avas Art der quirligen und offenen Isas.

»Und, was macht ihr in dieser Gegend?«, fragt sie mich.

»Wir suchen einfach etwas Abwechslung«, antworte ich. Abwechslung. Gut umschrieben.

»Ah. Also seid ihr die Abenteuerlichen.«

Wenn du wüsstest.

Ich muss schmunzeln, nachdem Ava das Wörtchen *abenteuerlich* mit mir in Verbindung bringt. Ich bin alles andere als abenteuerlustig.

»Also Hope, sag mir, woher kommst du?«

»Ostküste.«

»Und da war es nicht abenteuerlich genug, sodass du zig Stunden Autofahrt auf dich nimmst?«

»Es wurde mir einfach zu langweilig.« Lüge! Es wurde mir nicht zu langweilig. Sondern zu erdrückend. Wenn die dunklen Schatten über deinem Zuhause hängen, bekommst du schier keine Luft mehr.

»Soso. Und an der Ostküste hört man wohl auch keine Musik, was?« Ava spielt ironisch auf das ausgeschaltete Radio in meinem Auto an. Seit Wochen höre ich keine Musik mehr. Vor Sams Tod ging der erste Griff nach dem Aufstehen zu meinem Radiowecker auf dem Nachttisch. Ich schaltete ihn an, wenn er nicht längst selbst ertönte. Doch jetzt erinnert mich jeder Ton eines Klaviers, jede Saite einer Gitarre auf grausame Weise an Sam.

»Musik ist nicht so meins. Mag ich nicht sonderlich«, erwidere ich.

»Wer mag denn bitte keine Musik?«

Ich zucke mit den Schultern.

Mein Herz verkrampft sich, weil ich ihr gern meine Seele ausschütten möchte. Aber ich bekomme einfach keinen vernünftigen Satz über meine Lippen.

»Na gut. Das ist selten, aber wir haben ja schließlich auch Stimmen, mit denen wir uns wunderbar unterhalten können, nicht?«

Ich bemerke, wie sie die ganze Zeit mein Profil mustert. Gleichzeitig warte ich auf diese eine Frage. Kaum jemand hält sich lang zurück, die beiden Narben in meinem Gesicht anzusprechen. Aber überraschenderweise kommt von Ava nichts. Die Male, die mich immer an diesen einen Tag erinnern werden, sind ihr mit absoluter Sicherheit schon aufgefallen. Über die kleine, die sich über das linke Auge gelegt hat, lässt sich vielleicht hinwegsehen. Die andere auf meiner Wange bis runter zum Kinn kann man aber definitiv nicht übersehen.

»Du bist aus Nashville?«, unterbreche ich das furchtbare Schweigen zwischen uns.

»Jap. Geboren und aufgewachsen.«

»Was hast du dann so weit entfernt an einer Tankstelle gesucht?«, frage ich und bemerke dabei selbst meinen skeptischen Blick.

»Bin getrampt«, lächelt Ava mir zu.

»Einfach so? Hast du keine Angst, dass du auf irgendwelche Kriminellen triffst?«

»Ich kann mich ganz gut wehren, glaub mir«, zwinkert sie mir selbstsicher zu. »Ich habe eine Freundin übers Wochenende besucht, die noch in Charlottesville studiert. Und da gabs eben so eine Party, auf die ich unbedingt musste«, erzählt mir Ava zögerlich.

»Du sagst das, als dürfte keiner davon wissen.«

»Offiziell war ich nur bei meiner Freundin aus Kindheitstagen. Wenn mein Bruder herausfinden würde, dass ich auf dieser Party war, würde er mich gewaltig durchschütteln.«

»Wieso das? Wie alt bist du? Fünfundzwanzig?«

»Gut getippt, Sherlock«, erwidert Ava mit einem Schnalzen ihrer Zunge.

»Sherlock tippte nicht. Er fand heraus und war sich seines Wissens sicher«, entgegne ich wohlwissend.

In meinem Augenwinkel sehe ich, wie Ava ihre Augen verdreht. Mit einem Schmunzeln auf den Lippen.

»Also bist du doch alt genug, zu tun und zu lassen, was du willst. Oder etwa nicht?«

»Ja, das schon. Aber auf der Party war mein Ex und er bat mich eben, zu kommen. Und mein Bruder hasst meinen Ex-Freund wie die Pest.«

»Und wegen einem Ex machst du dich auf den Weg nach Charlottesville? Ich meine, das sind von Nashville wie viel? Acht Stunden?«

»So in etwa.«

»Ist er es wenigstens wert gewesen?«

»Es stellte sich heraus, dass er ein Riesenarschloch ist und sich nicht verändert hat. Der Dreckskerl wollte nur, dass ich komme, weil einer seiner Footballidioten Interesse an mir hat. Und damit meine ich nicht, dass er Interesse an einer Beziehung gehabt hätte. Mein Ex wollte mich sozusagen an seinen Kameraden verleihen.« Dabei setzt Ava *verleihen* in händisch gezeigte

Anführungszeichen. Wütend auf den Vollidioten, haut sie ihren Hinterkopf gegen die Lehne.

»Wie mies.« Sowas gibt es in meiner reinen Welt an der Ostküste nicht. Zumindest nicht in meinem Freundes- oder Bekanntenkreis.

»Absolut.« Ava schnauft.

»Und woher kennst du die Leute in Charlottesville?«, frage ich. Langsam keimt in mir Interesse an ihr auf.

»Ich habe dort selbst studiert und meinen Abschluss in Fotografie gemacht«, eröffnet sie mir.

»Du fotografierst also gern«, stelle ich fest.

»Sehr gern. Am allerliebsten Außergewöhnliches.«

»Außergewöhnliches, mhm?« Was versteht sie darunter nur?

»Besondere Menschen. Besondere Landschaften. Alles, was eben nicht alltäglich ist«, beantwortet sie meine Frage, ohne dass ich sie überhaupt stellen konnte.

»Und dich hat es trotzdem nach Nashville zurückgezogen?«

»Jap. Dort lebt eben der Großteil meiner Familie. Dort habe ich auch einen eigenen kleinen Fotoladen«, erklärt mir Ava. Sie ist also gern in ihrer Heimat. Gern zu Hause. Doch nicht charakterlich ganz so wie Isa.

»Das klingt wirklich toll.«

»Ist es auch. Du kannst dir den Laden ja mal ansehen.«

»Vielleicht tue ich das ja irgendwann mal«, sage ich so daher.

Neben mir vibriert es das dritte Mal ununterbrochen. Rasch sehe ich auf mein Handy, das in meiner Mittelkonsole liegt.

Nun sind es 21 unbeantwortete Anrufe und 12 Nachrichten. Isa. James. Daddy. Ich höre den wütenden Unterton jeder ungelesenen Nachricht und jedes unbeantworteten Anrufes der drei bis zu mir ins Auto.

Der Akku meines Handys war bis gestern leer. Zuvor habe ich mir nicht die Mühe gemacht, ihn zu laden.

Dass ich einen Abschiedsbrief hinterlassen habe, scheint keinem von ihnen zu genügen. Aber ein persönlicher Abschied wäre mir umso schwerer gefallen. Sie hätten es wieder geschafft, mich zu überreden, in Newport zu bleiben. Also musste ich es schweren Herzens in Worte packen.

Liebe Isa, lieber James,

ich habe es wirklich versucht und zwischenzeitlich glaubte ich auch daran, es zu schaffen. Aber ich spüre überall Sams Anwesenheit. Sie nimmt mir den Atem und jeden Tag habe ich das Gefühl, die Schlinge um meinen Hals schließe sich immer enger. Ich gehe nicht nach vorn, ich gehe weiter zurück. In allem, was ich tue, wohin ich mich auch bewege. Es ist nicht nur das Haus. Es ist das Meer, der Wald, ganz Newport.

Ihr seid die besten Freunde, die man haben kann.

Aber nun sehe ich es als meine Rebellion gegen das Leben, wie ihr es die letzten Jahre getan habt.

Es ist daran, dass ich für einige Zeit gehe und Newport den Rücken kehre. Wer weiß, wie lange ich wegbleiben werde. Wer weiß, was das Schicksal, das so grausam zugeschlagen hat, noch zu bieten hat. Aber im Moment kann ich nicht in Newport bleiben. Ich vermisse Sam und ich vermisse meine Mila. Bitte versteht das. Natürlich werde ich mich regelmäßig bei euch melden, damit Isa nicht durchdreht und die Polizei alarmiert. Außerdem habe ich Barcley bei mir.

Ich liebe euch!

PS: Bleibt, solang ihr wollt, und verschwendet keine Zeit! Denn die Zeit ist so kostbar und in vielen Fällen einfach viel zu kurz.

Daddy, ich liebe Dich. Bitte sei nicht sauer und hol erstmal tief Luft, bevor du weiterliest.

Ich werde Newport für einige Zeit verlassen. Bitte sorge dich nicht. Auch wenn das Eltern immer tun. Ich habe mein Handy, Geld, ausreichend Essen und Trinken, Klamotten und vor allem Barcley. All das reicht, um zu überleben. Ich werde mich regelmäßig melden. Und nein, Daddy, ich habe keine Sturm-und-Drang-Phase. Ich muss nur langsam anfangen, mich wiederzufinden. Denn mich gab es nur mit Sam. Jetzt bin ich allein und ich weiß gar nicht mehr, wie das Alleinsein überhaupt funktioniert. Du hingegen bist es schon viel zu lang! Du bist zu gut, um der Liebe weiterhin den Rücken zu zukehren.

Für immer deine Hope. Dein Schmetterling.

Nachdem mich ein richtiges Tief zu Weihnachten und Silvester überkam, gab mir mein Geburtstag vor zwei Tagen nun endlich den nötigen Antrieb, Newport zu verlassen. Ich muss mein Leben wieder in den Griff bekommen.

Ich darf jetzt nur nicht schwach werden und ans Telefon gehen, das weiterhin vor sich hin vibriert.

Alle drei würden versuchen, mir ins Gewissen zu reden, und ich würde nach nur wenigen Tagen wieder zurückkehren. Und ich bin gegangen, um zu verarbeiten, was ich zu Hause nicht kann. Ich habe sogar meinen Job gekündigt, um gehen zu können.

»Willst du nicht rangehen?«, fragt mich Ava.

»Nicht jetzt«, antworte ich.

»Ah, nicht während der Fahrt, was? Wie ordnungsgemäß«, stichelt Ava.

»Nicht deshalb«, schmunzle ich.

Der Teil der Fahrt, in dem die junge Frau neben mir sitzt, ist für mich auf angenehme Weise erträglich. Durch sie komme ich auf andere Gedanken. Danke, Ava.

Ich biege in eine unbefahrene Nebenstraße ab und parke direkt an einem Fußgängerweg. Der Motor meines Volvos blubbert. Uns hat die letzte Stunde ein Schneesturm überrascht, sodass ich dankbar bin, dass die Straße, auf der ich stehe, noch nicht vollkommen eingeschneit ist. Die Scheibenwischer gehen im höchsten Tempo.

»Da wären wir.« Ich lege den ersten Gang ein und halte die Kupplung gedrückt.

»Ich danke dir wirklich von Herzen, Hope.« Ava streckt mir ihre Hand hin. Eine Geste, die ich erwidere. Als würden wir uns schon Jahre kennen, zieht sie mich an sich und umarmt mich. Dabei reibt sich ihr süßes Parfüm unter meine Nase.

»Gern. Alles Gute«, murmle ich in ihr kinnlanges Haar.

»Dir auch alles Gute.«

Ava sieht nach hinten zu Barcley, der die ganze Fahrt brav auf der Rücksitzbank saß oder teilweise geschlafen hat. »Und du auch, Süßer! Pass gut auf dein Frauchen auf!«, ermahnt sie Barcley, während sie ihren Zeigefinger ernst nach oben hält. Ihre Ernsthaftigkeit währt nicht lang, sodass Ava fast von Barcley gezwungen wird, durch sein schwarzes Fell zu wuscheln.

»Na dann«, setzt sie an. Sie schlüpft in ihre gelbe Regenjacke, zieht sich ihre Kapuze über und steigt aus dem Auto. Dann wirft sie sich die schwarze Umhängetasche über die Schulter.

Ihr Zögern, die Autotür zu schließen, verrät mir, dass sie noch irgendetwas zu sagen hat.

»Ganz verrückte Idee, Hope. Du weißt doch sowieso nicht, wohin es dich treibt, oder?«

»Richtig?«, antworte ich mit fragendem Unterton.

»Bleib doch einige Tage hier in Nashville. Hier ist es recht schön, auch wenn das Wetter gerade nicht so mitspielt. Aber Anfang Februar muss es einfach schneien, nachdem sich der Winter bisher so zurückgehalten hat.«

Avas schwarze Spitzen werden so langsam schneeweiß.

»Das ist wirklich unheimlich nett, aber danke.« Ablehnend schüttle ich meinen Kopf.

Avas dunkle Augen halten ihre Enttäuschung nicht zurück. Wahrscheinlich ist es ihr selbst nicht bewusst, aber ihre Augen verraten mir so einiges über sie. In den wenigen Stunden unserer Autofahrt habe ich gesehen, wie sie leuchten, wenn sie sich über etwas freut oder amüsiert ist. Genauso wie sie verblassen, wenn sie sich über etwas ärgert oder enttäuscht ist. Wie eben.

»Okay. Schade. Wäre sicher lustig geworden. Machs gut, Hope.« Mit einem traurigen Lächeln schmeißt sie die Beifahrertür zu. Sie scheint mich gern zu haben.

Im Rückspiegel sehe ich, wie Avas kleine, schmale Statur im Schneefall immer unsichtbarer wird.

»Sie war nett, oder Barcley?« Mein Hund schnauft in seine Pfoten hinein. Vermutlich hat er die lange Fahrt langsam satt und will endlich raus aus dem Auto.

Je mehr Avas Silhouette im Rückspiegel vom Schnee verdeckt wird, desto intensiver frage ich mich, warum mir diese Frau so vertraut vorkommt.

Sie hielt es ohne Musik und mit langweiliger Kommunikation acht Stunden neben mir aus. Ich hatte sogar das Gefühl, dass sie die Fahrt mit mir genoss.

Was absolut unverständlich wäre, denn die Stille, die nur durch das Rattern der Straßen unterbrochen wurde, konnte einen schier verrückt machen.

Ava meckerte nicht oder wies mich darauf hin, wie bescheuert es ist, ohne laufendes Radio herumzufahren. Denn selbst ich weiß, dass es bescheuert ist. Warum ist sie nur so nett?

Bevor ich Newport verlassen habe, schwor ich mir, die Chancen des Lebens anzunehmen, die mir gegeben werden. Möglichkeiten, die mich vielleicht wieder etwas Wunderbares fühlen lassen und für den Bruchteil einer Sekunde die grausame Leere in mir vertreiben.

Auch wenn mir der Glaube an die Hoffnung abhandengekommen ist, möchte ich dem Schicksal einen Hauch Vertrauen zukommen lassen. Um mir zu helfen, mein Leben wieder zu lieben. Denn im Moment fällt es mir unglaublich schwer.

Mich lässt der Gedanke nicht los, dass Ava so eine Möglichkeit sein könnte. Was ist, wenn es so ist? Was passiert, wenn ich einmal im Leben etwas wage und auf ihr Angebot eingehe? Ich müsste nur ein verdammtes Mal mutig sein.

Ich klappe die Sonnenschutzblende nach unten und schiebe den kleinen Spiegel darin auf. Meine Fingerspitzen wandern über die Narbe meiner Wange.

Du wolltest ein neues Leben, Hope. Also tu auch was dafür! Fang an, wieder zu leben und zu lachen.

Ich habe keine Ahnung, was mich reitet, aus dem Auto zu steigen und ihr nachzulaufen. Vielleicht dieser besagte Mut, den ich mir die letzten Sekunden zugesprochen habe.

Ava ist mir absolut fremd und trotzdem leuchtet mir ihre gelbe Jacke immer deutlicher entgegen, weil ich ihr hinterhereile.

»Ava!«, schreie ich.

Zum Glück dreht sie sich gleich um und läuft mir ein wenig entgegen. So bekomme ich keine Möglichkeit, einen Rückzieher zu machen. Mir ist es egal, dass ich im dichten Schneesturm stehe.

»Weißt du denn, wo ich mit Barcley so kurzfristig unterkommen kann?« Diese Frage hat mich mehr Mut gekostet, als Ava annehmen wird. Aber ihre Mundwinkel heben sich gleichmäßig nach oben und lösen in mir jegliche Anspannung.

»Na, aber klar.« Nichtwissend, wohin mit ihren Emotionen, macht Ava einen kleinen Freudensprung und zerrt mich an der Hand zurück in mein Auto. Ich setze mich auf den Fahrersitz und schüttle mir den Schnee aus den Haaren. Meine Jeans ist ganz nass. Eklig.

»Das wird so schön, Hope. Wir werden uns so gut verstehen«, kichert sie voller Euphorie.

Ava führt mich wenige Querstraßen weiter vor ein Pub, dass durch einen leuchtenden Schriftzug auffällt. *Sweet Dreams.* Ist der Name etwa eine Drohung?

Dann deutet sie links von uns auf ein rotes Backsteinhaus. »Hier, in dem Haus wohne ich. Ihr könnt selbstverständlich bei mir schlafen.«

»Geht das denn auch wirklich in Ordnung?«, frage ich skeptisch.

Jetzt nur nicht den Mut verlieren.

»Aber sowas von. Meine Wohnung ist groß genug, glaub mir. Sie reicht für uns alle drei.«

Ich straffe die Schultern, schlucke den Kloß in meinem Hals herunter, schalte den Motor des Volvos aus und steige aus dem Auto. Dann schlüpfe ich in meine Jacke und ziehe mir die Kapuze ins Gesicht. Der Schnee unter meinen Füßen knirscht.

Ein wenig zurückhaltend öffne ich die Tür zur Rücksitzbank und mache Barcley los. Müde streckt er seine Glieder von sich, bevor er aus dem Auto steigt und sich schüttelt. Während mein Fellknäuel neugierig den Schnee und die neue Umgebung beschnüffelt, bin ich total nervös.

Erster Zwischenstopp. Hier in Nashville. Der Anfang, mein Leben neu zu ordnen. Und das mit einer Frau, die ich erst wenige Stunden kenne.

7

Liam

Diese Frau macht mich wahnsinnig. Warum muss sie mir mit ihrem unkontrollierten Gestampfe den letzten Nerv rauben. Die Sonne geht gleich unter und zum Sonntagabend wollte ich mir einfach nur entspannt ein paar Folgen der letzten Staffel von *Game of Thrones* reinziehen.

Nach dem gestrigen Abend bin ich auch zu nichts anderem zu gebrauchen. Mein Schädel dröhnt noch immer und mein Körper ist leicht dehydriert. Als hätte ich die Wodkaflasche letzte Nacht allein gekippt. Von den gefühlten zehn Flaschen Bier ganz zu schweigen.

Dabei hat es sich nicht einmal gelohnt, auf diese gottverfluchte Party zu gehen. Was brachte es mir? Zusehen, wie sich mein eigentlich bester Kumpel mit meiner Ex amüsiert? Deren Rumgefummel war ekelhaft und brachte den Würgreflex in mir zum Leben.

Ich habe Antonia nie geliebt und ich wusste relativ zeitig, dass sie nicht die Frau fürs Leben ist.

Aber zu wissen, dass sie mich mit meinem besten Freund betrogen hat und er so dreist war und mich, gemeinsam mit ihr, belogen hat, löst absolute Aggressionen in mir aus. Oliver hat einfach den Ehrenkodex gebrochen.

Das Trampeln neben mir bringt meinen Schädel mehr zum Hämmern und übertönt gleichzeitig meinen Fernseher. Also stoppe ich die Stelle, die ich gerade sehe, und lege mein Kopf genervt in den Nacken. Ob noch eine Kopfschmerztablette etwas bringt, wenn die erste schon nicht angeschlagen hat?

Die äußeren Ziegelwände des Hauses halten die Geräusche von außen relativ gut fern. Aber die Innenwände im Haus selbst sind wie pures ungedämmtes Holz. Also höre ich alles, was sich im Treppenhaus abspielt. Die Holztreppe hallt unfassbar laut durch das ganze Haus. Vor allem dann, wenn meine kleine Schwester sie betritt. Sie ist ein richtiges Trampeltier. Schon von Kindestagen an.

Aber heute klingen ihre Schritte anders und sofort erkenne ich, warum. Es sind noch andere Töne, die durch das Haus hallen und im Gegensatz zu Avas Schritten recht angenehm anzuhören sind. Leise Schritte. Definitiv nicht die von Ava. Wahrscheinlich hat sie wieder einmal ein Opfer gefunden, das sich mit ihr die Zeit totschlagen muss.

Aber was höre ich denn da noch? Ist das etwa ein Hecheln? Ein Hund? Wen hat Ava da nur wieder aufgegabelt?

Gewiss jemanden, den sie wieder fotografieren will. Vielleicht einen dreibeinigen Hund, zusammen mit seinem einäugigen Herrchen mit nur einem Arm und nur einem Ohr.

Meine Schwester steht auf Freaks. Oder wie sie es sagt, auf Außergewöhnliches.

Deswegen würde es mich nicht wundern, wenn mir eine bizarre Erscheinung im Treppenhaus entgegenkommen würde. Zum Glück schien noch keines von ihren Models gefährlich zu sein. Die Betonung liegt auf *noch*. Denn manchmal fordert es meine Schwester regelrecht heraus.

Ich warte, bis endlich wieder Ruhe einkehrt, damit ich weiter meine Serie verfolgen kann.

Das Haus, in dem meine Schwester und ich wohnen, gehört unseren Eltern, die uns fast mietfrei hier drinnen leben lassen. Nur wenige obligatorische Dollar überweisen wir ihnen jeden Monat. Ich habe die Wohnung im Erdgeschoss mit kleinem Garten für mich beansprucht. Ohne einzukalkulieren, dass ich tagtäglich Avas Getrampel ertragen muss. Aber ich bin gern draußen und der Balkon oben bei Ava ist mir zu klein. Selbst jetzt, wenn der ganze Garten eingeschneit ist, genieße ich den Anblick und die eiskalte Luft. Außerdem brauche ich, sofern das Wetter mitspielt, manchmal Platz für meine Arbeitsgeräte, den mir Avas Wohnung und ihr Balkon nicht geboten hätten. Meine Wohnung ist gute dreißig Quadratmeter größer als ihre.

Ich laufe in die Küche, die mein ganzer Stolz in dieser Wohnung ist. In der Spüle fülle ich mir mein Glas mit Leitungswasser auf und exe es hinunter. Meine Beine schlackern. »Nie wieder Alkohol«, sage ich mir und glaube kein Wort von dem, was ich da vor mich hin murmle.

Spätestens in drei Wochen steigt die nächste Party. Daniel, ein guter Freund, wird dreißig. Da werde ich mir Antonia und Oliver wieder antun müssen. Ich kotze schon allein, wenn ich daran denke.

Daniel hat Ava auch eingeladen, was den Gedanken erträglicher macht, dort hingehen zu müssen. Sie wird sich, ganz „Ava-like“, köstlich und mit fiesen Sprüchen über die beiden ergötzen.

Wie ich hasst meine Schwester Fremdgeher und Lügner. Loyalität und Treue stehen bei uns ganz oben.

Nach dem, was ich die letzten Wochen mit Antonia und Oliver durchmachen musste, behaupte ich, dass Ava die Einzige ist, der ich vollkommenes Vertrauen schenke.

Wenn man selbst dem besten Freund nicht vertrauen kann, wem dann? Richtig, nur noch seiner Familie.

Eigentlich ist es gar nicht so schlecht, dass Ava und ich zusammen in dem Haus wohnen. Mehrmals die Woche gehe ich hoch oder sie kommt runter, um geschwisterlichen Smalltalk zu halten, der sich manchmal über Stunden hinzieht und mit haufenweise Wein und Bier endet.

Manchmal sitzen wir auf der Couch und lesen jeder ein Buch oder schauen einen Film. Wir haben, bis auf gewisse Ausnahmen, einen recht ähnlichen Geschmack, was Bücher und Filme angeht. Aber trotzdem, so wie kleine Schwestern eben sind, raubt sie mir manchmal den letzten Nerv.

Ich drehe den Wasserhahn der Spüle auf und wasche mit etwas Spülmittel mein Glas auf.

Gewisser Stolz überkommt mich, als ich meine Küche mustere. Alles in diesem Raum habe ich selbst saniert, geschreinert und aufgebaut. Sie spiegelt das Design meiner ganzen Wohnung wider. Modern und trotzdem auf gewisse Art retro.

Meine Wandleuchten und Hängelampen habe ich aus einem alten Haus ausgebaut, das Daniel für sich und seine Freundin neu saniert hat. Genauso wie manche leicht rostige Eisenregale, die nun in meiner Wohnung hängen. Daniel hätte sie sonst auf den Müll geworfen.

Was andere für Schrott halten, halte ich für kostbare Stücke, die mit nur wenig Geschick und Aufbesserung geschmackvoll aussehen können. Kaputte Dinge sind für mich meistens zu reparieren.

In meinem langen Flur steht ein kupferner Garderobenständer. An der Wand ein roter Kinosessel, der als Sitzmöglichkeit dient.

Vor wenigen Wochen wurde ein Kino in der Nähe neu renoviert. Die Inhaber verschenkten das abgenutzte Inventar. Ich stand natürlich als Allererster in der Reihe, um an so ein edles Teil zu gelangen. Ganz für umme.

Mein Wohnzimmer ist schlicht möbliert. Eine graue Couch und ein kleiner selbstgebauter Palettentisch stehen auf dem Parkettboden, den ich beim Einzug verlegt habe. Wenige Schränke hängen an der Wand, in denen meine Lieblingsbücher und ein paar DVDs stehen.

Mein Schlafzimmer ist ziemlich einfallslos eingerichtet im Gegensatz zum Rest der Wohnung.

Das letzte Zimmer ist mein Lieblingsraum und mir absolut heilig. Ich habe es zum Werkraum mit kleiner Bibliothek umgebaut. Bisher durfte es nur Ava betreten.

Im Treppenhaus und über mir ist es ruhig.

Mir fällt ein, dass der geschwisterliche Talk diese Woche ausgefallen ist. Ava arbeitete bis spätabends in ihrem Laden und ich ackerte wie ein Bekloppter in meiner Halle, um auf andere Gedanken zu kommen.

Morgen werde ich meiner kleinen Schwester mal einen Besuch abstatten und nachhaken, wie das Wochenende in Charlottesville so lief. Ava muss mich für dumm halten, wenn sie glaubt, dass ich nicht wüsste, warum sie an genau diesem Wochenende dort unbedingt hinwollte.

8

Hope

Als sich die Haustür hinter mir automatisch schließt, spüre ich, dass es im Treppenhaus fast genauso kalt ist wie draußen.

Ich ziehe Barcley zu mir und folge Ava. Sie wohnt nicht allein hier. Denn bevor wir nach oben laufen, kommen wir an einer doppelflügligen Wohnungstür vorbei. Ich schiebe mir meine Kapuze vom Kopf, kann flüchtig durch das Glas der Tür sehen und erkenne einen auffällig schönen Garderobenständer, der sich auch gut in meinem Haus machen würde. Und ich sehe einen Kinosessel im Flur stehen. Ein Kinosessel? Der Anblick ist irgendwie sonderbar. Aber auf eine interessante Art und Weise.

Unsere Schritte hallen durch das ganze Haus, sobald wir auf die Holztreppen treten.

Nach geschätzten vierzig Stufen kommen wir im ersten Obergeschoss an. Dort befindet sich wieder eine doppelflüglige Wohnungstür, deren Gläser mit einem weißen Sichtschutz bedeckt sind. Ava schließt sie auf. Ich streife mir die Schuhe am Läufer ab und trete in den langen schmalen Flur, von dem links und rechts andere Räume abgehen.

»Ich habe keinen Besuch erwartet. Also bitte erschrecke dich nicht. Wahrscheinlich bist du solch eine Unordnung nicht gewohnt.« Ava lächelt verlegen.

»Keine Sorge. Ich bin kein Ordnungsfreak oder so«, lache ich. Aber ich habe es gern ordentlich.

Als ich durch den Flur in Avas Wohnzimmer trete und mitten in ihrer Wohnung stehe, bin ich nicht erschrocken über ihre Klamottenberge auf der Couch oder das Geschirr, das in der Spüle vor sich hin lebt. Ich bin eher beeindruckt von den Bildern, die meine ganze Aufmerksamkeit auf sich ziehen. Langsam lasse ich meine Reisetasche auf den Boden sinken und schnalle Barcley von der Leine los.

Sofort schaue ich mir die ungewöhnlichen Bilder in den schwarzen Holzrahmen an den Wänden an. Von Landschaften wie von Menschen, die mit ihrer Optik aus dem Alltag ausbrechen, ist alles vertreten.

Kriegsveteranen, denen ein Körperteil fehlt. Eine Frau, bei der die Hälfte des Gesichtes entstellt ist. Ich vermute durch Verbrennungen. Ein kleiner Junge mit Beinprothesen, sitzend im Rollstuhl. Eine Frau in meinem Alter mit immensen Pigmentstörungen am ganzen Körper. Zumindest an den Flächen, die sie großzügig unbedeckt ließ. Ein Pärchen, so vermute ich, mit Down-Syndrom. Vier Hunde, darunter ein Labrador wie Barcley, denen entweder der Schweif oder ein Bein fehlen. Alle diese Wesen stehen, sitzen oder liegen vor einem schlichten weißen Hintergrund. Das Foto gebührt ganz ihnen. Bis auf eines. Eine Katze mit nur einem Auge, die entspannt durch eine Straße läuft.

Jedes dieser Bilder erzählt eine eigene Geschichte von ganz außergewöhnlichen Wesen. Ich kann meinen Blick einfach nicht von ihnen abwenden. Es fasziniert mich, wie Ava es schafft, sie so wunderschön in Szene zu setzen.

»Sie haben alle in ihrem Leben sehr viel durchgemacht. Und trotzdem, sieh sie dir an, wie unfassbar schön sie sind. Jeder von ihnen.« Ava steht neben mir und mustert jedes dieser Bilder genauso, wie ich es tue.

Ein leichtes Schmunzeln kräuselt meine Lippen. »Das sind wundervolle Bilder. Du hast echt Talent.«

Jetzt kann sich auch Ava ihr stolzes Lächeln nicht mehr verkneifen.

»Gehst du direkt auf die Suche nach solchen Menschen wie hier?« Ich zeige mit meinem Zeigefinger auf die Fotos.

»So würde ich das nicht gerade sagen. Den meisten bin ich zufällig begegnet. Wie dir, Hope. Sie sind überall. Nur verschließen die meisten normalen Menschen ihre Augen vor ihnen.« Ava setzt *normalen* in händisch gezeigte Anführungszeichen. »Dabei sind wir doch alle irgendwie wundervoll, oder nicht?«

Wie mir? Mag mich Ava deswegen so sehr? Weil man mir anhand meiner Narben im Gesicht auch ansehen kann, dass ich irgendetwas Schlimmes durchmachen musste? Ich traue mich nicht, sie zu fragen, aus Angst, mir selbst Salz in meine noch offenen Wunden zu schütten. Mein Sam. Meine Mila.

»Stimmt wohl«, murmle ich zu beiden Aussagen.

»Ich zeig dir erstmal, wo ihr schlafen könnt. Während ihr euch einrichtet, räume ich auf. Du fühlst dich natürlich ganz wie zu Hause, dass das klar ist!« Eine Aufforderung, auf die Ava eine Antwort erwartet.

»Ist gut«, erwidere ich mit gewisser Zurückhaltung.

Ich folge ihr durch das Wohnzimmer mit offener Küche. Alles in dem Raum wirkt zusammengewürfelt und zum Teil chaotisch: das braune Sofa, der gelbe Couchtisch, die weiße Kommode neben den hohen Fenstern. Alles passt nicht zu der hellen Küche im Landhausstil. Und doch muss ich zugeben, dass ich überrascht bin, wie mir dieser Charme gefällt.

Gegenteilig wirken die weißen Wände der Wohnung mit all den Bildern sortiert. Als wäre es Avas ganz persönliches Atelier.

Wir laufen in den Flur. Dann öffnet sie die nächste Tür, die direkt gegenüber vom Wohnzimmer liegt. Ein gemütlich eingerichtetes Zimmer mit einer rustikalen Schlafcouch und einem schmalen Kleiderschrank.

»Das ist euer Zimmer. Ich hoffe, es gefällt euch. Hinter dieser Tür ist auch ein kleines Bad mit Dusche. Ich werde gleich die Heizung etwas aufdrehen.« Ava läuft ans Fenster, unter dem ein Heizkörper angebracht ist und dreht diesen etwas höher.

»Das ist mehr als genug, Ava. Ich danke dir.«

Wow, ein eigenes Bad, das direkt an das Gästezimmer, das Barcley und ich bewohnen dürfen, grenzt.

»Das ist das Mindeste, nachdem du mich heimgefahren hast. In einer halben Stunde sollte es hier gemütlich warm sein«, erwidert Ava.

Die Wohnung, in der sie lebt, ist recht groß, wie ich finde. Groß genug, dass wir drei uns nicht auf die Füße treten. Zumindest behaupte ich das nach dem, was ich gesehen habe.

»Ich lasse euch nun allein. In der Zwischenzeit würde ich uns eine Pizza bestellen, wenn du magst.« Gott, mir ist gar nicht aufgefallen, wie hungrig ich bin.

»Unbedingt«, stimme ich zu.

»Ist eine vegetarische Pizza in Ordnung? Fleisch mag ich nicht sonderlich«, fragt Ava.

»Vegetarierin, was?«

»Nicht direkt. Ich esse nur selten Fleisch«, erklärt sie.

Im Gegensatz zu Ava esse ich relativ gern Fleisch. Nicht die deftigen Rindersteaks, die teilweise durchwachsen sind und auf denen man minutenlang herumkauen muss, bis sie weich genug sind, um sie hinunterzuschlucken. Aber zarte Filets mag ich schon sehr. Doch nichts geht über kalorienreiches Burgerfleisch.

»Vegetarisch ist in Ordnung«, zwinkere ich ihr zu.

»Perfekt. Dann frage ich meinen Bruder auch gleich, ob er eine möchte.«

»Deinen Bruder?«, frage ich überrascht.

»Ja. Liam wohnt direkt unter uns und er würde es mir verdammt übelnehmen, wenn ich ihn nicht fragen würde. Wobei es recht lustig wäre, ihn wieder auf die Palme zu bringen.« Ava schmunzelt über ihre Aussage.

Wahrscheinlich macht sie sich ein Spiel daraus, ihren Bruder permanent zu reizen.

Also ihr Bruder wohnt unter ihr. Der, der einen Kinosessel im Flur stehen hat.

Ava schließt die Tür hinter sich und lässt mir und Barcley Freiraum, um uns in Ruhe einzurichten.

Ich sehe aus dem Fenster und erblicke unter mir einen kleinen Garten, der mit weißem Pulverschnee bedeckt ist. Wie gern ich Barcley darin herumwetzen lassen würde.

Dann stelle ich meine Tasche aufs Bett, ziehe den Reißverschluss auf und lege die wenigen Sachen, die ich aus Newport mitgenommen habe, in den Kleiderschrank. Meine Papiere, wenige Klamotten, etwas Kosmetik, meine Haarbürste, mein Handyladekabel und ein paar Bücher, die ich noch nicht gelesen habe. Ich konnte nichts weiter mitnehmen, wie beispielsweise ein Bild, was mich an meine glückliche Vergangenheit erinnert hätte.

Es ging nicht anders. Ich nahm sogar die Unendlichkeitskette von Sam ab.

Irgendwie war es schwer, alles hinter sich zu lassen, aber ich wusste, wenn ich mich nicht für gewisse Zeit davon trenne, würde ich niemals loslassen können. Und schließlich war genau das der Grund, Newport zu verlassen.

Als ich anfange, die Klamotten ordentlich in den Kleiderschrank zu legen, fällt mir sofort Sams grauer Kapuzenpullover in die Hände. Dabei war ich sicher, alles in Umzugskisten deponiert zu haben, bevor ich mein Zuhause verlassen hatte.

Doch etwas mitgenommen, was dich an ihn erinnert, Hope.

Wie aus Zwang ziehe ich ihn an meine Nase und rieche daran. Meine Augen schließe ich, um noch einmal bedeutende Erinnerungen an ihn hervorzuholen.

Gott, wie sehr ich diesen Menschen liebe und vermisse. Nie wieder werde ich für jemand anderen so fühlen können. Sam war schließlich mein Seelenverwandter und diesen gibt es nur einmal im Leben, weil er ein Stück meiner Seele geteilt hat. Als er starb, nahm er dieses Stück mit sich ins Grab. Seitdem bin ich zerbrochen und zweifle daran, dass man meine Seele wieder heilen kann. Eigentlich muss man das auch nicht. Ein Leben ohne das Gefühl der Leere wäre schon genug. Denn der Liebe, die mein Leben perfekt machen würde, habe ich abgeschworen. Ohne Sam keine Liebe.

In den letzten Wochen habe ich gelernt, es nicht gleich wieder in einen Heulkrampf auslaufen zu lassen, wenn ich seine Sachen in der Hand habe oder Milas Kinderzimmer betrete.

Dringend muss ich aus meiner nassen Jeans und dem figurbetonten Shirt raus. Also beschließe ich, etwas Bequemeres anzuziehen. Ich nehme mir den Pullover und eine Jogginghose aus der Tasche.

Obwohl ich den Pullover eigentlich im Schrank verstauen sollte, hemmt mich etwas.

Leg ihn weg, Hope. Los! So wirst du es niemals akzeptieren können.

Aber im Moment ist es keine Option, Sams Lieblingspullover wegzulegen. Vielleicht ist es gar nicht so schlimm, etwas von ihm bei mir zu haben, das mir in einer neuen Stadt wie Nashville Sicherheit schenkt.

»Warte kurz hier. Ich bin gleich wieder da«, flüstere ich Barcley zu und streichle ihm sanft über den Kopf. Während ich ins Bad gehe, schnüffelt mein Hund genüsslich den Raum ab.

Das Bad ist nicht groß, aber völlig ausreichend. Die ebenerdige Dusche werde ich heute sicherlich noch benutzen – nachdem die in der letzten Unterkunft nur aus einem kalten Schauer bestand. Kalt duschen macht mich aggressiv und bis ich Ava an der Tankstelle traf, war ich das auch.

Ich ziehe mir mein Shirt über den Kopf und stülpe meine Hose über den Po, runter zu den Beinen. Schnell schlüpfe ich in die Jogginghose und den übergroßen Pullover hinein. Ich möchte weder die Narbe an meinem Schienbein noch die an meinem Unterbauch sehen.

Als ich wieder ins Zimmer komme, hat es sich Barcley im Bett bequem gemacht.

»Dir gefällt es hier, was?« Mein Fellknäuel dreht sich auf den Rücken und lässt sich von mir ordentlich den Bauch kraulen.

»Komm, du Räuber. Wir gehen zu Ava. Was hältst du davon?«

Es dauerte keine Sekunde, bis er vom Bett springt und an der Tür wartet, um auf Ava zuzugehen. Er mag sie.

Mit dem Rücken zu uns sitzt Ava auf der Couch und zappt unentschlossen im Fernsehprogramm herum. Wie gesagt, hat sie aufgeräumt. Die Klamottenberge sind verschwunden und der Geschirrspüler läuft.

Ich soll mich wie zu Hause fühlen. Dann tue ich das. Mit Bedenken, und obwohl es mich wieder so viel Stärke kostet, setze ich mich neben sie.

»Heute kommt nur Mist im Fernsehen«, flucht Ava.

»Hast du keine Filme da?«, frage ich.

»Gute Idee. Oder vielleicht eine Serie? Mal sehen, was ich so dahabe.« Ava zappt durch einige Ordner. Ich überfliege sie nur und bemerke, dass sie wohl Fan von *The Walking Dead*, *Game of Thrones* und *Vampire Diaries* ist. Aber auch Serien wie *Friends*, *How I Met Your Mother* und *The Big Bang Theory* scheinen ihr zu gefallen. Letzteres reißt kleine Wunden in mir auf. Den Rest habe ich nie gesehen und mir sind ausschließlich die Namen bekannt.

Hör auf, alles mit ihm zu verbinden! Reiß dich zusammen!

Zum Glück holt mich Barcley gleich wieder aus meinem Tief, das aufzubrodeln droht, indem er drängelnd vor uns sitzt.

»Na komm hoch, du kleiner Schatz!«, fordert Ava, indem sie mit ihrer flachen Hand neben sich auf die Couch klopft. Vor Freude wedelt Barcleys Rute hin und her. Keine Sekunde lässt er verstreichen und macht zwischen mir und Ava Platz. Mit seinem Kopf auf meinen Oberschenkel, dem Po an Avas Bein.

»Wahrscheinlich bist du nun seine beste Freundin«, sage ich mit einem Lächeln.

»Nein, die bist ja schon du.«

»Stimmt. Wobei ich eigentlich seine Hundemama bin«, schmunzle ich.

»Dann nehme ich den Platz der besten Freundin sehr gerne ein«, erfreut sich Ava und krault Barcleys schwarzes Fell. Sie gibt ihm einen flüchtigen Kuss auf die schwarze Nase.

»Auf was stehst du so?«, fragte mich Ava und weist dabei auf ihre Serienliste hin.

»Ehrlich?«, erwidere ich zurückhaltend.

»Du magst keine Serien«, vermutet Ava entgeistert.

»Nein. Das ist es nicht. In meiner Vergangenheit habe ich nur kaum Serien angesehen. Nur *The Big Bang Theory.*« Das erste Detail, das ich Ava über meine Vergangenheit preisgebe.

»Wollen wir also *The Big Bang Theory* schauen?«

»Nein!«, verneine ich ruppig.

»Okay?!« Sie sieht mich mit großen Augen an. Dabei weicht sie ein klein wenig mit ihrem Oberkörper zurück, als hätte ich etwas Hartes gegen sie geschmissen. Oh je, was muss sie jetzt nur von mir denken, wenn mich so eine simple Frage so schroff antworten lässt.

»Nein, weil ich sie schon in- und auswendig kenne«, versuche ich mich rauszureden. Ich kann Ava nicht sagen, dass mich jede Folge an ihn erinnern würde.

»Ach so. Gut. Ansonsten kennst du keine andere Serie?«

Ich verneine.

»Magst du's romantisch?«, fragt sie, was mich kurz überlegen lässt.

»Mhm. Romantisch mit mehr Humor vielleicht eher.« Wer lacht nicht gern? Ich könnte einige Glücksgefühle auf jeden Fall gut gebrauchen.

»Dann kann ich dir *How I Met Your Mother* empfehlen. Dabei geht es um einen *Ted Mosby*, der seinen Kindern in den kleinsten Details erzählen möchte, wie er deren Mutter kennengelernt hat. Liebe, mit gewissem Witz und viel Charme«, erklärt Ava begeistert.

»Dann mach mal an«, sage ich gespannt.

Als der Vorspann ertönt, in dem immer wieder nur ein *Babababa* gesungen wird, schallt die Klingel durch die Wohnung. »Die Pizza.« Ava springt von der Couch und nimmt sich ihr Portmonee vom Esstisch.

»Lass, ich mach das!«, fordere ich ein. Es ist mir eine Selbstverständlichkeit, nachdem ich bei ihr für die kommende Zeit wohnen darf.

»Nein, bleib sitzen!«, erwidert Ava und schmeißt mir eine ablehnende Handbewegung zu.

Sie öffnet die Tür und gibt dem älteren Pizzalieferanten mit weißen Haaren einen Schein. »Stimmt so.« Er gibt ihr zwei Pizzaschachteln und verabschiedet sich freundlich von ihr.

Wie lecker. Der Duft zieht schon jetzt zu mir rüber. Rasch kommt Ava zu mir und drückt mir eine der Schachteln in die Hand. »Ich bringe die hier nur schnell runter zu Liam. Dann können wir anfangen, zu gucken. Fang ruhig schon mal an, zu essen.« Ich nicke. Dabei kommt es gar nicht in die Tüte, ohne Ava anzufangen. Oberstes Gebot im Haus der Greens. Es wird erst gegessen, wenn alle am Tisch sitzen. In unserem Fall, wenn Daddy endlich am Tisch sitzt.

Ich muss an ihn denken. Also ziehe ich mein Handy aus der Hosentasche und blicke auf das Display. 18 ungelesene Nachrichten und 31 unbeantwortete Anrufe.

Da ich weiß, dass ich im Augenblick allein bin, nutze ich die Zeit, um Isa, James und Daddy eine kurze Nachricht zu verfassen. Jedem dieselbe.

Ich mache einen Zwischenstopp und habe eine sehr nette Frau in meinem Alter kennengelernt. Ava. Ich werde ein paar Tage hierbleiben. Es ist alles in Ordnung. Mir geht es gut.

Hab dich lieb.
Hope.

Mein Gewissen fühlt sich leichter an, als ich auf Senden klicke. Ich will nicht, dass sich einer von ihnen Sorgen um mich macht. Schließlich haben sie das die letzten Wochen zu Genüge getan.

Ich höre das Klicken der Wohnungstür. Ava kommt zurück und, ohne zu zögern, stecke ich mein Handy in die Hosentasche.

»Du hast nicht angefangen?«, fragt sie mich, als sie den unberührten Pizzakarton sieht.

»Gehört sich nicht«, erwidere ich.

»Mein Gott, bist du gut erzogen«, staunt Ava.

»Ich weiß. Hat mein Daddy gute Arbeit geleistet, was?« Ich schmunzle.

»Keine Mum?«, hinterfragt sie und lässt sich auf die Couch plumpsen.

»Nope.«

»Darf ich fragen, warum?«

Das zweite Detail aus meiner Vergangenheit, dass ich Ava anvertraue.

Über meine Mutter zu sprechen, stört mich keineswegs. Sie ist nur ein Schandfleck in meiner Vergangenheit und der größte Feigling, den ich kenne. Und von mir aus kann das ruhig jeder wissen.

»Gibt nicht viel zu sagen. Sie dachte, sie verpasst etwas in ihrem Leben und hat uns deswegen verlassen, als ich vier war. Kurz und knackig, genau wie ihr Gehen.«

»Miststück!«, wütet Ava.

»Mehr als das«, schimpfe ich.

»Da bin ich ja froh, dass ich so geniale Eltern habe. Beide sind wirklich super lieb«, erzählt mir Ava.

Ohne weiter über uns zu reden, beginnen wir mit der ersten Staffel von *How I Met Your Mother* und, um ehrlich zu sein, nimmt mich diese Serie ab der ersten Folge so richtig ein.

Der Duft von frischem Kaffee schlägt mir entgegen, gemischt mit dem Geruch frischer Brötchen. Obwohl ich keinen Kaffee mag, rieche ich ihn gern.

In den letzten Wochen habe ich morgens fast nie gefrühstückt. Nur meinem Vater zuliebe habe ich mir immer wenige Löffel Müsli reingewürgt.

Ich bin auf den Weg ins Bad, nachdem ich in dem fremden Zimmer erwacht bin. Barcley döst noch. Dafür, dass mir alles fremd erscheint, habe ich erstaunlich gut geschlafen. So gut wie seit Wochen nicht mehr. Ich fühle mich frisch und voller Energie.

Mein Blick geht in den Spiegel. Meine braunen Augen wirken wacher und meine Haut rosiger. Ich drehe den Hahn auf und drücke mir kaltes Wasser ins Gesicht. Dabei spürt meine Handfläche die Unebenheiten auf meiner Haut.

Schon über elf Wochen, Hope. Wann gewöhnst du dich endlich an die Narben?

Ich wische mir den Schlaf aus den Augen, putze mir die Zähne, kämme mein Haar, schlüpfe in eine bequeme Jeans und ein beiges Shirt.

Als ich mein Fellknäuel noch auf dem Bett schlummern sehe, lege ich mich ein letztes Mal zu ihm. »Aufstehen, mein Räuber.«

Er erwidert mein Wecken mit einem Zungenschlag in mein Gesicht. »Barcley, nicht!«, lache ich. Aber Barcley denkt nicht daran, aufzuhören. »Komm, wir gehen zu Ava.«

Als ich in den Flur trete und dem leckeren Geruch folge, sehe ich, dass der runde Frühstückstisch fast vollständig gedeckt ist. Ava ist dabei, die Teller aus dem Schrank zu holen. Sie ist noch im Pyjama. In einem pinken Pyjama, der so grell leuchtet, dass es mir in den Augen wehtut.

»Guten Morgen«, sage ich.

»Hey, ihr beiden. Ich habe schon für Frühstück gesorgt«, erwidert Ava und klopft sich dabei stolz auf die Schulter. Als sie sich zu uns dreht, sehe ich, dass ein weißes Einhorn auf ihrem Oberteil abgedruckt ist. Total mädchenhaft und fast schon Klischee. Wenn ich Klischees nur nicht so mögen würde, würde ich vermutlich loslachen.

»Sowas magst du, ja?«, muss ich Ava fragen.

Sie sieht nach unten, zieht ihr Oberteil lang und grinst. »Und wie.«

»Wenn du willst, können wir frühstücken«, sagt sie.

»Ich würde mit Barcley schnell eine Runde gehen, damit er erleichtert ist. Dann können wir sofort«, antworte ich.

»Dann warte, ich zieh mich schnell um und komme mit.«

In der Zwischenzeit nehme ich Barcleys Leine in die Hand und mache sie an seinem Halsband fest. »Geht gleich los, mein Guter.«

Fünf Minuten warten wir auf Ava, bis sie in einer Jogginghose und einem Langarmshirt aus ihrem Zimmer kommt. Ich fahre in meine schwarzen Boots und schlüpfe in meine Jacke hinein. Ava tut es mir gleich. »So, los gehts.«

Barcley zeigt uns, wie dringend sein Geschäft ist, indem er die Treppen buchstäblich hinunterstürmt. Ich, an seiner Leine, hinterher. »Hier in der Nähe ist ein kleiner Park.«

»Das klingt doch perfekt.«

Als ich durch die Haustür trete, starre ich direkt in viele verschiedene Gesichter, die eilig an uns vorbeilaufen. Manche sehen nur unachtsam auf ihr Handy, andere stieren einfach nur geradeaus. Während die Straßen am Vorabend leer schienen, ist am heutigen Morgen die Hektik ausgebrochen.

»Ist das hier immer so?«, frage ich.

»Was genau meinst du?«, entgegnet Ava.

»Naja. Diese vielen Mensch und die Eile.«

»Jap. Fast jeden Tag. Aber an den Sonntagen ist es ziemlich ruhig auf Nashvilles Straßen«, zwinkert mir Ava zu.

Das erste Mal frage ich mich, ob Nashville wirklich der richtige Ort für mich ist.

Hier ist es so anders als in Newport. Alles ist laut, lebendig und hektisch. Obgleich es nicht einmal neun Uhr ist, rennen die Menschen regelrecht durch die Straßen und achten kaum aufeinander. Obwohl ich Newport vermisse, straffe ich die Schultern und streife mir eine Haarsträhne hinters Ohr. Den Gedanken, einen Rückzieher zu machen, verwerfe ich sofort wieder.

In nur wenigen Gehminuten haben wir den Park erreicht, von dem Ava sprach. Unseren Weg kreuzen andere Hundehalter. Wir gehen nur eine kleine Runde, bis Barcley sein Geschäft erledigt hat. Dann kehren wir auch schon in die Wohnung zurück und genießen unser Frühstück.

»Möchtest du?«, fragt Ava und hält mir die Kaffeekanne hin, bereit, in meine Tasse zu gießen.

»Nein, danke. Kaffee ist nicht mein Getränk«, erwidere ich und halte eine Hand über die quietschgelbe Tasse vor mir.

»Waaaaas? Hope, du überraschst mich wirklich immer wieder. Kein Kaffee am Morgen? Wie überstehst du nur deinen Tag?« Ava hält sich theatralisch den Handrücken an die Stirn.

»Ich überstehe meinen Tag mit einer guten Portion Schokolade«, erwidere ich und fahre mir dabei mit der Zunge über die Lippen.

»Habe ich da.« Blitzschnell steht Ava auf, krallt sich meine Tasse und öffnet den Kühlschrank. Sie holt sich eine Packung Milch raus, füllt einen kräftigen Schluck in die Tasse hinein und lässt sie in der Mikrowelle warm werden. Hinterher schüttet sie genügend Kakao hinein.

»Ich habe alle zwei Tage gut eine Packung Kakao gebraucht, um die Trennung von meinem Ex zu überstehen«, erzählt sie und stellt mir dabei den warmen Kakao vor die Nase.

»Danke, Ava.«

»Keine Ursache.« Sie schiebt ihre Brille den Nasenrücken hinauf.

»Und? Hat er geholfen?« Beflügelt nippe ich mit meiner Oberlippe an dem heißen Schokoladengetränk. Dabei entweicht mir ein Stöhnen.

»Ich denke schon. Aber erst das letzte Wochenende hat mich hundertprozentig von ihm befreit«, gesteht sie mir. »Ach so. Ich habe diese Woche übrigens noch frei. Also kann ich dir in aller Ruhe Nashville zeigen.«

»Sehr gern. Du schließt deinen Laden einfach?«, frage ich.

»Ich habe Weihnachten und den Jahreswechsel im Laden verbracht, um Bilder zu entwickeln. Ich brauch die Pause einfach mal, um meine kreative Seite wieder hochleben zu lassen.«

»Kann ich verstehen«, sage ich so daher, obwohl ich das kaum verstehen kann. Ich habe keine kreative Ader. Zumindest fällt mir da im Moment keine ein.

»Wie sieht dein Plan eigentlich so aus? Was hast du vor?«, fragt mich Ava.

»Du meinst die kommende Zeit? Ich habe keine Ahnung. Aber keine Sorge, ich werde dein Gästezimmer nicht allzu lang in Anspruch nehmen«, erwidere ich.

»Ich würde mich freuen, wenn du ein wenig bleibst. Es tut gut, eine Freundin zu haben«, nuschelt Ava in ihr Brötchen, dass sie dick und fett mit Marmelade beschmiert hat.

Eine Freundin? Das sieht sie also schon in mir?

»Hast du keine Freunde, Ava?«, frage ich.

»Doch, schon. Und irgendwie auch nicht. Es sind Menschen, mit denen ich mal fortgehe oder mich zu irgendetwas verabrede. Aber nichts geht wirklich tief.« Ava zuckt mit den Schultern.

Geht denn das zwischen uns tiefer?

Ava strotzt vor Selbstbewusstsein. Daher glaubte ich, dass sie von einer Menge Leuten umgeben ist, die ihr Selbstbewusstsein bekräftigen.

»In Newport habe ich auch nur zwei. Aber ihnen würde ich wohl mein Leben anvertrauen.« Ich vermisse Isa und James.

Ich hatte mich vor meinem Gehen ganz schön von ihnen abgeschottet. Aber für mich war es die einzige Möglichkeit, die totale Selbstzerstörung zu verhindern.

Der Grund, warum ich mich nicht von Ava fernhalte, ist, weil sie mich nicht mitleidig ansieht und mich damit nicht jede Sekunde an Sam und meine Vergangenheit erinnert. »Mein Daddy sagt immer, eine Handvoll Freunde oder Menschen im Leben genügen allemal.«

»Guter Daddy.« Das ist er. Der beste Daddy.

Ava packt mich an der Hand und zieht mich hinter sich her.

Die Luft in der Stadt ist stickig. Doch, auch wenn meine Seele noch immer gebrochen ist, fällt es mir hier ein wenig leichter, zu atmen.

»Die musst du unbedingt probieren. Du wirst irgendwann dafür töten. Das ist die beste heiße

Schokolade überhaupt.« Ava ist wie besessen, mir die „beste heiße Schoki" Nashvilles zu zeigen, nachdem sie mitbekommen hat, wie sehr ich Kakao liebe. Barcley gefällt ihr rasches Tempo. Ich komme jedoch total aus der Puste. Wie kann sie nur schneller sein als ich? Ihre Beine sind viel kürzer als meine. Vielleicht hängt mir der Unfall noch nach. Schließlich war ich einige Wochen wie ausgeknockt.

Gemeinsam stehen wir vor einem Café namens *ChocoMakesHappy*. Da ich nicht weiß, ob ich Barcley mit reinnehmen darf, stelle ich mich dicht an die Scheibe und spähe hinein. Keiner sitzt mit einem Hund drin. »Ich glaube nicht, dass hier Hunde erlaubt sind.«

Ava zwinkert mir wieder zu, was mich misstrauisch macht. »Keine Sorge. Ich habe nicht vor, mich reinzusetzen. Es geht gleich weiter. Ich hole zwei Becher und dann zeige ich dir das nächste Highlight der Stadt.« Allein spaziert sie hinein und stellt sich in einer langen Schlange an.

Obwohl Ava anbot, mir alles in Ruhe zu zeigen, hetzen wir jetzt ganz schön durch die Innenstadt.

Dazu kommt, dass mich an jeder Ecke unterschiedlichste Musik verfolgt, die durch Nashvilles Straßen schallt. Egal, wohin wir gehen. Sie ist überall.

Sobald der Klang eines Instrumentes ertönt, gefriert jeder Zentimeter meines Körpers. Beißende Tränen schießen mir in die Augen, was es absolut zu verhindern gilt. In meinem Nacken steigen die winzig kleinen Härchen zu Berge und in meiner Brust lodert ein brennender Druck auf. Jedes Mal kämpfe ich wie um mein Leben, damit ich nicht losheule.

Und auch vor dem Café, links an der Hausecke, steht ein Trompeter, der gekonnt in sein Musikstück bläst. Alle, die an ihm vorbeilaufen, beeindruckt er damit sicherlich. Ich hingegen will nur weg hier.

Wird sich das jemals wieder ändern? Schließlich lebt die ganze Welt von Musik und ich kann ihr doch nicht mein ganzes Leben lang ausweichen.

Ich habe mir geschworen, die Kontrolle zu behalten, statt Tränen der Verzweiflung zu vergießen. Ein schmerzhaftes Kneifen in mein Handgelenk, das ich mir vor Wochen angewöhnt habe, hilft mir dabei, meine Beherrschung nicht zu verlieren. Gleichzeitig ist es wie ein Befreiungsschlag.

Das Einzige, was ich bei mir haben kann oder sogar bei mir haben muss, weil ich dieses freundliche Wesen so sehr liebe, ist Barcley. So sehr mich seine niedliche Schnute auch an Sam erinnert. Aber er ist mir die Stütze, die mich immer wieder aus dem Tief zieht, wenn es sonst keiner kann. Seine schwarzen, treuen Knopfaugen zaubern mir in den schlimmsten Tagen ein Lächeln in Gesicht. Barcleys weiches Fell bietet mir aus undefinierbaren Gründen Schutz. Wenn ich mich an ihn kuschle, weiß ich, dass ich nicht allein bin. Auch wenn mein Hund eine andere Sprache spricht als ich, glaube ich fest daran, dass er mich versteht. Mein treuer Begleiter nimmt das Leben entspannt. Wenn ich in der Finsternis versinke, ist er mein Licht am Ende des Tunnels. Selbst hier, in Nashville, in einer Stadt, die so bunt, laut und schrill ist, gibt mir Barcley das Gefühl, sicher zu sein.

Ava erzählte mir, dass sich die Stadt selbst gern die „Music City“ nennt.

Toll, Hope. Genau der richtige Ort für dich.

Hätte ich das vorher gewusst, wäre ich niemals aus dem Auto gestiegen und Ava hinterhergeeilt. Egal, wo man hingeht, es schallen einem *Taylor Swift* oder die *Dixie Chicks* entgegen. Natürlich höre ich, selbst am Vormittag, noch viele andere Musiker aus den wenigen Bars, die schon geöffnet haben. Aber die kenne ich nicht mit Namen.

Durch das Caféfenster sieht sie immer wieder nach Barcley und mir. Ava fällt mit ihrer quietschgelben Regenjacke und ihrem gelben Schal in der Reihe auf. Der muskulöse Typ hinter ihr scheint auch einen Blick auf sie geworfen zu haben. Ava hingegen merkt nichts. Vermutlich weil sie ihr Handy aus der Tasche holt und einen Anruf entgegennimmt, der sie von ihrer Umgebung ablenkt.

Nach nur wenigen Minuten kommt sie mit zwei braunen To-go-Bechern aus dem Café. Aufgeregt drängt sie mich, zu probieren, und erwartet gespannt meine Reaktion. Und ja, Ava hat recht mit ihrer Behauptung. Es ist der beste Kakao, den ich jemals getrunken habe. »Oh mein Gott!«

»Sag ich doch.« Ava grinst über das ganze Gesicht.

Zarte Schokoladenstückchen schmelzen auf meiner Zunge und lassen die cremige Sahne noch süßer schmecken. Genau das, was ich gerade brauche – einen Zuckerschock vom Feinsten.

»Du hast nicht übertrieben.« Dabei ist Ava prädestiniert dafür, so einiges übertrieben wirken zu lassen. Sie erscheint einem damit keinesfalls aufdringlich. Eher weckt Ava eine gewisse Neugier. Was daran liegen kann, dass ihre Stimme dramatisch nach oben hüpft und in einen quirligen Unterton verfällt.

Während ich versuche, das Heißgetränk zu genießen, fühle ich prüfende Blicke, die ununterbrochen in meinem Gesicht kleben. Zu allem Übel höre ich zwei junge Frauen in unserem Alter, die über mich tuscheln. Sie stehen nur wenige Meter von uns entfernt. Es ist offensichtlich, dass sie die Narben in meinem Gesicht für ein grausames Abbild einer Horrorvorstellung halten.

Obwohl sie hinter vorgehaltenem Becher sprechen, höre ich jedes Wort aus ihren einfältigen Mündern.
Die eine – Beine bis zum Hals, schwarze Haare bis zum Po, südländischer Teint – sagt: »Hast du die gesehen? Die braucht zu Halloween kein Kostüm.« Worauf die andere – klein und mollig, kurze blonde Haare, blasser Teint – erwidert: »Bei der ist eben das ganze Jahr Gruuuuuselzeit.«

Sie amüsieren sich köstlich über mich und über ihre taktlose Wortwahl. Ohne zu ahnen, welche Gefühle das in mir auslöst. Trauer, Wut, Unverständnis. Täglich muss ich mir diese Male im Spiegel ansehen und werde permanent daran erinnert, mein Kind und die Liebe meines Lebens verloren zu haben, während mir

nur die schrecklichen Narben an meinem Körper geblieben sind.
Noch nie wurde ich derart gemustert und auf böswillige Art und Weise belächelt. Weder in Newport noch sonst wo. Umso bestürzter bin ich darüber. Die zwei Biester bemerken, dass ich alles mitkriege, und scheinen gar nicht mit dem Gedanken zu spielen, ihre Klappe zu halten. Was wohl auch Ava mitbekommen hat. Wütend schaut sie zu ihnen und ihre Mimik verändert sich drastisch. Ava wirkt normalerweise süß, freundlich und lieb. Jetzt ist ihr Blick schwarz, ihr Gesicht verfärbt sich rot und ihre freie Hand ist zur Faust geballt. Während ich beschließe, die beiden zu ignorieren, läuft Ava schon längst auf sie zu – stolz, mutig und vor allem unaufhaltsam.

Ich folge ihr. Nur um sie aufzuhalten.
Die beiden hoffen, meine neue Bekanntschaft ignorieren zu können. Aber wütend packt Ava die große Schwarzhaarige am Arm, um sicherzustellen, dass sie zuhört. »Wollt ihr uns irgendetwas mitteilen?« Nicht ein Blinzeln überkommt Avas starren Blick, der einem Angst machen kann.

»Mit Sicherheit nicht«, antwortet die Dunkelhaarige.

»Dann rate ich euch, eure Botoxgesichter in eine andere Richtung zu lenken und eure Schlauchlippen zu verschließen.« Ich weiß nicht, was auf einmal mit mir los ist, aber ich muss lachen. Herzhaft lachen.

Den Gören fällt auf diese überraschende Äußerung von Ava nichts ein, sodass sie sich abwenden und uns den Rücken zudrehen. Wie auch ich haben die zwei nicht damit gerechnet, dass aus so einer kleinen Erscheinung so viel Gegenwind kommen kann. Ohne zu zögern, erhöhen sie die Distanz zwischen uns, als wäre Ava ein wütendes Nashorn, zu dem man Abstand halten sollte.

»Lass sie einfach reden«, sage ich und lege meine Hand auf Avas Schulter, in der Hoffnung, sie ein klein wenig beruhigen zu können. Auf einmal entweicht jegliche Unsicherheit aus meinem Körper, welche die zwei in mir ausgelöst haben.

»Ich würde ihnen so gern ihre Absätze in den Arsch rammen«, wütet sie.

»Das wäre ziemlich lustig anzusehen.« Avas Blicke heften sich nun auf mich.

»Du scherzt? Ärgert dich das denn nicht?«, fragt sie mich.

»Kurz, ja. Aber was soll ich denn tun? Soll ich mich wirklich rumärgern? Dafür habe ich schon genug, mit dem ich klarkommen und mich auseinandersetzen muss. Da kann ich sowas nicht auch noch gebrauchen. Das sind doch nur zwei Frauen, die mit ihrem Leben nichts anzufangen wissen, wenn sie sich an sowas wie dem hier aufgeilen«, erwidere ich und streife dabei vorsichtig mit dem Zeigefinger eine Narbe. Bilder schießen unerwartet in meinen Kopf. Grausame Bilder. Kurzzeitig schließe ich die Augen und möchte die wiederkehrenden Erinnerungen vom Tag des Unfalls einfach unterdrücken. Genauso möchte ich meinen Puls, der gerade wie wild herumhämmert, wieder auf Normalzustand bringen.

Tief einatmen, Hope!

Niemals würde ich mich von diesen arroganten Frauen herunterziehen lassen. Der Spott, den sie über mir ausgossen, perlt an mir ab wie Wasser auf einer Lotusblume.

»Um ehrlich zu sein, wundert es mich mehr, dass du mich noch keinmal auf das hier angesprochen hast.« Meine Fingerspitzen lösen sich nicht von meinem Gesicht.

»Weil es mir nicht zusteht. Ich glaube, wenn ein Mensch bereit ist zu reden, tut er das. Ganz von allein. Ohne Zwang und vor allem ohne Druck.«

Ava kann sich nicht vorstellen, was mir diese Worte bedeuten. Damit sagt sie mir, dass sie keine Erwartungen auf meinen Schultern ablegt und mir Zeit lässt. Ava nimmt mir die Last, mich und meine Vergangenheit vor ihr erklären zu müssen. Eine Last, von der ich aus Newport weggelaufen bin, weil sie mich schier erdrückte.

Dass die Wut aus Avas Augen weicht und dem gewohnten Glanz den Weg wieder freiräumt, lässt den Moment noch kostbarer für mich erscheinen. Obwohl sie mein Wesen kaum kennt, hat sie Partei für mich ergriffen.

Ich mag es, wie Ava ist. Vielleicht habe ich wirklich die erste Möglichkeit bekommen, mein Leben wieder auf die Reihe zu kriegen. Mit jemandem wie ihr an meiner Seite.

Ihre letzten Worte sind der Beginn einer wunderbaren Freundschaft. Dessen bin ich mir sicher. Auch wenn sie erst seit wenigen Stunden besteht, danke ich ihr. Ich danke Ava. Denn sie hat in dieser kurzen Zeit so viel mehr geschafft, als sie wahrscheinlich wahrnimmt und überhaupt wollte.

»Komm, lass uns weiter gehen. Du wolltest mir doch noch etwas zeigen, oder?« Das erste Mal spüre ich Freude in der Seele.

Ihr Unterarm hakt sich in meiner Armbeuge ein. Dann zieht mich Ava wieder hinter sich her.

Die Menschenmasse um uns herum wird weniger. Wir folgen einer Nebenstraße.

»Heute Abend wirst du meinen Bruder kennenlernen.«

»Okay?!«, erwidere ich schüchtern.

»Liam ist wirklich ziemlich nett. Einmal die Woche haben wir eigentlich so einen Geschwister-Talk, der letzte Woche jedoch ausgefallen ist.«

»Sicher, dass ich da dabei sein sollte? Ich kann auch einfach gehen. Dann seid ihr ungestört.«

»Du gehst nirgendwohin. Ihr werdet euch gut verstehen. Versprochen!« Ava formt ihren Zeige- und Mittelfinger zu einem „V", das ihr Versprechen nochmals unterstreichen soll.

»Und das geht wirklich in Ordnung? Auch für ihn?«, sichere ich mich ab.

»Mehr als das, Hope.«

Wir laufen direkt hinunter zum Ufer des *Cumberland River*. Am Flussufer umschließt uns eine schöne Allee aus schneebedeckten Kirschbäumen. Rechts von uns reiht sich Laden an Laden und ich merke, wie Ava immer langsamer läuft. Das erste Mal versprüht sie Unsicherheit.

»Schau, hier sind wir schon.« Zurückhaltend wirft sie ihren Daumen über die Schulter und zeigt in ein Schaufenster, in dem zwei Bilder hängen.

Eines von einer älteren Dame, die fröhlich in die Lüfte springt. Auffallend sind dabei ihre Arme mit fehlgebildeten Händen. Das zweite Bild zeigt einen jungen Mann mit einer markanten Einbeulung auf der linken Kopfhälfte.

Darüber ein handschriftlicher Schriftzug. *Be unusual.* »Sei außergewöhnlich? Ist das dein Laden, Ava?« Sie nickt schüchtern und streift sich ihre dunklen Haare hinters Ohr.

»Das ist klasse. Zeig ihn mir«, bitte ich. Diesmal bin ich es, die von der Neugier gepackt wird. Noch nie habe ich einen Menschen kennengelernt, der sein ganzes Leben dem Außergewöhnlichen hingibt. Jetzt will ich mehr wissen. Ich will sehen, was hinter dem großen verschneiten Fenster steckt.

»Wirklich?«

»Aber natürlich. Oder warum sind wir sonst hier?«

Aufgeregt klappert sie mit ihrem Schlüssel, steckt ihn ins Schloss und dreht ihn um.

Als wir den Laden betreten, bimmelt über meinem Kopf die Glocke laut auf. Links von uns steht ein kleiner moderner Tresen aus Massivholz. Er verleiht dem Raum eine urbane und organisierte Note. An der Front wurde sogar der Name *Be unusual* eingraviert. »Den hat mir mein Bruder gezaubert«, verrät Ava.

»Wow. Er scheint handwerklich ganz schön was draufzuhaben.«

Ich stelle mir bildlich vor, wie Ava immer ihren Kopf in den Raum streckt, wenn Besuch auf sie zukommt.

Dann führt sie mich einen Raum weiter, der links abgeht. Hier wirkt es leer. Am Rand stehen einige fotografische Accessoires. Farbige Hintergründe, Leuchten, Schirme und Hocker. »Das ist wohl der Raum, indem die besonderen Bilder entstehen, was?« Ich leine Barcley ab, sodass er ungestört an allem herumschnüffeln kann.

»Genau. Hier entstehen fast alle meine Bilder. Auch die beiden, die du draußen gesehen hast.«

»Wow.« Ich staune nicht schlecht.

»Jetzt zeige ich dir noch den Entwicklungsraum. Hier erfahre ich, ob das, was ich da tue, auch wirklich gut genug ist.« Wir laufen weiter und Ava öffnet eine leicht verklemmte Holztür.

»Hier ist die Dunkelkammer, in der ich die Filme aufhänge.«

Obwohl ich nicht genau weiß, wie all ihre wunderschönen Bilder entstehen und welche Arbeit da dahintersteckt, bin einfach nur verblüfft von dem, was sie in ihren jungen Jahren aufgebaut hat.

»Du kannst wirklich stolz darauf sein, Ava. Ich beneide das, was du hier tust.«

Man sieht, wie viel ihr dieser Laden bedeutet, weil ihre Augen die ganze Zeit leuchten und ihre Mundwinkel permanent um die Wette tanzen.

»Warum das?«, fragend hebt sich ihre Augenbraue.

»Du lebst dafür. Ich würde auch gern für irgendetwas so brennen wie du für das hier.« Meine Hand zeigt auf alles, was sich in unserem Sichtfeld befindet. Wenn ich etwas hätte, wofür ich genauso brennen würde wie Ava für ihre Fotografie, könnte ich mich mit meinem Schmerz darin flüchten und ein wenig Ablenkung finden.

Im Moment ist es Ava, die mir die wohltuende Ablenkung schenkt. Dank ihr komme ich auf andere Gedanken und muss nicht permanent an Sam oder Mila denken.

Außerdem muss mir Ava wirklich vertrauen, wenn sie mir solch tiefen Einblick in ihr Lebensprojekt gewährt. Wahrscheinlich kann ich mir ihretwegen vorstellen, doch noch ein Weilchen in Nashville zu bleiben, obwohl hier alles so anders ist. Weil ich in Ava eine Freundin gefunden habe.

Irgendwann möchte ich ihr genauso viel Vertrauen schenken wie sie mir.

9

Liam

Meine Schwester war ziemlich seltsam, als ich sie anrief und gefragt habe, ob sie heute Abend Zeit hat. Sonst ist sie völlig euphorisch. Doch heute Vormittag war sie recht zurückhaltend. Ich hoffe, es hat nichts mit ihrem Ex, dem Vollidioten, zu tun. Ich werde ihn noch in Stücke reißen, wenn er weiterhin versucht, ihr zu nahe zu kommen. Offen gesagt, könnte sich der Trottel mit Antonia die Hand reichen.

Erst recht will ich nun herausfinden, was dahintersteckt, dass Ava heute Vormittag so seltsam war. Also schnappe ich mir den Sixer Bier und eine Flasche von Avas Lieblingswein, den ich immer auf Vorrat habe. Da ich weiß, dass sich meine Schwester eine Woche Auszeit nimmt und morgen früh nicht raus muss, ist die Flasche Wein für sie bestimmt keine Hürde. Und auch ich werde die Werkstatt später aufschließen. Termine habe ich keine.

Ein letzter Blick in den Garderobenspiegel zeigt mir das Elend am heutigen Montagabend.

Das Wochenende hängt mir noch ganz schön nach. Ich habe mir spontan heute frei genommen. Eigentlich ist es nicht meine Art, den Laden wegen einer Alkoholeskapade geschlossen zu halten. Da jedoch keiner meiner Kunden sich für eine heutige Abholung angekündigt hatte, entschied ich es dennoch.

Mit der Hand fahre ich durch meine zerzausten Haare, um die Katastrophe ein wenig zu ordnen. Klappt nur nicht ganz so gut, wie ich mir das vorstelle.

Die graue Jogginghose und der weiße Kapuzenpullover, in denen ich mich das ganze Wochenende gesehen habe, sind übersät von Liegefalten. Nur der Gang zur Party löste mich am Samstag für wenige Stunden von der Couch. Am Sonntag versuchte ich, mich lediglich zu rehabilitieren, und zappte, teilweise gelangweilt, durch das Programm.

Meine Turnschuhe sind noch immer vom Matsch des Wochenendes überzogen. Aber hey, meine Schwester hat mich schon ganz anders gesehen. Viel zerstörter.

Ich gehe die fürchterlich klingenden Treppen hinauf. Als wäre das nicht genug, klirren auch noch die Bierflaschen in meiner Hand. Nicht dass ich nach dem Wochenende sonderlich Appetit auf Alkohol habe. Aber irgendwie gehört es zu unserem wöchentlichen Ritual, unser Gespräch mit Wein und Bier zu ergänzen. Und für das, was ich mir am Samstagabend antun musste, bedarf es am besten mehr als nur dieser paar Flaschen Bier in meiner Hand.

Die abscheulichen Bilder von Oliver und Antonia drängen sich zum wiederholten Male in meinen Kopf und treiben dort ihr Unheil.

Sie klebte gierig an seinen Lippen, während er ihr unter das knallrote Shirt fuhr. Was Oliver dabei dachte, weiß ich. Nach der jahrelangen Freundschaft zwischen uns, die seit letztem Sommer zerbrochen ist, kann ich jeden Schritt und jeden Gedanken von ihm vorhersehen.

Umso mehr ärgert es mich, dass mir die Annäherung der beiden nicht eher aufgefallen ist. Da musste ich Antonia mit Oliver wirklich erst auf seiner Couch erwischen.

Wie ich es die letzten Jahre zuvor auch tat, ging ich ohne Ankündigung in Olivers Wohnung und dachte mir natürlich nichts dabei. Aber dann lag sie da, meine Ex. Leicht bekleidet fand ich sie auf meinem besten Freund vor.

Schockiert sprang Antonia von ihm, als mich ihre verschmierten Augen erblickten. Mit ihren dunklen Augenringen sah meine Ex aus wie ein Zombie aus *The Walking Dead*. Keuchend richtete sie sich mit ihren hexenartigen Fingernägeln den Slip. Die zwanghafte Gier aufeinander war so groß gewesen, dass nicht einmal Zeit blieb, das Höschen komplett runterzulassen.

Oliver lag nur auf dem Rücken, kniff sich ins Nasenbein und starrte gegen die Decke.

Das Paradoxe daran: Antonia war immer die, die wie eine eifersüchtige Furie auf andere Frauen losging, sobald mich eine von ihnen nur falsch ansah.

Ich machte es beiden relativ einfach und verschwand wortlos wieder. Weder knallte ich die Tür hinter mir zu, noch ließ ich einen lauten Schrei aus meiner Kehle entfliehen. Obwohl es meinem Körper so sehr danach drängte.

Ich ging lediglich zu meiner Schwester und sagte ihr, wie beschissen die Welt sei. Dass man niemandem außer ihr trauen könne. Als Ava nach so viel Gefühlsduselei stutzig wurde, setzte sie alles daran, herauszufinden, was der Auslöser für mein untypisches Verhalten war. Ohne sie hinzuhalten, erzählte ich ihr, was ich gesehen hatte.

Seither verflucht sie die zwei genauso wie ich. Und seitdem ist Funkstille zwischen mir und meinem ehemals besten Freund.

Er denkt nicht einmal daran, sich auf irgendeine Art bei mir zu entschuldigen. Dass Antonia die Beine für ihn breitgemacht hat, hat mich nicht annähernd berührt. Dass aber mein bester Freund soweit ging, fühlte sich wie ein Messerstich in meiner Magengegend an.

Dieser Schmerz verblasst mit jedem Tag, der vergeht, und allmählich wird mir die Freundschaft zu Oliver egal. Nur in einzelnen Momenten, wie letzten Samstag, überkommt mich die Wut auf ihn.

Über die beiden überhaupt einen Gedanken zu verlieren, ist totale Zeitverschwendung. Also genug davon.

Ich stehe vor der Wohnungstür meiner kleinen Schwester. Die Klingel nutze ich nie. Wenn das laute

Knarren der Treppe Ava nicht dazu bewegt, ihre Wohnungstür zu öffnen, macht es im Normalfall das unregelmäßige Klopfzeichen, das ich viermal hintereinander ertönen lasse. In den letzten zwei Jahren wurde es zu einer Art Parole zwischen Ava und mir.

Normalerweise dauert es nur wenige Sekunden, bis sie vor mir steht. Genauso wie es nur einer kurzen Zeit bedarf, bis mich Ava mit einem breiten Grinsen empfängt und sofort drauflosplappert, ohne mich nur einmal zu Wort kommen zu lassen. Aber gerade lässt sie sich ungewöhnlich viel Zeit.

Ehe ich erneut das Klopfzeichen durch das Treppenhaus schallen lasse, öffnet sich die Tür und ich rechne damit, in Avas braune Augen zu blicken. Und ich sehe auch in braune Augen, aber das sind nicht die von meiner kleinen Schwester. Diese hier sind so viel dunkler und um einiges größer.

Ich bin ziemlich überrascht und bekomme kein Wort heraus. Unerwartet durchforstet mein neugieriger Blick das unbekannte Gesicht vor mir.

»Du musst Liam sein. Avas Bruder«, spricht die Fremde zu mir.

»Und du bist?« Die fragende Arroganz in meiner Stimme höre ich selbst heraus. Ich weiß, dass die Art und Weise, wie ich mit anderen umgehe, manchmal eingebildet rüberkommen kann. Gelegentlich ist es pure Absicht. Vor allem dann, wenn mir wieder irgendeine Frau auf die Nerven tritt. Ich halte die Leute gern auf Abstand. Nach dem, was mir mit Oliver wiederfahren ist, sowieso.

Allerdings hier, bei ihr, ist dieser arrogante Unterton in meiner Stimme keine Absicht. Sondern nur eine dumme Angewohnheit.

Wer ist sie nur? Diese Frau, die Mitte zwanzig zu sein scheint. Ihre langen braunen Haare, die leicht gewellt sind, legen sich wie ein Schleier auf ihre schmalen Schultern und gleiten sanft über ihr Dekolletee. Tiefbraune Augen starren mindestens genauso überrascht in mein Gesicht wie ich ihn ihres. Ihre geschwungenen rosaroten Lippen bleiben vorerst starr. Erst als ich jede Pore ihrer zarten Haut erspäht habe, erkenne ich die Narbe in ihrem Gesicht. Beginnend auf ihrer rechten Wange, endend an ihrem Kinn. Nicht, dass man sie übersehen könnte, aber meine Sinne lagen in jeder Hinsicht auf ihrer sanften Erscheinung.

»Ich bin Hope«, stellt sich die Unbekannte vor. Ihre Mundwinkel tanzen leicht nach oben. Meine tun es ihren gleich.

»Auf was wartest du? Komm rein.« Hope tritt einen Schritt zur Seite und fordert mich mit einer schnellen Handbewegung auf, hineinzukommen. Meine Turnschuhe streife ich auf dem schwarzen Läufer der letzten Treppenstufe ab, dann trete ich neben Hope.

Noch nie hat es in Avas Wohnung so gut gerochen wie eben. Und ich bin mir sicher, dass es Hope ist, die diesen angenehmen Duft in der Gegend versprüht. Fruchtig-blumig. Ein Hauch von Pfirsich und Veilchen. Vermischt mit einer Prise Vanille.

Sie wusste, dass Ava heute noch Besuch bekommt. Ich hingegen hatte keine Ahnung, dass meine Schwester bereits Besuch hat.

Wenngleich ich vor wenigen Sekunden noch geglaubt habe, sie sei ein neues fotografisches Opfer meiner Schwester, so bekomme ich doch langsam erste Zweifel an meiner Vermutung.

Denn sie ist optisch absolut nicht wie die anderen Models, die ich bei Ava angetroffen habe. Außerdem finden in ihrer Wohnung so gut wie keine Shootings mehr statt, seitdem sie den Laden hat. Also, was bitte macht Hope um diese Uhrzeit hier?

Wie selbstverständlich läuft die Fremde auf die Couch zu. Der gleichmäßige Gang, gepackt in enge Jeans, verführt mich, die untere Etage ihres Körpers genauer zu entdecken. Ob ihr bewusst ist, was für ein reizvoller, runder Hintern in ihrer Jeans steckt? Eine Ohrfeige für meine Gedanken.

Hope lässt sich neben ein schwarzes Fellknäuel sinken. Und während ich den Labrador sehe, geht mir ein Licht auf.

Sie waren es gestern. Die fremden Geräusche. Doch kein dreibeiniger Hund und sein einäugiges Herrchen mit nur einem Arm und nur einem Ohr. Dem Schicksal sei Dank.

Im Fernseher läuft im Augenblick eine Folge von *How I Met Your Mother*. Ich könnte die Staffeln hoch- und runterschauen und für gewöhnlich nimmt die Serie meine ganze Aufmerksamkeit ein. Umso befremdlicher finde ich es, dass sich meine Sinne mehr auf die Unbekannte legen statt auf meine Lieblingsserie.

»Willst du da noch ein Weilchen rumstehen oder dich lieber hinsetzen? Ava kommt sicher gleich. Sie ist nur noch schnell duschen.« Keinmal sieht sie zu mir. Absolut verständlich, wenn die geniale Rolle von *Neil Patrick Harris* vor ihrer Nase herumtanzt. Dass er in diesem Moment so viel Aufmerksamkeit von Hope ergattert, beneide ich.

»Das hier ist Barcley. Er ist unglaublich lieb.«

Glaubt sie etwa, dass ich Angst vor ihrem Hund habe? Oder warum sagt sie das? Wobei Hope ruhig noch ein wenig mehr reden könnte. Auf eigenartige Weise mag ich den sanften Klang ihrer Stimme, die absolut mit ihrer zarten Erscheinung harmoniert.

Sie klingt so ganz anders als die umhergetriebenen Stimmen der Frauen, die ich bisher kennengelernt habe.

Hopes Stimme erinnert mich an eine Harfe, deren Saiten im völligen Einklang ertönen. Wahrscheinlich drängt mich deshalb mein Körper dazu, neben ihr Platz zu nehmen.

Noch einmal fahre ich mit meiner Hand durch mein zerzaustes Haar, um es ein wenig mehr zu ordnen. Ungern möchte ich den Anschein erwecken, nur Avas versoffener Bruder zu sein. Denn genauso sehe ich aus. Optisch völlig zerstört. Neben mir stehend ein Sixer Bier und eine Flasche Wein.

Ava hätte mir ruhig mal sagen können, dass eine Fremde hier in ihrer Wohnung herumgeistert. Nicht dass ich eitel wäre oder sowas. Nur gehört sich ein klein wenig Anstand, wie ich finde. Und darin ist ein vernünftiger erster Eindruck inbegriffen, den ich vermutlich nicht vermittle. Ich wäre wenigstens mal duschen gegangen.

Mir jetzt ein Bier zu kredenzen, macht den ersten Eindruck noch schlechter. Also lasse ich es lieber.

Was mache ich hier? Seit wann interessiert es mich, was Bekanntschaften meiner Schwester über mich denken?

Hope muss für Ava relativ fremd sein, denn ich kenne alle ihre Freundinnen. Sogar die Nervigsten unter ihnen. Leider sind mir viele von ihren kindischen Flirtversuchen bekannt.

Ava machte sich einen Spaß daraus, ihren Kommilitoninnen und Freundinnen die Nummer ihres großen Bruders weiterzugeben. Dafür verfluche ich sie noch immer. Bis dato gehen mir manche von ihnen gehörig auf den Sack. Die Liste der blockierten Nummern in meinem Handy ist länger, als mir überhaupt lieb ist.

»Ich will nicht unhöflich wirken. Aber darf ich?« Hope nickt kurz in meine Richtung. Ihre braunen Augen finden meine. Sekunden vergehen, bis ich checke, auf was sie aus ist. Das Bier.

Verwundert greife ich nach zwei Flaschen aus meinem Sixer und reiche ihr eine davon. Als ich die Unbekannte fragen will, ob ich es für sie öffnen soll, da meine Schwester sowas wie einen Flaschenöffner nicht besitzt, ergreift sie schon selbst das Feuerzeug vom Couchtisch und löst den Kronkorken mit nur einem Hieb. Die Begeisterung, die sich in mir abspielt, muss ich dringend unterdrücken. Aber dennoch, schöne Sache. Eine Frau, die in der Lage ist, ein Bier mittels Feuerzeugs zu öffnen und die sich wohl lieber ein Bier in den Hals kippt als den süßen Weißwein, für den meine Schwester töten würde. Wüsste nicht, dass ich sowas schon mal gesehen habe.

Hopes Körpersprache, obwohl sie mir distanziert erscheint, wirkt erfrischend und neu.

»Danke«, murmelt sie und hält mir den Flaschenhals entgegen.

Die Befangenheit in meinem Körper löst sich und, ohne zu zögern, öffne ich mein Bier. Wir stoßen an und setzen gleichzeitig zu unserem ersten Schluck an.

Für einen Bruchteil des Augenblickes fühlt es sich an, als wären wir altbekannte Freunde.

Danke, Hope, dass du meine Kehle nicht vertrocknen lässt.

»Was treibt dich zu Ava? Fotos?« Ich möchte unbedingt erfahren, was sie hier macht.

»Nein!?« Hope lässt ihr *Nein* wie eine Gegenfrage erklingen.

Ihre dunklen Augen sehen erneut in meine. Nur nicht so, wie ich es mir wünsche. Ich erkenne eine gewisse Unsicherheit, die ich keinesfalls in ihr auslösen möchte.

Mir fällt eine weitere Narbe über ihrem linken Auge auf, die sich bis zu ihrem Lid erstreckt. Der Drang, sie berühren zu wollen, erschreckt mich.

»Ich dachte nur.«

Hope zieht die Stirn kraus und fährt sich mit ihren Fingern durch ihr langes Haar.

»Wegen meinen Narben, was?« Angespannt kaut sie auf ihrer Unterlippe.

Verdammt! Jetzt sag ja nichts Falsches, Connor!

Durch die Bilder an Avas Wänden scheint sie von ihrer Arbeit zu wissen und zu glauben, dass ich sie wegen ihrer Narben gleich damit in Verbindung bringe. Irgendwie tat ich das ja auch.

So oder so werde ich die Vermutung nicht los, dass die Narben in ihrem Gesicht das Überbleibsel einer tragischen Vergangenheit sind.

»Du musst dazu nichts sagen. Schon gut.«

Als wüsste sie, dass ich nach einer Erklärung in meinem Kopf suche. Ihre prüfenden Blicke lösen sich von mir und gleiten wieder zu meiner Lieblingsserie.

Toller erster Eindruck, Connor! Die Chance, dich mal mit einer vernünftigen Frau zu unterhalten statt einem naiven Modepüppchen, hast du wunderbar versiebt. Ganz klasse.

Hopes Hund liegt mit seiner Schnauze auf ihren Oberschenkeln und mustert mich.

Ich weiß nicht, ob das ein gutes oder schlechtes Zeichen ist. Im Elternhaus sind wir mit Hunden aufgewachsen. Daher weiß ich, wie individuell jeder von ihnen ist und wie groß der Schutzinstinkt dieser Racker sein kann.

»Ich habe Ava unterwegs aufgegabelt. Irgendwie konnte sie mich dann überreden, ein paar Nächte hierzubleiben«, erklärt sie sich, ohne annähernd abgeneigt oder genervt zu klingen. Worüber ich froh bin, weil es heißt, dass sie mich noch nicht ganz in diese Arroganz-Schublade gesteckt hat.

»Sie ist wieder getrampt?«, frage ich und versuche, gelassen zu bleiben, was mir schwerfällt. Ich hasse es, wenn Ava in fremde Autos einsteigt.

»Hätte ich das nicht sagen dürfen?« Hope hebt abwehrend ihre Hände in die Luft.

»Irgendwann trifft sie noch auf irgendwelche Psychopathen.« Wie kann man nur so unvernünftig sein. Ich verschränke meine Arme vor der Brust.

Ich weiß genau, warum Ava das tut. Immer wieder ist sie auf der Suche nach diesen Menschen, die ihre Arbeit vollkommener machen. Sie ist süchtig danach und setzt sich dabei ständig unbekannten Gefahren aus. Dieses Verhalten ist sowas von leichtfertig und dumm. Dabei ist Ava alles andere als auf den Kopf gefallen.

»Sowas Ähnliches habe ich ihr auch gesagt.« Hope setzt zum nächsten Schluck an und hat einen ganz schönen Zug drauf.

»Auch das hat sie nicht zur Vernunft gebracht, richtig?«

»Nope.« Hope schüttelt ihren Kopf, um ihre Antwort noch einmal zu unterstreichen.

Ehe ich zum nächsten Satz ansetzen kann, höre ich, wie Avas Schlafzimmertür geht.

Und in wenigen Sekunden steht sie schon da, in ihrem pinken Pyjama. Sie weiß, dass ich dieses Teil hasse. Genauso wie den penetrant süßen Duft ihres Shampoos, den sie mit in den Raum zieht. Es riecht wie eine Tüte Gummibärchen aus purer Chemie. Trotzdem gehe ich ihr schwerfällig einen Schritt entgegen.

»Noch etwas fertig vom Wochenende, was?«, mutmaßt sie mit einem breiten Grinsen im Gesicht.

»Kann schon sein«, räuspere ich mich.

»Erstmal hallo, Brüderchen.« Ava legt ihre Arme um meine Taille und schon klebt dieser beißende Duft an mir. Ihr Haar unter meiner Nase ist noch feucht. »Ich sehe, ihr beiden habt euch schon bekannt gemacht.« Erfreut sieht Ava zwischen Hope und mir hin und her.

»Sozusagen«, erwidere ich.

Sofort konfrontiere ich sie mit ihrem unmöglichen Verhalten. »Wann wolltest du mir eigentlich erzählen, dass du wieder mal getrampt bist?« Ava soll meine Rage ruhig spüren.

»Heute!?«

»Wer's glaubt, Ava. Das nächste Mal fahre ich dich da hin.«

»Gibt kein nächstes Mal, Liam. Ich wollte einfach auch mal allein nach Charlottesville.«

»Und ich weiß auch genau, warum.« Genervt verdrehe ich meine Augen.

»Hör auf, die Augen zu verdrehen. Ich musste sehen, ob da noch was zwischen uns ist. Das hätte mich sonst nie in Ruhe gelassen.« Ava stemmt ihre Hände in die Hüfte.

»Und? Ist da noch was?« Genervt, weil Ava diesem Typen schon ganze zwei Jahre hinterherrennt, kneife ich mir in den Nasenrücken.

»Definitiv nicht. Er ist ein Dreckskerl.« Wie schwere Steine lassen wir uns auf die Couch fallen.

»Bin gespannt, für wie lange«, räuspere ich mich.

»Für immer, Liam. Für immer.« Ava formt ihren Zeige- und Mittelfinger zu einem „V“, das bei ihr als Friedenszeichen und Versprechen gilt. »Das Leben ist einfach viel zu schade für Typen wie ihn.«

»Wenn du das nächste Mal gleich auf mich hörst, sparst du dir die verschwendete Lebenszeit«, erwidere ich.

Ich kenne Typen wie Todd Evers. Möchtegernfootballspieler, die ihre Qualitäten auf dem Platz nicht ausreizen. Jedoch ihre Energie dafür aufwenden, jedes beliebige Mädchen an der Universität flachzulegen. So auch Ava. Nur mit dem Unterschied, dass er sich bei ihr auf eine Beziehung einließ, was definitiv optische Gründe hatte. Ava ist verdammt hübsch, was ihr selbst gar nicht klar ist. Für Todd war es aber eher ein *unbedingt-haben-wollen-damit-sie-kein-anderer-bekommt*-Spiel.

Meine Schwester nahm diese Beziehung ernst. Todd hingegen hält von Treue nicht so viel.

Ich weiß von einigen, mit denen er – neben Ava – geschlafen hat. Weil ich selbst auf die Universität in Charlottesville gegangen bin, ließ sich das Getratsche rund um Ava und ihn nicht überhören. Hirnlose Weiber, die es auf dieser Uni zu Genüge gab und wahrscheinlich noch gibt, prahlten damit, dass sie von jemandem wie Todd Evers flachgelegt wurden. Ich bin froh, dass Ava wieder hier ist und diesen Kerl abgeschossen hat. Dieses Mal hoffentlich für immer.

Ich spielte auch einige Jahre Football und wurde nur allein deswegen schnell in dieselbe Schublade wie Todd Evers gepackt. Obwohl es genügend Möglichkeiten gegeben hätte, habe ich diesen Status niemals ausgenutzt.

Es ist nicht so, dass ich nie einen One-Night-Stand gehabt hätte. Aber sie halten sich gewiss in Grenzen, sind ohne Zweifel nicht auf Football zurückzuführen und vor allem an einer Hand abzuzählen. Ebenso die Frauen, mit denen ich fest zusammen war.

Football hat mir nie wirklich Spaß gemacht, sodass ich mich nach wenigen Jahren kurzerhand dazu entschloss, auszusteigen. Sehr zum Leidwesen meines Vaters.

»In Sachen Liebe kann man auf keinen hören. Das weißt du genauso gut wie ich. Aber das Trampen hatte doch auch was Gutes. Ich habe Hope kennengelernt. Siehe da.« Mit offenen Händen zeigt sie, völlig hin und weg, auf Hope, die scheinbar keine Sekunde von *How I Met Your Mother* verpassen will. »Wir sind jetzt schon ziemlich gute Freunde.« So kenne ich meine Schwester. Aufgedreht, euphorisch und begeistert.

»Weiß sie auch, dass ihr Freunde seid?«, stichle ich, was sofort mit einem Faustschlag auf meinem Oberarm endet.

»Ich störe eure geschwisterliche Unterhaltung ja wirklich ungern. Aber …«, ungeduldig zeigt Hope in den Fernseher. »Ich meine, ich fang gerade an, die Serie wirklich zu mögen.«

Oh, das gefällt mir. Aber kennt sie *How I Met Your Mother* etwa nicht?

»Nur noch eine Minute, Hope.« Ava hebt ihren Zeigefinger in die Luft und starrt mich fordernd an. »Wie war es bei der Party im *Town House*?«

»Frag nicht. Weiß gar nicht, weshalb ich dort war.« Es braucht keine weiteren Worte, damit Ava versteht, dass ich darüber nicht reden will. Außerdem kann sie sich denken, was ich mir dort ansehen musste.

»Gut.« Ava klatscht in ihre Hände und schenkt mir ein vertrautes Lachen.

»Du willst keinen Wein, Hope?«, fragt sie, als sie prüfend die Bierflasche in Hopes Hand mustert. »Nicht, wenn ich die Wahl habe.« Mit ihrem Zeigefinger zeigt Hope zwischen Wein und Bier hin und her.

Ich muss zugeben, Hope ist mir von Avas Freunden und Bekanntschaften – nach so kurzer Zeit – wirklich am liebsten.

10

Hope

Das muss ihr Bruder sein. Ava sagte mir bereits, dass ich ihn heute kennenlernen und er klopfen würde, statt die Klingel zu benutzen. Außerdem wiederholte sie, dass er ziemlich nett sei und ich mir keine Sorgen machen müsse, wenn ich ein paar Minuten allein mit ihm bin. Wahrscheinlich spürte sie meine Unsicherheit, was neue Bekanntschaften angeht. Schließlich stellte ich mich ihr gegenüber auch nicht wirklich erfahren an. Aber da Ava ziemlich freundlich ist, hoffe ich bei ihrem Bruder mal das Beste.

Ich straffe meine Schultern, schlucke schwer und laufe zur Tür. Aufgeregt atme ich die Luft meiner Lungen aus und umfasse den kühlen Griff. Dann ziehe ich die Tür zu mir.

Für einen Moment erstarre ich. Nicht weil mir die Kälte des Treppenhauses gegen den Körper schlägt, sondern weil mir das Grün einen heftigen Schlag in die Magengegend versetzt. Das Smaragdgrün seiner

Augen, löst in mir ein dumpfes Gefühl aus. Folgewidrig wird mir wärmer statt kälter.

Seitdem Sam Tod ist, hasse ich diese Farbe, die Hoffnung widerspiegelt. Denn es war unsere Farbe. Wir liebten sie und tauchten so viele Accessoires unseres Hauses in sie hinein. Ich hasse die Farbe sogar so sehr, dass ich Barcleys Halsband und die Leine austauschen musste. Sein Hals ziert nun ein braunes.

An alles, das Hoffnung symbolisiert, glaube ich schon lange nicht mehr. Meinen Namen kann ich ja schlecht ablegen, den mir mein Vater genau deswegen gegeben hat: Sollte mir die Hoffnung einst abhandenkommen, soll mich mein Name daran erinnern, dass sie mir niemals völlig entrinnen wird. Ich muss nur geduldig genug sein, sie wiederzufinden.

Ja, Daddy, du hast gut reden.

Und eigentlich sollte ich endlich woanders hinsehen. Statt in seine perfekt geformten grünen Augen. Eigentlich.

Es bedarf unheimlich viel Kraft, einen anderen Punkt in seinem Gesicht zu fixieren. Aber, nachdem sich meine Augen von seinen gelöst haben, erkenne ich plötzlich, dass es da mehr als genug gibt, auf das ich meine Blicke heften kann.

Seine blonden Haare stehen in alle Richtungen ab, was ihn sympathisch wirken lässt. Seine Lippen, die Unterlippe ist ein wenig voller als die obere, bleiben bewegungslos. Ein Dreitagebart bedeckt sein Kinn und legt einen sanften Schatten auf seine Wangen.

Ava hat mir gar nicht gesagt, wie gut ihr Bruder aussieht. So gut, dass er nur mit den Fingern schnipsen müsste, damit ihm die Frauen haufenweise hinterherrennen. Wenn sie es nicht so schon tun.

Aber was habe ich bitte schön anderes erwartet? Schließlich ist Ava auch eine Schönheit.

Liam trägt in seinen Händen ein Sixer Bier und eine Flasche Wein. Bier, ganz klar Bier.

Für dieses Mustern, das gerade stattfindet, haue ich mir gedanklich selbst auf den Hinterkopf. Und genauso wie ich ihn ansehe, durchforstet er mein Gesicht.

Mein Puls rast und am liebsten würde ich ihm die Tür vor der Nase zuschlagen und aus seinem Sichtfeld verschwinden.

Man sollte glauben, dass meine Aufregung nachlässt. Weil sich doch meistens der erste Schritt, in diesem Fall der zur Tür, als der schwierigste erweist. Aber vor ihm zu stehen und diesen grünen Augen unabsichtlich zu erlauben, mich zu durchleuchten, lässt mein Herz in Wirklichkeit bis zum Hals schlagen.

»Du musst Liam sein. Avas Bruder«, spreche ich, um die angespannte Stille zu unterbrechen.

»Und du bist?« Liam wirkt überrascht, was man ihm nicht verübeln kann. Ava hat ihm wohl nichts von mir erzählt. Also bin ich für ihn eine Fremde, die in der Wohnung seiner Schwester herumirrt.

»Ich bin Hope«, stelle ich mich vor.

Ich bemerke, wie sich meine Mundwinkel ganz leicht nach oben manövrieren. Liam geht es ähnlich.

Auf seinen Wangen formen sich leichte Grübchen, die mir den Umgang mit ihm erleichtern.

»Auf was wartest du? Komm rein«, drängle ich. Obwohl ich Ava erst wenige Stunden kenne, habe ich mitbekommen, wie sehr sie es hasst, zu frieren.

Um nicht wieder an Liams Augen oder seinem wahnsinnig schönen Lächeln hängen zu bleiben, drehe ich ihm den Rücken zu und laufe zur Couch. Nervös lasse ich mich neben Barcley einsinken und ziehe die Beine an meine Brust.

Anstatt sich neben mich zu setzen, starrt er mich an. Deutlich spüre ich seine anziehenden Blicke in meinem Nacken. Mir wird heiß. Und verdammt, ich starre auch. Nur viel unauffälliger als er. Ich benutze meine Augenwinkel.

Hör auf, Hope. Was zum Teufel machst du da? Konzentriere dich auf die Serie!

»Willst du da noch ein Weilchen rumstehen oder dich lieber hinsetzen? Ava kommt sicher gleich. Sie ist nur noch schnell duschen. Das hier ist Barcley. Er ist unglaublich lieb.« Meine Hände streicheln über Barcleys weiches Fell. Im Normalfall beruhigt mich die ausgeglichene Art meines Hundes und geht teilweise auf mich über. Aber im Augenblick habe ich eher schlechte Karten.

Ich weiß nicht, wie Liam zu Hunden steht, und kann nur hoffen, dass er kein Problem mit Barcley hat.

Wortlos setzt er sich zu mir. Ich kann nicht annähernd erahnen, was er denkt.

Liam fährt mit seiner Hand durch sein zerzaustes Haar. Vermutlich um es ein wenig zu ordnen. Dabei möchte ich ihm gern sagen, dass das völlig unnötig ist. Da es gut so aussieht, wie es ist. Aber ich enthalte mich, weil mir eine Äußerung dahingehend gar nicht zusteht.

Obwohl meine Blicke nur auf die Serie gerichtet sind, kann ich mich kaum auf die Folge konzentrieren.

Werd locker!

Seitdem ich von meiner Schwangerschaft erfuhr, habe ich nicht einen Tropfen Alkohol angerührt. Bis heute nicht. Natürlich hätte mir der eine oder andere Drink in vielen Momenten den Schmerz erträglicher gemacht. Doch ich konnte mich nicht darin flüchten, nur um sie kurzzeitig zu vergessen. Auch wenn es mir damit in den schmerzhaften Situationen besser gegangen wäre.

Aber im Moment würde mir ein Schluck recht guttun und für etwas mehr Entspannung sorgen. Jetzt, wo es auch noch so verlockend ganz in meiner Nähe steht.

Ich weiß, dass ich nur ein wenig mehr Mumm zeigen muss, um ihn zu fragen. Denn schließlich kann Liam nicht meine Gedanken lesen. Worüber ich froh bin, sonst wüsste er, wie nervös mich seine Anwesenheit macht.

Diese eine Frage ist für mich wie ein doppelter Salto aus dem Stand. Nicht unmöglich, aber verdammt schwer. Also balle ich meine Hände zu festen Fäusten und nehme all meinen Mut zusammen.

»Ich will nicht unhöflich wirken. Aber darf ich?« Ich deute auf sein Bier. Liam schaut komisch.

Warum siehst du mich so überrascht an? Sag einfach nein, wenn du alle sechs für dich selbst beanspruchst. Sind schließlich deine und du kennst mich kaum. Aber zögere bitte nicht. Das macht mich unsicher. Und unsicher bin ich ja wohl schon genug.

Ohne sich von meinen Blicken zu lösen, um anscheinend sicherzugehen, dass ich genau das Bier meine, greift er nach zwei Flaschen und reicht mir eine. Meine Fäuste werden weich und umfassen das kühle Glas.

Das Erstbeste, was mir ins Auge springt, ergreife ich. In dem Fall ein Feuerzeug auf Avas Couchtisch. Dann löse ich den Kronkorken vom Flaschenhals.

»Danke«, murmle ich und bitte ihn, mit mir anzustoßen. Gehört sich so, wie ich finde.

Die Gläser klirren. Danach setzen wir gleichzeitig zu unserem ersten gemeinsamen Schluck an.

Komischerweise muss ich feststellen, dass es sich vertraut zwischen Liam und mir anfühlt. Als säße ich nicht das erste Mal neben ihm. Als tränken wir nicht das erste Mal ein Bier miteinander.

»Was treibt dich zu Ava? Fotos?« fragt er mich.

»Nein!?« Seine Augen finden meine und sofort wird mir klar, worauf er hinauswill. Seine grüne Sicht auf meine Narben verrät es mir. Ob Mitleid oder Neugier seine Gedanken einnehmen, weiß ich nicht. Aber egal, was es ist. Ich mag keines davon.

»Ich dachte nur«, räuspert er sich.

»Wegen meiner Narbe, was?« Wenn ich nervös bin, kaue ich ungehemmt auf meiner Unterlippe herum. Sam hat meine Nervosität damals direkt durchschaut. Hier kann ich nur hoffen, dass Liam es als eine blöde Angewohnheit abtut.

Ich sehe, wie er qualvoll nach einer Erklärung sucht, um die Male in meinem Gesicht zu umschreiben. »Du musst dazu nichts sagen. Schon gut«, löse ich ihn aus seiner Befangenheit und sehe zurück in den Fernseher, auf den ich mich endlich mal konzentrieren sollte.

»Ich habe Ava unterwegs aufgegabelt. Irgendwie konnte sie mich dann überreden, ein paar Nächte hierzubleiben«, erkläre ich.

Wahrscheinlich um ihm klarzumachen, dass ich kein Model für Ava bin und meine Narben nicht zur Schau stelle.

Als ob ich es noch ertragen würde, dass mir Bilder das grausame Schicksal meiner Vergangenheit aufzeigen. Es reicht, wenn ich die Narben jeden Morgen im Spiegel sehen muss.

»Sie ist wieder getrampt?«, fragt Liam mit leichter Empörung im Gesicht.

Ich bin erleichtert, als er das Thema wechselt. So erleichtert.

»Hätte ich das nicht sagen dürfen?« Abwehrend hebe ich meine Hände in die Luft.

»Irgendwann trifft sie noch auf irgendwelche Psychopathen.«

»Sowas Ähnliches habe ich ihr auch gesagt.«

»Auch das hat sie nicht zur Vernunft gebracht, richtig?«

»Nope.«

Avas Erscheinen erstickt jegliche Kommunikation zwischen Liam und mir. Wenn das Bier in meinem Körper mich nicht lockert, dann das Kommen von Ava. Erleichtert atme ich auf und spüre, wie sich mein impulsiver Herzschlag normalisiert.

Freudig gibt sie sich ihrem Bruder hin, der ihr entgegenkommt und sie liebevoll in den Arm nimmt. Sie ist über einen Kopf kleiner als er, sodass sie sich an seine Brust schmiegen kann. Bei diesem Anblick wünscht man sich regelrecht selbst Geschwister. Ich kenne beide kaum, aber sofort bemerke ich die Verbundenheit zwischen ihnen. »Ich sehe, ihr beiden habt euch schon bekannt gemacht.« Ich nicke nur.

Bevor ich die Chance bekomme, etwas zu erwidern, konfrontiert Liam seine Schwester ungehalten mit dem, was ich ihm über unser Kennenlernen erzählt habe. Jetzt glaubt sie sicherlich, ich sei ein totales Plappermaul.

»In Sachen Liebe kann man auf keinen hören. Das weißt du genauso gut wie ich«, erklärt sie ihrem Bruder.

Auch wenn ich ihr Gespräch nicht verfolgt habe, muss ich Ava recht geben. Man kann sich nicht einfach mir nichts, dir nichts jemanden aus dem Herzen schlagen. Schon gar nicht, wenn jeder Zentimeter, von den Haarspitzen bis zur Fußsohle, mit dieser Person übersät ist.

Sam, mein geliebter Sam.

Den Rest ihrer geschwisterlichen Kommunikation bekomme ich nur am Rande mit, weil sich wieder alles in meinem Kopf um Sam und Mila dreht. Ich sitze hier auf der Couch und stelle mir vor, wie es wäre, wenn er da wäre. Mit Mila in seinen Armen. Dabei weiß ich doch, dass ich niemals zulassen darf, dass mir Tränen in die Augen schießen. Nicht hier! Reflexartig kneife ich mir wieder ins Handgelenk, bis der Schmerz in meinem Arm dem in meiner Brust ähnelt und mich ein klein wenig ablenkt.

»Ich störe eure geschwisterliche Unterhaltung ja wirklich ungern. Aber …«, spielerisch ungeduldig zeige ich in den Fernseher. »Ich meine, ich fang gerade an, die Serie wirklich zu mögen.« Ablenkung.

»Nur noch eine Minute, Hope.« Ava hebt ihren Zeigefinger in die Luft. »Wie war es bei der Party im Town House?«, fragt sie ihren Bruder.

Genauso schätze ich ihn ein. Wer so aussieht, wie Liam, muss sein Leben in vollen Zügen ausreizen. Party, Frauen, Spaß. »Frag nicht. Weiß gar nicht, weshalb ich dort war.« Wahrscheinlich haben beide etwas zu besprechen, wobei ich im Moment ziemlich störe. Eine Frauengeschichte?

»Du willst keinen Wein, Hope?«, fragt mich Ava, als ich mit dem Gedanken spiele, ins Gästezimmer zu gehen, um den beiden genügend Freiraum zu verschaffen. Und vor allem auch mir. »Nicht, wenn ich die Wahl habe.«

»Wer bitte bist du? Kein Kaffee, kein Wein, reist mit nur einer Reisetasche durchs ganze Land. Wer weiß, was wirklich für ein Wesen in dir steckt.« Ava lacht.

»Ich würde es nicht versuchen, herauszufinden. Könnte ziemlich mies und katastrophal enden«, erwidere ich und zwinkere sie dabei provozierend an. Obwohl ich es spaßig meine, weiß ich, dass niemand die jetzige Hope kennenlernen will. Sie ist voller Schmerz, geht mit purer Negativität und tiefen Wunden durchs Leben und ist, um es mal mit einem Wort zu beschreiben: kaputt.

Schmunzelnd über meine Aussage läuft Ava zur Küche, nimmt den Magneten am Kühlschrank ab und blättert etliche Flyer der Essenslieferanten durch. Ich versuche, mich wieder auf *How I Met Your Mother* zu konzentrieren. Also ziehe ich mir meine Beine an die Brust und lege mein Kinn auf den Knien ab.

»Klingt mir ganz nach einer Herausforderung«, murmelt Liam und sieht mich mit zusammengekniffenen Augen an.

Die Nachdenklichkeit ist ihm mitten ins Gesicht geschrieben.

Überrascht erwidere ich seinen verflucht schönen smaragdgrünen Blick. Gott oder Natur. Was auch immer es ist. Wie kann man solche Augen in die Wiege gelegt bekommen? Und warum zum Teufel sieht er nicht weg? Damit zwingt er einen, sich darin zu verlieren.

Mal davon abgesehen, dass ich die Antwort eher von seiner Schwester erwartet habe. Nur glaube ich nicht, dass sie uns gerade hören kann. So vertieft, wie sie in ihre Essenswahl ist.

»Keine Herausforderung, die sich lohnt, zu bestreiten. Glaub mir«, nuschle ich in meine Knie hinein.

»Und warum sollte sie sich nicht lohnen, Miss –« Liam erwartet von mir, den Satz zu vollenden. Und wie auch immer er das anstellt, ihm gelingt es.

»Green«, antworte ich.

»Hope Green, ja? Da hat sich aber jemand mit dem Vornamen Gedanken gemacht. Gefällt mir.« Liams Mundwinkel tanzen nach oben. Meine mit ihnen.

»Mein Vater mags speziell und dennoch eindeutig«, kontere ich und halte seiner Miene stand.

»Und die Mutter hatte kein Mitspracherecht?« Liam muss denken, ich sei naiv, wenn er glaubt, ich wüsste nicht, was er da vorhat. Kleine, fiese Fragen, bei denen die Antworten ihm verraten, wer Hope Green ist.

»Gibt keine Mutter. Gibt nur ihn und mich«, verrate ich.

Soweit kann ich gehen. Nichts, was Ava nicht auch wüsste.

»Scheint dich nicht zu stören«, stellt Liam fest.

»Tut es ganz und gar nicht.«

»Dann verrate mir noch eines! Warum sollte es sich nicht lohnen, herauszufinden, wer du bist?« Seine Augen bitten um eine Antwort und die Intensität seines Blickes wird von Moment zu Moment stärker. Nicht eine Sekunde habe ich das Gefühl, dass er diesen Augenblick nutzt, um meine Narben zu mustern. Das lässt die Situation für mich etwas angenehmer erscheinen.

Dennoch frage ich mich, warum er nicht wegsieht. Ist es Liams Masche, seine grünen Augen zu benutzen, um den Frauen den Kopf zu verdrehen?

Mir ist klar, dass er sich seiner Schönheit bewusst ist. Wenn er jedoch wüsste, wie zerbrochen ich bin, würde er es gar nicht erst wagen, mir irgendwelche Antworten zu entlocken. Er würde sich von mir fernhalten.

»Mies und katastrophal. Ist das nicht eindeutig genug? Sowas lohnt sich nie«, raune ich.

»Die Entscheidung würde ich gern für mich selbst treffen«, antwortet Liam standhaft.

»Wenn du auf Enttäuschungen stehst.« Unser Wortgefecht endet damit, dass ich mich der Serie widme. Aus Angst, mehr zu verraten, als mir lieb ist.

»So, ihr beiden. Auf was habt ihr Lust? Ich habe eine Vorauswahl getroffen.« Ava drückt mir drei Flyer in die Hand. Sushi. Pizza. Burger.

»Klingt alles gut«, antworte ich. Wobei meine Wahl klar auf die Burger fiele.

»Zählt nicht. Auf was hast du Lust, Miss Green?«, fragt Liam. Und wieder starrt er mich mit einer Stärke an, die es schafft, dass es mir eiskalt den Rücken hinunterläuft. Dass ich dieses Gefühl nicht unangenehm finde, lässt mich erschaudern.

»Green? Dein Nachname ist Green?«

»Kein weiteres Wort darüber, Ava. Bitte.« Fordernd hebe ich meinen Zeigefinger in die Luft. Ich schüttle den Kopf, um ihr zu vermitteln, dass ich es nicht mehr hören kann, dass jeder die Kombination aus Hope und Green entweder bezaubernd oder durchdacht findet. Schon in meiner Schulzeit wurde ich permanent darauf hingewiesen.

»Schon gut«, erwidert Ava. »Aber sag, was ist dir am liebsten? Sushi, Pizza oder Burger? Du hast heute die Qual der Wahl.«

»Alsoooo,«, spreche ich langatmig, »wenn ihr mich so fragt, dann definitiv Burger.« Meine Schultern zucken leicht nach oben.

»Dann also Burger.« Ava lässt sich schnaufend in die Couch sinken.

»Scheint, als möchtest du etwas anderes?«

»Nein. Schon gut. Gibt ja auch vegetarische Burger. Außerdem erhältst du bei Liam gerade zehn weitere Sympathiepunkte. Er liebt Burger.« Liam grinst in seinen Zeigefinger hinein, der wiederholt über sein Kinn streichelt.

»Somit bist du also überstimmt«, erwidere ich zaghaft mit einem leichten Lächeln auf den Lippen. »Dann wählt mal und bestellt. Geht heute auf mich. Und das bitte ohne Diskussion, Ava.« Das ist das Mindeste, nachdem ich kostenlos hier wohnen darf.

Sieben Tage sind vergangen, seitdem ich in Nashville aufgeschlagen bin. Heute vor genau einer Woche. Ich würde lügen, wenn ich sage, dass es mir hier nicht gefällt. Natürlich ist es nicht Newport, aber hier lässt es sich erstmal aushalten. Wobei mir die ersten Schritte aus der Haustür noch immer recht schwerfallen. Aber von Tag zu Tag liegt die Last leichter auf meinen Schultern. Und ich bin froh, dass ich Barcley bei mir habe. Er zwingt mich, täglich vor die Tür zu treten und mich meinen Ängsten und Sorgen zu stellen.

Ava macht mein Leben wunderschön bunt und ihre quirlige Art lenkt mich ab. Dass sie jetzt für einige Tage gehen muss, schreckt mich etwas ab. Wie soll ich allein in dieser riesigen Stadt zurechtkommen?

»Und du kommst wirklich klar? So ganz allein? Bist du dir wirklich sicher?«, fragt Ava. Ihre braunen Augen wirken traurig und meine sicherlich auch.

»Na, aber sicher«, lüge ich. »Außerdem bin ich nicht allein. Ich habe doch ihn hier.« Genüsslich streichle ich durch Barcleys schwarzes Fell, der fröhlich durch unsere Beine tanzt.

»Irgendwie gehe ich mit einem unguten Gefühl.«

»Du musst das machen, Ava. Du musst einfach. Das ist eine gigantische Chance. Du wärst einfach dumm, wenn du sie nicht wahrnimmst«, bestärke ich sie.

Vor zwei Tagen hat Ava einen Anruf einer Werbeagentur bekommen, der ihr einen großen Auftrag zusicherte. Das würde sie und ihre Arbeit meilenweit vorantreiben, sagt sie.

Natürlich muss sie das annehmen. Was bedeutet, dass sie für die nächsten zwei Wochen Nashville verlassen wird, um nach Orlando zu reisen.

»Wenn ich wiederkomme, hoffe ich, dass du noch da bist, Hope.« Avas dunkle Augen sehen mich durch ihre Nerdbrille erwartungsvoll an. Ihre kinnlangen Haare sind zu einem Halbzopf gebunden. Überall ragen einzelne Strähnen heraus, die sich Ava aus dem Gesicht streift.

»Vielleicht bin ich das.« Meine Schultern zucken ahnungslos. Ich will keine Versprechen machen, die ich nicht halten kann.

»Das ist nicht gerade die Antwort, die ich mir erhofft habe. Bitte versprich es mir.«

»Ach, Ava. Du weißt, dass ich nichts versprechen will.«

»Komm, versprich es mir. Sei nicht immer so –«, Ava stoppt.

»Wie bin ich denn?« Ich spüre meinen verengten Blick, der sich auf Avas Gesicht legt.

»So …« Ava sucht zögerlich nach einem Wort. Ihre Stirn schlägt nachdenkliche Falten. »Reserviert.«

»Reserviert?«

»Ja, reserviert und irgendwie auch unnahbar. Da muss ich Angst haben, dass du dann einfach weg bist, wenn ich wiederkomme, und ich nie wieder was von dir höre.« Da Ava mir die letzte Woche eine gute Freundin war, bin ich es ihr schuldig, nicht Hals über Kopf zu verschwinden, wenn sie darauf besteht.

»Ist gut, Ava. Hast mich überzeugt. Ich werde da sein, wenn du wiederkommst. Und als Zeichen, dass ich es auch wirklich ernst meine, bekommst du meine Nummer.« Ich nehme mir einen Stift und schreibe ihr meine Nummer in die Handfläche. »Wenn du Heimweh hast, melde dich gern bei mir. Ich werde dir jeden Tag ein Bild von Barcley und mir zukommen lassen. Und in der Zwischenzeit werde ich auch daran arbeiten, nicht mehr so reserviert und unnahbar zu wirken.« Wie Ava es sonst tut, forme ich diesmal auch ein „V" mit den Fingern, das mein Versprechen unterstreichen soll.

»Ich danke dir, Hope! Das klingt fantastisch.« Voller Freude legen sich ihre Arme um meinen Hals.

»Unter einer Bedingung«, murmle ich in ihr Haar.

»Die da wäre?«, hinterfragt Ava skeptisch.

»Ich möchte zur Miete etwas beisteuern, wenn ich die nächsten Wochen hier wohne. Kostenfrei in deiner Wohnung zu leben und dir auf der Tasche zu liegen, ist nichts, was mir gefällt«, fordere ich.

»Aber ich zahle doch selber kaum was hierfür.«

»Dennoch.«

»Was soll ich denn jetzt verlangen?«

»Die Hälfte. Das wäre dir gegenüber fair.«

»Gut. Von mir aus. Wenn dich das glücklich macht, dann die Hälfte. Hundert Dollar, dafür, dass du bleibst.«

»Hundert Dollar? Sicher, dass es nur so wenig ist?«, frage ich skeptisch.

»Ich sagte doch, Liam und ich zahlen hierfür fast nichts.«

»Dann will ich dir das mal glauben. Jetzt schieb deinen Hintern aus der Wohnung und verändere

Leben, Ava.« So wie du mein Leben die letzten sieben Tage verändert und auf den Kopf gestellt hast.

11

Liam

Der Feierabend naht und schon lange habe ich mich nicht mehr so sehr auf die Zeit danach gefreut. Ich weiß, dass Ava gestern nach Orlando aufgebrochen ist und dass Hope somit allein in ihrer Wohnung sein wird. Vielleicht wird sie sich zu Tode langweilen oder die Ruhe genießen. Was auch immer es ist, ich werde ihr einen Besuch abstatten. Sie nur durch das Treppenhaus laufen zu hören, ist fast Folter.

Am Montagabend habe ich sie das erste und letzte Mal gesehen. Seitdem geht mir diese Frau nicht mehr aus dem Kopf. Es bringt mich wirklich zur Verzweiflung, aber ich will wissen, was sie nach Nashville geführt hat. Mit Sicherheit steckt so viel mehr dahinter, als man auf den ersten Blick erahnt. Und ich werde das Gefühl einfach nicht los, dass Hope von bösen Geistern ihrer Vergangenheit verfolgt wird. Ich vermute sogar, dass sie hier ist, um sie in Nashville loszuwerden. Ihre Aussage, sie kennenzulernen, würde mies und katastrophal enden, möchte ich nicht einfach so im Raum stehen lassen.

Nie hat mich eine Freundin meiner Schwester interessiert. Doch bei Hope ist es anders. In ihren wunderschönen großen dunkelbraunen Augen tobt ein Sturm und ich frage mich, wer diesen Sturm hervorgebracht und hinterlassen hat.

Ich kann mir nicht erklären, warum dieser Schutzinstinkt in mir auflodert, wenn ich an sie denke. Aber zu wissen, dass sie allein in Avas Wohnung ist und allein durch Nashvilles Straßen zieht, stört mich ungemein.

Eigentlich wollte ich gestern schon einmal anklopfen. Nur leider muss ich mir eingestehen, dass mir ein wenig der Mut fehlte. Das soll heute aber nicht so sein. Ich schiebe die Befürchtung, Hope könnte mir die Tür vor der Nase zuschlagen, zur Seite.

Den meisten Frauen kann man mitten ins Hirn sehen. Ich kann mir jeden Schritt denken, den sie vorhaben. Aber bei Hope ist es nicht annähernd der Fall. Ich weiß nicht, was in ihrer zarten Erscheinung, die allerdings vor Stärke strotzt, vor sich geht.

Ich schalte die Hauptsicherung der Werkstatt aus, um sicherzugehen, dass keine Werkzeuge über Nacht laufen. Das Schiebetor ziehe ich mit einem Ruck zu, sodass der Metallrahmen ins Schloss fällt. Mit den flachen Händen klopfe ich einen großen Teil der Sägespäne aus meinen Klamotten und fahre hastig durch mein Haar, um auch hier die groben Holzreste rauszuschütteln. Dann gehe ich über den Hof, dessen Untergrund aus Schottergemisch besteht, setze mich in meinen SUV und starte den Motor. Die Werkstatt, in der sich mein ganzes Leben abspielt, ist nur wenige Minuten von Zuhause entfernt.

Immer wenn diese große Halle im Rückspiegel kleiner wird, merke ich, dass ich erfüllt nach Hause gehe. Ich liebe meine Arbeit. Das, was ich tue, mache ich aus absoluter Überzeugung. Vor allem bin ich richtig gut darin.

Mein Vater hat mich lange Zeit als Bänker oder Unternehmer gesehen. Dass mir die handwerkliche Schiene jedoch mehr liegt, stand schon relativ zeitig fest. Vermutlich mit sechzehn oder siebzehn. Niemals wollte ich die Zeit in einem Büro oder in einem Anzug vergeuden. Lag mir einfach nicht.

Während meine Mutter ohne Bedenken ihren Glauben in uns setzte, nie an Ava oder mir zweifelte, stellte mein Vater, der ein großes Unternehmen in Nashville führt und der größte Skeptiker der Welt ist, meine Entscheidungen absolut infrage.

Nach einigen Jahren konnte ich ihm aber zum Glück beweisen, dass meine Entscheidung richtig war. Mein Laden läuft und ich werde später meine Familie ohne Probleme über Wasser halten können. Selbst weit mehr als das.

Als ich in die verschneite Nebenstraße einfahre, sehe ich, dass Hopes Volvo an der Straßenseite parkt. Sie ist daheim. Gut, wo soll sie auch anders hin. Ich gehe davon aus, dass sie sich nicht sonderlich gut in Nashville auskennt. Und mir ist es sowieso lieber, wenn sie nicht allein und planlos in der Gegend herumläuft.

Ich lasse den Motor ersticken, steige aus, eile über die Straße und laufe zur Haustür. Bevor ich an Avas Wohnungstür klopfe, muss ich mich unbedingt umziehen. Wobei mir eine Dusche auch ganz guttun würde. Keine Ahnung, wie der erste Eindruck gegenüber Hope war, aber beim zweiten Treffen möchte ich vorbereitet sein.

Als ich die Haustür öffne und einen Schritt hineinsetze, höre ich sanftes Trampeln durch das Treppenhaus hallen.

Welch Zufall. Es sind mit absoluter Sicherheit Hopes Schritte, die mir zügig entgegenkommen und meine Pläne über Bord werfen. Barcleys Krallen fahren gleichmäßig, aber nicht im selben Takt wie Hopes Schuhe über die Stufen. Da haben es aber beide ziemlich eilig.

Um nicht auszusehen, als würde ich wie ein angsteinflößender Stalker auf sie warten, öffne ich meine Wohnungstür. Total bescheuert, da es sich gerade ja wirklich um einen wunderbaren Zufall handelt.

Barcleys kleine schwarze Knopfaugen betrachten mich neugierig, während Hope noch einige Schritte entfernt bleibt. Das kleine Fellknäuel kommt gut gelaunt auf mich zu und tippelt aufgeregt neben meinen Beinen herum.

Um seine unaufhaltsamen Gefühlsbewegungen erwidern zu können, gehe ich in die Hocke und streichle ihn. »Na!?«

Als ich mich wiederaufrichte, blicke ich schon in die größten Augen, die ich wohl jemals in meinem Leben gesehen habe.

Eingepackt in eine dicke Winterjacke, gefütterte Boots und ein Stirnband, hält Hope Barcley an der Leine. Die hautenge Jeans, in der sie wieder einmal steckt, macht mich schier wahnsinnig. Auch wenn die Winterjacke ihren Hintern bedeckt, ist der Anblick ihrer Beine mehr als genug für mich.

»Hey.« Hope lächelt und legt ihren Kopf schief.

»Wohin des Weges, Miss Green?«, erwidere ich und versuche dabei, so freundlich wie möglich zu klingen. Ihr gegenüber muss ich mir meine arrogante Art echt abgewöhnen.

»Ich wollte gerade mit Barcley eine Runde drehen«, antwortet sie.

»Nachts? Allein? Im Dunkeln?«, frage ich skeptisch.

»Warum fragst du so komisch? Muss ich mich vor irgendetwas in Acht nehmen?« Sie legt ihre Stirn in Falten und sieht mich misstrauisch an.

»Naja, du bist hier in Nashville.« Ich will Hope sicherlich keine Angst machen.

»Ja, und?« Mit einer Leichtigkeit und ohne Angst im Nacken steht Hope vor mir.

»Warte kurz. Ich begleite dich. Ich zieh mir nur schnell was anderes an«, antworte ich.

»Das musst du nicht. Mich wird schon keiner überfallen.« Hope belächelt ihre Aussage. Einer ihrer Mundwinkel tanzt in die Höhe, was ein süßes Grübchen mitten auf ihrer linken Wange hervorbringt.

Wenn ich mich selbst nicht so gut kennen würde, wie ich es nun einmal tue, würde ich glauben, ich sei absolut entspannt. Aber in Wirklichkeit ist mein ganzer Körper verkrampft und meine Gelassenheit, die sonst immer so ein starker Teil meiner selbst ist, fliegt dahin.

»Wenn ich mit dabei bin, dann sicherlich nicht.«

»Und wenn du nicht dabei wärst?« Als wäre das eine Option für mich. Jetzt wo ich weiß, dass sie spätabends allein in Nashville umherziehen will.

»Eine junge Frau, die durch Nashvilles Nebenstraßen geht. So ganz allein. Der Gedanke gefällt mir einfach nicht. Also sei so gut und warte«, bitte ich.

Gut, Connor, deine Stimme klingt so viel angenehmer und bringt nicht diese abstoßende Arroganz zum Vorschein.

»Du willst mir Angst machen, richtig?« Ihre Augen werden schmaler. Ihr Blick kritischer.

»Ich weiß ja nicht, woher du kommst, Miss Green. Nur scheinst du das Großstadtleben nicht ganz so gut zu kennen. Hier ist alles möglich.«

»Mir wird keiner was tun. Ich habe doch Barcley«, erwidert Hope mit einer Sturheit, die mich Schmunzeln lässt. Überzeugt, dass Barcley sie beschützen kann, zeigt sie mit ihren in Handschuhen steckenden Händen auf den hechelnden Hund.

»Oh ja. Und Barcley wirkt absolut beängstigend. Vor allem, wenn er den Übeltäter ins Koma schleckt. Er würde doch jeden Einbrecher ins Haus lassen, nur um eine zusätzliche Streicheleinheit zu bekommen«, spaße ich.

Selbst als Hope mich mit ihrem ungläubigen Blick durchlöchert, wirken ihre Augen so unfassbar groß und schön. Ob ihr das überhaupt bewusst ist?

»Da hast du wahrscheinlich nicht ganz unrecht.« Meine Argumente sind ihr langsam genug. Ich hingegen könnte das Spiel ein wenig weiterspielen. »Na gut. Ich warte. Wir werden nur eine kurze Runde gehen, damit wir dich nicht ganz so lang in Anspruch nehmen.«

Du kannst mich sehr gern länger in Anspruch nehmen, Hope Green!

Mit einem Zwinkern verschwinde ich in die Wohnung, eile ins Bad und wechsle meine Arbeitsklamotten zu Jogger und Kapuzenpullover. Dann ziehe ich mir meine Winterjacke drüber, lege mir einen schwarzen Schal um den Hals und schlüpfe in meine Stiefel.

Als ich die Wohnungstür hinter meinem Rücken zuziehe, wartet Hope wie versprochen im Treppenhaus auf mich. Ohne jegliches Wort laufe ich an ihr vorbei und halte ihr die Tür auf. Begleitet von einem Handzeichen, ganz gentlemanlike.

»Vielen Dank«, murmelt sie.

Auch in den nächsten Minuten wissen weder sie noch ich, wie wir ein Gespräch beginnen sollen. Dabei hatte ich mir heute Nachmittag einige Sätze zurechtgelegt, die nun wie ausgelöscht sind. Ich höre nur, wie unsere Schritte im Schnee versinken, Barcley ununterbrochen herumschnüffelt und eine Nasenspur nach der anderen in das weiße Pulver zieht.

Hopes heller Teint harmoniert perfekt mit dem Schnee, der um uns herumliegt und auf uns hinabrieselt. Ihre Haut wirkt dadurch noch so viel reiner und glatter. Hopes langes braunes Haar wird durch die riesigen Schneeflocken immer weißer. Ihre schokobraunen Augen werden immer dunkler, sodass sie den Anschein erwecken, schwarz zu sein.

Ich verliere mich in dem Anblick, was absolut verhindert werden muss. Eigentlich kenne ich Hope Green kaum. Dass mir eine Fast-Fremde seit Tagen nicht mehr aus dem Kopf geht und mich dazu bringt, sie am liebsten jede Sekunde anstarren zu wollen, löst in mir unbekanntes Muffensausen aus.

»Du kommst recht spät von der Arbeit«, murmelt Hope in ihren dickgestrickten Schal.

»Heute war ein langer Tag, das stimmt. Die nächsten Tage werden etwas angenehmer«, erwidere ich.

»Was tust du, das dich bis in den späten Abend vom Heimgehen abhält?«, fragt sie und schaut das erste Mal, seitdem wir draußen sind, zu mir. »Stopp!« Bevor ich etwas darauf erwidern kann, beginnt sie, ihre eigene Frage zu beantworten. »Die Sägespäne in deinen Haaren verraten mir, dass du irgendwas mit Holz am Hut hast.« Sie lacht.

Meine Güte, ich mag die sanften Töne ihrer Stimme und den ehrlichen Klang ihres Lachens. Es steckt an.

»Gar nicht so übel.«

»War nicht ganz so schwer. Ich war bei Ava im Laden. Sie verriet mir, dass du ihre Ladentheke gebaut hast. Eins und Eins zusammengezählt, weißt du!?«

»Leider sind nicht so viele in der Lage, das Offensichtliche zu addieren und richtige Schlussfolgerungen daraus zu ziehen.« Warum muss ich bei meinen eigenen Worten wieder an Oliver und Antonia denken? Vermutlich weil ich bis heute nicht glauben kann, wie ich nur so dumm und naiv sein konnte, nicht zu checken, was da abging.

»Es wird immer etwas geben, das einem undurchsichtig erscheint. Etwas, das man nicht erkennt. Ich denke, so ist das Leben«, erwidert Hope mit einer leichten Regung ihrer Schultern.

Ihre Worte tun gut und mindern den Zorn in meinem Körper, der für mich selbst bestimmt ist.

»Willst du ihn mal nehmen?«, fragt Hope und hält mir die Leine von Barcley hin.

Ohne zu zögern, ergreife ich sie. Ein »Danke« entflieht meinen Lippen, was sie mit einem Lächeln quittiert.

Mir scheint es, als sei Barcley gut erzogen. Ohne ansatzweise an der Leine zu ziehen, selbst wenn er irgendetwas wittert, läuft er wenige Schritte vor mir. Er konzentriert sich zwar mehr auf Hope als auf mich, aber warum soll es ihm auch anders gehen als mir?

»Und an was genau baust du gerade, Liam?«

Es verwundert mich, dass sie Interesse an meiner Arbeit zeigt.

»Schau es dir doch einfach mal an«, schlage ich vor. Und da mich Hope wieder misstrauisch ansieht, lege ich keine Hoffnung in das Gesagte. »Was siehst du mich so an?«

»Wer sagt mir, dass du kein Übeltäter bist und mich in irgendeine Lagerhalle verschleppst, wenn ich mir deine Arbeit ansehe? Was, wenn du mich dann nie wieder gehen lässt?«

»Gute Frage. Du wirst mir wohl vertrauen müssen, Miss Green.«

»Muss ich das?«

»Solltest du, ja. Werde dich nicht enttäuschen. Versprochen.«

»Ich werde aber meinen Kampfhund mitnehmen. Nur damit du vorgewarnt bist!« Drohend hält sie ihren Zeigefinger in die Luft.

»Also ist das ein Ja?«, frage ich.

»Ich denke schon.« Hopes Blick wird weicher und ruhiger. Ihre Lippen öffnen sich einen Spalt und erwidern mein überraschtes Lächeln.

»Barcley wird es sicherlich dort gefallen. Und dir hoffentlich auch.« Warum ich das überaus betone, weiß ich selbst nicht. Vielleicht um ihr *Ich denke schon* zu einem *Ja, ganz sicher* zu verwandeln. Doch wie vermutet, erwidert sie nichts auf diese Aussage.

»Aber jetzt bin ich dran, dir ein paar Fragen zu stellen«, fordere ich.

»Du kannst mir gern Fragen stellen.«

»Wirst du sie denn auch beantworten?«

»Durchaus möglich. Nicht ausgeschlossen. Vielleicht, wenn du die richtigen stellst.«

Ich zögere einige Sekunden und nehme mir Zeit, meine Fragen ein wenig zu überdenken. Denn nichts liegt mir ferner, als Hope mit unangenehmen Fragen von mir zu stoßen.

»Also, wer bist du, Hope Green?« Eine passende Frage, die sie in hundert unterschiedlichen Varianten beantworten kann.

»Für dich? Eine Unbekannte?«, erwidert sie mit einem süßen Kichern.

»Ist das eine Gegenfrage? So funktioniert das Spiel nicht«, schmunzle ich.

»Nein. Eine Antwort.«

»Dann solltest du den fragenden Unterton in deiner sanften Stimme unterdrücken, damit man es auch als Antwort annehmen kann«, stichle ich. »Und woher kommt die Unbekannte?«

»Ostküste. Newport.«

Ich war noch nie an der Ostküste. Hatte jedoch immer mal vor, meinen besten Freund aus Kindheitstagen zu besuchen. Bisher kam es jedoch nicht dazu. Davon abgesehen, dass ich gar nicht weiß, ob er an der Ostküste überhaupt noch sesshaft ist.

»Sieh an. Und was treibt dich nach Nashville?«

»Ein Hauch Unvernunft würde ich sagen.« Beharrlich weigert sich Hope, in mein Gesicht zu sehen. Als wolle sie nicht, dass ich etwas in ihren Augen erkenne, das die Geschichte ihrer Vergangenheit verraten könnte.

»Du bist also unvernünftig.«

»Eigentlich überhaupt nicht.«

»Mhm.« Wie kann ich denn das verstehen? »Wirst du hier bleiben?«

»Kann ich dir nicht sagen.«

»Weil du es nicht sagen willst?«

»Weil ich es nicht sagen kann. Ich weiß selbst nicht, wo es mich mal hin verschlagen wird. Jetzt bin ich erstmal hier und ich versuche alles andere, als in die Zukunft zu planen. Ich habe das früher leider zu oft gemacht und das hat mir rückblickend nicht unbedingt gutgetan.« Obwohl sie mich nicht ansieht, erkenne ich erneut den tobenden Sturm in ihren Augen. Gleichzeitig merke ich, dass jede weitere Frage zu tief in ihren Körper dringt, der auf der einen Seite vor Stärke trotzt, gleichzeitig aber wirkt, als würde er auseinanderbrechen.

Früher oder später werde ich herausfinden, was in dir vorgeht, Hope Green. Und wenn es mich Jahrzehnte kosten wird.

Aus einer kurzen Runde mit Barcley wurde fast eine Stunde, in der ich Hope ein wenig kennenlernen durfte. Trotzdem macht es den Anschein, als wahre sie Sicherheitsabstand, um kein tieferes Detail über ihre Person unabsichtlich preiszugeben. Ich weiß genau, dass es nur eine Hülle ist, die sie auf Biegen und Brechen aufrechterhalten will, damit ihr keiner zu nahekommt. Eine Mauer, die sie schützen soll.

Was ist dir bloß passiert, Hope?

Das vertraute Gefühl vom Montagabend bleibt dennoch.

Es war heute so viel mehr als ein belangloses Nebeneinanderherlaufen, dass oft von schweigsamen

Momenten umkreist wurde. Im Normalfall gäbe es für mich nichts Langweiligeres. Aber mit ihr an meiner Seite waren es die schönsten schweigsamsten Minuten, die ich je erlebt habe.

Allein Hopes Anwesenheit erzählt so einiges von ihr. Wahrscheinlich würde ihr selbst angst und bange werden, wenn sie wüsste, was ich aus ihrer Körpersprache lesen kann. Wüsste sie es, würde sie sich ihrer Umgebung ganz sicher noch mehr verschließen und noch unnahbarer werden.

Deswegen denke ich nicht im Traum daran, irgendetwas auszuplaudern. So sehr sie es auch zu kaschieren versucht, umso deutlicher wird es mir: Hope ist äußerlich stark und innerlich trotzdem zerbrochen. Was auch immer in ihr vorgeht, kann ihre äußerliche Stärke nicht aufwiegen.

Obwohl ich weiß, dass ich mich von Frauen fernhalten sollte, die schweren Ballast mit sich herumschleppen, ziehe ich es bei Hope nicht einmal annähernd in Erwägung. Nie hat mich eine Frau mehr interessiert.

»Also, da wären wir wieder. Vielen Dank, dass du mich begleitet und uns vor den Übeltätern, die unseren Weg permanent kreuzten, Schutz geboten hast. Hier ist es wirklich unheimlich gefährlich.« Das Scherzen ihrer Stimme ist unüberhörbar.

»Du machst dich gerade lustig, Miss Green. Aber gern geschehen.«

»Da dich Barcley mag, scheinst du wirklich gar nicht so verkehrt zu sein.« Wieder legt Hope ihren Kopf schief und lächelt mich an. Ihre dunklen Augen leuchten, als wären sie nicht von dieser Welt. Als wäre ihre vollständige Erscheinung nicht von dieser Welt.

»Ah, also ist Barcley der Schlüssel.«

»Der Schlüssel zu was?«

»Mag er mich, gibt es eine reelle Chance, dass du mich auch mögen wirst.«

»Ist dir das denn wichtig? Aber ja, wenn ich genauer darüber nachdenke, ist das so. Menschen, die mein Hund mag und andersherum, wirken auf mich sympathischer.«

»Dann werde ich mir die größte Mühe geben, mich in Barcleys Herz zu schleichen. So ganz still und heimlich.«

Hope erwidert meine ungewöhnliche Aussage mit einem ungläubigen Schmunzeln. »Ist dir das denn so wichtig, dass du dir die Mühe machen willst?«, fragt sie erneut.

Wenn du wüsstest, Miss Green.

Nun bin ich derjenige, der die Frage stehen lässt und nichts darauf erwidert.

Das Klimpern von Hopes Schlüssel ertönt und nach kleinen Schritten stehen wir uns zu schnell im Treppenhaus gegenüber. Kurz davor, uns zu verabschieden.

Schwungvoll schließe ich die Tür hinter uns, das Scheppern schallt durchs ganze Haus. Meine kalten Hände gleiten in meine Jackentaschen.

»Danke. Und gute Nacht, Liam.« Wie beim ersten Mal, als mir Hope die Tür öffnete und als Fremde vor mir stand, mustere ich jeden Millimeter ihres Gesichtes. Und alles darin ist einfach nur erfrischend schön.

Man sollte meinen, dass die markanten Narben ihr Gesicht entstellen. Aber das tun sie keinesfalls.

Auf erdenklich schöne Weise machen sie es nur schöner.

»Guten Nacht, unbekannte Hope Green. Jeden Abend zur selben Zeit, am selben Ort. Dein Hund wird sich freuen und ich mich auch.«

»Jeden Abend?«, fragt sie skeptisch.

»Jeden Abend. Versprich es!« Eine qualvoll-lange Pause durchschleicht das Treppenhaus.

»Versprochen, Mr. Connor.«

Hope läuft mit Barcley die Treppen hinauf, während sie mich grinsend zurücklässt. Nach nur wenigen Minuten, und keine Ahnung wie spät, liege ich im Bett und hoffe sehnlichst, dass ihr Versprechen gilt und wir uns jeden Abend, zur selben Zeit, am selben Ort wiedersehen.

12

Liam

»War Ava schon mal hier?«, fragt mich Hope. Ich weiß zwar nicht, wie sie auf die Frage kommt, aber bevor ich sie durchleuchte, nicke ich nur.

Hope wühlt in ihrer Jackentasche herum und holt ihr Handy raus. »Kannst du?« Sie hält mir ihr Handy entgegen, das schon auf den Kameramodus gestellt ist. »Ich habe Ava versprochen, ihr jeden Tag ein Bild von mir zu schicken. Ich an einem Ort, den sie kennt.« Hope muss meine Fragezeichen im Kopf bemerkt haben. »Damit sie sieht, dass ich nicht einfach abgehauen bin«, erklärt sie weiter.

»Du hattest wohl vor, einfach zu gehen?«

Bitte sag nein!

»Anfangs ja. Aber jetzt nicht mehr.«

»Was hat deine Meinung geändert?«

»Ava war mir eine gute Freundin, obwohl sie mich kaum kannte. Also ist es das Mindeste, solang hierzubleiben, bis sie wieder da ist.«

»Und wenn sie wieder hier ist, wirst du Nashville verlassen?« Der Gedanke, dass sie gehen wird, als wäre Nashville einfach nur ein Zwischenstopp, verstimmt mich. Das würde bedeuten, dass auch unsere gemeinsame Zeit bedeutungslos für sie wäre.

»Möglich. Vielleicht werde ich mir hier aber auch einfach eine eigene Wohnung nehmen und einen Job suchen.« Unwissend zuckt Hope mit ihren Schultern.

»Das klingt auf jeden Fall schöner, als deine Aussage, einfach gehen zu wollen«, erwidere ich.

»Werd locker, Mr. Connor.« Hope stößt spaßig mit ihrer Schulter gegen meinen Oberarm. Für sie mag es ihre Kraft repräsentieren. Ich hingegen finde es ziemlich süß, wenn sie sich bemüht, mich zu einem Ausfallschritt zu bewegen. »Ich werde nicht einfach abhauen, ohne etwas zu sagen. Aber jetzt nimm bitte mein Handy und mach ein Bild.«

Ich habe angefangen, ihr meine Lieblingsplätze zu zeigen. Manche sind ganz in der Nähe unseres Hauses. Andere sind weiter weg und bedürfen der Fahrt mit dem Auto.

Heute laufen wir mit Barcley über die bekannte *Cumberland River Pedestrian Bridge*. Es ist eine schöne, alte Brücke über den *Cumberland River*, die nur noch für Fußgänger und Radfahrer offen ist.

Also haben Hope und ich fast unsere Ruhe, was ich in vollen Zügen genieße. Nur wenige Leute kreuzen unseren Weg, vor allem um diese Uhrzeit.

Von hier sehen wir nicht nur die bunte Skyline Nashvilles, sondern auch die Reflexion vieler Gebäude im Fluss.

Mir wird klar, dass ich schon zu lange nicht mehr hier gewesen bin. Obwohl ich den Anblick der Skyline so mag und sie mich immer auf angenehme Weise beruhigt, fand ich die letzten Wochen nicht hier her. Als Jugendlicher war ich genau deswegen regelmäßig an diesem Ort.

Hope steht vor einem kleinen Teil der Skyline. Freudestrahlend streckt sie ihre Arme in die Luft und grinst über beide Ohren. Wohl das erste Mal, dass ich sie so befreit vor mir stehen habe.

Barcley, der geübt neben ihr sitzt und in die Kamera lächelt, macht das Bild komplett. Hope ohne Barcley ist wie ein Klavier ohne Saiten. Unvollkommen.

Das Licht der Stadt funkelt auf Hopes reiner Haut. Und obwohl sie jeden Tag für andere so unscheinbar wirkt, erkenne ich in all der Menge nur sie.

Es ist schon der fünfte Abend in Folge, an dem wir gemeinsam mit Barcley eine Runde drehen. Und ich weiß noch nicht sonderlich viel über sie, weil sie immer nur kleine Brocken in meine Richtung wirft.

Dennoch wurden unsere Gespräche die letzten Tage etwas tiefgründiger. Gestern hat mir Hope von ihrem Vater und ihren Freunden Isa und James erzählt. Ich will nicht zu viel reininterpretieren, aber ich glaube, Hope fasst so langsam ein bisschen Vertrauen. Es mag zwar nur ein minimaler Hauch ihrer Vergangenheit sein, aber genau dieser lässt mich hoffen. Und zum Glück haben mich meine Eltern gelehrt, dass Hoffnung das Einzige ist, das man im Leben braucht.

»Erde an Liam! Auf was wartest du?«, fragte Hope ungeduldig.

»Sorry.« Schnell drücke ich auf den Auslöser, um mein Zögern nicht erklären zu müssen. Wie soll ich ihr bitte sagen, dass sie im Licht der Skyline zu schön aussieht, um auf den Auslöser zu drücken und den Moment damit enden zu lassen? Und trotzdem bringe ich es qualvoll über mich. »Erledigt.«

»Was hat da so lange gedauert?«

»Hab einfach nur auf den richtigen Moment gewartet. Will schließlich, dass meine Schwester zufrieden damit ist«, flunkere ich.

Wieder die Skepsis in ihren Augen. Nur entweicht sie ihr von Tag zu Tag schneller.

Jede weitere Stunde mit Hope genieß ich mehr. Sobald die Sonne untergeht, ist der Tag in der Werkstatt für mich vorbei und ich mache mich sofort auf den Weg nach Hause. Zu ihr. Meistens steht sie schon ungeduldig im Treppenhaus, wenn ich komme. Wie versprochen, wartet sie dort auf mich. Die Vorstellung, dass sie Nashville nicht verlassen wird, lässt mein Herz ein wenig schneller schlagen.

13

Hope

Liam war die letzten Tage ziemlich nett zu mir. Meine Zunge, die die letzten Wochen so fest verschlossen war, löst sich, sobald Liam in meiner Nähe ist. Es scheint, als hätte er einfach den passenden Schlüssel aus seiner Jackentasche gezogen.

Vielleicht sind es aber auch seine unaufdringliche, ruhige Art und seine Worte, die angenehm auf mein zerstreutes Gemüt wirken.

Liam behandelt mich nicht wie ein rohes Ei, und dass er keine ungemütlichen Fragen stellt, macht seine Anwesenheit noch behaglicher.

Aus unseren Gesprächen weiß ich einiges über ihn. Dass er, wie Ava, in Charlottesville studiert hat, dass er jedes Jahr durchs Land reist, dass er seinen Kaffee mit vier Teelöffeln Zucker trinkt. Manchmal fühlt es sich an, als kenne ich ihn schon eine Weile und nicht erst ein paar Tage. Mag an der Art, wie frei wir miteinander umgehen, liegen.

Seltsam ist es dennoch. Denn gelegentlich glaube ich, dass sein Instinkt ihm verrät, wie er mit mir umzugehen hat: Was ich mag und was er wohl lieber bleiben lassen sollte. Als kenne er meine Vergangenheit.

Mit jedem Atemzug schneiden die Scherben meines Herzens unaufhaltsam in meine Seele. Wenn Liam bei mir ist, vergesse ich für wenige Stunden den Schmerz.

Für wenige Stunden lebe ich wieder. Neuerdings kommt sogar ein ehrliches Lachen über meine Lippen. Kein Gespieltes. Ich habe vergessen, wie gut es sich anfühlt.

Doch wenn ich allein bin, schießt ein dumpfes Gefühl durch meine Adern, was den Schmerz wieder vorantreibt. Ich muss mich ständig fragen, ob ich ein schlechtes Gewissen haben sollte, wenn ich sie für einen Moment vergesse. Darf es so sein?

Ich bin niemand, die sich in der Dunkelheit vergräbt, wenn ein Fünkchen Licht zu erkennen ist. Auch weil ich weiß, dass es Sam niemals so gewollt hätte. Seine klare Stimme ertönt fast täglich in meinem Ohr, bittet mich darum, wieder zu leben. Und ganz ehrlich? Ich versuche es. Nicht nur ihm zuliebe, auch meinetwegen.

Aus Newport bin ich geflüchtet, weil mich die Dunkelheit meines Zuhauses unter sich vergraben hat. Weil ich mir dort kein Leben ohne Sam vorstellen kann und ich kein Licht in der Finsternis sah. Deswegen bin ich momentan recht froh, hier in Nashville gelandet zu sein und verständnisvolle Menschen, wie Ava und Liam, kennengelernt zu haben.

Die Zeit mit Liam ist momentan dieses Fünkchen Licht, was ich brauche. Darum lasse ich seine Nähe zu, die mir so guttut. Warum auch nicht? Wer weiß, ob sich das nicht einmal ändern wird. Dann bin ich hinterher froh, wenn ich für eine gewisse Zeit meine entladenen Batterien wieder aufladen konnte.
Ich kann nicht genau sagen, woran es liegt, dass mir Liam so gut bekommt. Möglicherweise an seiner Leichtigkeit, die er in den Alltag bringt. Vielleicht aber auch an der Mühe, die er sich mit mir gibt.

Wenn wir zusammen sind, herrscht zwischenzeitlich immer mal wieder gänzliche Stille zwischen uns, die aber nicht eigenartig erscheint. Es ist so leicht, mit ihm zu schweigen.

Als du bei mir warst, Sam, habe ich die Stille gehasst. Jetzt mag ich sie. Daher frage ich mich, ist das in Ordnung, so zu fühlen? Verändere ich mich?

Manchmal glaube ich, Liam möchte, dass ich mich in Nashville Zuhause fühle. Warum sonst sollte er mir seine Lieblingsorte zeigen, die so unfassbar schön sind? Sie zwingen einen regelrecht hierzubleiben.

Und obwohl ich mich so wohl in seiner Nähe fühle, zweifle ich an der Entscheidung, Liam mein Handy in die Hand gedrückt zu haben, damit er ein Bild von mir machen kann.

Von diesen perfekten Augen durchleuchtet zu werden, macht mich ganz schön nervös und bringt meinen Puls dazu, unaufhaltsam loszurasen. Ich beiße mir auf die Zunge, als mir klar wird, dass es mir nicht im geringsten Maße zusteht, Liams Augen überhaupt perfekt zu finden. Aber was soll ich tun? Jeden Tag kann ich mich schlechter von diesem Grün lösen. Tag für Tag verliere ich mich mehr darin. Irgendwie macht mir diese Tatsache fürchterliche Angst.

Denn Fakt ist: Sam ist in jeder Faser meines Körpers und ich sollte verdammt nochmal nur seine tiefblauen Augen perfekt finden. Nicht die eines fast fremden Mannes.

Liams Smaragdgrün taucht immer öfter in meinen Gedanken auf und überdeckt das tiefe Blau von Sam. Und das will ich nicht zulassen. Das wäre der Anfang, Sam und alles, was ich an ihm liebe, zu vergessen. Ihn mein Leben lang bei mir zu tragen, bin ich uns nach der wunderschönen gemeinsamen Zeit einfach schuldig.

Wie Liam mich gerade ansieht, ist mir fremd. Ich wüsste nicht, wann er mich jemals so angesehen hat. Die Intensität durchzieht meinen Körper, der regungslos vor der Brüstung steht.

In Nashville musste ich schon viele starrende Blicke ertragen, die mit absoluter Sicherheit auf die Narben in meinem Gesicht ausgerichtet waren. Durch diese Erfahrung kann ich sagen, dass Liam in diesem Moment nicht die Male meiner Vergangenheit mustert. Seine Blicke fühlen sich anders an. Weicher. Angenehmer. Wärmer. Sanfter. Und in diesem Augenblick wünsche ich mir, sie wären nicht so sanft. Und genau das ist es, was mich erschaudern lässt. Daran sind bestimmt nicht die Minusgrade schuld. Wenn ich nicht zulassen will, dass sich mein Herz überschlägt,

muss ich dringend was dagegen tun.
»Erde an Liam! Auf was wartest du?« Ich winke ihm fragend zu, um diesen Trancezustand zu stoppen. Liams Sicht wird klarer und das leichte Kopfschütteln holt ihn vollständig in die Realität zurück. »Sorry.« Endlich wendet er seine Blicke von mir ab und sieht auf das Display. Dann drückt er auf den Auslöser. »Erledigt.«

»Was hat da so lange gedauert?«, frage ich. Hoffentlich hört er die Anspannung in meiner Stimme nicht heraus.

»Hab einfach nur auf den richtigen Moment gewartet. Will schließlich, dass meine Schwester zufrieden damit ist.«

Auf den richtigen Moment? Was soll das bitte heißen?

Während du „auf den richtigen Moment gewartet hast", habe ich versucht, keinen Herzinfarkt zu erleiden. Ist dir eigentlich klar, was das Grün deiner Augen in mir auslöst? Dabei sollte ich die Farbe doch eigentlich hassen.

Liam gibt mir mein Handy zurück und läuft zur Brüstung. Seine Arme lehnt er auf die metallische Querstrebe. Nachdenklich legt er sein Kinn in seiner Handfläche ab. Und, auch wenn es mich nichts angeht, würde ich zu gern wissen, was Liam gerade denkt, während er in die Ferne stiert.

Der Abstand zwischen uns lässt meinen Puls ein wenig abflachen und gibt mir die Chance, klarer zu denken.

»Ich schicke es gleich Ava zu und bin auf ihre Antwort gespannt. Sie glaubt, ich lasse mein Leben nur in ihrer Wohnung an mir vorbeiziehen«, murmle ich in der Annahme, dass Liam mir sowieso nicht zuhört. Voller Stolz tippe ich den Text, der Ava zeigen soll, dass ich so langsam anfange, Freude in Nashville zu empfinden. Es soll ihr zeigen, dass ich mein Versprechen ihr gegenüber halte.

Liebe Ava,
sieh dir an, wo ich gerade bin!
Da schaust du nicht schlecht, was? ;)
Um diese Uhrzeit ist die Aussicht einfach grandios.
Danke, dass du mich überredet hast, ein Weilchen hier zu bleiben.
Es tut mir und meiner Seele gut!
In Liebe
Hope

Keine fünf Minuten später vibriert es in meiner Hand. Wie zu erwarten, leuchtet Avas Antwort im Display auf.

Oh mein Gott, Hope!
Du siehst wunderschön aus!
Ich kann nur hoffen, dass kein Psycho dieses Bild gemacht hat.
Es ist bald Mitternacht und du allein in einer fremden Stadt …
Solltest du noch am Leben sein, bleib es bitte weiter und genieße Nashville. :)
Ava

Sofort gleitet mir ein Kichern über die Lippen und ich verdränge das hektische Klopfen in meiner Brust, das Avas Bruder auslöst.

»Warum lachst du?« Liams entfernter Blick gleitet misstrauisch zu mir.

»Deine Schwester glaubt, dass ein Psycho dieses Bild gemacht hat. Die Vorstellung war gerade recht witzig. Dass gerade sie Angst hat«, erkläre ich und zeige dabei die Nachricht von Ava vor. Liams Blick wandert vom Display zu meiner Nase, hinunter zu meinen Lippen.

»Sie schreibt auch, dass du wunderschön aussiehst. Damit hat sie recht, Hope.« Seine Worte nehmen mir den Atem und mein Mund fühlt sich trocken wie eine Wüste an. »Komm mal her!« Völlig unerwartet zieht mich Liam an meiner Jacke zu sich und legt fast selbstverständlich seinen Arm um meine Schulter. Keine Ahnung, was er da gerade macht. Aber egal, was es ist, es kommt so überraschend, dass ich mich nicht traue, eine Bewegung zu vollziehen.

Mein Herz, das schlagartig wieder Purzelbäume macht, reißt mir fast den Boden unter den Füßen weg. Ohne verständlichen Grund schlägt es bis zum Hals. Mein Bauch kribbelt, als flögen hunderte Schmetterlinge darin.

Liam hält sein Handy im Selfiemodus über uns. Barcley legt sich vor unsere Füße und irgendwie schafft es Liam, meinen Hund mit auf das Display zu bekommen. Die wenigen Zentimeter, die er größer ist als ich, reichen wohl aus und geben so viel mehr Rundumblick auf alles. »Lächle, Hope.« Und mit diesen Worten reiße ich mich von Liams makellosem Gesicht los und blicke gehemmt in die Kamera. Während er ein richtiges Lachen hervorbringt, dass seine Grübchen zeigt, bekomme ich nur ein leichtes Schmunzeln über meine Lippen. »Und senden.«

Liam nimmt schneller seinen Arm von meiner Schulter, als mir lieb ist. Meine Beine sind zu wacklig, um aus eigener Kraft standhaft zu bleiben. Ich bin froh, dass ich das Geländer der Brücke in meinem Rücken spüre. Schwach lehne ich mich dagegen. Meine Hand umgreift Barcleys Leine so fest, dass sich das Nylon in meine Handflächen drückt.

Tief einatmen, Hope! Wer weiß, was das jetzt wieder war. Du bist verrückter, als du bisher dachtest.

»Das Bild wird sie beruhigen«, lächelt Liam.

Sein selbstsicheres Zwinkern bringt mich dazu, ihn erneut anzustarren. Ähnlich, wie er es vor wenigen Minuten bei mir tat.

Seine blonden Haare, die täglich zu allen Richtungen abstehen, sind heute von seiner Kapuze bedeckt. Dabei mag ich es, wenn er wiederholt mit der Hand durch das Blond hindurch fährt.

Trotz der Kälte sind Liams Lippen, bei denen die Unterlippe ein wenig voller ist als die obere, rosarot und geschmeidig.

Ein dezenter Bartschatten bedeckt wie die letzten Tage sein Kinn und ein Teil der Wangen.

Zum Glück vibriert es wieder in meiner Hand, bevor ich es mir weiter herausnehme, ihn anzusehen und mir jeden Zentimeter seines Gesichtes einzuprägen. Ava.

Ich glaube es ja nicht! Aber jetzt kann ich beruhigt schlafen. Bei Liam bist du in guten Händen. Er wird auf dich aufpassen, bis ich wieder da bin. ;) Dann übernehme ich den Part wieder!

Ava

»Das Bild hat sie wohl wirklich beruhigt.«

»Ich kenne meine Schwester und ihre theatralischen Panikattacken.« Liam lacht und läuft mit so einer Leichtigkeit vor meiner Nase herum, dass mir wieder schwindlig wird.

Panikattacke? Die habe ich wohl auch gerade.

»So, wo willst du als Nächstes hin, Hope?« Heim. Um mich kalt abzuduschen und wieder klar im Kopf zu werden. »Ich denke, nach Hause wäre jetzt ein guter Zeitpunkt.«

Liam widerspricht mir nicht. Ob er gemerkt hat, dass ich nicht ganz bei mir bin und er der Grund dafür ist? Bitte nicht. Ich kann nicht verhindern, dass ich ihn immer wieder mit den falschen Gefühlen in mir ansehe. Das hier ist falsch und doch wunderschön.

14

Liam

Das Bild von uns dreien mochte ich, noch bevor ich auf den Auslöser gedrückt habe. Eine Kleinigkeit von ihr bei mir zu haben, ist purer Genuss. Aber irgendwas hat Hope dermaßen überfordert, dass sie am liebsten die Flucht ergriffen hätte. Ich spüre ihre Anspannung noch immer und nicht umsonst wollte sie schlagartig nach Hause. Umso besser, dass sie nicht überfordert vor mir weggerannt ist.

Ich kann nur hoffen, dass es nichts mit dem Foto zu tun hat. Ungern bringe ich sie in eine unangenehme Situation oder lege ihr eine Last auf, die sie in die Enge treibt.

Hope ist manchmal rätselhafter als das mysteriöse *Voynich-Manuskript*. Genau das reizt mich so an ihr. Keineswegs drängt sie sich in den Vordergrund oder plappert nervtötend daher. Nicht so, wie ich es von anderen Frauen bereits gewohnt bin. Jedes Wort, das über ihre sanften Lippen fährt, ist mit Bedacht gewählt. Hope ist gebildet, scharfsinnig und vor allem wunderschön. Und Letzteres nimmt mir, seitdem ich sie kenne, regelmäßig den Atem. Aber das gefällt mir. Wenn es um sie geht, verliere ich gern mal die Luft in meiner Lunge.

Leider ahne ich, dass es Hope nicht einmal bewusst ist, welche überwältigende Ausstrahlung von ihrer zarten Erscheinung ausgeht. Und das, obwohl diese Bürde, die ich jeden Tag mehr erkenne, auf ihrer Seele liegt. Wie schön wird Hope erst sein, wenn sie vollkommen glücklich und frei ist? Kaum auszumalen, und dennoch ist es mir das größte Anliegen, es herauszufinden.

Der Weg nach Hause, den ich für uns ausgesucht habe, erstreckt sich durch eine beleuchtete Allee. Früher bin ich die Strecke ganz gern gelaufen und das hat sich bis heute nicht geändert. Rechts von uns reiht sich ein Laden nach dem anderen auf. Jeder von ihnen wird hell beleuchtet. Verträumt und wortkarg sehe ich, genauso wie sie, in jedes verschneite Schaufenster hinein. Barcley schnüffelt gefühlt an jeder Straßenlaterne und setzt seine Marke, sodass wir alle paar Meter anhalten müssen. Soll mir ganz recht sein. Das bedeutet mehr Zeit mit Hope. Ihr Hund spielt eindeutig in meinem Team.

Am Ende der Allee kommen wir an einem frisch sanierten Eckhaus vorbei. Die Buchhandlung meines Vertrauens. Dort habe ich mich schon des Öfteren mit den bekanntesten Schmökern der Welt ausgestattet. Am liebsten mag ich ja die dicken Wälzer von *Stephen King* oder *George R. R. Martin*. Und obwohl dieser

Laden so winzig ist, sind die aktuellen und seltensten Bücher dort als Erstes in Nashville zu finden.

Die Inhaberin hat Kontakte zu den größten Verlagen des Landes, was sie natürlich fast niemanden wissen lässt. Sonst würden ihr sämtliche Buchliebhaber die Bude einrennen.

Aber da die warmherzige Frau meine Tante ist und sie Ava und mich liebt, als wären wir ihre eigenen Kinder, genieße ich ihr Vertrauen.

Tante Elisabeth brachte mich damals zum Lesen, wofür ich sehr dankbar bin. Es fing mit Gute-Nacht-Geschichten an und hört bis heute mit unterschiedlichster Literatur nicht auf.

Unerwartet bleibt Hope an dem Schaufenster der Buchhandlung stehen. Dass sie einige Sekunden keine Regung zeigt und wie erstarrt wirkt, verwirrt mich.

»Alles in Ordnung, Hope?« Vorsichtig lege ich meine Hand auf ihre Schulter, was sie kurz zusammenzucken lässt.

»Alles in Ordnung. Es ist nur –«, zögerlich stoppt sie. Ihre sonst so klare Stimme zittert.

»Es ist was?« Ich versuche, so einfühlsam wie nur möglich zu klingen.

»Das Buch hier.« Ihr Finger berührt die Glasscheibe und zeigt auf ein grünes Buch, das im beleuchteten Schaufenster der Buchhandlung ausliegt.

Darauf ein rothaariges Mädchen mit einem schwarzen Tanzschuh in der Hand. Das Buch trägt den Titel *Das Mädchen und der tanzende Schuh.*

»Das Märchenbuch? Was ist damit?«, frage ich vorsichtig an.

»Niemals hätte ich geglaubt, dass ich dieses Buch jemals wiedersehen werde.« Ihre leuchtenden Augen finden meine. »Es erinnert mich an meine Kindheit. Mein Vater hat mir jeden Abend daraus vorgelesen. Es ist nur gerade so seltsam, es wieder zu sehen. Das Buch hatte nur zwei oder drei Auflagen und diese waren auch nicht besonders hoch. Ich finde es nur ziemlich überwältigend, dass ich es hier in Nashville wiedersehe.«

Gott, wie schön Hopes Augen leuchten, mit jedem weiteren Wort, das sie ausspricht.

»Was ist damit passiert?«

»Als meine Mutter ging, hat sie das Buch mitgenommen, weil sie glaubte, dass es irgendwann einen Wert haben könnte.«

Das zu hören, brennt in meiner Magengegend.

»Und hat es das?«, zische ich.

»Keinen finanziellen, nein.« Ein sarkastisches Lachen entflieht ihren Lippen. »Doch für mich und meinen Vater hat es einen unfassbar großen emotionalen Wert. Manchmal bedeutet das einfach mehr. Wahrscheinlich bin ich durch das Buch so ein Booknerd geworden.« Sie ist also auch ein Booknerd.

Ein verächtliches Schnauben überkommt mich. Wie kann man seinem Kind nur so etwas antun? Meine Eltern würden nie im Leben daran denken, abzuhauen, geschweige denn uns etwas zu nehmen, das von großer Bedeutung für uns ist.

»Entschuldige, wenn ich das sage. Aber deine Mutter hat wirklich ’ne Macke.«

»Dafür musst du dich nicht entschuldigen. Ich weiß das. Aber ich habe mit dieser Frau abgeschlossen. Mein Vater gibt mir an einem Tag so viel Liebe, wie sie es nicht mal in vier Jahren ihres Daseins geschafft hat. Ich bin froh, dass ich in allem nach ihm komme.«

Das erste Mal spüre ich, dass Hope bereit ist, sich ein wenig zu öffnen, und obwohl ich ihren Vater nicht kenne, weiß ich, dass er mir ziemlich sympathisch sein wird, wenn Hope ganz nach ihm kommt.

Dass wir schon wieder vor meiner Wohnungstür stehen, trübt meine Freude. Auch wenn die Uhr bald zwölf Uhr nachts schlägt, ist mir nicht danach, Hope einfach nach oben gehen zu lassen und den Abend damit zu beenden.

»Dann wünsche ich dir eine gute Nacht, Liam.« Sie würde mich wieder mit einem breiten Grinsen im Gesicht zurücklassen. Aber verdammt, mir wird gerade so richtig bewusst, wie sehr ich ihre Nähe genieße.

»Du, Miss Green?«, murmle ich mit bebender Stimme.

»Was ist los?« Ihr Kopf legt sich zur Seite. Barcley, der artig neben ihr steht, sieht mich genauso fragend mit seinen Knopfaugen an wie sein Frauchen.

»Hast du noch einen Moment? Ich möchte dir gern etwas zeigen!« Meine Stimme vibriert vor Aufregung und mein Daumen zeigt über meine Schulter in die Wohnung.

Was, wenn sie nein sagt? Warum bin ich bei dieser Frau so aufgeregt? Vermutlich weil ich es einfach nicht versauen will.

»Na sicher. Den Kinosessel in deinem Flur wollte ich mir sowieso mal genauer ansehen.« Neugierig sieht Hope über meine Schulter. »Sehr einfallsreich, so ein Teil im Flur zu verbauen.«

»Der ist dir aufgefallen?«, frage ich verwundert.

»Ich habe doch keine Tomaten auf den Augen. Das war wahrscheinlich das Erste, als ich dieses Haus hier betreten habe, was mir ins Auge gesprungen ist. Du solltest ein paar Vorhänge an deine Wohnungstür machen, wenn du nicht willst, dass jeder da reinschauen kann.«

Kaum einer hielt die Idee, den Kinosessel in den Flur zu integrieren, für sinnvoll. Hope ist die Erste, der es gefällt. Das mit den Vorhängen hatte ich mal in Erwägung gezogen. Vor allem, nachdem Avas nervige Freundinnen schamlos reingespannt haben. Jetzt bin ich froh, dass ich es nicht getan habe.

Die Anspannung in mir löst sich, als ich meine Wohnungstür aufschließe. Mit einer winkenden Bewegung bitte ich Hope herein. Sie streift sich ihre Boots von den Füßen, lässt Barcley ein paar Mal auf der Fußmatte hin- und hergehen, um die Nässe seiner Tatzen abzulaufen, und tritt hinein. Dann schließt sie hinter sich die Tür, während ich meinen Schlüssel in eine Holzschale auf der Kommode im Flur werfe.

Die Wärme in meiner Wohnung zwingt mich, meine Winterjacke auszuziehen. Hope tut es mir gleich und öffnet den Reißverschluss. Langsam gleiten meine Hände an den Kragen ihrer Jacke, sodass sie aus den Ärmeln schlüpfen kann. »Vielen Dank«, murmelt sie und steckt gleichzeitig ihren Schal in einen der Ärmel.

Gemeinsam mit meiner hänge ich ihre Jacke an den Garderobenständer. Mein Blick schwebt über ihren schmalen und dennoch kurvigen Körper. Noch nie habe ich eine Frau in einer simplen Jeans und einem schlichten Langarmshirt schöner gefunden.

»Wenn du gern liest, wird dir das gefallen.« Ihr kritischer Blick legt sich geduldig in mein Gesicht.

Ohne zu zögern, öffne ich die Zimmertür, die zu meinem Werkraum und der kleinen Bibliothek in meiner Wohnung führt. Ich hoffe, ihr gefällt, was sie da sieht.

15

Hope

Was ich vor meinen Augen erspähe, ist nicht das, was ich von Liam erwartet habe. Die Werkbank rechts neben mir, mit Werkzeugen, die ordentlich verräumt sind, schon. Aber die raumhohen Regale, gefüllt mit einer Ansammlung von zig Büchern, die nach den Autoren sortiert sind, überlasten gerade meine Sinne und rauben mir den Atem.

Ich schlendere an den Regalen entlang, während Barcley erschöpft im Flur liegt.

Vor mir stehen schwarz lackierte Bücherregale. Voll mit sämtlicher Literatur, die man sich nur vorstellen kann. Romane von *J. K. Rowling, Stephen King* und *George R. R. Martin.* Biographien bekannter Persönlichkeiten wie *Michael Jackson, Elvis Presley* und *Kurt Cobain.* Sachbücher über Bauwerke, Handwerkskunst und Holzarbeiten. Sogar Romane von *Nicholas Sparks* und *John Green* schmücken die Regale. Und das sind nur die wenigen Werke, die ich auf den ersten Blick erhasche.

Verdammt, wie viele Bücher stehen hier vor meinen Augen? Das ist ein Paradies für jemanden wie mich.

»Das ist –« Ich suche nach dem passenden Wort, für all das, was sich vor mir zeigt. »Unübertrefflich.« Wahrscheinlich sah ich Liam noch nie überraschter an.

Wie er in seiner Jogginghose und dem Kapuzenpullover, den Liam bis zum Ellenbogen hochgekrempelt hat, vor mir steht, macht er das Bild, was ich gerade habe, vollkommen.

»Du musst aufpassen, dass deine großen schokobraunen Augen nicht aus dem Kopf fallen, Miss Green.« Das fällt mir sichtlich schwer und mit der Stille, die uns gerade umgibt, zeige ich es auch. Ich bin für viele Atemzüge sprachlos.

»Das überrascht mich jetzt. Ich hätte niemals gedacht, dass jemand wie du liest«, stottere ich vor mich hin.

»Jemand wie ich? Was soll das heißen, jemand wie ich? Was denkst du nur von mir?« Liams leuchtend grünen Augen erwarten eine Antwort. Trotzdem versuche ich, seiner Frage auszuweichen und konzentriere mich auf die *The Game of Thrones*-Reihe vor mir. »Komm, sag schon«, drängelt er.

»Ist das nicht egal, was ich denke?«, gebe ich nach. »Auf jeden Fall habe ich hiermit nicht gerechnet«, murmle ich und zeige mit meiner flachen Hand durch den Raum.

»Nicht wirklich. Mich interessiert es gerade sehr, für welchen Typ Mann du mich hältst. Also, erzähl mal. Ich bin gespannt.« Mit verschränkten Armen steht

Liam weiterhin am Türrahmen und wirft seine bestimmenden Blicke auf mich. Als könne er bis auf meine Seele schauen und die Antwort auf seine Frage selbst herauslesen. Was nützt es jetzt noch, dass ich schweige, wenn er es sowieso erkennen kann?
»Naja, sieh dich an.« Mein Blick schwebt auf ihm. Nervös umgreife ich meinen Unterarm, den ich dauernd hin- und herdrehe. Die Grübchen auf Liams Wange werden innerhalb weniger Sekunden sichtbar und seine Mundwinkel tanzen gemeinsam um die Wette. Abermals durchstreift er sein goldblondes Haar und denkt nicht mal annähernd daran, mich von seinem quälend schönen Blick zu erlösen.

Seine freien Unterarme lassen erahnen, dass Liam abnormal gut trainiert ist. Nicht abartig wie ein Bodybuilder. Einfach wie ein Mann, der auf die Kraft seines Körpers angewiesen ist. Sein Körper wirkt so angenehm fit trotz der lockeren Kleidung, die er trägt. Unauffällig versuche ich herauszufinden, welche seiner Muskeln am meisten hervorstechen. Und ich beiße mir gerade selbst auf die Zunge, nur allein bei dem Gedanken daran, wie er darunter aussehen könnte. Verdammt, ich kann es nicht dulden, dass mir Liam so gut gefällt. »Du musst doch nur mit dem Finger schnipsen, um jeder Frau den Kopf zu verdrehen.« Um meine Antwort zu unterstreichen, schnippe ich selbst mit meinen Fingern. Flüchtig drehe ich ihm meinen Rücken zu und gebe mich den zig Büchern vor meiner Nase hin. Mein Zeigefinger gleitet über verschiedene Buchrücken. »Von jemandem wie dir erwartet man eben nicht, dass er zu Hause sitzt, liest und eine halbe Bibliothek in der Wohnung stehen hat. Und vor allem mit so vielen wunderschönen Büchern, die so vielfältig sind.«

»Aber ich schnipse nicht.« Auf den Rest geht Liam nicht ansatzweise ein.

»Weil du es nicht musst.« Keine Frau in Nashville würde Liam von ihrer Bettkante stoßen. Dafür lege ich meine Hand ins Feuer. Seine smaragdgrünen Augen starren jedes weibliche Wesen zugrunde, ohne dass eine den Drang verspürt sich dagegen zu wehren.

»Weil ich es nicht will! Ich erkenne keinen Zweck dahinter.« Liam schüttelt fragend seinen Kopf. »Was erwartet man denn von jemanden wie mir?«, will Liam wissen. Sein Zeigefinger streichelt sein Kinn. Aber ich bin still und schweige. »Du glaubst, dass ich eine Frau nach der anderen im Bett liegen habe, was? Dass ich es ausnutzen würde.«

»Sind die meisten nicht so?« Auch wenn ich jahrelang in einer Beziehung war, habe ich dennoch einiges um mich herum wahrgenommen. Männer, die wissen, wie hypnotisierend sie auf Frauen wirken, machen sich ein Spiel draus, eine nach der anderen abzuschleppen. Isa ist damals regelmäßig auf solche Männer getroffen. Schönlinge, die immer nur das eine wollten. Was sie nicht sonderlich gestört hat, da sie nie auf eine Beziehung aus war. Ich konnte ihr diese Einstellung nie verübeln. Denn Isa stand nicht immer auf der Sonnenseite des Lebens.

Und dass Ava auch solche Erfahrung mit ihrem Ex machen musste, unterstreicht nur meine Denkweise. Es gibt zu wenige, die so sind, wie es Sam war. Schön wie der Vollmond in der dunkelsten Nacht und gleichzeitig unfassbar liebevoll. Fast aufopfernd.

»Wer sagt, dass ich wie die meisten bin, Hope?«

Unwissend zucke ich mit den Schultern. Ich kenne Liam in dieser Hinsicht nicht annähernd gut genug, um mir darüber ein Urteil bilden zu können.

Eins zu null für dich, Mr. Connor.

»Ziemlicher *Stephen King*-Fan, was?«, lenke ich ab. Wenn ich mich nicht täusche, steht hier jeder Roman, den *Stephen King* jemals verfasst hat.

»Du kannst wunderbar das Thema wechseln, Miss Green.«

Ich erwidere seine Aussage nur mit einem vergnügten Zwinkern.

»Vielleicht ist was für dich dabei. Bediene dich jederzeit.« Liam schenkt mir ein stolzes Lächeln, weil er genau weiß, wie sehr mir dieser Raum gefällt.

Die letzten Minuten habe ich mich auch nicht in irgendeiner Weise zurückgenommen und grinse wohl im Dauermodus.

»Gib es zu! Genau damit hast du schon zig Frauen rumgebracht. Vor allem die, die gern lesen.« Ich muss lachen, als ich freiwillig auf das Thema zurückkomme. Denn ich schenke meiner Aussage ja selbst keinerlei Bedeutung, geschweige denn einen Hauch Glaubwürdigkeit.

»Bis auf Ava war noch niemand in diesem Zimmer. Der Raum ist mir heilig.« Seine Hand hebt er verneinend in die Luft.

»Das glaube ich dir nicht. Ich meine, du hattest sicherlich mal die eine oder andere Freundin. Und ihr werdet euch nicht nur bei ihr aufgehalten haben«, erwidere ich ungläubig. Warum sollte mir die Ehre gebühren, vor seinen Freundinnen den Raum betreten zu dürfen?

»Wer sagt, dass ich im Moment keine Freundin habe? Ich meine, so wie du von mir denkst, wäre es doch durchaus möglich.« Liam grinst provozierend.

»Dann tut mir deine Freundin sehr leid, wenn du jeden Abend mit einer anderen Frau deine Zeit verbringst statt mit ihr.« Ironie überkommt meine Lippen.

Seine Augen finden meine und wir beide wissen, dass es keiner weiteren Unterhaltung dahingehend bedarf. Liam würde einer Frau niemals das Herz brechen. Er weiß, dass ich es weiß, obwohl ich ihn erst wenige Tage kenne.

»Was sind sonst noch deine Favoriten?«, frage ich.

»*J. R. R. Tolkien*, *J. K. Rowling* und Biographien verstorbener Größen«, erwidert er wie aus der Pistole geschossen.

»*J. K. Rowling*, ja? Ganz sicher?«

»*Differences of habit and language are nothing at all if our aims are identical and our hearts are open.*« Dieses Zitat hat Liam nicht gerade wirklich auf seinen Lippen zergehen lassen? *„Obgleich wir von verschiedenen Orten kommen und eine andere Sprache sprechen, schlagen unsere Herzen gemein-*

sam." Eines meiner Lieblingszitate aus der *Harry Potter*-Reihe. »Wow.«

»Glaubst du, ich tische dir hier eine Lügengeschichte nach der anderen auf? Ich würde dich niemals anlügen, Hope.« Diese Worte lösen in mir wieder unerwartetes Herzrasen aus. Zu gern würde ich ihm sagen, dass er damit aufhören muss, sich mir gegenüber so zu verhalten. Aber der Mut fehlt mir.

»Mit was verzauberst du deinen Geist, Miss Green?«

»Wie poetisch«, schmunzle ich. »Am liebsten richtige Liebesklassiker wie *Nicholas Sparks* und *Jojo-Moyes.* Aber *J. K. Rowling* bin ich auch ziemlich verfallen.«

»Habe ich alles da. Dann such dir etwas aus, das dir gefällt, und komm hinterher ins Wohnzimmer. Ich nehme Barcley mit.« Wieder ein Zwinkern aus seinen strahlend grünen Augen.

Liam schließt die Tür hinter sich und lässt mich in diesem märchenhaften Raum allein. Eine eigene Bibliothek zu haben, muss ein unglaubliches Gefühl sein. Jedes Buch darin schöner als das vorherige.

Es dauert einige Minuten, bis ich mich entscheiden kann, welches dieser Schmuckstücke ich an mich ziehe. Erst fiel mir ein Buch von *Stephen King* in die Hände, das ich eigentlich schon immer mal lesen wollte. Letztendlich entschied ich mich jedoch für *Nicholas Sparks* und *The Lucky One.* Es gibt Dinge, die sich wohl niemals ändern werden.

Fest drücke ich den Roman an mich und erinnere mich für einen Moment an die Zeit mit Sam. Ich auf der Couch mit meinem Buch in der Hand. Er neben mir, spielend auf seiner Gitarre. Ein Bild, das es so niemals wieder geben wird.

Am liebsten würde ich auf den Boden sacken und losheulen, weil mir dieser Gedanke das Herz aus meiner Brust reißt. Aber ich kämpfe, damit es nicht soweit kommt. Nicht hier.
Scharf atme ich den Druck in meinen Lungen aus, straffe meine Schultern und schlucke den Kloß in meinem Hals herunter. Dann gehe ich aus der Tür, stehe im Flur und bewege mich langsam durch Liams Wohnung fort. Der rote Doppel-Kinosessel mit den Nummern 7 und 8 passt perfekt in den schmalen Gang und verleiht dem Flur etwas Nostalgisches. Ähnlich wie die rostigen Regale und Wandleuchten, die an den weißen Wänden angebracht sind.
In den meisten Wohnungen ist der Flur ein unwichtiges Verbindungsstück zu anderen Räumen. Dass er aber das Erste ist, was einem ins Auge sticht, ist den wenigsten klar. Wenn man in eine Wohnung tritt und den Flur schon als gemütlich erachtet, was hier definitiv der Fall ist, ist es nicht sonderlich schwer, sich in einem fremden Zuhause wohl zu fühlen.

Wie bei Ava gehen links und rechts Türen ab, die in andere Räume führen. Eine ist geschlossen und eine, rechts abgehend am Ende des Flures, ist geöffnet. Ich wage einen flüchtigen Blick hinein. Dahinter verbirgt sich eine wirklich hübsche Küche, die Liam hundertprozentig selbst geschreinert hat. Die weiße Arbeitsplatte und die wenigen hellen Regalelemente stehen mit dem eichenfarbigen Holz und den verstärkten optischen Rissen in der Front wunderschön im Kontrast.

Hinter der gegenüberliegenden Tür befindet sich das Wohnzimmer, in dem Liam mit Barcley gemütlich auf der Couch sitzt und durch das Fernsehprogramm zappt. Irgendwie mag ich den Film, der sich gerade vor meinen Augen abspielt. Und aus Liams anfänglichem Scherz, sich still und heimlich in Barcleys Herz zu schleichen, wird Realität.

Das Wohnzimmer ist recht schlicht möbliert. Eine graue L-Couch und ein kleiner Palettentisch stehen auf dem Parkettboden, der in der ganzen Wohnung ausgelegt ist. Wenige Schränke hängen an der Wand, in denen noch mehr Bücher und ein paar DVDs stehen.

Im Gegensatz zu Avas Wohnung lebt hier die Ordnung. Nichts knallt vor Überfüllung auf einen ein und jedes Möbelstück passt optisch zum anderen. Gefällt mir.

Als für Liam nichts Passendes im Fernsehen kommt, stellt er einen Musiksender ein. Ohne zu wissen, was es in mir auslöst. Mein Blut gefriert und trotz den gefühlten fünfundzwanzig Grad in Liams Wohnung zittere ich.

Atme, Hope! Atme!

Mein eigenes Mantra, das ich mir die letzten Monate beigebracht habe, befiehlt mir, regelmäßig ein- und auszuatmen. Und genau das will ich tun.

Mir ist bewusst, dass ich den sanften Tönen nicht mein Leben lang aus dem Weg gehen kann. Sie sind überall.

Wüsste Sam, dass ich die Musik so sehr ablehne, würde ihm das wahrscheinlich sein Herz brechen. Gemeinsam liebten wir die Musik. Und wie fast jedes Pärchen hatten wir gemeinsame Songs, die uns an irgendeinen schönen Moment in unserer Beziehung erinnerten. Zum einen die *Lighthouse Family* mit *High*, das unser Hochzeitslied werden sollte. Oder *Kings Of Leon* mit *Sex on Fire*, den Sam jeden Sommer am Feuer gesungen hat, begleitet von seiner Gitarre. *OneRepublic* mit *Counting Stars* wird mich immer an unsere Fahrt nach New York erinnern. Zu allem kommt, dass ich niemals genug von Sams eigenen Songtexten bekommen konnte. Ich hatte die große Ehre, seine neusten Kompositionen als Erste hören zu dürfen.

Unser Alltag war gefüllt mit Musik und wenn Sam auf einer Bühne stand, war er glücklich und ich mit ihm. Leider kam es zum Schluss viel zu selten vor, dass er einen Auftritt hatte.

Und nun ist es so, dass mich jeder Ton an unsere Zeit erinnert. Deswegen versuche ich, vor den wunderschönen Klängen wegzurennen. Denn das Wissen zu haben, dass er für immer weg sein wird, gibt mir das Gefühl, zu sterben. Niemand kann ihn ersetzen. Niemand kann mir das Gefühl von Vollkommenheit geben, das er mir fast acht Jahre jeden Tag gab. Sam war mein Seelenverwandter und ohne ihn bin ich einfach nicht die, die ich sein will.

Mit dem Buch an meiner Brust, das mit jeder Seite nach Sicherheit riecht, trete ich zögerlich in den Türrahmen und beobachte Liam, wie er Barcley am Hals krault.

»Ich mag deine Lampen und die rostigen Eisenregale. Irgendwie ein schöner Kontrast zum Rest.« Ich hasse das gespielte Lächeln auf meinen Lippen. Nachdem ich die letzten Tage fast frei schien, fühlt sich die Lüge in meinem Gesicht unglaublich falsch an.

Ich lasse mich neben Liam auf die Couch fallen, ziehe meine Beine an die Brust und halte meine neue Errungenschaft fest umschlossen. Ich konzentriere mich auf mein pochendes Herz, das der Musik immer weiter folgt.

»Gefällt mir, wenn es dir gefällt«, erwidert er erfreut. »Welches hast du dir ausgesucht?« Liam versucht, einen Blick auf das Cover in meinen Armen zu erhaschen.

Zögerlich ziehe ich das Buch von *Nicholas Sparks – The Lucky One* hervor.

Als ahnte Liam, dass ich mir genau dieses Exemplar aussuchen würde, grinst er mich siegessicher an. Seine Grübchen tiefer als beim letzten Mal. Und Gott verflucht, ich verliere mich darin. Unbewusst hilft er mir, meine stechenden Erinnerungen beiseitezuschieben.

»Hast du sie alle gelesen?«, frage ich.

»Nur wenige nicht.«

»Und das hier?«

»Was denkst du?«, bejahend zwinkert mir Liam zu.

»Ganz theatralisch gesagt, rettest du mir gerade mein Leben. Ich habe nur wenige Bücher aus Newport mitgenommen und die habe ich in kürzester Zeit durchgelesen. Bis auf eines, das wartend auf dem Nachttisch liegt.«

»Wenn du damit fertig bist, sind hier genug. Damit wirst du eine Weile hinkommen.« Wie selbstverständlich gewährt Liam mir absoluten Zugriff zu seinem Bücherreich.

»Das ist wirklich nett, Liam. Danke.«

»Nicht dafür.«

»Wenn ich im Besitz so vieler Bücher wäre, würde ich wahrscheinlich den ganzen Tag hier sitzen und sie ununterbrochen lesen. So lange, bis ich jedes von ihnen durchhabe. Dann würde ich wohl alle nochmal lesen oder zumindest die, die mir meine Gedanken geraubt haben.« Die Vorstellung lässt mich fast an die Decke springen. Ich weiß nicht, wann ich das letzte Mal – binnen weniger Minuten – betrübt und dennoch glücklich zugleich war. Wahrscheinlich befand ich mich noch nie in so einem Gefühlschaos. Garantiert bin ich nicht nach Nashville gekommen, um mich von einem Chaos ins nächste zu stürzen.

»Dann tu es, Hope. Lies, so viel du willst!«

Ich schmunzle nur.

»Warum hast du keiner deiner Freundinnen diesen Raum jemals gezeigt?«, muss ich wissen.

»Hab ich doch gesagt. Der Raum und alles, was sich darin befindet, ist mir heilig«, antwortet Liam.

»Ich stelle mir nur gerade vor, wie das abgelaufen ist«, schmunzle ich. »Wollte eine von ihnen mal reinschauen und du bist wie von der Tarantel gestochen dazwischen?«

»Ich hatte ihn verschlossen, wenn ich wusste, dass ich Besuch bekomme.«

»Und sie waren nicht neugierig, was sich hinter der Tür befindet?«, frage ich.

»Sagen wir mal so. Ich habe ihnen relativ früh klar gemacht, dass ich Neugier nicht ausstehen kann. Daher war es recht einfach, sie fernzuhalten. Hätte ich jeder Beliebigen einen Einblick in den Raum gewährt, hätte es sich nicht mehr als etwas Besonderes angefühlt. Was es aber immer sein soll.«

»Aber warum zeigst du ihn mir dann?«, frage ich mit Verwirrung in der Stimme.

Liams spaßige Miene wird ehrlich und ernst. Das Schweigen zwischen uns foltert mich. So lange, bis er endlich seine Lippen wieder bewegt.

»Weil du mir in der kurzen Zeit näher bist als sonst wer in meiner Vergangenheit.« Mein Herz wird warm und hämmert spürbar gegen meinen Brustkorb. Diesmal auf schöne Weise.

Ohne einen Zweifel zu haben, glaube ich ihm jedes Wort, das er spricht. Möglicherweise weil es mir ähnlich ergeht und ich froh bin, dass ich mir das alles nicht nur einbilde. Ob ich das jedoch gut finden soll, weiß ich noch nicht. Aber gerade möchte ich nichts hinterfragen und dieses mollig-warme Gefühl in meiner Brust nur ein wenig genießen. Denn das ist es, wonach sich mein Herz seit Wochen sehnt.

Meine Augen finden sein glänzendes Grün. Liam erwartet nicht, dass ich etwas auf seine bewegenden Worte erwidere. Und er kann sich nicht im geringsten

Maße vorstellen, wie wohltuend es für mich ist, zu wissen, dass ich in seiner Nähe völlig frei sein kann. Ohne jeglichen Zwang, mich oder etwas erklären zu müssen.

Das war einer der Gründe, Newport zu verlassen. Ich weiß, Isa und James haben es immer nur gut gemeint, weil sie der Überzeugung waren, es löse den Schmerz. Aber in Wirklichkeit erdrückten sie mich mit ihrer Forderung, über alles reden zu müssen.

»Was tust du noch, wenn du nicht liest? Ich meine, in Avas Wohnung kann es bestimmt ziemlich langweilig werden«, fragt Liam.

»Dann bin ich mit dir draußen und laufe durch die Finsternis der Nacht«, erwidere ich schlagfertig.

»Welch Ehre, dass du jeden Abend deine Geschichte weglegst, nur um mir Gesellschaft zu leisten.«

»Dabei dachte ich, es wäre genau anders rum.« So mutmaßte ich bisher.

»Egal wie, uns tut es wohl beiden ganz gut.«

Zum ersten Mal taucht eine Verbindung zwischen uns auf, die ich mir selbst gern erklären würde.

Wenn Liam lacht, lache ich. Wir beide im Einklang miteinander. Und so ging es mir das letzte Mal, als Sam noch am Leben war.

»Das kann ich nicht abstreiten.«

Als ich die stechenden Erinnerungen überstehe und das Hochgefühl zulasse, bekommt das Glücksgefühl in meinem Körper kaum noch Luft und entgleitet mir unaufhaltsam aus den Händen. Mein Magen rebelliert, als der Musiksender auf den nächsten Titel schaltet. Früher habe ich das Lied geliebt. Aber nun erinnert es mich mit so vielen negativen Facetten an Sam und mich. *The Scientist* von *Coldplay*. Als dann noch der Refrain einsetzt, habe ich das Gefühl, wieder zu zerbrechen.

Mir ist klar, dass ich es ihm sagen muss. Sonst stürme ich in wenigen Sekunden raus. Dessen bin ich mir sicher.

»Du, Liam? Darf ich dir etwas anvertrauen?« Nervös kaue ich auf meiner Unterlippe herum. Meine Augen gehen abwechselnd zum Fernseher und in Liams Gesicht. Von der lockerleichten Atmosphäre, die uns gerade umgab, ist nichts mehr zu spüren. Ich weiß, dass er die Unsicherheit in meiner Stimme raus hört.

»Alles, Hope«, erwidert er geduldig.

»Aber bitte halte mich nicht für bescheuert, okay?«

Und ich habe so unglaubliche Angst, dass du es tust, wenn du erstmal merkst, wie kaputt ich wirklich bin.

»Tu ich nicht. Versprochen!« Vorsichtig legt Liam seine warme Hand auf meinen Arm.

Mir stockt der Atem, weil ich nicht weiß, wie ich die richtigen Worte finden soll. Ich versuche, die sinnigsten Begriffe aneinanderzureihen. »Ich mag Musik nicht sonderlich«, gestehe ich ihm und kralle mich in mein Shirt.

»Nein? Soll ich sie lieber ausmachen?«, antwortet Liam, als wäre meine Aussage irgendeine Banalität.

Erde an Liam! Die Frau vor deiner Nase mag keine Musik. Das wohl mit Schönste der Welt mag sie nicht. Sie hasst es!

»Wenn es dir keine Umstände bereitet?« Nervös zupfe ich an meinem Shirt herum. Ich sehe ihn an und suche das Unverständnis in seinen Augen. Aber ich finde es nicht.

»Tut es nicht.« Die Worte klingen ehrlich und nehmen mir die Scham. Ohne zu zögern, nimmt er sich die Fernbedienung und schaltet den Fernseher aus.

»Nicht? Es ist nur so. I-i-ich –« Das Stottern nimmt mir jegliches Selbstbewusstsein.

»Stopp mal, Hope.« Seine warme Hand gleitet auf meine und für einen kurzen Moment harrt Liam aus. Unwissend, ob ich es zulasse. Was ich jedoch tue, weil es sich einfach so unglaublich gut anfühlt. »Du brauchst es mir nicht erklären. Nicht wenn du denkst, dass du es rechtfertigen muss. Denn das musst du nicht. Du musst dich für nichts, was du bist und was du magst oder auch nicht, rechtfertigen. Willst du aber reden, weil es dich belastet, bin ich da!«

»Ich glaube, ich will reden«, murmle ich.

Er antwortet nichts. Als würde er mir die Entscheidung überlassen, wie es nun weitergeht.

»Wenn ich sie höre, auf welche Weise auch immer, löst es in mir ein stechendes Gefühl in der Magengegend aus. Und das kann ich einfach nicht ausstehen.« Die Tränen steigen mir unerwartet in die

Augen. Aber ich möchte das nicht. Nicht hier. Nicht jetzt.

»Seit wann ist das so?«, erkundigt er sich behutsam in der Absicht, mich nicht zu überfordern.

»Seit ein paar Wochen«, antworte ich ehrlich.

Und wieder, unangenehme Fragen seinerseits bleiben aus. Nicht weil es ihn nicht interessiert, das tut es mit Sicherheit, sondern weil er geduldig genug mit mir ist, zu warten, bis ich bereit dafür bin. Bereit, über Mila und Sam zu sprechen.

Dass Liam so unfassbar verständnisvoll mit mir umgeht und ich mich keinesfalls erdrückt von ihm fühle, bewirkt, dass ich mich immer mehr zu ihm hingezogen fühle. Als ich mir das eingestehe, durchfährt mich die Angst.

»Wir sollten vielleicht schlafen gehen«, sage ich, um der Situation zu entkommen.

»Alles, was du willst, Hope.«

»Alles, ja?« Ein ehrliches Lächeln überfährt mein Gesicht wieder.

»Alles!«

»Vielen Dank, Liam. Und nicht nur für das Buch.«

Danke, für dein Verständnis!

Gemeinsam laufen wir in den Flur. Barcley schleppt sich träge hinterher. Dann greift Liam nach meiner Jacke und reicht sie mir.

»Ich mag den Garderobenständer. Er würde sich wahrscheinlich auch perfekt in meinem Haus machen.«

»Deinem Haus?« Würde sich unser Leben in einem Cartoon abspielen, wären über Liams Kopf unzählige blinkende Fragezeichen.

Ich nicke zaghaft. »In Newport habe ich ein Haus.«

»In Newport hast du also ein Haus. Sieh an.« Als müsse er die Information erstmal in sich sacken lassen.

Dass ich ein Haus habe, lässt ihn die Augenbraue nach oben schnalzen. Dass ich Musik ablehne, stört ihn aber nicht?

Ich schnappe mir Barcleys Leine und lege die Jacke in meine Armbeuge. Dann überkommt mich schon die Kälte des Treppenhauses.

»Bevor du nach oben gehst«, räuspert sich Liam, was mich zwingt, zwischen Tür und Angel zu halten.

»Ja?«

»Vertraust du mir eigentlich, Hope?« Verhalten drehe ich mich zu ihm. Sofort verschmilzt sein Grün mit meinem Braun.

»Wahrscheinlich schon«, erwidere ich ehrlich.

»Dann möchte ich, dass wir uns morgen früh um 10 Uhr treffen. Ich will, dass du etwas über mich erfährst.« Liam fährt mehrfach durch sein Haar. Nur dieses Mal nicht aus Angewohnheit, sondern vor Anspannung.

»Es gibt da also noch mehr als die Bibliothek in deiner Wohnung, das ich wissen sollte?«, frage ich amüsiert.

»Du sollst wissen, was genau ich tue. Und ich weiß nicht, wie du darauf reagieren wirst. Ich hoffe nur, dass du nicht einfach wegläufst. Solltest du es jedoch in Erwägung ziehen, bitte ich dich, dreimal tief einzuatmen und die Augen zu schließen. Ich bin dann für dich da. Aber bitte geh nicht einfach.« Liam überkommt eine seltene Nervosität, die ich noch nie zuvor an ihm bemerkt habe. Mit seinem Bein wackelt er hin und her.

»Warum bist du nur so nervös?«

»Ich will es nicht kaputt machen. Nicht irgendwie versauen. Aber du musst es einfach wissen, um dann entscheiden zu können, wie du mit mir und dem, was ich tue, umgehst.« Ruhelos kaut er auf der Innenseite seines Mundes herum. Die Leichtigkeit in seinem Körper verschwindet gänzlich.

»Bleib locker, Mr. Connor«, amüsiert puffe ich gegen seinen Oberarm. »Ich glaube, es gibt nichts, mit dem du mich verschrecken kannst. Aber von mir aus. Morgen um zehn. Selber Ort.«

»Behalte die Worte für morgen gut im Gedächtnis und schlaf schön, Miss Green.« Fast verkrampft und mit verschränkten Armen lehnt er gegen seiner Wohnungstür. Ein bedenkliches Schmunzeln entweicht Liam.

Ohne große Überlegung und als wäre es tägliche Gewohnheit, nähere ich mich Liams Wange und verabschiede mich mit einem flüchtigen Kuss. Ohne einzukalkulieren, dass mich sein holzig frisches Aftershave um den Verstand bringen könnte. Aber wenn ihm die Geste seine Leichtigkeit zurückbringen kann, halte ich den rasenden Puls gern in meinen Adern aus.

Schließlich muss ich sein Verständnis irgendwann einmal ausgleichen.

»Wann wirst du aufhören, mich so zu nennen?« raune ich in seinen Nacken.

»Wahrscheinlich nie!«, flüstert er.

Genauso wie ich es sagte, meine ich die Worte auch. Es wird nichts geben, mit dem mich Liam verschrecken kann!

Den Geruch seines Aftershaves, verschmolzen mit seiner makellosen Haut, werde ich nie wieder aus meinem Kopf bekommen. Holzig, wie der dichteste Wald, gepaart mit der Frische des Ozeans. Meine Synapsen tanzen Tango, seitdem ich die belebenden Aromen auf seiner Haut roch, die uneingeschränkte Maskulinität und pures Vertrauen reflektieren. Sein Duft ist wie ein Sprung von der Klippe. Waghalsig und furchtlos.

Obwohl ich den kalten Schauer über mir hasse, muss er sein. Die Abkühlung habe ich dringend nötig. Anders fährt mein Puls nie runter.

Außerdem habe ich es wirklich getan. Ich habe mich Liam geöffnet und gab ihm Einblick in das, was unaufhaltsam in meiner Seele brennt. Vor einem Vierteljahr war nicht annähernd daran zu denken, jemandem zu erklären, was in mir vorgeht.

Vielleicht hält er mich jetzt aber auch für eine Verrückte. Ich habe mich die letzten Stunden wirklich etwas eigenartig benommen. Mir ist bewusst, dass die

Tatsache, Musik nicht sonderlich zu mögen, nicht einfach an ihm vorbeigegangen ist. Auch wenn er es so hat aussehen lassen.

Ich steige aus der Dusche, wickle mich in ein Handtuch und werfe mich erschöpft aufs Bett. Ich bin müde und ausgelaugt. Keine Ahnung, wie ich die vielen Schritte, die wir heute gelaufen sind, überlebt habe. Meine Waden jedenfalls danken es mir keinesfalls und auch der verheilte Bruch meines Schienbeines wirkt ganz schön nach. Bevor ich Newport verließ, riet mir der Arzt, mein Schienbein einige Monate zu schonen. Damit meinte er sicherlich nicht, dass ich meilenweit durch Nashville laufen darf. Aber ich hatte so viel Spaß, dass ich die Anstrengung nicht bemerkt habe.

Barcley liegt schon längst im Bett und schlummert vor sich hin. Ich ziehe mir die Decke bis unters Kinn und bin gerade imstande einzuschlafen, als mein Handy auf dem Nachttisch vibriert. »Nein, nicht jetzt«, ignoriere ich das Leuchten des Displays. Doch das Vibrieren ertönt erneut.

Ausgebrannt nehme ich mein Handy in die Hand und werde von dem grellen Licht geblendet. Es dauert einige Sekunden, bis ich Liams Namen lese. Eine Nachricht von ihm, die ein Foto enthält. Ich in seinem Arm, Barcley vor unseren Füßen und Liam mit einem Lächeln auf den Lippen, das über ganz Nashville leuchtet. Darunter steht ein kleiner Text, der mich rührt.

Miss Green, mir fehlen die Worte zu diesem Bild.
Du verzauberst mich.
Ich bin froh, dass ich etwas von dir hier unten in meiner Wohnung habe.
Ohne dich und Barcley ist es hier ganz schön ruhig.

Er scheint mich doch nicht für verrückt zu halten, was mich veranlasst, ihm zurückzutexten.

Mr. Connor, wir werden doch nicht sentimental, oder?
Ich werde nicht das letzte Mal in deiner Wohnung gewesen sein.
Du hast einiges da unten, was ich will. ;)

Süchtig scrolle ich zurück zum Bild. Gott, alles daran reflektiert Liams makellose Schönheit.

Ich kann nicht genau sagen, woran es liegt, dass mich ein Dauergrinsen überfällt. Irgendetwas zwischen Glück, Freude und Verbundenheit ist es sicher. Oder vielleicht ein Fünkchen von allem?

Mein Handy vibriert erneut, während ich mir das Bild bis zur absoluten Besinnungslosigkeit einpräge.

Gierige Miss Green. Aber mein Reich ist dein Reich.
Ich freu mich auf später!
Am liebsten würde ich dich an mich binden,
damit du mir nicht wegläufst, wenn du erfährst, was genau ich mache!
Schlaf gut.

Die Sache scheint ihn ganz schön zu belasten. Und trotzdem hemmt es meine Freude auf später nicht ein Stück. Diesmal lasse ich nicht zu, dass ein böser Geist dieses erlösende Gefühl unterdrückt.
Glücklich sehe ich zu meiner neusten Errungenschaft: *The Lucky One* aus Liams Reich.

Danke für deine Worte, dein Verständnis und das, was du bist, Liam Connor.

16

Hope

Sam, es ist die erste Nacht, in der ich nicht von dir geträumt habe. Ich habe nichts geträumt. Rein gar nichts. Ist der Zeitpunkt nun gekommen, an dem ich langsam wieder leben kann, oder fange ich an, dich zu vergessen? Die Vorstellung, mich nicht an jedes Detail deines Gesichtes erinnern zu können, brennt mir ein Loch in die Brust. Ich habe Angst. Denn von Tag zu Tag geht es mir besser in Nashville. Ich weine nicht mehr. Ich lache viel mehr. Aber immer, wenn ich traurig war, hatte ich dein Bild vor meinen Augen. Ich habe Angst, die Erinnerung an dich zu verlieren, und komischerweise habe ich Angst, den Schmerz in meiner Brust verheilen zu lassen. Denn dieser Schmerz zeigt mir jeden Tag, dass es uns wirklich einmal gegeben hat und dass du bei mir warst.

Sechs Tage und unser Versprechen gilt weiter. Nur heute ist es nicht der Abend, an dem wir uns treffen, sondern der Morgen. Ich frage mich, wo Liam heute mit mir hinwill, und was ihn daran so nervös macht.

Die Sonne strahlt mir ins Gesicht und ich kralle mich am Saum der Decke fest, als die Uhr auf 09:30 springt. Obwohl ich hundemüde bin, freue ich mich auf gleich. Ich sah das letzte Mal um 03:00 auf die Uhr, bevor mir die Augen zufielen.

Barcley döst noch. Schlaftrunken folgen mir seine schwarzen Knopfaugen, bis ich ins Bad verschwinde.

Heute meide ich den Blick in den Spiegel nicht, wie ich es sonst jeden Morgen tue. Meine Fingerspitzen fahren über die markante Narbe in meinem Gesicht. Selbst nach einem Vierteljahr fühlt es sich rundherum ein wenig betäubt an.

Ich weiß nicht, für wie lange es so sein wird, aber das erste Mal akzeptiere ich, was ich vor mir sehe. Als würde das wochenlange Einreden, ich solle mich an die Narben gewöhnen, endlich Früchte tragen.

Ich sehe so langsam wieder eine Frau, die Stärke repräsentiert. Und nicht das Häufchen Elend von vor wenigen Tagen, das aus Newport abgehauen ist. Es ist noch ein weiter Weg. Aber ich sehe endlich wieder die Möglichkeit, zu leben.

Rasch putze ich meine Zähne und kämme mir die Haare.

Aus dem Kleiderschrank nehme ich mir das erstbeste Shirt und eine Jeans. Das „Hope"-Shirt in meiner Hand brachte mir mein Vater von einem Ausflug nach Ohio mit. Ich sollte mich wieder bei ihm melden. Völlig übermüdet wird er jeden Tag auf der Couch sitzen und fast umkommen vor Sorge. Nur allein von der Vorstellung, wie trostlos er in seinem Haus herumschleicht, bekomme ich fiese Bauchschmerzen. Der Gedanke veranlasst mich, mein Handy vom Nachttisch zu nehmen und seine Nummer zu wählen. Ich zögere, bevor ich auf den grünen Hörer drücke, aber schlussendlich tue ich es trotzdem. Weil ich weiß, dass es für ihn absolut notwendig ist. Noch nie habe ich seine Anrufe und Nachrichten ignoriert. Und nie habe ich so viele Tage nichts von mir hören lassen. Was eigentlich nur zwei Wochen sind, ist für meinen Vater eine Ewigkeit.

Es klingelt und nach nur zweimal ertönt seine traurige Stimme am anderen Ende.

»Mein Schatz. Endlich.« Er klingt sorgenbeladen und ich höre die Müdigkeit heraus.

»Hey, Daddy.« Ich kaue ununterbrochen auf meiner Unterlippe herum.

»Wie geht es dir, Hope? Wo zum Teufel bist du?« Mit jedem Wort wird seine Stimme lauter. Ungewohnt lauter.

»Mir geht es besser. Ich bin in Nashville.«

»Wo bist du? In Nashville? Du meine Güte. Kind. Was willst du denn in Nashville?«

»Habe ich doch geschrieben«, murmle ich.

»Ich habe mir so unglaubliche Sorgen gemacht. Ist dir das überhaupt klar? Bitte tu es nie wieder und komm endlich heim«, fordert mein Vater.

»Ich rufe eigentlich nur an, um dich wissen zu lassen, dass es mir gut geht und du dir keine Sorgen machen brauchst.«

»Du weißt, seitdem Sam tot ist, mache ich mir immer Sorgen um dich. Nun, nachdem du einfach verschwunden bist, noch mehr. Was hast du dir nur dabei gedacht, Hope?« Ich weiß, dass sein Gefühlsstadium zwischen Wut, Freude und Liebe hin- und herschwankt.

»Das musst du aber nicht mehr. Ich habe hier nette Menschen kennengelernt und sie bringen mich auf andere Gedanken. Ich bin seit langer Zeit endlich mal wieder glücklich«, versuche ich ihm klarzumachen.

»Glücklich in Nashville? Was hast du denn vor? Hier ist doch dein Zuhause! Hier in Newport.«

Seine Angst, ich könne nicht mehr zurückkehren, möchte ich ihm nehmen.

»Daddy, ich weiß. Aber bitte verstehe, dass ich im Moment mein Zuhause nicht ertragen kann. Es bringt mich schier um. Ich weiß, dass du nicht begeistert bist, dass ich gegangen bin und vor allem, wie ich gegangen bin. Aber bitte zeige ein wenig Verständnis. Überall war er, Daddy. Überall. Und ich habe es einfach nicht mehr ertragen. Mit ihm bin auch ich gestorben. Tag für Tag. Kannst du das nicht verstehen, dass ich dort wegmusste?«

Eine bittere Stille durchschleicht das Telefonat.

»Mein Schatz. Mein kleiner Schatz«, schluchzt mein Vater. Er verliert kein Wort darüber, aber ich kann fühlen, wie ihm eine Träne nach der anderen an der Wange hinunterläuft.

»Ich werde irgendwann wieder nach Hause kommen. Ich verspreche es dir. Aber jetzt ist es der falsche Zeitpunkt. Ich muss wieder lernen, wie es ist, glücklich zu sein. Kannst du das verstehen?«

»So schwer es mir fällt. Aber ja. Kann ich, mein Kind. Ich vermisse dich nur so sehr.«

Ein Kloß steckt mir in der Kehle und erstickt jeden weiteren Atemzug in meiner Lunge. Ich vermisse ihn doch auch!

»Danke, Daddy! Das bedeutet mir wirklich viel. Bitte mach dir keine Sorgen mehr, ja? Ich hab dich lieb. Mach's gut.« Meine Stimme, die anfangs so stark klang, wackelt und lässt Traurigkeit hervorblitzen.

»Ich hab dich auch lieb, meine Kleine.«

Ich drücke den roten Hörer und kämpfe mit den Tränen in meinen Augen.

Es tat gut, seine Stimme zu hören, auch wenn sie noch nie so bedrückt klang. Dass er ein wenig Verständnis für meine Situation aufbringt und mich gehen lässt, heilt mein schlechtes Gewissen ihm gegenüber.

Das kalte Wasser in meinem Gesicht hilft mir, jegliche Traurigkeit in mir zu beseitigen und mich wieder auf gleich zu freuen. Auf Liam und auf das, was er vorhat.

Auf dem Weg zur Küche schnappe ich mir den riesigen Futtersack für Barcley, den ich im Flur deponiert habe. Das Knistern sorgt dafür, dass mein Hund wie ein angestochenes Raubtier angerannt kommt, aufgeregt vor seiner Schale steht und darauf wartet, dass ich sie endlich fülle. Barcley schlägt sich im Mordstempo den Ranzen voll, als hätte es die letzten drei Tage nichts zu essen gegeben. Da ich weiß, dass er seine rosarote Zunge zu gern in eiskaltes Wasser taucht, tausche ich das Wasser von gestern mit frischem aus.

Nach dem Gespräch mit meinem Vater bekomme ich nicht einen Bissen herunter, also versuche ich gar nicht, ans Frühstücken zu denken.

Kurz vor zehn lege ich Barcley die Leine an. »Bereit?«, frage ich ihn und wuschle über sein weiches Fell. Dann ziehe ich mir meine Boots über und schlüpfe in meine Jacke.

Die vergangenen Abende wartete ich auf der Treppe, bis Liam von der Arbeit kam. Heute ist es andersherum. Pünktlich sitzt er auf der untersten Stufe, während Barcley mit mir die Treppen hinunter saust.

»Guten Morgen«, sage ich, als ich sein Gesicht erblicke. Liams grüne Augen werden von Tag zu Tag erträglicher für mich. Langsam sehe ich gern hinein. Zu gern.

Wie er habe auch ich das Gefühl, dass Liam mir in dieser kurzen Zeit so viel näher ist als sonst jemand.

Und dass wir gleich fühlen, erleichtert mich.

»Miss Green«, nickt er mir freundlich zu. Als seine Mundwinkel um die Wette tanzen, ist die Welt für mich wieder im Einklang. »Ist alles in Ordnung bei dir?« Ob er das Rot in meinen Augen noch erkennen kann? Ich würde ihm gern sagen, dass seit wenigen Sekunden wieder alles in Ordnung ist. Und dass er dafür der Grund ist. Aber ich weiß, dass es falsch wäre.

»Alles in Ordnung«, sage ich nur und spare mir den Rest. Während ich sonst diejenige bin, die seine Aussagen mit gewisser Skepsis betrachtet, ist nun er derjenige. Aber Liam gibt sich Barcley hin, was mir ganz recht ist.

»Na, du Räuber.« Seine Hände gleiten über Barcleys Kopf.

»Ich habe dir etwas mitgebracht.« Triumphierend hält er eine Papiertüte in die Luft und wedelt vor meiner Nase damit herum.

»Was ist das?«, frage ich verwundert.

»Schau rein!« Ich greife nach der Tüte. Darin sind ein Vanillemuffin und der leckerste Kakao der Welt von *ChocoMakesHappy*. Das Pflaster für meine Seele. Stöhnend verdrehe ich die Augen, als ich den ersten Schluck zu mir nehme. Schlagartig überkommt mich ein quälender Hunger, der bis vor Sekunden noch auf sich warten ließ.

»Wenn ich es nicht besser wüsste, würde ich glauben, du versuchst, alle Glückshormone freizusetzen, die ich in meinem Körper habe«, scherze ich.

»Vielleicht versuche ich das auch«, zwinkert er mir zu. »Dann iss dich mal satt, während wir uns auf den Weg machen. Ich fahre.« Das lockere Lächeln auf seinen Lippen entgleitet ihm. Ich muss feststellen, dass mir seine Anspannung nicht unbedingt gefällt. Vor allem, weil ich der Grund dafür bin.

»Stört es dich nicht, dass Barcley dein Polster versauen könnte?« Das letzte Mal, als wir uns einen seiner Lieblingsorte außerhalb von Nashville angesehen haben, fuhr ich. Da musste ich mir keine Gedanken machen, ob Barcley etwas dreckig machen könnte.

»Hope, ich bitte dich. Der Kleine macht nicht mehr Schmutz als ich nach der Arbeit«, erwidert Liam.

»Gut, wenn du meinst.«

Sein schwarzer SUV steht nur wenige Meter von der Haustür entfernt. Liam läuft zur Beifahrertür und öffnet sie mir. Erst hüpft Barcley hinein, dann steige ich ein.

Liam startet den Motor und fährt die Hauptstraße auf. Wegen des grellen Lichts der Sonne klappe ich die Sonnenschutzblende hinunter, während Liam seine Sonnenbrille aufsetzt. Ich blicke sekundenweise durchdringend zu ihm rüber, kann seine Augen hinter den dunklen Gläsern nicht erkennen und warte darauf, dass etwas zwischen uns passiert. Nur scheint es so, als würde Liam jeden meiner Blicke ignorieren. Angespannt durchkämmt er sich abermals mit seinen Fingern das Haar.

An seinem Rückspiegel hängt ein kleiner Traumfänger. Achtsam greife ich nach ihm und halte ihn zwischen meinen Fingern. »Der ist hübsch«, stoppe ich das unangenehme Schweigen.

»Ein Geschenk meiner Tante. Es soll mich beschützen.« Hätte uns so ein kleines Teilchen vor dem Unfall bewahren können? Eigentlich glaube ich ja an keinen Hokuspokus. Aber ich rede auch täglich zu meinem verstorbenen Verlobten und meiner toten Tochter. Als wären sie noch bei mir. Also was fällt wohl unter Hokuspokus und was nicht?

Eine baufällige Straße, die uns ganz schön durchschüttelt, führt uns in ein kleines Industriegebiet. Was will er hier? Dann biegt Liam in eine Schotterstraße ein, die uns an eine abgeschiedene Halle führt. Und sofort zähle ich eins und eins zusammen. »Deine Werkstatt, oder?«

»Ganz genau.« Seine Sonnenbrille legt er zurück ins Brillenfach.

Weiterhin wirkt seine Miene ernst. Viel zu ernst.

»Deswegen bist du so nervös?«, versuche ich zu verstehen.

Er nickt nur.

Verbirgt sich dahinter ein Knebelkabinett oder was baut Liam, dass es ihn so unglaublich nervös macht?

Als der SUV zum Stehen kommt, hüpfen Barcley und ich raus. Ich staune nicht schlecht, als ich die Halle von außen begutachte. Geschätzt erstreckt sie sich auf über 2000 Fuß und ist acht, neun Meter hoch. Anders als die Hallen, an denen wir vorbeigefahren sind, ist diese um einiges kleiner.

Schritt für Schritt folge ich Liam. Sein unsicherer Blick sucht meinen. Endlich sieht er mich mal an. Das mich seine unruhige Art so langsam mit nervös macht, kann ich schlecht abstreiten. Was verbirgt sich hinter dem Tor, dass es ihm Angst macht, wie ich darauf reagieren könnte?

Ich würde ihn am liebsten zu mir ziehen und ihm sagen, dass es keinen Grund gibt, so vorsichtig zu sein. Auch um mir selbst Halt zu geben. Aber wieder einmal fehlt mir der Mut.

Dumme Hope Green!

Doch irgendwie bin ich mir sicher, dass es nichts geben wird, was mich von ihm verjagen könnte.

Aufgeregt pustet er die Luft in seinen Lungen ein letztes Mal kräftig aus, bevor er mit einem Ruck das Schiebetor aufdrückt. Den Hauptschalter dreht er auf „ON" und das Licht flackert wenige Male, bis es die ganze Halle vollständig erleuchtet.

Vor mir zeigt sich so einiges, was Liam Sorgen bereitet hat. Und ich kann seine Angst, ich würde weglaufen, nun nachvollziehen. Eigentlich wäre mir im Normalfall auch danach.

Verschiedenste Holzsorten – Ahornholz, Ebenholz, Fichtenholz – liegen auf hohen Regalen und sind bereit, verarbeitet zu werden.

Links von mir steht eine lange Werkbank mit Werkzeug. Alles ordentlich sortiert, sodass ich mir selbst als Laie einen Überblick darüber verschaffen kann. Schablonen, Schraubstock, Biegeisen, Feilen, Farblack und Plastikhüllen mit aufgewickelten, hauchdünnen Stahl- oder Aluminiumseilen darin. Ich bin erschlagen von diesem Anblick. Im positiven Sinne. Alles hier schreit nach Kreativität, Liebe und Hingabe.

Liam ist Instrumentenbauer und vor mir liegen, stehen, hängen Holzinstrumente, soweit das Auge reicht. Fertige Harfen, Gitarren und Cellos. Auf der Werkbank liegt eine unlackierte Violine, die still und leise nach Farbe schreit. Barcley schnüffelt sich vorsichtig vor, um zu erkennen, wo genau wir hier sind.

Ich kann nicht leugnen, dass es mir eiskalt den Rücken hinunterläuft. Ich weiß auch gerade nicht, ob es in Ordnung für mich ist, hier zu sein. Aber ich werde nicht gehen. Ich werde nicht wegrennen!

»Deswegen warst du also so nervös«, verstehe ich und löse den wortkargen Moment. Mir fehlt seine Leichtigkeit, seine raue Stimmfarbe und sein vertrautes Lächeln. Mir fehlt es, wie er mich ansieht, mit diesen perfekten Augen.

»Nein. Deswegen BIN ich so nervös. Wenn es dein Wunsch ist, jetzt zu gehen, ist das völlig in Ordnung«, sagt Liam einfühlsam.

Seit er mich kennt, will er mir alles erleichtern. Und dafür danke ich ihm. Aber jetzt und hier stehe ich mit beiden Beinen in seinem Leben. Ich vertraue ihm und er mir. Sonst wäre ich nicht hier. Deswegen bin ich mir meiner Antwort absolut gewiss. »Nein.«

»Wirklich nicht?«, versichert sich Liam.

»Ich fühle mich hier nicht gerade besonders wohl«, gebe ich zu. »Also zumindest noch nicht. Aber nein. Ich will nicht gehen.« Jetzt bin ich die, die durch ihr Haar fährt und eine Strähne aus ihrem Gesicht streicht. Die ganzen Eindrücke tanzen mir entgegen, damit ich gezwungen werde, alles genauer anzusehen.

Stockend laufe ich an der Werkbank entlang. Feine Sägespäne krabbeln an meinen Fingerspitzen, als ich über die glatte Holzoberfläche streiche.

»Das steckt also hinter deiner Arbeit.« Einen Moment wird es still zwischen uns. »Nur Instrumente?«, frage ich.

»Zu neunzig Prozent. Manchmal auch Küchen oder Ladentheken«, scherzt er mit gewisser Zurückhaltung. »Damit verdiene ich nicht nur meinen Lebensunterhalt, Hope. Ich habe darin meine Leidenschaft gefunden. Schon vor vielen Jahren.« Liams Augen leuchten, wenn seine Blicke durch die Halle gleiten. Sam war genauso. Immer dann, wenn er seine Gitarre zu sich gezogen hat und drauflosspielen konnte.

Gleichzeitig erkenne ich Liams Schmerz in seinem Magen, den er wegen mir durchleben muss. Sein Bein wackelt wie heute Nacht auf und ab. »Und ich weiß, dass du keine Musik magst, also –«

»Also hast du gedacht, Miss Green wird schreiend davonrennen, wenn sie das hier sieht. Nach dem, was ich dir gestern Abend erzählt habe, ist das auch verständlich. Ich meine, es hätte ja wirklich schief gehen können. Ich hätte in Panik ausbrechen können.« Ich presse meine Lippen aufeinander. Dennoch entflieht mir ein leises Kichern.

»Das ist meine Sorge, ja.«

Warum bist du nur so unfassbar ernst, Liam? Kannst du nicht sehen, dass es okay für mich ist, hier zu sein? Kannst du nicht erkennen, dass du es für mich erträglich machst? Dass du alles erträglicher für mich machst?

»Ich werde nicht wegrennen. Versprochen.« Ich wünsche mir, dass mein Lächeln seine Anspannung löst. Dass er locker wird und mir einfach alles zeigt, wofür er brennt. Stattdessen liegt sein zweifelnder Blick auf mir. »Wenn du nicht gehen willst, was geht dann in deinem Kopf vor?«

»Mhm. Ich finde es ausgesprochen –« Ich suche nach dem passenden Wort. »Beeindruckend.«

»Beeindruckend?« Liam hat etwas anderes aus meinem Mund erwartet. Grausam? Fürchterlich? Katastrophal?

»Schau dich doch um, Liam. Ich kenne niemanden, der sowas kann. Du hast in etwas deine pure Leidenschaft entdeckt und bist, soweit ich das behaupten kann, echt gut. Natürlich ist das beeindruckend! Alles in dieser Halle schreit nach dir. Es ist wirklich toll. Ich beneide das. Weil ich nichts habe, wofür ich so brenne. Also beruflich gesehen. Ich mache das, was ich studiert habe, zwar gern, aber ich kann auch ohne, weißt du?«, versuche ich, mich zu erklären. »Und bitte hör jetzt auf, dir wegen mir irgendwelche Sorgen zu machen. Es wird sich zwischen uns nichts ändern. Wie konntest du das nur glauben?« Mein Körper nähert sich seinem und als meine Hand nach seiner greift, überflutet ein wunderschönes, warmes Gefühl meine Haut. Mag daran liegen, dass Liam selbst im Moment vierzig Grad heiß ist.

»Du hattest gestern Tränen in den Augen, als –« Ich unterbreche ihn, bevor er überhaupt weiterreden kann.

»Und die werden auch noch öfter auf mich einprasseln. Aber ich kann weder vor der Musik noch vor all dem hier weglaufen. Vielleicht kannst du mir einfach helfen, damit besser umzugehen. Aber ich werde mit Sicherheit. Nicht. Einfach. Weglaufen.«

Abwechselnd sehe ich in sein schönes Gesicht und auf seine makellosen Hände, die größer sind als meine. Dafür, dass er fast jeden Tag ein Handwerk ausübt, sind sie unglaublich weich.

Behutsam streichle ich mit meinem Daumen über jeden seiner Finger. Und sein Lächeln, das endlich wieder die tiefen Grübchen hervorbringt, zeigt mir, dass er langsam runterfährt und sich wieder fallen lassen kann.

Ich mag das Gefühl, wenn seine Hand in meiner liegt.

Meine Synapsen drehen durch, als mir bewusst wird, was ich da gerade tue und dass ich mich von ihm einfach nicht lösen kann. Nicht jetzt.

17

Liam

Gott, wo ist diese Frau verdammt nochmal mein ganzes Leben lang gewesen?

Danke, Ava. Danke, dass du Hope mit deiner unerschütterlichen Art überreden konntest, in Nashville zu bleiben.

Als sie mir anvertraute, keine Musik zu mögen, prasselte die Tatsache unaufhaltsam gegen meinen Brustkorb. Ich habe ihr angesehen, dass sie die Klänge eines Instrumentes verflucht.

Was ist Hope nur widerfahren, das sie so zerbrochen hat? Das Warum drängt sich so unüberwindbar in meinen Kopf, dass es mich eine Menge Selbstbeherrschung kostet, sie nicht danach zu fragen.

Genauso möchte ich unbedingt derjenige sein, der sie wieder heilt und dem sie sich anvertraut.

Auch wenn wir uns erst wenige Tage kennen, musste ich ihr zeigen, dass sich mein ganzer Alltag um Musik dreht. Um die eine Sache, die sie so meidet.

Ich musste ihr und mir dieses Hintertürchen öffnen, bevor alles mit uns intensiver wird und ich anfange, mich in irgendetwas zu verrennen, was zum Scheitern verurteilt ist.

Was sich zwischen uns abspielt, fühlt sich nicht wie wenige Tage an. Alles ist so vertraut und mit einer Normalität verbunden, als gäbe es Hope schon etliche Jahre in meinem Leben.

Gestern Morgen habe ich versucht, keinen Herzinfarkt zu erleiden, als ich auf der Treppe saß und auf sie gewartet habe. Ich habe mir ziemliche Katastrophen ausgemalt, wenn sie endlich erfährt, was genau ich in meiner Werkstatt entstehen lasse. Von einer panischen Reaktion bis zu einem tränenreichen Abschluss war alles dabei. Aber damit, dass es Hope ohne Drama hinnahm, sie es „beeindruckend" findet und sie jede Anspannung von mir genommen hat, hätte ich nie gerechnet. Umso erleichterter war ich, nachdem sie gestern ungewohnt ausgeglichen und offen wirkte.

Als sie ihre Finger mit meinen verschränkte, blieb für wenige Sekunden die Welt stehen. Ich hätte Hope gern länger und enger gehalten. Und wenn sie nicht ihre wunderschönen braunen Augen von mir gelöst hätte, wäre meine Beherrschung wahrscheinlich dahin gewesen.

Ihre Schritte glitten fast schwebend durch die Gänge meiner Halle. Und schon allein wenn ich erneut daran denke, wie ihr perfekter Körper durch die Werkstatt spazierte, steht meine Gefühlswelt Kopf. Sie, die schönste Frau der Welt, zwischen all den Instrumenten, stahl mir den Atem. Wieder und wieder. Und wenn sie nicht trotzdem so unnahbar für mich wäre, könnte ich das Gefühl, das Tag für Tag mehr in meinem Bauch auflodert, richtig genießen.

Aber ich weiß nicht, wo es mit Hope hinführen kann. Deswegen darf ich mich nur so stark in sie verlieben, dass ich nicht kaputt gehe, wenn sich Hope doch nicht auf mich einlassen kann.

Connor, du hast echt 'ne Macke. Du kennst sie gerade mal wenige Tage und verliebst dich Hals über Kopf in sie.

Meine erste Amtshandlung heute Morgen ist es, die Buchhandlung meiner Tante zu besuchen. Und ich liebe diese zierliche Frau. Denn obwohl es Sonntag ist und sie heute ihren freien Tag hat, schließt sie mir vor acht Uhr morgens den Laden auf.

»Und du willst wirklich das? Ich meine, ich finde die Geschichte toll. Aber sie liegt nicht annähernd in dem Genre, was du sonst so liest«, spricht sie mit erhobener Augenbraue.

»Das Buch ist auch nicht für mich, Elisabeth.«

»Ach so? Für wen denn dann?« Neugierig durchleuchtet mich ihr warmherziger Blick.

»Vielleicht lernst du sie bald kennen.« Dann wird sie von Hope hin und weg sein. Ganz sicher.

»Eine Frau, Liam? Es würde mich freuen, wenn du mir mal eine Freundin vorstellen würdest. Das hast du bisher noch nie getan.« Elisabeths Grinsen wird größer und strahlt über ihr ganzes Gesicht.

»Weil die Richtige nie dabei war«, erwidere ich.

»Und sie ist es? Die Richtige?« Aufgeregt hält sie das Buch in ihren Händen und wartet gespannt auf meine Antwort.

»Sie könnte wirklich diejenige welche sein. Falls, wirst du sie lieben. Ava tut es jedenfalls schon«, grinse ich selbstsicher vor mich hin.

Elisabeth stellt sich auf ihre Zehenspitzen und gibt mir einen schmalzigen Kuss auf die Wange. Aufgeregt tätschelt sie meine Schulter und drückt mir das Buch an die Brust. »Es wäre so schön, dich endlich in festen Händen zu wissen.«

Ich drücke sie liebevoll an mich. »Danke, dass du dir für mich Zeit genommen hast. Trotz deines freien Tages.«

»Das ist doch selbstverständlich. Und wenn ich dir dabei helfen kann, ihr Herz zu erobern, dann mit dem allerliebsten Vergnügen.«

Mit dem grünen Buch in der Hand, das Hope so unfassbar viel bedeutet, laufe ich nach Hause und kann nur hoffen, dass mein Plan heute aufgeht.

Mein Herz pocht bis zum Hals. Dennoch lasse ich keine Zeit verstreichen.

Viermal klopfe ich gegen ihre Tür. Genauso wie bei Ava, wenn ich sie besuchen möchte. Nur klingt das Klopfen im Augenblick viel euphorischer. Sicherlich hatte ich auch noch nie ein Dauergrinsen im Gesicht, wenn ich meine Schwester besuchen wollte.

Als sich einige Zeit nichts hinter der verschlossen Tür tut, flieht mein Lächeln. Schläft sie etwa noch?

Das Warten fühlt sich wie eine halbe Ewigkeit an und macht mich schier wahnsinnig. Ich hole mein Handy aus der Hosentasche und suche mir Hopes Nummer raus. Doch dann ertönt ein leichtes, sanftes Trampeln in Avas Wohnung.

Als mir Hope dann tatsächlich die Tür öffnet, versteift sie sich. »Oh verdammt. Hatten wir jetzt etwas vor? Das tut mir leid. Ich ziehe mich sofort –«, redet sie sich in Rage.

»Nein, Miss Green! Bleib ruhig.« Meine Hände gleiten zu ihren Schultern und wandern hinunter zu ihren Armen. »Wir waren nicht verabredet. Keine Sorge«, lächle ich.

Am liebsten würde ich ihr sagen, wie wunderschön sie aussieht. In ihrem viel zu weitem Pullover und der Shorts, die knapp über ihren Po ragt. Die Haare in einem wild zusammengebunden Zopf, aus dem einzelne Strähnen über ihr Gesicht fallen. Ich würde mir so gern wünschen, dass Hope genau so in meiner Wohnung ausharren würde statt in Avas.

Mein flüchtiger Blick, der immer tiefer schwebt, eröffnet mir eine Narbe am Schienbein.

Wo hat sie die nur her? Vielleicht wird sie mir die Geschichte zu jeder einzelnen Narbe an ihrem Körper irgendwann selbst erzählen. Ich wünsche es mir zumindest.

»Nicht dass ich mich nicht freuen würde. Aber was machst du dann hier?«, holt mich ihre sanfte Stimme aus meinem Tagtraum.

Ja, was mache ich hier? Jetzt ja nicht den Schwanz einziehen, Connor.

»Du hast mir gestern Abend geschrieben, dass du das Buch von Nicholas Sparks durchhast. Und ich dachte, du suchst dir einfach ein Neues aus.«

»Jetzt? Sofort?«, fragt sie verwundert.

»Ja, jetzt sofort. Außerdem habe ich Frühstück für uns drei besorgt«, zwinkere ich ihr triumphierend zu. Meine zweite Amtshandlung für heute.

»Für uns drei? Auch für Barcley?« Hopes Augen werden schmaler und sind dennoch so groß wie Bowlingkugeln.

Natürlich auch für Barcley, Miss Green. Schließlich will ich, dass er genauso glücklich bei mir ist, wie du es hoffentlich irgendwann sein wirst.

»Kommt jetzt«, fordere ich.

Das Lächeln, das Hope mir jeden Tag seid ihrer Ankunft in Nashville herbeizaubert, fordert meine Wangenmuskeln ganz schön heraus.

»Mr. Connor, wenn du das jeden Tag machst, gewöhne ich mich dran und dann bist du in einer Endlosschleife gefangen und gezwungen, mir jeden Morgen Frühstück zu machen.«

Nichts lieber als das.

»Komm rein und warte kurz, ich zieh mir wenigstens was Vernünftiges an.«

»Das ist vernünftig genug«, stoppe ich sie.

»Was? Vergiss es! Ich renne nicht rum wie ein Schlumpf, während du so gut neben mir aussiehst.«

Während ich so gut aussehe? Hope, siehst du nicht, was ich sehe? Hast du dich mal richtig im Spiegel angesehen? Du bist die mit Abstand schönste Frau dieser großen weiten Welt!

Vorsichtig nehme ich ihre Hand und bitte sie mit dem überzeugendsten Blick, den ich draufhabe, so zu bleiben, wie sie ist.

»Schon gut, du Freak.« Hope lacht und verdammt, ich liebe ihr ehrliches Lachen. »Ich hol Barcley. Er wird ganz wild darauf sein, auf deiner Couch Platz zu nehmen, während ich mir das nächste Meisterwerk schnappe.« Schwungvoll dreht sie mir den Rücken zu und läuft in ihr Zimmer, bis sie nach wenigen Sekunden mit Barcley wieder rauskommt. Als er mich erblickt, ist seine Freude genauso riesig wie meine. Zusammen laufen wir die knarrende Holztreppe hinunter, die mich nicht mal mehr annähernd so nervt wie noch vor zwei Wochen.

Als wir in meiner Wohnung stehen, liegt es an mir, sie in den Raum voller Bücher zu drängen.

Ich lasse ihr genügend Zeit, sich ein Buch ihrer Wahl zu greifen und gehe aufgeregt in die Küche, um ihren Kakao zu erwärmen.

An irgendeiner Stelle in einem meiner Bücherregale, fast schon offensichtlich, habe ich ihr Buch versteckt. Hope muss es nur finden und sich einfach darüber freuen. Es ist meine Art, ihr für gestern *Danke* zu sagen.

18

Hope

Mit einem enormen Glücksgefühl durchlaufe ich den Raum. Am liebsten würde ich hier mein Bett aufschlagen und jeden Abend vor den Büchern verbringen, statt allein in Avas Wohnung zu verweilen, bis sie wiederkommt. Außerdem wäre er dann bei mir. Und ja, es ist immer noch falsch, so zu denken und so zu empfinden.

Ich verabschiede mich von Beth und Logan und lege *The Lucky One* an seinen Platz zurück. Heute muss es einfach wieder eine Liebesgeschichte sein. Ich mag die Happy Ends am Schluss eines Buches. Zu wissen, dass es für andere eine zweite Chance gibt, tut mir und meiner Seele gut.

Wieder bin ich in der *Nicholas Sparks*-Reihe und stelle fest, dass ich alle Romane von ihm schon gelesen habe. Meine Fingerspitzen wandern über die Buchrücken. Bis zum nächsten Autor, der mir bekannt ist und einfühlsame Liebesromane schreibt.

Die Ordnung in den Regalen gefällt mir. Nicht nur, dass alles nach den Autoren sortiert ist. Ich finde mich auch sofort im Genre zurecht.

Als ich nach einem Buch von *Jojo Moyes* greifen möchte, springt mir ein verdächtig bekannter Buchrücken ins Auge. Für den Moment glaube ich an eine Sinnestäuschung statt an deren Wahrhaftigkeit. Erst als mein Zeigefinger das Buch reflexartig zu meinem Oberkörper zieht, vertraue ich auf das, was ich sehe.

Mein Körper verliert tatsächlich den Boden unter den Füßen und gleitet auf das Parkett, nachdem ich es nach Jahren endlich wieder in meinen Händen halte. *Das Mädchen und der tanzende Schuh.*

Ungeduldig blättere ich im Buch meiner Kindheit, um mich abermals zu versichern, dass ich nicht träume. In meinen Händen vertraute Bilder und eine wundervolle Geschichte, die einem schon von Kindestagen an predigt, die Hoffnung niemals aufzugeben. Ich bin aufgewühlt, berührt, ergriffen.

Das letzte Mal, als ich hier war, stand es auf keinen Fall im Regal. Es wäre mir sofort aufgefallen.

»Als ich heute Morgen aufgestanden bin, habe ich einen kleinen Abstecher in die Buchhandlung gemacht, an der wir vorgestern Nacht vorbeigelaufen sind. Um ehrlich zu sein, gehört sie meiner Tante«, erzählt Liam, der mich wohl schon einige Sekunden vom Türrahmen aus beobachtet. Mit verschränkten Armen steht er da.

»Deiner Tante?« Ich sehe zu ihm auf, gespannt darauf, was jetzt kommt.

»Meiner Tante, ja. Und deswegen kam ich einfach nicht drum rum«, lächelt er.

»Nein!«, erwidere ich zitternd.

»Doch«, widerspricht er mir lachend.

Ungehalten raffe ich mich auf und werfe mich Liam um den Hals. Ich suche Halt bei ihm.

Ich mag seine Beharrlichkeit, mir immer wieder eine Freude machen zu wollen. Jeden Tag versucht er es auf eine andere Weise. Und jedes Mal lasse ich ihn buchstäblich die *Cumberland River Pedestrian Bridge* runterstürzen, weil ich einfach nicht bereit bin, mich zu öffnen.

»Ich weiß nicht, wann dein Geburtstag ist. Aber Happy Birthday, Hope.« Wundervolle Tränen der Freude laufen über meine Wange. »Der war schon. Am 31. Januar«, schluchze ich an seiner Brust.

»Dann bin ich ja nicht ganz so spät dran«, flüstert er.

»Es ist perfekt. Es ist einfach perfekt.« Ein Teil meines Gesagten erstickt im Hals.

Warum tut er das nur? Warum?

Um eine Antwort darauf bekommen zu können, muss ich die Frage laut aussprechen. Jedoch ist alles viel zu überwältigend. Ich vergesse ja schon fast, zu atmen.

Ich zittere wie Espenlaub in Liams Armen, was ihn veranlasst, mich enger an sich zu pressen. Alles an ihm riecht nach Sicherheit und sein Duft schickt mich geradewegs in eine andere Welt. In eine perfekte, sorgenfreie Welt. Und ich muss mir eingestehen, dass sich mein Herz für einen kurzen Moment geheilt anfühlt. Es scheint, als wäre es nicht mehr in tausend Splitter zerbrochen.

»Deine Tränen sind hoffentlich glückliche Tränen«, murmelt er.

Ich nicke ehrlich.

»Das ist schön, Hope.« Liam flüstert meinen Namen so gefühlvoll in mein Ohr, dass ich unter seiner Umarmung beinahe zu Wachs werde. »Möchtest du was essen?«, raunt Liam und fährt mit seiner Hand sanft durch mein Haar.

Ich nicke wieder. Mehr als ein Nicken geht im Augenblick nicht.

Liebevoll drückt er mich von sich und schiebt seinen Zeigefinger unter mein Kinn. Ich blicke in seine smaragdgrünen Augen auf und verliere mich darin. Ohne Angst, ohne Furcht, ohne schlechtes Gewissen.

»Dann komm. Dein Kakao wird sonst kalt«, schmunzelt er.

Ich lächle. Weil ich im Moment nur glücklich bin.

Von meinem Kinn wandert Liams Hand runter zu meinen Fingern. Seine Finger verflechten sich sanft mit meinen, während wir durch den Flur ins Wohnzimmer laufen.

Ich wische mir die Tränen aus dem Gesicht, die mir vor Liam eigenartigerweise nicht annähernd unangenehm sind.

Während der Schleier in meinen Augen verschwindet, sehe ich den liebevoll gedeckten Couchtisch.

Kunterbunte Donuts und Muffins. Viel zu viel, als dass wir sie alle allein verdrücken könnten. Ein To-go-Becher von *ChocoMakesHappy*, der mich sofort erkennen lässt, was sich darin verbirgt. Ein Obstteller mit den verschiedensten Früchten. Barcley, der auf dem Parkett liegt und einen riesigen Kauknochen verzehrt.

Fest umklammere ich das Buch in meinen Händen, was mir Mut verleiht. Endlich traue ich mich, ihn zu fragen. »Warum, Liam? Warum tust du das für mich?«

»Weil ich mir dachte, dass wir doch nicht getrennt frühstücken müssen.« Mit einem Schritt steht er neben mir und schmunzelt vor sich hin. Und ich mit ihm. Seine Hände schieben sich in die Taschen seiner Jogginghosen.

»Nicht das Frühstück«, puffe ich an seinen Arm. »Warum hast du das Buch besorgt und in deine Sammlung aufgenommen? Bestimmt nicht, weil du es so unheimlich gern lesen würdest.« Meine Stimme setzt teilweise aus – vor Überwältigung.

Liam bleibt still. Für einen kurzen Augenblick höre ich nur das Ticken seiner rostbefleckten Wanduhr.

»Weil ich mich irgendwie erkenntlich zeigen will, nach dem, wie locker du gestern alles aufgenommen hast. Du bist bei mir geblieben, ohne mir nur einmal das Gefühl gegeben zu haben, flüchten zu wollen.« Seine überaus behaglich tiefe Stimme legt sich über meine Haut. Ich bekomme Gänsehaut. »Und ich habe es nicht in meine Sammlung aufgenommen. Ich möchte es dir schenken.«

»Du möchtest was?« Mein Herz macht einen Satz.

»Ich finde, dass du es haben solltest. Es ist deine Geschichte. Deine und die deines Daddys.« Ich suche wieder Halt in der Weichheit seiner Stimme. Dabei kann ich nicht anders und lehne mich mit der Stirn gegen seine Brust. Ich inhaliere den Duft seines Aftershaves, der mit seiner Haut verschmolzen ist. »Danke, Liam.«

Ich halte die Augen geschlossen und versuche, dem Drang zu widerstehen, erneut in sein malerisches Gesicht zu sehen. Weil ich Angst habe, mich dann nicht zurücknehmen zu können.

»Das war nicht ganz alles, Miss Green,« setzt Liam grinsend nach.

»Nicht alles?« Instinktiv kralle ich mich in sein T-Shirt.

»In meinem Kopf besteht ja eine kleine Hoffnung, dass ich mir dann etwas wünschen darf. Weil du emotional so geflasht bist, dass du eben ja sagen wirst.« Die ganze Sache hat doch nicht etwa einen Haken, oder?

»Was da wäre?« Ich atme tief durch.

»Du kannst den Wunsch auch ablehnen. Das ist keine Erpressung oder sowas.« Liam Connor, ich verfluche dich! Sprich schon aus, was du zu sagen hast!

»Dann schieß mal los.« Langsam löse ich mich von seiner Brust und sehe in seine Augen, obwohl ich das wohl lieber nicht tun sollte.

»Ich möchte, dass du mich am Samstag zu einer Party begleitest.« Seine Stimme wird rauer und es schnürt mir die Kehle zu, wenn er so mit mir redet. Weil mein Herz viel zu heftig darauf reagiert und er mich in diesem Zustand zu allem überreden könnte.

»Zu welcher Party?«, hinterfrage ich skeptisch.

»Zu dem 30. eines Freundes?«

Nun löse ich mich komplett von Liam.

»Zu einem Geburtstag? Ohhh nein. Ich kann … Ich kann nicht«, hektisch schüttle ich meine Hand. »Ich kenne ihn ja nicht mal.« Ich und ein Geburtstag, auf dem ein Haufen fremder Leute sein werden? »Ich denke nicht, dass ich dahin möchte«, bringe ich es erneut auf den Punkt.

»Bitte, Hope.« Liam klingt fast flehend.

»Hast du niemand anderen, der mit dir da hingeht?«, frage ich und hoffe darauf, dass er mir ein klares Ja geben wird. Ich kann nicht mit auf einen Geburtstag, auf dem ich niemanden kenne. Ich gehe ja nicht einmal gern auf eine Party, auf der ich alle kenne.

»Ich will mit dir dahin. Nur mit dir«, fordert er ein. »Also Hope, würdest du mir die Ehre erweisen und mich am Samstag zu dieser Party begleiten? Bitte?« Wenn mich nicht schon das Raue seiner Stimme überreden konnte, dann spätestens jetzt sein hingebungsvoller Blick, der auf mir liegt. Wie kann der Mann es schaffen, mich zu so etwas zu überreden?

Eine viel zu lange Pause lasse ich über uns ergehen und nachdem mich Liam vor lauter Glück zum Weinen gebracht hat, will ich ihm diesen Gefallen tun. »Okay.« Ein Wort, das fast wieder in meinem Hals erstickt.

»Ehrlich?« Das Lachen auf Liams Lippen wird breiter und mein Herz rast bei dem Wissen, dass es meine Antwort war, die das ausgelöst hat.

»Ehrlich«, versichere ich. »Aber lass mich ja nicht eine Sekunde allein! Nicht eine«, drohend hebe ich meinen Zeigefinger in die Luft.

»Nicht eine einzige, Miss Green!«, verspricht er mir.

Gott, hör auf, so zu lächeln, sonst verliere ich mich noch mehr. Und das tut weder mir noch dir gut!

»Dann hast du mein Wort. Irgendeine Kleiderordnung, die ich einhalten sollte?«, frage ich trocken.

»Was du möchtest. Worin du dich wohl fühlst.«

»Sicher? Du solltest mir etwas anderes sagen. Sonst wird es kein kurzes Kleid sein oder ein Rock, der gerade so über meinen Po ragt. Nichts, womit man angeben könnte«, erwidere ich.

»Wenn ich angeben möchte, kann ich es so, wie du gerade vor mir stehst. Da bedarf es keines Minirocks oder sonst etwas. Nur dich, Hope!« Diese Worte bringen mein Herz wieder dazu, unaufhaltsam loszurasen. Und als wüsste Liam, dass ich wackelig auf den Beinen bin, schiebt er mich sanft auf seine Couch.

»Du hast echt einen Knall, Connor«, schüttle ich bedenklich meinen Kopf.

Ich kann nicht glauben, dass er mich dazu überreden konnte, auf eine Party zu gehen, auf der ich niemand kennen werde.

19

Liam

Dass es mir einmal schwerfallen würde, zur Arbeit zu gehen, wäre mir nie in den Sinn gekommen. Aber zu wissen, dass ich in der Werkstatt verweilen muss, um meine Kunden zu befriedigen, statt mit Hope meine Zeit zu verbringen, quält mich schon den ganzen Tag. Doch die Brötchen verdienen sich nicht von allein, sodass ich mich damit abfinden muss, Hope nur am Abend sehen zu können.

Die letzten Abende waren wir nicht nur spazieren. Hope verweilte bis spätnachts mit Barcley auf meiner Couch und las in einem Liebesroman von *Jojo Moyes*. Zwischendurch griff sie nach *Das Mädchen und der tanzende Schuh* und verweilte eine Zeit darin.

Ich würde gern wissen, was in ihrem Kopf vor sich geht, wenn sie darin blättert. Aber nach all den Tagen, die wir zusammen verbracht haben, bewahrt Hope mir gegenüber immer noch eine schützende Distanz. Als wollte sie nicht zeigen, was genau in ihr vorgeht. Wer den tobenden Sturm in ihren Augen erweckte und sie so zerbrochen zurückließ.

Als sie mir verraten hat, dass sie keine Musik mag, sah ich Tränen in ihren Augen. Es waren aber nicht die ersten, die ich bemerkt habe. Schon öfter hat Hope tapfer versucht, gegen die trauernde Flüssigkeit anzukämpfen.

Um sie heilen zu können, muss ich wissen, was in ihr vorgeht. Aber kann es sein, dass Hope gar nicht geheilt werden will?

Ihre Emotionen, während sie nach Jahren ihr Kinderbuch in den Händen hielt, waren eine absolute Überflutung für mich. Im positiven Sinne. Sie lag in meinem Arm und das erste, aber leider auch das letzte Mal hatte ich das Gefühl, sie würde sich fallen lassen. Immer wenn ich glaube, sie geht drei Schritte nach vorn, ist es offenbar nur einer, der sie vorantreibt. Aber so verschlossen sie auch sein mag. Diese Frau ist es wert, geduldig zu bleiben und zu warten, bis sie bereit dafür ist, sich zu öffnen.

Hope neben mir zu haben und sie dabei zu beobachten, wie sie in ein Buch vertieft ist, hat etwas Magisches. Mit Ava saß ich schon öfter zusammen und jeder las für sich ein Buch. Aber mit Hope ist es um einiges bedeutender.

Ich kann genau sagen, was mich an ihr so fasziniert. Die Begabung, mich in jeglicher Hinsicht einzunehmen. Egal, was sie sagt oder macht. Hope gibt mir das Gefühl, alles für sie sein zu wollen. Alles, was sie im Leben braucht.

Mit ihrer grenzenlosen Schönheit, die ihren perfekten Körper umfasst, fange ich gar nicht erst an.

Nie hätte ich geglaubt, dass es sowas wie Hope gibt.

Mit jedem Ton, der aus ihren zarten Lippen gleitet. Mit jedem Schritt, mit dem sie sich voran bewegt. Mit jeder Strähne, die sich über ihre Schultern legt. Mit jedem Farbpigment ihrer traumhaft schönen Augen. Mit jeder Pore ihrer sanften Haut. Mit jeder Narbe, die ihren wunderschönen Körper ziert.

Hope ist das, was man perfekt nennen muss. In jeder Hinsicht ist diese Frau wahrlich die Definition von perfekt.

Wenn wir zusammen in meiner Wohnung sitzen, ist es still. Kein Fernseher, keine Musik. Rein gar nichts, was unsere tanzende Stille unterbricht. Nur das Umblättern der Seiten, Barcleys Schnaufen und das leise Atmen von Hope durchziehen den Raum. Und immer mehr genieße ich das pure Schweigen zwischen uns, in dem ich sie nur ansehen kann.

Heute zum Freitag erwarte ich einen Großkunden, der sich zur Mittagszeit für eine Abholung angemeldet hat.

Ich kann Stress nicht im geringsten Maße ausstehen, sodass die Instrumente schon seit einer Woche bei mir fertig im Lager liegen. Drei Violinen und vier Cellos.

Die Uhr über meinem Schiebetor schlägt den Zeiger auf fünf vor zwölf und das Knallen einer Autotür lässt mich vermuten, den Großkunden gleich vor mir stehen zu haben.

Ich laufe an eines der Hochregale und nehme meine Gedanken zusammen. Damit nicht gleich irgendwelche unerwarteten Fehler passieren.

Seit vier Jahren bin ich im Besitz meiner eigenen Werkstatt. Damals war ich erst vierundzwanzig. In Nashville hat sich mein Instrumentenbau ziemlich gut etabliert. Ich kann mich die letzten eineinhalb Jahre vor Aufträgen kaum retten. Des Öfteren denke ich daran, jemanden einzustellen, der mich bei der Arbeit unterstützt. Aber es ist nicht ganz so leicht, einen Teil meines Lebensprojektes aus den Händen zu geben.

Langsam öffnet sich hinter mir die eingelassene Tür im Schiebetor. Aus Gewohnheit drehe ich mich um und traue meinen Augen kaum. »Hope, was tust du denn hier?« Träume ich? Doch als ihre braunen Augen vor mir aufleuchten, weiß ich, dass kein Traum so schön sein kann.

»Barcley und ich wollten dich überraschen. Ich dachte, du hast vielleicht Hunger, also«, entflieht es ihr. Hope hält zwei Pizzakartons in der einen und Barcleys Leine in der anderen Hand. »Kannst du Gedanken lesen, Hope Green?«

»Das frage ich mich bei dir manchmal auch«, schmunzelt sie.

Als wäre es das Normalste der Welt, läuft sie zu mir und legt ihre Lippen sanft auf meine Wange. Bitte lass Hope nicht mitbekommen, wie schnell mein Blut durch die Adern schießt.

»Dass du freiwillig hierherkommst.«

Wortlos zuckt sie mit den Schultern und drückt mir einen Karton in die Hand. »Ich hoffe, dir schmeckt sie. Habe einfach meine doppelt bestellt. Wusste nicht, was du am liebsten hast. Aber ich denke, mit einer vegetarischen, bestehend aus Brokkoli, Blumenkohl, Paprika und ohne Käse, liege ich ganz richtig.«

Die völlige Empörung steht mir ins Gesicht geschrieben. Aber ihr fährt ein belustigendes Kichern über die Lippen.

»Nicht dein Ernst.«

Wieder zuckt sie mit den Schultern. Selbst das fiese Grinsen in ihrem Gesicht lässt sie betrügerisch schön aussehen. »Schau doch rein. Sie wird sicher einfach nur auf der Zunge zergehen.«

Ohne zu zögern, klappe ich den Deckel auf und stöhne vor Erleichterung. »Das bekommst du wieder, Miss Green. Versprochen!«

Ich ärgere mich darüber, dass ich ihr eine Sekunde Glauben geschenkt habe. Vor mir liegt selbstverständlich keine vegetarische Pizza, mit der mich meine Schwester zu oft abspeist. Nur das Ava so freundlich ist, den Käse draufzulassen.

Die Pizza von Hope ist genau so, wie ich sie mir vorstelle. Salami, Serrano-Schinken, doppelt Käse mit einem käsegefüllten Rand.

»Wir werden sehen«, erwidert Hope leichtfertig auf meine Drohung.

»Werden wir«, murmle ich rachsüchtig.

»Darf ich?« Sie zeigt mit dem Finger auf meine Werkbank.

»Aber sicher.«

Mit einem Ruck stemmt Hope sich auf die Bank, zieht ihre Jacke aus und legt sich ihren Pizzakarton auf die Oberschenkel. Spielerisch wippen ihre Beine über dem Boden.

Dieser Anblick, sie auf meiner Werkbank, löst sündhafte Wünsche in mir aus. Die nächste Ohrfeige für meine Gedanken.

Im Stillen verschlingen wir ein Pizzastück nach dem anderen.

»Lass ein wenig Rand übrig. Barcley liebt ihn«, sagt Hope.

»Tut er das?« Ich sehe in seine schwarzen Knopfaugen, die mir die Antwort auf meine Frage geben.

»Tut er.«

Ich bin erstaunt, dass Hopes Karton leergegessen ist und nur zwei Ränder für Barcley übriggeblieben sind.

Sie ruft den kleinen Räuber zu sich. Die Ränder von ihr und die vier von mir sind im Nu von ihm verputzt.

»Man sieht dir gar nicht an, dass du eine komplette Pizza ganz allein verdrücken kannst.«

Völlig überfüllt lehnt sich Hope zurück und streichelt über ihren Bauch. Ihre dunklen Haare gleiten wie ein Wasserfall nach hinten. Und dieser Film, der sich gerade vor mir abspielt, lässt sämtliche Glieder meines Körpers erstarren.

»Man sieht mir vieles nicht an«, erwidert sie.

Sie umfährt mit ihren Fingerspitzen die Einkerbungen der Werkbank und zupft am Saum ihres Shirts herum. Gepaart mit dem Kauen auf ihre Unterlippe, kann ich erahnen, was los ist.

»Aber ich sehe dir gerade an, dass du ein wenig nervös bist«, stelle ich mit hochgezogener Braue fest.

»Bin ich?«

»Bist du. Was ist los? Ist es, weil du hier bist?«, frage ich sie direkt.

»Vielleicht bin ich ein wenig nervös«, sagt sie mehr zu sich selbst statt zu mir.

»Ganz sicher bist du das«, korrigiere ich sie und berühre einen flüchtigen Moment ihre Hand. Womit ich Hope gerade völlig aus dem Konzept bringe. Und ich kann nicht leugnen, dass mir die Tatsache gefällt, dass ich so eine Wirkung auf sie habe.

»Aber nicht, weil ich hier bin«, stellt sie klar.

»Weshalb dann?« Ich lehne mich gegen die Werkbank und sehe sie abwartend an.

»Morgen ist ja die Party«, spricht Hope zögerlich.

»Das ist richtig, Sherlock«, erwidere ich neckend, weil ich will, dass sie sich endlich entspannt. Aber sie wirkt eher nervöser. »Komm, rück raus!«, sage ich lachend.

»Ähm. Gibt es nichts, was ich irgendwie beachten sollte? Ich meine, wie sind die Leute so drauf? Wer ist derjenige, der Geburtstag hat? Was schenken wir ihm? Und …«

Sie fragt sich gerade in Rage und bevor ihr Herz gleich stehen bleibt, nehme ich ihr Gesicht in meine Hände und sehe tief in ihre Augen.

Als wäre es das Normalste der Welt.

Ich ahnte ja schon, dass ihre Haut weich sein wird. Aber so butterzart?

»Atmen, Hope!« Und sie atmet. »Sie werden dich lieben. Du wirst sehen. Du bleibst einfach haargenau, wie du bist. Meine Freunde sind da wirklich unkompliziert. Ich habe Daniel schon Bescheid gegeben, dass ich dich mitbringe, und er freut sich auf dich.«

»Er freut sich?«, fragt Hope verwundert.

»Wirklich. Und um das Geschenk musst du dir keine Sorgen machen. Wie ich ist Daniel ein Handwerker aus Leidenschaft. Er bekommt ein Werkzeug von mir«, erkläre ich. »Von uns. Dein Name steht schon mit auf der Karte«, korrigiere ich mich.

»Steht er?«

Verdammt, sollten meine Hände länger auf ihrer weichen Haut verweilen, wird das mein Verhängnis.

»Steht er. Deiner, meiner und Avas. Sie wäre auch mitgekommen, aber sie ist ja nicht da.«

»Okayyy.« Hope zieht ihre Antwort unsicher in die Länge. Ich will nicht, dass sie in meiner Nähe gehemmt ist.

»Gibt es noch etwas, das du mich fragen willst?«, gehe ich auf sie ein und löse mich quälend langsam von ihrem Gesicht. Dann lehne ich mich zurück an die Werkbank.

Nickend bejaht sie. »Und du wirst sie alle kennen?«

»Ich gehe davon aus. Ja. Bis auf zwei der Gäste sind alle gute Bekannte bis Freunde.«

»Was ist mit den anderen zweien?« Ihre Augen schweben fragend zwischen meinen Lippen und Augen hin und her.

»Antonia und Oliver? Sie ist meine Ex und er mein ehemals bester Freund«, erkläre ich trocken.

»Ah. Ich verstehe.«

»Tust du?«, frage ich überrascht.

»Naja, wenn er jetzt nicht mehr dein Freund ist, was mir deine Augen gerade verraten, werden sie was miteinander gehabt haben, während du und sie …«, setzt sie eins und eins zusammen.

Wie mich diese Frau wieder und wieder beeindruckt. Ohne ein Wort sagen zu müssen, glaube ich, Hope kann zwischen den Zeilen meines Lebens lesen. Zumindest fühlt es sich so an. Wenn es mir mit ihr nur auch so erginge.

»Wieder einmal überraschst du mich, Hope Green. Warum erkläre ich mich überhaupt –«

»Wenn ich sowieso schon alles erahnen kann«, beendet sie.

»Richtig.«

Ihre zarten Finger wandern weiter nachdenklich über die Einkerbungen meiner Werkbank. Wie ich verfolgt sie selbst ihr Handeln.

»Deine Ex wird also auch da sein.« Es hört sich tatsächlich an, als wäre sie ein wenig eifersüchtig.

Bitte Hope, zeig mir, was du fühlst.

»Wird es nicht komisch sein, wenn ich dort an deiner Seite aufkreuze?«

»Wird es nicht. Versprochen.« Selbst wenn. Antonias Gefühle sind mir gleichgültig.

»Magst du sie noch irgendwie?« Ihre riesigen Augen flehen mich an, ehrlich zu sein. Egal, wie die Antwort auch aussehen mag. Hauptsache, sie ist aufrichtig. Schon allein, dass sie das fragen muss, zeigt mir, dass Hope Beständigkeit in ihrem Leben sucht.

Ungern möchte ich sie im Glauben lassen, es könnten irgendwelche Gefühle für Antonia in meinem Körper herumschwirren. Denn um ehrlich zu sein, löst Hope in der kurzen Zeit mehr in meiner Magengegend aus als Antonia in fast einem Jahr.

Bei ihr fühlte ich nichts, während Hope mir langsam die Sinne raubt.

Ich habe zwar damals gehofft, Antonia könnte irgendwann diejenige welche sein. Aber ich bin nur einer verrückten Lebensvorstellung hinterhergerannt.

Ich wünsche mir mit Ende zwanzig die Frau fürs Leben an meiner Seite, eine Familie und alles, was drumherum gehört.

Damals zu glauben, ich könnte Antonia eines Tages lieben, war blauäugig von mir. Ich kam weder mit ihrem Schickimicki-Dasein noch mit ihrer Eifersucht zurecht.

»Nein Hope, glaube mir. Da ist rein gar nichts. Ich habe sie niemals geliebt oder so.« Ich schiele zu ihr hinüber und könnte schwören, dass sie erleichtert ausatmet. Gott, wie gern würde ich wissen, wie es in ihr aussieht. »Deine Anwesenheit macht mir den Abend mehr als nur erträglich und dafür danke ich dir schon jetzt. Und solltest du dich nicht wohl fühlen, dann zischen wir einfach ab.«

»Können wir das denn einfach?«

»Wir können alles. Okay?«

Erleichtert lächelt sie mir zu. Endlich entspannt sie sich und lässt ihre angespannten Schultern sacken.

»Du, Liam?« Ich sehe sie an. »Danke, dass du immer so verständnisvoll bist.«

Nicht dafür. Du bist es wert, Hope Green!

Es ist Samstagabend und unerwarteterweise freue ich mich auf nachher. Hope an meiner Seite zu wissen, macht es mehr als nur erträglich.

Ausnahmsweise musste ich heute zwei Instrumente ausliefern, sodass unsere tägliche Gassirunde mit Barcley leider ausfiel. Schon komisch, dass mir der kleine Racker fehlt, sobald ich ihn einen Tag mal nicht sehe.

Dass Hope aufgeregt sein wird, ist kein Geheimnis. Den ganzen Tag schreiben wir uns Nachrichten hin und her, aus denen ich herauskristallisieren kann, wie es ihr wegen heute ergeht. Wahrscheinlich wird sie oben auf und ab laufen. Mir ist klar, welche Überwindung es sie kostet, mitzugehen. Umso sicherer bin ich mir, dass ich nicht einen klitzekleinen Moment von ihrer Seite weichen werde.

Noch eine Viertelstunde, bis ich mit Hope verabredet bin. Ich ziehe mein Handy aus der Hosentasche und tippe mit breitem Grinsen eine Nachricht.

Endlich in den gewohnten vier Wänden.
Ich freue mich auf gleich. :)
L.

Wo hast du dich die ganze Zeit herumgetrieben, Mr. Connor?
Mit Bauchzwicken, aber ich freue mich auch. ;)

Eine Kundin hat mich ziemlich in Beschlag genommen.
Das Zwicken nehme ich dir. Versprochen!

In Beschlag genommen, ja? Muss ich ihr erklären, dass deine Samstage und Sonntage freie Tage sind?

Kannst du gern einmal versuchen. Ihr Gehör ist, wie es in dem Alter üblich ist, nicht das beste.
Aber vielleicht dringt deine wundervolle Stimme zu ihr durch und sie versteht, was du sagst.
Nachdem sie dir ihre Lebensgeschichte erzählt hat.
Mrs. Brown, Mitte achtzig. ;)

Du kannst Sachen hören ...
Du bevorzugst also Ältere. Soso. ;)
Bis gleich.

Meiner letzten Kundin habe ich zu verdanken, dass ich so spät dran bin. Jedoch kann ich nicht mal böse darüber sein.

Mrs. Brown, eine alte, gebrechliche Frau, schloss mich in ihre Gespräche ein. Meine Absicht war es, zu ihr zu fahren, mir ihre Unterschrift zu holen und wieder zu gehen, damit genügend Zeit bleibt, mir ein vernünftiges Abendbrot zu besorgen. Was jetzt wohl leider ausfallen muss.

Nach über einem Jahr, in dem ich Mrs. Brown mit Instrumenten beliefere, kenne ich so langsam ihre vollständige Lebensgeschichte. Es macht mich traurig, zu wissen, dass sie niemanden mehr hat, der sich um sie kümmert. Kinder gab es nie und ihr Mann verstarb vor zwei Jahren. Ein Leben, dass ich für mich niemals wählen würde.

Das Erbe ihres Verstorbenen nutzt sie, um die Waisenhäuser in Nashville mit Instrumenten zu versorgen. Sie selbst war damals eine begnadete Geigenspielerin. Wahrscheinlich ist sie der Musik deswegen so verfallen.

Als ich in mein Bad stürme, ziehe ich mir alle Klamotten aus und springe unter die Dusche. Das Wasser wäscht den ganzen Schmutz und die Späne von meinem Körper. Eine Weile genieße ich die Wärme, bevor ich aus der Dusche steige, mich abtrockne und mir Boxershorts und Jeans überziehe. Schneller als gedacht, habe ich schon den Föhn in der Hand und versuche, das Chaos auf meinen Kopf zu bändigen.

Mit trockenen Haaren und nacktem Oberkörper verlasse ich das Bad und laufe zu meinem Kleiderschrank. Noch bevor ich mir ein vernünftiges Shirt raussuchen kann, klopft es an der Tür.

Hope. Hundertprozentig ist es Hope, die mir mein Klopfzeichen nachmacht.

Es war abgemacht, dass ich sie abhole, wenn ich soweit bin. Aber, dass ich ihr schönes Gesicht jetzt schon durch meine Wohnungstür erblicken darf, soll mir recht sein.

Während ich ihr die Tür öffne, starrt sie an meinem Körper auf und ab und kaut nervös auf ihrer Unterlippe herum.

»So nervös, dass du es oben kaum aushältst?«, necke ich sie, was sie nur mit einem Faustschlag auf meinen Oberarm erwidert.

»Begrüßt du so jede Frau?«, entgleitet es ihr aus dem Mund. Ich verkneife mir das provokante Grinsen.

»Du meinst so freizügig? Nein. Nur dich, Miss Green.«

»Schon klar. Zieh dir etwas an, Mr. Connor«, grinst sie.

Hopes Jacke hängt locker über ihrem Arm.

Sie trägt eine hautenge schwarze Jeans und ein weißes Langarmshirt mit V-Ausschnitt. Schlicht – und für mich trotzdem enorm verlockend.

Als sie an mir vorbei in die Wohnung geht, kann ich meine Blicke nicht annähernd von ihr abwenden. Ihr reizvoll eingepackter, runder Hintern und ihr zarter Busen, ein schönes B-Körbchen, machen mich wahnsinnig. Ich frage mich, ob sie manchmal erkennt, wie schön ich sie finde.

Ihre dunklen, gewellten Haare fallen locker über ihre rechte Schulter und Gott im Himmel steh mir bei, wenn ich in ihr wunderschönes Gesicht sehe. Fuck. Hope sollte nicht so wunderschön sein.

Sie ist keine der Frauen, die versuchen, ihre Narben mit irgendeiner Paste zu übermalen. Hat sie auch gar nicht nötig, wenn man mich fragt.

Soweit ich erkennen kann, trägt sie heute ausnahmsweise ein wenig Wimperntusche und einen dezenten Lippenstift, der ihre Lippen noch geschwungener erscheinen lässt. Mir in diesem Moment vorzustellen, wie sie schmecken, bringt mich geradewegs in die Hölle.

»Warte schon mal im Wohnzimmer. Bin gleich soweit.«

Hopes gleichmäßiger Gang entfernt ihren Körper von meinem, bis sie einen flüchtigen Blick in das Schlafzimmer wirft. Ohne zu fragen, weil sie weiß, dass sie es nicht muss, spaziert sie hinein und sieht sich interessiert um.

»Dafür, dass deine Wohnung so stimmig ist, wirkt dein Schlafzimmer ziemlich kahl.«

Da muss ich ihr zustimmen. Mehr als ein Bett und ein Kleiderschrank stehen nicht hier drin. Ein Teppich, einige Bilder oder ein Regal könnten dem Raum echt mehr Stil verleihen. Irgendwie habe ich dem

Zimmer die letzten Jahre nicht viel Bedeutung geschenkt, weil ich mich zu selten hier drin aufhalte.

Hope setzt sich auf mein Bett und nimmt das Shirt, das ich den ganzen Tag über getragen habe, in die Hand. Sie zieht es an sich und riecht daran.

Als wäre es das Normalste dieser Welt.

Ist ihr eigentlich bewusst, wie schwer sie es mir macht, jetzt noch auf die Party gehen zu wollen? Viel lieber würde ich mich mit Hope in meinem Bett verkriechen und ihren Körper erkunden.

»Bist du dann soweit?«, nuschelt sie in den Baumwollstoff, während ich sie ansehe.

Warum ist sie mir so vertraut? Warum ist vieles zwischen uns so leicht?

Passend zu ihrem weißen Oberteil, nehme ich mir ein weißes T-Shirt aus dem Schrank und ziehe es mir über.

»Bist du soweit?«, entgegne ich.

»Bin ich.« Ich weiß, dass sie es nicht ist.

»Na dann los.«

Sie drückt sich mit einer Hand von meinem Bett auf und spaziert aus dem Schlafzimmer.

»Halt, bevor ich es vergesse.« Unter Hopes Jacke knistert es. »Hier!« Sie zieht eine kleine Papiertüte hervor. Darin liegt tatsächlich ein Sandwich, das mich vor dem Knurren meines Magens rettet.

Die Frau macht mich fertig.

Verdammt, Hope, wann darf ich dir endlich zeigen, was du mir bedeutest?

20

Hope

Ungefähr zwanzig Minuten sind wir im Schneegestöber zu diesem fremden Haus gelaufen.

Die großen Fenster, die glatte Fassade und der vollständig gepflasterte Vorgarten mit nur wenigen schneebedeckten Pflanzen strahlen Modernität aus.

Ich bin mir sicher, dass Liam meine Anspannung längst mitbekommen hat. Bevor wir los sind, habe ich ein dutzend Mal mein Mantra vor mich hergesagt. Aber geholfen hat es schlichtweg nichts.

Ich fasse es nicht, dass mich Liam überreden konnte, mit auf diese Party zu gehen.

Für einen kurzen Moment habe ich das Gefühl, Sam zu verraten. Das, was wir hatten, zu verraten. Denn er konnte mich nie zu so etwas bewegen. Warum kann es dann Liam?

Vorsichtig greift er nach meiner Hand und verflechtet seine Finger mit meinen. Es fühlt sich so unbeschreiblich gut und richtig an. Ich eiskalt und er warm wie die Sonne. Als müsse es so sein.

»Danke«, murmle ich nervös. Mit seinem vertrauten Lächeln schwappt ein wenig Aufregung von mir ab.

Ich wünsche mir, dass er meine Hand den ganzen Abend nicht loslassen würde. Was natürlich totaler Schwachsinn ist, weil er sich sicher einmal mit seinen Freunden unterhalten will, ohne mich permanent im Rücken zu wissen. Er hat zwar versprochen, mich keine Minute alleine zu lassen, aber ich glaube, das war eher so daher gesagt.

Liam klingelt nicht, sondern dreht den Schlüssel an der Tür um und geht ins Haus. Sachte zieht er mich hinter sich her.

»Ist das okay, nicht zu klingeln?«, flüstere ich in sein Ohr. Hätte ich das mal lieber gelassen. Sein Duft, der nach purer Sicherheit riecht, vernebelt mir die Sinne. »Bei uns ist das normal«, flüstert er zurück.

Imagine Dragons mit *Radioactive* strahlt aus dem Lautsprecher in der Decke und hallt durch den ganzen Flur. Liam sucht Blickkontakt zu mir, um sicherzugehen, dass es für mich okay ist, hier zu sein. »Alles okay. Keine Sorge. Sobald ich kurz davor bin, zusammenzubrechen, melde ich mich«, scherze ich.

»Vielleicht auch ein wenig eher. Sonst werde ich dich wiederbeleben müssen, um dein Leben zu retten«, zwinkert er mir zu.

Ist dir nicht bewusst, dass du schon seit Tagen dabei bist, mein Leben zu retten?

Während er mir meine Jacke abnimmt, löst sich für wenige Sekunden seine Hand von meiner. Ein kalter Schauer überkommt meinen Körper, der mich zusammenzucken lässt. »Alles wird gut. Ich danke dir, dass du den Abend mit mir durchstehst«, raunt mir Liam ins Haar, als er mitbekommt, wie angespannt ich bin.

Du musst das unbedingt unterlassen, Liam Connor. Sonst geht es mit uns weiter, als es sollte. Obwohl ich weiß, dass du dir das wünschst. Denn du lässt es mich jeden Tag intensiver spüren. Und von Tag zu Tag stört mich die Vorstellung weniger. Doch, wenn du wüsstest, wie kaputt ich bin, würdest du dir weiterhin mehr wünschen?

Vertraut verschränken sich seine Finger erneut mit meinen und gemeinsam laufen wir den breiten Flur entlang, der teilweise leer wirkt. Liegt daran, dass keine Bilder an den Wänden hängen oder kein Teppich auf dem weißen Fliesenboden ausgelegt ist.

Wir folgen den weiblichen und männlichen Stimmen, die aus dem hintersten Raum schallen. »Ich lass dich nicht allein. Versprochen!« Schon wieder dieses Versprechen.

Jetzt stehen wir hier. Mitten in der Wohnküche. Und während uns die fremden Blicke durchgängig mustern, würde ich am liebsten rausrennen.

Behalte dein Lächeln auf den Lippen, Hope. Wirke freundlich. Du bist wegen ihm hier.

Auf der betonfarbigen Kücheninsel vor uns steht der Alkohol. Bier, Schnaps, Wein und Sekt. Egal was.

Hauptsache irgendwas, damit ich lockerer werde und mir mein Herz nicht gleich stehen bleibt.

Links von uns liegt der Wohnbereich. Die monströse Ledercouch ist voll besetzt von Leuten, die in unsere Richtung starren.

Liam ist der Grund, dass quasi jeder dazu gezwungen wird, uns anzuschmachten. Er ist nun mal bildschön und jeder sieht es. Wenn er einen Raum betritt, tut Liam es mit vollem Selbstbewusstsein. Das Grün seiner Augen wirkt auf keinen nur nebensächlich. Man verliert sich darin. Hier im Licht der Küche glänzt sein blondes Haar im goldenen Schimmer. Dass er es wiederholt mit seinen Fingern durchkämmt, verleiht seiner Erscheinung einen anziehenden Charme, der langsam nicht mehr an mir abprallt. Liams Lächeln hat bestimmt schon so einigen Frauen den Kopf verdreht. Seine Grübchen stecken an und sein gepflegter Bartschatten verführt.

Am Fernseher ist eine Konsole angeschlossen, auf der zwei Männer völlig euphorisch Fußball zocken. Wenigstens konzentrieren die sich auf ihr Spiel.

Irgendwie ehrt es mich, dass sich Liam im Augenblick nur für mich interessiert. Dabei laufen hier so schöne Frauen durch die Wohnküche, die es selbst mir schwermachen, nicht hinzusehen. Im Gegensatz zu ihnen bin ich ziemlich brav gekleidet.

Mir ist keinmal aufgefallen, dass Liam neugierige Blicke von diesen Schönheiten erwidert. Warum beruhigt mich das?

Eine unerwartete Berührung legt sich auf meine Schulter nieder. Ich kann zum Glück vermeiden, dass ich wieder schreckhaft zusammenzucke.

»Ah. Na hallo, ihr beiden.« Freudestrahlend läuft eine Frau um uns herum und umarmt Liam, der nicht auf den Gedanken kommt, mich loszulassen.

Ihm scheint es auch nichts auszumachen, dass ich mich wie eine Irre in seine Haut kralle. »Hey, Stella. Das ist Hope. Hope, das ist Stella. Daniels Freundin«, stellt uns Liam vor. »Stopp! Ich korrigiere mich. Verlobte.«

»Jaja. Endlich ist es mal soweit«, seufzt sie schwärmend und hebt ihren Klunker am Ringfinger in die Höhe.

Als hätte mein murmelndes »Hey« das Eis zwischen uns gebrochen, umarmt sie mich als wären wir altbekannte Freunde.

So selbstbewusst und stolz, wie Stella durch den Raum gleitet, liegt die Vermutung nahe, sie hätte zu Schulzeiten den Part einer Anführerin übernommen. Die Anführerin einer Cheerleader-Mannschaft oder so etwas. Dabei wirkt sie auf keine Weise arrogant oder überheblich.

Stella, schätzungsweise in meinem Alter, mustert mich mit ihren hellen Katzenaugen.

Ununterbrochen frage ich mich, weshalb sie mir und Liam das antut. Schließlich muss er meine komplette Gefühlswelt ertragen, in der ich im Augenblick feststecke. Bald breche ich seine Hand und die ist sein

Kapital. Aber ich nehme an, Stella ist es nicht bewusst, wie aufgeregt ich bin.

Nachdem sie gefühlt jeden Zentimeter meines Körpers gemustert hat, ist sie fast außer sich und klatscht aufgeregt in die Hände. Die kleinen Sprünge, die auf eine lebhafte Art hindeuten, machen mich stutzig. »Verdammt, Liam. Du hast mir nicht erzählt, wie verflucht schön sie ist.«

Mit gehobener Augenbraue sehe ich zu ihm. Liam grinst nur wortlos vor sich hin und bringt mich mit seinen tiefen Grübchen nur mehr aus dem Konzept.

Wie schön ich bin? Ist die Frau betrunken oder braucht sie eine Brille oder vielleicht doch Hilfe?

Sie hat wohl keine Ahnung, was pure Schönheit ist. Stella: Eine schlanke, durchtrainierte Frau mit diesem schönen Gesicht, das von langen schwarzen Haaren umrandet wird, ist die Definition von verflucht schön. Mal davon abgesehen, dass man auf ein solch üppiges D-Körbchen, das sicher in einem roten Pullover verpackt ist, stolz sein kann.

Am liebsten würde ich sie korrigieren und ihr sagen, dass sie wahnsinnig hübsch ist und nicht ich. Das meine ich nicht aus einem Mangel an Selbstwertgefühl. Ich mag mich, wie ich aussehe. Dennoch bin ich absoluter Durchschnitt.

»Und hey, geile Narbe«, zwinkert sie mir fingerschnippend zu.

»Äh …«, brabble ich überfordert.

»Stella, was …« Liam schüttelt verständnislos mit dem Kopf.

»Man kann doch sagen, wenn was geil ist.«

Normalerweise würden die verheilten Wunden in meinem Inneren erneut aufreißen. Aber im Moment fühlt sich noch alles ganz an. Und ich weiß, dass es an ihm liegt.

»Schon in Ordnung«, erwidere ich.

»Stört dich das nicht?«, versichert sich Liam.

»Tagesformabhängig. Heute ist es in Ordnung.« Wie gern würde ich ihm sagen, dass er der Grund dafür ist.

»Siehst du. Sei mal nicht so zimperlich.« Amüsiert streichelt Stella meinen Oberarm. Als möchte sie Liam zeigen, dass wir auf einer Seite stehen. »Daniel wird froh sein, dass ihr endlich da seid. Er hat sich riesig über das Geschenk gefreut und bis vor einer Stunde damit herumgewerkelt. Ich war den ganzen Tag total abgeschrieben.« Stella formt den Namen ihres Verlobten mit einem breiten Grinsen im Gesicht. Sie ist eindeutig Herz über Kopf in ihn verliebt.

»Wo steckt er denn?«, fragt Liam und sieht suchend durch die Wohnküche.

»Ich habe keine Ahnung, wo er sich wieder rumtreibt. Aber er kann nicht weit sein.« Sie dreht sich suchend um ihre eigene Achse. »Ich muss euch kurz alleine lassen. Da kommen schon die nächsten Leute. Viel Spaß und bis nachher.« Stella verlässt den Raum. Die Menschen, die ihr im Weg stehen, umgeht sie elegant.

»Du hast ihm das Geschenk schon gegeben?«, frage ich.

»Das Geschenk habe ich ihm heute vorbeigebracht. Wir hätten es niemals hierhertragen können.« Mit verengten Augen sehe ich Liam an. »Was hast du«, ich korrigiere mich, »ähm, haben wir ihm geschenkt?«

»Eine hochwertige Kappsäge.«

»Eine was?« Absolutes Neuland.

»Eine Kappsäge. Auf der Werkbank in meiner Halle steht auch so eine.«

»Okayyy. Und darüber hat er sich gefreut, ja?«

»Mehr als das. Wie schon gesagt. Daniel ist genauso ein Handwerker-Freak«, zwinkert mir Liam zu.

Neben mir findet eine Begrüßung nach der anderen statt. Jeder kennt den grünäugigen Mann an meiner Seite.

Während ihn die Männer mit einem Handschlag empfangen, wird Liam von den meisten Frauen gedrückt und dauerhaft angehimmelt. Und ja, ich muss zugeben, mich stört es ein wenig.

Ich kann nicht behaupten, dass sie sich mir gegenüber unhöflich verhalten. Dennoch fühle ich mich nicht besonders wohl, wenn sie meinen Körper kopfabwärts begutachten. Als müssten sie checken, ob die Begleitung an Liams Seite gut genug für ihn ist.

Das Bedürfnis, wissen zu müssen, mit wem Liam Connor die Party betritt, steht den meisten ins Gesicht geschrieben. Als hätte man sich den Captain des Footballteams oder den König des Abschlussballs geangelt.

Eine platinblonde Frau, die in einer dunklen Ecke auf dem Schoß ihres Freundes sitzt, stiert mich von allen am schlimmsten an. Ich habe sie noch nie gesehen, aber ihr abwertender Blick füllt sich mit Feindseligkeit.

Hier stehen, sitzen und liegen schätzungsweise fünfzig Leute auf siebzig Quadratmeter. Darunter keiner, den ich ansatzweise kenne. Bis auf Liam.

Ich gehe gerade wirklich durch die Hölle.

Stella sucht ununterbrochen Blickkontakt zu mir. Während ich ihre Mühe erwidere, kommt sie lächelnd auf mich zu. In der Hand ein Glas Wein mit gefrorenen Früchten. »Probier mal. Wird dir schmecken.« Ich will mich alles andere als unbeliebt machen, sodass ich es dankend entgegennehme. Wobei meine Kehle eher nach einem kühlen Bier schreit.

»Wein, ja?«, fragt Liam skeptisch.

»Naja«, stottere ich. »Ich will mich nicht gleich unsympathisch machen.«

»Du kannst ruhig nein sagen, Hope. Damit machst du dich bei Stella niemals unbeliebt.«

»Dann hätte ich lieber ein Bier«, erwidere ich verlegen. Ich bin froh darüber, dass Stella gleich weitergegangen ist, um andere Gäste mit Getränken zu versorgen.

»Sehr gern, Miss Green. Kommt sofort.«

Und nicht einmal hier lässt mich Liam für eine Sekunde allein. Seine warme Handfläche streift meinen Rücken und schiebt mich behutsam um den Berg Alkohol herum. Liam fischt sich zwei kühle Bier aus einer eisbefüllten Wanne. Das Weinglas nimmt er mir aus der Hand und stellt es unbenutzt auf der Insel ab. Erst öffnet Liam mein, dann sein Bier. »Danke, dass du mir die Ehre erweist und mitgekommen bist.« Er hält mir den Hals seiner Flasche entgegen.

»Hör auf, dich immer zu bedanken.« Ich stoße mit ihm an.

Nicht er, sondern ich bin es, die ihm danken sollte. Dafür, dass er mich ins Leben zurückholt.

Die Welt bleibt für einen Moment stehen, während Liam seinen Blick auf mich richtet. Als könnte er meine Gedanken lesen und erkennen, was in meinem Kopf vor sich geht.

Liam widerspiegelt heute gewohnterweise pure Maskulinität und Schönheit.

Von Minute zu Minute wird es mühsamer, die Finger von ihm zu lassen. Mir nicht vorzustellen, was sich unter seinen Klamotten befindet.

Obwohl es sich heute Abend nicht vermeiden ließ, jeden seiner Bauchmuskeln zu zählen. Ich gebe es ungern zu, aber ich schluckte schwer, bei dem Anblick, der sich mir in dem Moment bot, als Liam oberkörperfrei vor mir stand. Er kann es sich definitiv leisten, so herumzulaufen.

Bis dahin kam ich nicht einmal auf die Idee, Liams Körper so intensiv zu mustern. Ab diesem Zeitpunkt überkommt es mich jedoch häufiger.

Daraus lernt man. Klopfe niemals unabgesprochen an die Tür eines schönen, anziehenden Mannes. Es kann sein, dass er dich aus dem Konzept bringt. Dass du dich wie eine Irre verhältst.

Aber Fakt ist: Der Kerl ist abnormal durchtrainiert. Seine Brust ist glatt. Seine Muskeln definiert. Sein Aussehen würde den Puls jeder atmenden Frau beschleunigen.

»Ist was?«, frage ich misstrauisch, als er seine Augen noch immer nicht von mir abwendet.

Sekundenlang sagt Liam gar nichts und stiert weiter. Bis er endlich mit der Sprache rausrückt. »Du bist echt verdammt schön, Hope.«

Gott, seine Stimme. Seine raue und klare Stimme, die dafür sorgt, jedes einzelne Wort glasklar verstehen zu müssen. Die einen nicht zweifeln lässt, sich verhört zu haben.

Liam sieht mich an, als wäre alles um ihn herum verschwunden. Als gäbe es nur uns. Ihn und mich.

Wahrscheinlich erwartet er eine emotionale Reaktion von mir. Aber ich kann einfach nicht über meinen Schatten springen. »Ist dir der Schluck schon zu viel?«, scherze ich.

Er lässt nur ein himmlisches Lächeln über seine Lippen gleiten.

»Liam?«

Aber ich muss es ihm endlich sagen. Ich kann Liam nicht permanent die Brücke runterschmeißen.

»Mhm?« Abwechselnd sieht er zwischen meinen Augen und meinen Lippen hin und her.

»Du auch«, murmle ich.

Im Augenwinkel schiele ich zu ihm, um zu erfahren, wie er darauf reagiert. Wahrscheinlich hat er wieder das selbstsicherste Lächeln der Welt auf den Lippen. Und ich habe recht.

Vorsichtig lehne ich mich an die Kücheninsel und lasse meine steifen Schultern ein wenig fallen.

Nach Monaten erwische ich mich dabei, wie sich mein Körper dem Takt der Melodie anpasst und mitschwingt. Zu *Snow Patrol* mit *Crack The Shutters.*

So sanft, dass nur ich es mitbekomme. Ohne ein Fünkchen Schmerz in der Brust zu fühlen.

Und die wenigen Pärchen, die liebevoll und vertraut über den Fliesenboden wippen, lassen mein zerbrochenes Ich erkennen, dass es wundervolle Lovestorys auf dieser Welt gibt.

»Warum siehst du mich wieder so an, Mr. Connor?«, schmunzle ich. Ich spüre, wie sein Grün über meinen Körper schwebt.

»Ich will dich heute auf keinen Fall erdrücken und dich einer Situation aussetzen, die dir unangenehm ist, aber …« Ich drehe mich zu ihm. Meine Augen finden seine. »Aber tanz mit mir, Hope Green.«

Zaghaft, als könnte ich unter seiner Berührung kaputt gehen wie hauchdünnes Glas, zieht er mich an seine Brust. Und wenn er das denken sollte, liegt er mit seiner Vermutung nicht falsch. Ich bin wie Glas. Nur mit dem Unterschied, dass ich schon längst kaputt bin und es nichts gibt, das mich noch mehr zerbrechen würde.

»Ist das eine Aufforderung?«, murmle ich stockend.

Liams Atem trifft meine Lippen. So nah an seinem Körper zu kleben, zieht mir fast den Boden unter den Füßen weg.

»Und eine Bitte.« Sein intensiver Blick gleitet zwischen meinen Augen und meinen Lippen erneut auf und ab.

»Ich kann nicht …«, flüstere ich schwach. »Tanzen.«

Ein verbittertes Lachen umstreicht seine Lippen. Seine warmen Hände lassen enttäuscht von mir ab. Ich frage mich, warum, bis ich meine Wortwahl nochmal genauer überdenke. »Nein. Stopp. Du verstehst das nicht. Nochmal von vorn.« Diesmal bin ich diejenige, die seine Hände fest in meinen hält und sich, ohne zu überlegen, an ihn presst. »Ich kann wirklich nicht tanzen. Weil ich das nie gelernt habe.« Weder mit Sam noch mit einem anderen Mann habe ich jemals einen Tanz gewagt. Der Hochzeitstanz zwischen Sam und mir sollte der Erste sein. Von den Tanzstunden vorab mal abgesehen.

»Das ist also kein Nein?« Liams glückliches Lächeln kehrt allmählich zurück. Es verschafft mir eine Gänsehaut am ganzen Körper, wenn ich ihn so sehe.

»Es wäre ein Ja, wenn ich tanzen könnte«, schwöre ich.

»Vertraust du mir, Miss Green?« Wieder bringt mich seine Stimme um den Verstand. Wieder legt sie sich sanft wie eine Feder um mein Herz.

»Das hast du mich schon einmal gefragt und meine Antwort ist dieselbe. Wahrscheinlich schon«, wiederhole ich schmunzelnd. So wie er mich ansieht, muss ich ihm vertrauen.

Liam stellt unser Bier beiseite und streckt mir seine Handfläche entgegen. Seine Mundwinkel zucken, als ich meine Hand in seine lege.

»Was hast du vor?«, frage ich misstrauisch.

»Du hast gesagt, du vertraust mir.«

Liams sehniger Körper drückt sich an meinen Rücken, sodass ich seinen Herzschlag an meinem Schulterblatt spüren kann. Besonnen führt er mich mit seinen warmen Händen an meiner Taille zwischen den wippenden Pärchen hindurch. Dann dreht er mich langsam zu sich. Unsere Augen verkeilen sich ineinander.

Nein, das hat er jetzt nicht wirklich vor. Und mir ist klar, wie misstrauisch ich ihn gerade ansehe.

Liam drückt mich an sich und ich stehe wie angewurzelt da, halte den Atem an.

»Blende alles aus. Es gibt nur uns zwei, okay?«

Der schönste Mann dieses Raumes und wahrscheinlich dieser weiten Welt will, dass ich mit ihm tanze. Er verlangt von mir, etwas zu tun, das ich in meinem Leben nie vorher getan habe. Etwas, das ich mich nie getraut habe.

Langsam legt er meine rechte Hand in seine und die linke Hand führt er auf seine Schulter. »Du wirst dich total blamieren, Connor. Ich kann das wirklich nicht.« Ich bin so aufgeregt, dass ich mich am liebsten verkriechen würde. Warum tut er mir das nur an?

Ihm zuliebe möchte ich versuchen, alles auszublenden. Möchte ich wirklich. Aber ich sehe die Pärchen neben uns, die tänzerisch perfekt miteinander harmonieren. Und dann sehe ich uns. Nein, ich sehe mich! Die, die sich wie das erste Rennauto anstellt.

Liams Berührungen gehen von meinem Rücken hin zu meiner Wange. »Ich könnte mich niemals mit dir blamieren, weil du einfach perfekt bist.« Weil ich was bin?

Wieder dieser Donnerschlag in der Brust. Wieder diese grünen Augen, die auf mich hinabsehen und mir den Atem rauben. Wieder Liam, der mit seinen Berührungen alles in mir heilt.

Verdammt. Ich will das nicht. Ich kann es einfach noch nicht. Es ist viel zu früh für mich. Viel zu früh für uns. Für Liam Connor und Hope Green.

Dabei glaube ich ja nicht einmal selbst daran, was ich mir gerade versuche einzureden.

Es ist nicht so, dass ich es nicht will. Vielleicht ist es richtig, dass ich bisher nicht konnte, weil Sam fast acht Jahre an meiner Seite war und der Gedanke, jemand anderes könnte seinen Platz einnehmen, mich noch abschreckt.

Aber wer sagt, wann etwas zu früh ist und wann nicht? Gefühle klopfen nicht an die Tür und fragen, ob es gerade passt, sich ins Herz zu schleichen.

Deswegen prallt auch jeder Satz, der Gegenteiliges aussagt, im Inneren ab. Weil mein Kopf weiß, dass ich lüge und mein Herz sowieso. Beide wissen, dass ich kein Mensch bin, der sich selbst betrügen kann. Und mir permanent einzureden, dass ich Liam nicht will oder es zu früh für uns ist, ist definitiv der größte Betrug meiner selbst.

Und trotzdem fällt es so schwer, mir das einzuräumen. Obwohl ich weiß, dass es alles so viel leichter zwischen Liam und mir machen würde. Noch leichter, als es so schon zwischen uns ist.

Es könnte mein Leben verändern. Es könnte mich verändern und das, was die letzten Wochen aus mir geworden ist.

Mein Herz schreit nach Zuneigung und Liebe. Vor allem aber schreit es nach ihm. Denn ich fange gerade an, mich in Liam Connor zu verlieben. Aber verdammt, ist das richtig? Ich will Sam nicht verraten. Ich will nicht, dass er glaubt, mein Herz würde ihn einfach ersetzen.

Mir ist klar, dass mir nun zwei Möglichkeiten bleiben, damit umzugehen. Entweder ich lasse es endlich zu und gebe mich Liam hin. Oder ich verweigere es und foltere mich die nächsten Wochen weiter. Denn mir einzureden, zwischen Liam und mir wäre nichts, war die pure Folter.

Eine Frage in meinem Kopf bleibt. Kann es falsch sein, wenn es sich die ganze Zeit so richtig mit ihm anfühlt? Eigentlich doch nicht, oder? Ich bin so durcheinander.

Alles was Liam tut, tut er voller Selbstbewusstsein. Und zur Hölle, genau das ist es, was mich noch mehr dazu bringt, mich in ihn zu verlieben.

Liam wandelt über die Erde, als zweifelte er nicht eine Sekunde daran, genau hierherzugehören. Das ist so eine unglaubliche Charaktereigenschaft.

Jeder hier sieht, was er ist. Aber nur ich fühle es in diesem Augenblick.

Wie er mich über den Fliesenboden führt und unter seinem Arm dreht, gibt mir das Gefühl, schon einmal getanzt zu haben. Ich kann nur noch uns in diesem Raum sehen.

Vor drei Wochen kam ich nach Nashville und wusste nichts mit meinem Leben anzufangen. Jetzt fange ich an, wieder zu leben. Nach nur unglaublichen drei Wochen. Und das habe ich ihm zu verdanken.

21

Liam

Obwohl wir uns nicht einmal geküsst haben oder weiter gegangen sind, war ich einer Frau nie näher als Hope Green. Ich weiß, dass ihre Handbremse noch immer angezogen ist und sie buchstäblich damit über die Straßen fährt. Aber ich möchte sie entscheiden lassen, wann sie den nächsten Schritt geht. Und dass sie mit mir in der tanzenden Menge steht, ist schon einer der nächsten Schritte. Ein gewaltiger Schritt für sie.

So sehr sich Hope manchmal verschließt und so unnahbar sie sein mag, merke ich dennoch, welche Wirkung ich auf sie habe. Vor allem jetzt, als sie nervös zwischen meinen Augen und meinem Mund hin und her sieht. Ich komme ihrem Herzen so langsam näher.

Meine Lippen nicht auf ihre zu legen, bedarf absoluter Selbstbeherrschung. Ich will unbedingt wissen, wie Hope Green schmeckt. Wahrscheinlich besser als die leckerste Schokoladentorte der Welt. Dass ihre Lippen butterweich sind, muss ich nicht erst testen.

Mit meinen Worten, wie perfekt sie ist, habe ich Hope total aus dem Konzept gebracht. Seitdem ist das Schweigen zwischen uns wieder da. Kein unangenehmes Schweigen. Sondern die Stille, die wir in vollen Zügen genießen. Statt ihres ruhigen Atems oder des Blätterns der Buchseiten ist es heute die Musik, die den Moment so besonders macht.

»Ist das wirklich in Ordnung für dich?«, flüstere ich in ihr Ohr, während ich sie fast schon gierig an meinen Körper presse.

»Ist es.« Hope lächelt. Ehrlich und frei. Und dass kein Blatt mehr zwischen uns passt, stört sie nicht im Geringsten. »Du machst es für mich erträglich, hier zu sein, Liam. Wie du alles für mich erträglicher machst.« Drohend hebt sie ihren Zeigefinger von meiner Schulter, um jedes Wort in meiner Kehle zu ersticken. »Und bitte antworte darauf jetzt nichts.«

Tu ich nicht, Hope. Ich genieße lediglich. Vor allem erfreue ich mich daran, deinen Körper so nah an meinem zu haben. Ich spüre deine Wärme und den rasenden Herzschlag hinter deiner Brust. Ich kann sehen, wie du deinen Kloß hinunterschluckst, der dir fast die Luft nimmt. Und Gott, ich liebe es, wenn du auf deiner Unterlippe herumkaust und mir damit immer wieder verrätst, wie wunderbar nervös du bist.

Hope Green tanzt mit mir. Und sie tut es wahrlich perfekt, trotz ihrer misstrauischen Blicke, wenn ich sie unter meinem Arm drehe. Sie ist meine Wolke sieben.

Hope lässt sich endlich einmal fallen. Ich wusste, dass es nur Zeit bedarf. Sie ist es definitiv wert, alle Geduld der Welt aufzubringen. Nicht immer ist es einfach. Aber dass Hope von Tag zu Tag offener wird, erleichtert mir das Warten enorm.

Der Song von *Snow Patrol* endet gleich, was mich etwas wehmütig stimmt. Doch bevor ich überhaupt die Gelegenheit bekomme, den Tanz bis zum letzten Ton zu genießen, steht Daniels bärige Statur neben uns.

Daniel ist durch und durch Fitnessfanatiker. Sein kahler Kopf unterstreicht dieses typische Pumperklischee. »Alter, Liam. Hope.«

Seine muskulöse Optik wirkt gefährlich, obwohl er keiner Fliege etwas zuleide tun könnte. Deswegen kann ich Hopes Schreck, der gerade über ihren Körper rollt, nachvollziehen. Das Licht auf der Tanzfläche ist gedimmt und urplötzlich steht ein Wildfremder von schätzungsweise zweihundertfünfzig Pfund neben ihr, der überraschenderweise ihren Namen kennt.

Ihre Hand streift geschockt aus meiner.

»Lässt du dich auch mal auf deiner eigenen Party blicken?« Daniel schlägt in meine Hand ein und umarmt Hope, als kenne er sie bereits.

Zurückhaltend wünscht sie ihm alles Gute zum Geburtstag. Während sie vor wenigen Sekunden so gelöst schien, kocht die Anspannung wieder in ihren Adern hoch.

»Ich würde euch gern für eine Zeit entführen.« Daniels Grinsen wirkt hinterhältig.

»Du bist das Geburtstagskind«, gebe ich mich seiner Forderung hin.

»Holt euch mal eure Jacken und kommt hinterher raus.« Ich weiß, wohin er möchte, und mir soll es recht sein. Weg von der Masse.

Behutsam lege ich meine Hand an Hopes Rücken und führe sie in den Flur. Von der Garderobe schnappe ich mir unsere Jacken. »Wohin gehen wir?«, fragt sie.

»Siehst du gleich.« Ich werfe ihr ein Zwinkern zu, was sie mit einem breiteren Lächeln erwidert.

»Los, sag schon«, fordert sie.

»Lass dich überraschen, Miss Green.«

»Ich hasse Überraschungen.«

»Schon komisch. Von meinen warst du bisher stets hin und weg«, behaupte ich stolz.

Ich lege meinen Arm um sie und führe Hope aus der Haustür raus.

»Halt die Klappe, Connor.«

Ich muss grinsen. Hope hingegen versucht, sich mit großer Mühe ihr schönstes Lächeln zu verkneifen. Gelingt ihr nur nicht.

Gemeinsam laufen wir hinters Haus, in Daniels Garten. Zu einer kleinen Grillhütte, die er letzten Sommer mit viel Mühe errichtet hat.

Der flackernde Schimmer, der durch die winzigen Fenster scheint, lässt das achteckige Kota idyllisch wirken.

Als ich die Tür öffne und hinter Hope hineintrete, knallt mir Hitze gegen mein Gesicht. Das Feuer in der mittig integrierten Feuerstelle brennt lichterloh und erhitzt den Raum schon jetzt auf eine brechend hohe Temperatur. Noch bevor ich richtig ankomme, ziehe ich mir meine Jacke aus.

Mich sehen bekannte Gesichter an. Daniel, den ich in meiner Schulzeit kennengelernt habe, und drei weitere Kollegen. Noah, Logan und Jacob. Jacob und Logan sind unzertrennliche Brüder, die wohl ihren Lebensweg für immer gemeinsam bestreiten werden. Noah kenne ich durch Daniel. Die zwei sind schon seit dem Kindergarten miteinander befreundet.

Ich setze mich auf eine der kreisrund angeordneten Bänke und klopfe auf den Platz neben mir. Sofort setzt sich Hope.

»Stella musste mal wieder ganz Nashville einladen. Deswegen dachte ich mir, ich ziehe mich mit meinen besten Freunden paar Minuten zurück, während sie die Leute bespaßt.« Das ist schlichtweg gelogen.

»Und jetzt die Wahrheit?«

Aus dem Schnapsfach hinter seinem Rücken zieht Daniel eine Wodkaflasche und sechs Schnapsgläser raus.

»Der hier ist zu teuer, als dass jeder ihn einfach hemmungslos in sich reinkippt.« Stolz schwenkt Daniel die Flasche in seiner Hand. »Mein Schwiegervater in spe war so gütig, mir diesen edlen Tropfen zu vermachen. Wohl irgendein *Willkommen-in-der-Familie*-Ritual.« Er füllt die Gläser mit diesem Edel-Wodka. Dann drückt er jedem von uns eins in die Hand.

»Das klingt schon eher nach dir«, entgegne ich.

Wenn ich drei Wochen zurückdenke, wird mir noch immer übel. Nur allein, wenn ich am Schnaps rieche. Letztes Mal hatte ich Anlass, mir das Gesöff hinter die Kehle zu kippen, und habe es daher ganz schön übertrieben. Heute, mit Hope an meiner Seite, gibt es keinen Grund dazu.

Was in drei Wochen alles passieren kann ...

Antonia und Oliver sind mir schon am Anfang des Abends aufgefallen. Nur hat es mich diesmal schlichtweg nicht interessiert.

Die beiden und ihr Rumgemache sind mir gleichgültig geworden. Was ich Hopes Anwesenheit zu verdanken habe. Schon allein, wie sie neben mir sitzt, ruhig und beobachtend, lässt mich pures Glück empfinden.

Daniel hebt grinsend sein Glas in die Höhe und wir alle tun es ihm gleich. »Dann. Auf dass ihr da seid und wir die Party heil überleben!«

Wortlos schlucke ich dieses Gesöff runter und augenblicklich brennt meine Kehle wie Feuer. Hope geht es ähnlich. Sie verzieht unwillkürlich das Gesicht. Selbst jetzt, mit den Falten auf ihrer Stirn oder den herabfallenden Mundwinkeln, sieht sie nur unwiderstehlich schön aus.

Hope stellt ihr Glas auf den Holztisch und streckt ihre Hände der Feuerstelle entgegen. Wie das Licht des Feuers auf ihrem Körper tanzt, macht mich schier wahnsinnig. Ihre Silhouette ist definitiv die einer Göttin.

»Wo warst du eigentlich den ganzen Abend?«, fragt Jacob.

Daniel hat eine lästige Angewohnheit, die er mal wieder wunderbar zur Schau stellt. Sobald ein Schluck Alkohol seinen Mund berührt, überkommt ihn die Sucht des Rauchens.

Er zieht sich eine Kippe aus der Hosentasche und steckt sie zwischen seine Zähne. Der Aschenbecher neben ihm ist voller Stummel. Verrät mir, dass es nicht die erste Kippe am heutigen Abend für ihn ist.

»Du bist noch immer nicht weg von dem Mist?« Eigentlich hatte er aufgehört. Stella zuliebe.

»Unter Alkoholeinfluss ist es ziemlich verlockend«, verteidigt er sich. »Um deine Frage zu beantworten, Jacob. Ich habe eifrig am letzten Zimmer herumgebastelt. Gleich mal die Kappsäge getestet«, Daniel grinst wie ein kleines Kind, das einen Berg Legos geschenkt bekommen hat.

»Und taugt sie was?«, frage ich.

»Absolut. Geiles Ding«, schmachtet er.

»Und, was wird aus dem Raum?«, hinterfragt Logan. Bis gestern hatte Daniel nicht eine Idee, was er aus dem Zimmer machen soll.

»Ich glaube, ich mache ein Fitnesszimmer daraus. Zumindest so lange, bis Nachwuchs unterwegs ist.« Die Blicke von jedem auf der Terrasse strotzen vor Skepsis, außer die von Hope. Sie scheint mir fast traurig. Ihr Zwicken ins eigene Handgelenk übersehe ich nicht.

»Naja, ich müsste dann nicht mehr ins Center rammeln.« Daniels flüchtiger Blick wandert zu Hope, der sie scheinbar aus ihren Gedanken fischen will. »Was sagst du dazu, Hope?« Er zündet seine Kippe an und zieht den Rauch in seine Lunge. Den kräftigen Zug stößt Daniel in die Mitte der Hütte aus.

»Wenn du mich fragst, solltest du mit dem Scheiß da aufhören. Ist schädlich, weißt du?» Hope deutet auf die Kippe in seiner Hand.

»Wir sterben ohnehin alle, oder?« Daniel setzt zum nächsten Zug an, bis er innehält.

»Die einen leben länger, die anderen kürzer. Und du tust gerade alles dafür, um der zweiten Kategorie anzugehören. Und das mit voller Absicht.« Hopes kritischer Blick hält dem von Daniel stand.

Ich bin mir sicher, dass er ihre direkte Art abkann. Daniel findet Menschen, die nicht um den heißen Brei herumreden, sympathisch. Obendrein verrät mir sein dämliches Grinsen, dass er Hope mag.

Welcher normale Mensch mag diese perfekte Frau auch nicht?

Was dann passiert, kann ich jedoch nur schwer glauben. Daniel drückt seine halbe Kippe im Aschenbecher aus, obwohl er sie sonst genüsslich bis zum Filter inhaliert. Als hätte Hope ihn zurecht gestarrt.

»Ich will nicht paranoid klingen. Aber irgendwie habe ich das Gefühl, die Blonde dahinten starrt uns in

Grund und Boden. Und das schon den ganzen Abend. Ist das …?«, murmelt Hope in mein Ohr.

Ich schaue über Hopes Schulter. »Antonia auf Oliver, ja.«

Hope und ich stehen am selben Platz wie vor unserem Tanz. Nur mit dem Unterschied, dass uns Stella und Daniel mit ihrer Anwesenheit beehren.

»Warum sind sie hier? Ich meine, das findet doch sicherlich keiner gut, was da läuft.«

»Ich habe jeden gebeten, sich da rauszuhalten und Oliver neutral zu behandeln. Und sie ist jetzt nun mal seine Freundin. Bei uns wird im Normallfall keiner ausgegrenzt.«

»Du bist wirklich viel zu nett, Liam. Viel zu nett. Würde mir jemand das antun, würde sich mein ruhiges Gemüt wahrscheinlich in den Teufel höchstpersönlich wandeln.«

Ganz nach dem Motto: Nenne niemanden zu oft, den du nicht herbeirufen willst, kommt meine Ex mit Oliver auf uns zu.

Antonias Blick kenne ich. Sie brodelt vor Eifersucht, als sie Hope neben mir stehen sieht.

Schon damals hat jede Party, auf der wir waren, in einem Drama geendet, weil sie ihre Eifersucht nicht unter Kontrolle hat.

Antonias Brüste fallen beinahe aus dem knappen Oberteil heraus, als sie ihre Arme vor der Brust verschränkt und sich vor mir aufbaut.

»Was willst du?« Ich versuche, nicht so fies zu klingen. Ihre Anwesenheit und das hochtrabende Geklimper ihrer falschen Wimpern nerven mich.

Antonia behandelte mich oft wie Dreck, aber es gab auch Momente, in denen es gut zwischen uns lief. Wenige, aber es gab sie.

Mit Hope hingegen habe ich jetzt schon weitaus mehr schöne Zeiten erlebt als mit dieser Tyrannin in fast einem Jahr.

Antonia würde am liebsten jeden nach ihrer Pfeife tanzen lassen. Je nach Laune entscheiden, wer sich ihr nähern darf und wer nicht.

»Was ich will? Mir mal deine Nächste in der Liste ansehen?« Antonia atmet hörbar ein und aus.

Die Nächste? Schon für diesen Satz könnte ich dieser eifersüchtigen Furie ins Gesicht lachen. Im Gegensatz zu ihr lassen sich meine Beziehungen an einer Hand abzählen.

Bei Antonia hingegen reicht nicht mal ein Reisebus. Aber ich nehme mich zusammen. Wie Hope schüttle ich nur verständnislos mit dem Kopf.

»Und gefällt dir, was du da siehst?«, gleitet es Hope unerwartet aus ihrem Mund. Die sonst so sanfte Stimme klingt gereizt.

Mich hingegen bringt Antonias abwertender Blick gegenüber Hope völlig in Rage. Als wäre sie ein ungenießbares Stück Fleisch.

»Mir muss es ja nicht gefallen. Aber du spielst definitiv nicht in meiner Liga«, schnalzt sie abfällig mit der Zunge.

Was fällt dieser respektlosen Person überhaupt ein? Anstatt ihrer Wege zu gehen, muss sie jeglichen Hass in sich nach außen drücken.

Nicht jeder hält Antonias stechendem Blick stand. Hope hingegen schmettert ihr die wütendste Miene, die ich jemals an ihr sah, entgegen.

»Sehe ich ähnlich. Denn ich kann meine Finger bei nur einem Mann lassen. Die Liga ist dir ja anscheinend zu hoch.«

Wow. Das hat Hope nicht wirklich gesagt, oder? Die Augen von Daniel und Stella weiten sich, während ich es nun nicht mehr zurückhalten kann und höhnisch zu lachen beginne. Der Spruch hat auf jeden Fall gesessen und war sowas von nötig.

Ich erkenne in Antonias Mimik, wie gedemütigt sie sich in diesem Moment fühlt.

»Du kleines …«, faucht sie Hope an, was mich alarmiert, meinen Körper schützend vor sie zu stellen. »Du hast es ihr erzählt? Wie lang seid ihr bitte schön zusammen, dass sie es erfahren muss?« Antonia funkelt erst mich und dann Hope wütend an, bevor sie ihre Hände zu Fäusten ballt.

»Wüsste nicht, was dich das angeht«, erwidert Hope missachtend.

Es fühlt sich schön an, wenn Hope nicht abstreitet, dass wir ein Paar sind.

»Oliver, komm. Wir gehen! Die Party ist sowieso ein absoluter Reinfall.« Aufgebracht schnappt Antonia nach Luft. Und wieder macht sie uns allen eine Szene, die filmreif ist.

Oliver, der sich das ganze Spektakel von außen mit angesehen hat, denkt nicht daran, seine „Freundin“ zu begleiten. »Geh du schon mal vor. Ich bleibe noch ein Stück.«

»Was hast du gerade gesagt?« Antonia kreischt ihn so laut an, dass sich nun jeder zu uns dreht.

»Nur weil du so rumzickst, gehe ich bestimmt nicht von der Party und lass mir den Abend von deinen Launen versauen.«

»Du bist ein Dreckskerl, Oliver! Ein richtiger Dreckskerl!« Wie eine Furie baut sie sich auf und schreit ihn an. Für einen kurzen Moment denke ich, sie würde ihre Handflächen sprechen lassen. Doch sie stampft rasend vor Wut auf ihren hochhackigen Schuhen nach draußen. Natürlich lässt sie es sich nicht nehmen, die Haustür übertrieben zuzuknallen.

»Die ist ja eine hysterische Hexe«, stellt Hope schockiert fest.

»Ist sie. Definitiv.« Was mich fast ein Jahr an dieser Person gehalten hat, weiß ich bis heute nicht. Ich müsste Oliver fast dafür danken, dass er mir einen Grund geliefert hat, mich von ihr zu trennen.

»Ich konnte sie noch nie leiden! Diese Frau ist so abartig«, zischt Stella.

»Hut ab, Hope. Den Dämpfer hat sie gebraucht, um von ihrem hohen Ross runterzukommen.« Daniel grinst, während Hopes Blick sich keineswegs lockert.

»Wo ist das Badezimmer? Ich muss mir kurz meine Wut von den Händen waschen«, murmelt sie.

»Ich zeige es dir. Muss nämlich auch mal.« Bevor ich etwas sagen kann, packt Stella sie am Arm und spaziert mit Hope den Flur entlang.

»Liam? Die Frau hat wirklich klasse. Sieh zu, dass du es nicht verbockst«, klopft mir Daniel freundschaftlich auf die Schulter.

»Habe ich definitiv nicht vor«, grinse ich in mein Bier hinein, als ich es am Mund ansetze.

Bis sie ins Bad verschwindet, ist meine ganze Aufmerksamkeit auf Hope gerichtet. Sie ist viel zu schön, um wahr zu sein. Und den ganzen Abend frage ich mich, wie eine Frau in solch schlichten Klamotten so übertrieben heiß aussehen kann?

Wenn ich nach rechts schiele, sehe ich, welcher Dreckskerl ihren Körper noch anglotzt. In diesem Augenblick wünsche ich mir, Oliver nicht so gut zu kennen, wie ich es leider tue. Denn ich weiß, was in seinem bescheuerten Schädel vor sich geht.

»Hey, Bro. Die Kleine gefällt mir«, stößt mich Oliver mit dem Ellenbogen von der Seite an, als wäre nie etwas zwischen uns vorgefallen.

»Was willst du? Du solltest deiner Furie lieber hinterherrennen.« Ich versuche, sein dämliches Getue zu ignorieren. Ich weiß, wohin es mich sonst führt.

Reiß dich zusammen, Connor, und lass dich von dem kindischen Gehabe ja nicht provozieren!

»Ich glaube, ich sollte eine Entschuldigung aussprechen. Du weißt schon. Wegen der Sache mit Antonia. Also, es tut mir leid.«

»Lass stecken. Dieser Auftritt von eben zeigt mir, wie wunderbar ihr zusammenpasst. Weder sie noch du haben eine Ahnung, was Loyalität bedeutet. Ihr wandert auf der Welt und glaubt, alles dreht sich um euch«, entgegne ich verachtend.

»Komm Bro, deine Neue ist echt verdammt heiß und die Narben im Gesicht macht sie nur noch heißer. Du hättest sie nicht, wenn ich dir diese Furie nicht abgenommen hätte.« Falsch Oliver. Früher oder später wäre ich selbst auf den Trichter gekommen. »Ich würde zu gern wissen, wie deine Kleine im Bett auf- und abgeht.« Oliver lacht gchässig.

Erst seit kurzer Zeit, damit meine ich ungefähr zwei Jahre, hat Oliver angefangen, dreiste Sprüche über Frauen zu reißen. Abwertend und respektlos. Er behandelt sie wie Ware. Und wenn er seinen Willen bekommen hat wie Abfall.

Die Charaktereigenschaft, die er sich angewöhnt hat, habe ich seither verachtet. Keine Ahnung, was mit ihm los ist. Keine Ahnung, wo er den anständigen Teil seines Hirnes verloren hat.

Oliver wurde immer unverschämter. Selbst seinen Freunden gegenüber.

Dennoch habe ich stets das Gute in ihm gesehen. Konnte nicht glauben, dass der loyale, treue und aufrichtige Freund verschwunden war.

Ihn mit Antonia zu sehen, bewies mir, welches Arschloch aus meinem ehemals besten Freund geworden ist.

»Hör auf, so abschätzig über Hope zu reden! Sie hat genug in ihrem Leben über sich ergehen lassen müssen und hat es nicht verdient, dass sie sich sowas nun auch noch antun muss. Sie ist keine von deinen Verflossenen.« Ich weiß, dass Hope etwas Grausames durchmachen musste.

»Noch nicht.« Zwei Wörter und ein dämliches Grinsen, was das Fass zum Überlaufen bringt. Seine Worte lassen meine Gesichtszüge erstarren, meine Muskeln spannen sich schmerzhaft an.

»Alter, was? Wage es ja nicht, sie anzufassen!« Ich plustere mich auf.

Schon allein der Gedanke, Hope könne von seinen abscheulichen Grabschern belästigt werden, bringt mich zur Weißglut.

»Sonst was?« Er schüttelt lachend den Kopf. Nicht bewusst, welche Wut es in mir auslöst.

Ich scheiße auf die jahrelange Freundschaft, die uns einst verband.

»Sonst schlage ich dir dein ekelhaftes Grinsen aus der Fresse. Provoziere das nicht. Was bist du überhaupt für ein Dreckssack geworden, mhm?« Ich stehe kurz davor, die Fassung zu verlieren, und denke im Moment nur daran, ihm den Kiefer zu entzweien.

»Ach, komm schon. Hab dich nicht so.« Sein provokantes Grinsen entweicht nicht annähernd aus seiner dreckigen Visage. Schwungvoll drücke ich Oliver gegen die Wand hinter ihm und lege meine Hand an seinen Hals. »Du solltest dringend aufpassen, was du sagst.«

»Was muss sie dir bedeuten, wenn du so einen Aufstand wegen ihr machst.« Olivers Stimme bricht ab, weil ich den Druck auf seine Kehle verstärke. Noch wenige Sekunden länger und ich mache den Typen bewusstlos.

Doch bevor es soweit kommt, klemmt sich Hope zwischen Oliver und mich. Umgehend legt sie ihre Hände um meine Wangen und sucht meinen Blick. Bilde ich mir das nur ein oder sind ihre Augen dunkler geworden?

»Liam, hör auf! Es gibt nicht annähernd einen Grund, sich an ihm die Finger dreckig zu machen!«

»Wenn er noch einmal überhaupt daran denkt, dich anzufassen, dann vergess ich mich«, wüte ich.

»Sieh mich an!« Ich kann nicht. »Los, mach schon!« Der sanfte Klang ihrer Stimme ist zurückgekehrt und saugt mich an ihren Mund. »Ich würde mich niemals, wirklich niemals, auf jemanden wie ihn einlassen. Hörst du? Deswegen musst du mich auch nicht vor ihm beschützen.«

Das weiß ich doch, Hope. Nur macht es mich aggressiv, wenn er so von dir spricht. Nur allein der Gedanke, er könnte dich anfassen …

Hopes wunderschöne große Augen sehen mich an und irgendwie schafft sie es, dass sich mein Puls akklimatisiert. Ich lasse von Oliver ab und schubse ihn aus der Tür in den Flur hinein. »Sieh zu, dass du verschwindest!«

Hastig ringt er nach Luft und ohne ein Wort schwankt er rückwärts die Haustür hinaus.

»Gehts dir gut?«, fragt mich Hope.

Ihre Rücksichtnahme habe ich sowas von überhaupt nicht verdient.

Ich nicke nur und verachte mich selbst dafür, dass Oliver es geschafft hat, mich so in Rage zu bringen. Ich kann Hope nicht mal vernünftig in die Augen sehen.

»Hey, Liam. Bitte hör auf, meine Blicke zu ignorieren.«

»Ich fasse es nicht, dass mich dieser Typ so aus der Fassung gebracht hat«, zische ich.

»Verständlich, mit dem, was er sich in der Vergangenheit erlaubt hat. Oliver ist jemand, der glaubt, dass er sich einfach nehmen kann, was ihm gefällt. Und ich bin jemand, der ihm gern zeigen würde, dass er einfach nur ein widerlicher Dreckskerl ist, der von Loyalität und Treue keine Ahnung hat. Solche Menschen machen mich genauso wütend wie dich. Nur sollte man sich immer wieder einreden, dass sie es einfach nicht wert sind.« Ihr rechter Mundwinkel hebt sich leicht nach oben und nicht eine Sekunde nimmt sie ihren Blick von mir.

Hope streift mit ihren Fingern durch mein Haar. Und verdammt, fühlt sich das gut an. »Also beruhig dich und hab Spaß. Denn dafür sind wir hier.«

Unsere Augen verkeilen sich ineinander. Und mehr denn je wünsche ich mir, dass sie mich küssen würde. Aber sie tut es nicht, obwohl sie meine Lippen genauso fixiert wie ich ihre.

»Ich glaube, der Abend ist für mich gelaufen«, erwidere ich.

»Bist du dir sicher?«, fragt sie.

»Bin ich.«

»Mhm. Du hast gesagt, wir können einfach abzischen, wenn uns danach ist.«

»Habe ich und mir ist so ziemlich danach.«

»Dann lass uns nach Hause gehen und irgendetwas machen, was dich auf andere Gedanken bringt. Lass uns einen käseüberfluteten Burger in uns reinstopfen und uns noch mehr Bier in den Magen kippen. Wir lassen uns wegen so einem Spinner nicht den Abend versauen, der bisher doch ganz gut lief«, schmunzelt sie.

Und wieder frage ich mich, wo diese Frau nur mein ganzes Leben lang gewesen ist? »Du bist die Beste, Hope Green.« Das Beste.

Und ich verliebe mich von Tag zu Tag mehr in dich! Nur habe ich keine Ahnung, wie ich es dir sagen soll.

»Um das beurteilen zu können, kennen wir uns zu kurz, Mr. Connor«, stichelt sie und knufft mir spielerisch in den Bauch.

»Und dennoch reicht es aus!«

Es reicht aus, um wissen zu können, dass du mir mehr bedeutest, als dir selbst klar ist.

22

Hope

Wärme durchflutet meine Brust und ich lehne mich auf der Couch zurück, während Liam den Flyer des Lieferservice holt. Er tippt die Nummer des Lieferanten in sein Handy, bestellt und lässt mich dabei nicht eine Sekunde aus den Augen. Seine Mundwinkel wandern nach oben und meine mit ihnen, als würde mein Körper so langsam immer genau das tun, was seiner macht. Und je bewusster mir das wird, desto mehr fürchte ich mich davor.

Die größten Partys, auf die ich mit Sam ging, waren Familienfeiern. An einen gemeinsamen Tanz war nicht annähernd zu denken. Obwohl mich Sam zig Mal darum gebeten hat. Jedes Mal akzeptierte er meine Ablehnung wie ein Gentleman. Und wahrscheinlich überkam mich deswegen das Gefühl von Verrat, als ich mit Liam auf diese Party ging. Denn er schaffte es, mich dazu zu überreden, woran Sam in acht Jahren immerzu scheiterte.

Ob ich solche Dinge nun meinetwegen tue, weil ich mich verändern will, oder es daran liegt, dass sich Liam immer tiefer in mein Herz schleicht, weiß ich nicht.

Ich wusste, dass die Party alles in mir verändern würde. Spätestens heute Abend musste ich mir eingestehen, dass Liam mehr ist als nur ein Freund, den ich in Nashville kennengelernt habe. Er ist es, der mich aus meiner monatelangen Dunkelheit rausholt und mein Leben rettet. Und das jeden Tag ein wenig mehr.

Nachdem wir zu Hause angekommen waren, haben wir eine kurze Runde mit Barcley gedreht. Schon während ich die Treppen hinauflief, tippelte er in der Wohnung aufgeregt hin und her. Jetzt liegt er friedlich auf Liams Couch neben mir.

Ich erwische mich selbst dabei, wie ich jeden Schritt von Liam beobachte. Fast verrückt und durchgeknallt, dass ich nicht eine Sekunde meinen Blick von ihm abwenden kann. Irgendwann wird er wissen wollen, warum ich ihn wie eine Bekloppte anstarre.

Liam legt sein Handy auf den Couchtisch und setzt sich neben mich. Ich werde nervös und kaue wie wild auf meiner Unterlippe herum. Fast fließend legt er seinen Kopf auf die Lehne der Couch und dreht sich zu mir.

»So, was machen wir jetzt, bis unser Überlebenspaket kommt, Miss Green?« Ich verfolge jede Bewegung seines Mundes wie eine Süchtige. Dabei weiß ich, dass ich das nicht tun sollte. Denn Liams

Stimme schleift wieder ein Stück der Mauer um mein Herz ab.

Er hebt einen seiner Mundwinkel und bringt mich damit zum Schmelzen. Mit Abstand sind seine Lippen die schönsten, die ich jemals gesehen habe. Sie liefern mir nicht ohne Grund lustvolle Vorstellungen im Kopf.

»Wir könnten ...« Der Kloß in meiner Kehle wird dicker. Verkrampft versuche ich, dieses nervige Elend runterzuschlucken, was mir nur bedingt gelingt.

»Was könnten wir?« Seine grünen Augen sehen in meine. Abwartend und dennoch verheißungsvoll. Liam muss schleunigst aufhören, mich so anzusehen. Damit richtet er nur ein riesengroßes Durcheinander in mir an. Naiv zu glauben, er wüsste nicht längst, welche Wirkung er auf mich hat. »Einen Film einlegen.« Diese Worte auszusprechen, fühlt sich an, wie die reinste Quälerei. Denn im Moment ist mir nach etwas ganz anderem. Der Gedanke daran beschert mir Gänsehaut am ganzen Körper.

Was mit Sicherheit nicht an dem geringen Alkoholpegel in meinem Blut liegt.

Ich kann gerade selbst nicht verstehen, weshalb ich solche Absichten überhaupt in Erwägung ziehe. Was ist nur los mit mir?

»Stimmt. Das könnten wir«, erwidert Liam, ohne nur einmal seine intensiven Blicke von mir zu lösen.

»Das sollten wir sogar«, flüstere ich mit leichtem Zittern in meiner Stimme.

»Vielleicht sollten wir das, ja«, flüstert er genauso leise wie ich.

Und da ist es wieder. Die gleiche Reaktion unserer Körper. Nur wirkt er dabei so viel selbstbewusster als ich.

Gott, wieso ist er nur so schön? Ich bin mir sicher, dass er noch nie besser aussah als in jenem Augenblick.

Es ist falsch, Hope! So falsch! Hör auf, nur daran zu denken und es überhaupt in Erwägung zu ziehen!

Und wieder blocken mein Kopf und mein Herz jegliches Wort ab, das schlichtweg gelogen wäre.

Wie ihm verschlägt es mir die Sprache. Nur aus vermeintlich völlig verschiedenen Gründen.

Ich sage nichts, weil in meinem Kopf alles wie weggeblasen ist. Kein Gewissen, das mich quält. Keine Angst, die mich überkommt.

Liam sagt kein Wort, weil er vermutlich darauf wartet, was passieren wird. Er mit keiner Silbe den Moment kaputt machen will.

Im Gegensatz zu ihm weiß ich, was gleich passiert. Weil ich es jetzt unbedingt will und er hoffentlich auch.

Fest steht, mein Herz hat mich den ganzen Abend in diese Richtung gelenkt. Es hat meinen Kopf ruhiggestellt und wiederholt mit der Wahrheit konfrontiert.

Ich, Hope Green, bin in Liam Connor verliebt. Wie schwer lässt sich schlecht feststellen. Doch es reicht, dass sich mein Körper verselbstständigt und sich immer enger an Liams Brust presst. Bedenkenlos greifen meine Hände in sein Shirt. Er lässt es zu, was mir Gewissheit schenkt, dass er es auch will.

Sanft streicht Liam mir eine Strähne aus dem Gesicht. »Ich würde dich wahnsinnig gern küssen, Hope Green.« Meine Wangen glühen und mir wird warm.

»Wieso tust du es dann nicht?« Ich beiß mir auf die Zunge, will die Worte wieder zurücknehmen, sage aber kein Ton mehr.

Und, obwohl sich die Sekunden des Wartens wie Stunden anfühlen, antwortet Liam. Doch nicht mit Worten.

Liams Lippen finden endlich meine. So zaghaft, dass ich mich völlig darin verliere. Ich hatte nie eine Vorstellung davon, wie er schmecken könnte. Aber wenn ich eine gehabt hätte, würde dieser Moment sie sicherlich übertreffen.

Unsere Zungen harmonieren perfekt miteinander, unsere Herzen schlagen im selben Takt.

Liam schmeckt so verdammt süß.

Wie ein Kakao im kalten Schneegestöber.

Wie Ostern und Weihnachten zusammen.

Wie der beste Kuss meines Lebens.

Mit einem Satz hat er mich gepackt und auf seinen Schoß gesetzt.

Liam seufzt in meine Mundhöhle, als verzehre er sich schon viel zu lange nach mir. Als erlöse ich ihn von einer bittersüßen Folter.

Seine Hände liegen auf meinen Hüften, während ich mich in sein Haar kralle. Unbewusst presse ich meine

Brüste noch enger gegen seine Brust und ich spüre, wie Liam unter mir hart wird.

Zärtlich küsst er mein Kinn und arbeitet sich langsam zu meinem Hals, sodass ich gezwungen bin, den Kopf seufzend in den Nacken zu legen. Liam sorgt dafür, dass sich die winzigen Härchen auf meinen Armen aufstellen.

Von Sekunde zu Sekunde merke ich, wie ich das brauche. Wie ich ihn brauche und wie mein Herz sich danach gesehnt hat.

Ich lege mein Gesicht an seinen Hals, inhaliere seinen Duft und fühle mich seit Monaten das erste Mal vollkommen geheilt.

Er packt mich stärker bei den Hüften und ich verfalle tiefer in den Rausch des Verlangens. Ein heißer Schauer läuft über meinen Rücken, bis er vom Läuten der Wohnungsklingel gedämmt wird.

»Verdammt«, raunt Liam in meinen Nacken.

Ich hingegen kichere ungewohnt frei in sein Haar, das völlig zerzaust ist.

Das Klingeln ertönt erneut.

»Du solltest an die Tür gehen«, murmle ich.

Liams Hände ruhen auf meiner Taille, seine Stirn liegt an meiner. Seine Berührung sorgt für ein wunderbares Kribbeln auf meiner Haut.

»Sollte ich«, erwidert er.

Erneut nähern sich Liams Lippen meinen, und als er meinen Mundwinkel küsst, stockt mir der Atem. Alles explodiert in mir.

»Dann sollte ich dich aufstehen lassen.« Ich versuche, mir die Enttäuschung nicht anmerken zu lassen, was mir wohl nur teilweise gelingt. Mein Braun findet sein Grün. Die Ekstase in ihm ist unübersehbar.

»Dann solltest du mich aufstehen lassen.« Liam streift mir erneut eine verirrte Strähne aus dem Gesicht und schiebt sie hinter mein Ohr.

»Hast du verlernt, eigene Sätze zu bilden, Connor?«, grinse ich. So wie es aussieht, hat nicht nur er eine anziehende Wirkung auf mich.

Ich mag mich kaum weiter hineindenken, wie gut es sich anfühlt, von jemandem so begehrt zu werden. Ich vermisse es, geliebt zu werden. Vermisse es, die Nähe eines Mannes um mich zu haben. Das Gefühl ging mir fast verloren, obwohl ich es acht Jahre durchlebte. Nur war es die letzten Monate wie weggeblasen.

»Ich habe verlernt, eigene Sätze zu bilden.« Frustriert und dennoch lächelnd, lehnt er seinen Kopf nach hinten.

Auch wenn weder er noch ich es gerade wollen, gebe ich ihm einen Anstoß und gleite langsam von seinem Schoß hinunter.

Erneut sieht er mich lächelnd an. Wortlos wandert seine Hand zu meinem Kinn. Mit seinem Daumen streichelt er vorsichtig über das Ende meiner Narbe. Ohne dass es sich für mich eigenartig anfühlt.

Liam ist der Erste, den ich das schreckliche Mal meiner Vergangenheit berühren lasse. Dass es mir so gut dabei geht, ist überraschend.

Dann küsst er mich fast flüchtig auf meine Nasenspitze und steht widerwillig auf. Er schlendert in die Küche, nimmt sich sein Portmonee von der Arbeitsplatte und läuft zur Wohnungstür. Mittels Gegensprechanlage lässt er den Lieferanten ins Treppenhaus.

»Stimmt so«, schallt Liams raue Stimme durch den Flur. Merklich hörbar, dass Liam sich so langsam wieder fängt.

Ich ziehe meine Beine auf die Couch und knabbere schmunzelnd am Nagel meines Daumens.

Mein Grinsen ist noch immer nicht verflogen, als er das Wohnzimmer mit zwei riesigen Papiertüten betritt. Es wird nur breiter.

»Was grinst du so?« Neugierig sieht Liam mich an.

»Nichts«, murmle ich kichernd.

Was zwischen uns passiert ist, lasse ich unkommentiert. Jedes Wort darüber würde den Zauber nur schwinden lassen. »Ich habe nur Hunger. Her mit den Tüten!« Ich strecke meine Hand nach einer Tüte aus.

»Stets zu Diensten, Miss Green.« Liam reicht mir eine Tüte mit schätzungsweise sechs Burgern, die quer übereinander liegen. Cheeseburger, Hamburger, Baconburger.

»Was, keine Pommes?«, frage ich schockiert.

Ich liebe Pommes. Burger ohne Pommes ist wie Schokolade ohne Zucker. Nur halb so gut.

Liam öffnet die Tüte vor seiner Nase und zieht eine Pommes heraus. Wortlos und fies grinsend streckt er sie mir entgegen.

»Nur eine?« Ich boxe ihn sanft gegen den Oberarm.

»Ich würde ja sagen, du musst dir jede einzelne verdienen. Aber bei uns bin wohl ich derjenige, der sich gewisse Dinge verdienen muss«, stichelt er.

»Gut möglich«, zwinkere ich ihm zu.

Ich habe mich die letzten Monate nie freier gefühlt.

23

Liam

Allein wenn ich daran denke, explodiert mein Bauch. Ich versuche, mich zusammenzureißen, aber ich kann mich nicht eine Sekunde auf etwas anderes konzentrieren.

Noch zu sehr spüre ich ihre Lippen auf meinen. Sie schmeckt wie die leckerste Schokoladentorte der Welt. Und eigentlich noch so viel besser. Ich wusste es.

Selbst der Burger in meiner Hand kann den Geschmack von ihr nicht übertünchen.

Als dann schließlich ihre sanfte Erscheinung auf mir saß, war ich kurz davor, all meine Selbstbeherrschung zu verlieren, die ich mir die letzten Wochen aufgebaut habe.

Am liebsten wären meine Hände unter ihr Shirt gewandert. Aber ich möchte sie in allem den ersten Schritt machen lassen. Nur so kann ich sicher sein, dass sie es wirklich will.

Meine Zunge brennt darauf, ihre Nippel lüstern zu umkreisen und einzusaugen.

Das Verlangen nach ihr klingt nicht ab und alles an mir will genau dort weiter machen, wo wir aufgehört haben. Von meinem Ding da unten mal ganz abgesehen.

Nur allein, wenn ich zu scharf an die ungezügelte Spannung zwischen uns denke, steht er wieder wie eine Eins.

Musste der verfluchte Lieferservice genau im intensivsten Moment reinplatzen?

Hope war bereit. Ich habe es gespürt. Ich habe sie gespürt und meine Härte hat sie nicht annähernd zurückgeschreckt.

Dass sie mich eines Tages einmal küssen würde, habe ich immer gehofft. Aber dass es heute passiert, damit hätte ich nie gerechnet.

Mir war klar, wie verdammt gut sich ihre Lippen anfühlen würden. Doch so gut, dass mein ganzer Körper mit jeder Berührung explodiert, ist selbst mir neu.

»Ich weiß, was ich uns einschalte. Wird dir gefallen«, sage ich selbstsicher.

»Denkst du, ja?«

»Du hast nicht richtig zugehört, Miss Green. Ich weiß es!«

Nur um mich selbst abzulenken, öffne ich den Serienordner und klicke mich bis zu *How I Met Your Mother* durch. Ich muss dringend etwas anderes sehen. Denn wenn ich sie weiter so anstarre, verliere ich nicht nur die Kontrolle über mich. Hope rennt mir wahrscheinlich noch davon, weil sie mich für einen irren Freak hält.

Sie auch nur beim Essen zu beobachten, macht meinen Körper schier haltlos.

»Gefällt mir wirklich«, murmelt sie.

Ich grinse stolz.

Der Vorspann beginnt und Hope ruht mit angewinkelten Beinen auf der Couch. Ihr Kopf liegt auf meinen Beinen.

Als wäre es das Normalste der Welt.

Eine Pommes nach der anderen führt sie sich in ihren Mund, während sie gespannt die Serie verfolgt.

Meine linke Hand wandert pausenlos durch ihr Haar, während sie meine rechte Hand in ihrer hält.

Als wäre es das Normalste der Welt.

Wie dumm zu glauben, die Serie könnte mich von ihr ablenken. Anstatt mich darauf zu konzentrieren, muss ich ständig jeden Zentimeter ihres Gesichtes beobachten. Als gäbe es morgen keine Möglichkeit mehr dazu. Sie ist viel zu vertieft, um es mitzubekommen.

Ich liebe es, wenn sich ihre Augen lachend zusammenziehen, sobald Barney auf eine irrsinnige Aufreißer-Idee kommt. Ich liebe es, wenn sie Robins selbstverliebtes Getue belächelt. Ich liebe ich es, wenn sie nachdenklich Teds hartnäckige Suche nach der Richtigen verfolgt.

Doch wenn sie Lilly und Marshall beobachtet, sehe ich den tobenden Sturm in ihren Augen, der sie einfach nicht in Ruhe lassen will.

Noch mehr denn je, wünsche ich mir, Hope Green heilen zu können. Denn wahrscheinlich wird sie sich sonst nie vollkommen auf mich einlassen.

Hope Green, was zur Hölle machst du da mit mir? Ich hoffe, du bist nicht mein Untergang.

Hope ist friedlich auf meinen Beinen eingeschlafen. Sie ließ sich nicht wecken, sodass ich ihren schmalen Körper nach langem Überlegen in mein Schlafzimmer getragen habe. Hoffentlich nimmt sie es mir morgen nicht übel.

Ich hätte Hope auf der Couch liegen lassen können. Aber sie neben mir zu haben, fand ich die weitaus schönere Variante.

Um sie nicht zu bedrängen, beziehe ich mir ein zweites Kissen sowie eine zweite Bettdecke und lege mich mit gewissen Abstand neben sie.

»Barcley, komm.« Sollte Hope heute Nacht aufwachen, darf sie sich nicht unwohl fühlen. Und wahrscheinlich kann ihr nur das kleine Fellknäuel ein Gefühl von Sicherheit schenken. Daher klopfe ich auf das Bett und gebe Barcley die Erlaubnis, aufzuspringen.

Er legt sich zwischen Hope und mich. Man könnte annehmen, er entscheidet, wie weit ich mich ihr nähern darf, wenn Hope selbst nicht in der Lage dazu ist.

Aber es soll mir recht sein. Denn mir ist nicht entfallen, dass Barcley einen großen Teil dazu beiträgt, mich tiefer in ihr Herz zu schleichen.

Ich schließe die Augen und weiß schon jetzt, dass das Klopfen in meiner Brust mir nur bedingt Schlaf gewähren wird.

24

Hope

Viel zu müde, um die Augen zu öffnen, ziehe ich die Decke bis unter meine Nase. Ich rieche seinen Duft und bin mir sicher, dass es nicht nur am Bezug liegt. Überall in diesem Raum klebt sein Geruch. Was logisch ist, da ich noch immer bei ihm bin. Und die Erkenntnis macht mich irgendwie glücklich. Ich grinse in den Stoff hinein.

Heute Nacht habe ich von Sam und Mila geträumt. Es war kein schlimmer Traum, hatte nichts mit dem Unfall zu tun. Wir saßen am Meer und haben rumgealbert.

Im Moment daran zu denken schmerzt. Aber nicht mehr so schlimm wie vor wenigen Wochen. Diesmal drückt es mir nicht die Kehle zu oder lässt mich unaufhaltsam losweinen.

Es ist ganz normal, dass es immer weh tun wird. Sam wurde viel zu früh aus dem Leben gerissen und das Schicksal gab Mila nicht einmal die Chance auf ein Leben.

Ich versuche, damit weitestgehend vernünftig umzugehen. Und seit ein paar Tagen gelingt es mir recht gut.

Ich habe mir und auch Sam versprochen, es zu versuchen. Ich will versuchen, wieder glücklich zu sein und mein Leben zu lieben. Ich weiß, dass er von oben auf mich herabblickt und mir einen kräftigen Applaus zollt, dass ich letzten Abend in so vielen Dingen über meinen Schatten gesprungen bin. Auch wenn ich es mit ihm nicht konnte, würde er mich dafür niemals verurteilen.

Er würde mir wahrscheinlich sagen: *Man entwickelt sich immer weiter, Hope. Man bleibt nie auf der Stelle stehen, wenn man es nicht will.* Oder sowas wie: *Genieße das Leben. Habe Spaß. Trauere, aber nicht nur. In deinem großen Herzen ist noch mehr Platz als nur für mich und Mila. Irgendwann sollst du wieder lieben, denn was ist unser Leben ohne die Liebe schon?*

Das ist nichts, was ich mir einrede, um mein schlechtes Gewissen beiseitezuschieben. Sondern nur das, worin ich mir sicher bin. Denn Sam war so selbstlos, dass er immer nur an mich gedacht hat. Hauptsache, mir geht es gut. Hauptsache, ich bin glücklich. Hauptsache, ich genieße. Es hat mir nicht immer gefallen, weil ich damals glaubte, dass er zu kurz kommen könnte. Aber so war es nie.

Es hat nach seinem Tod lange genug gedauert, zu kapieren, dass mein Leben nicht vorbei ist. Sam und

Mila aus meinem Herzen zu verbannen, wird nie passieren. Aber ich glaube, dass darin wirklich weitaus mehr Platz ist.

Der Schleier über meinen Augen legt sich. Ich brauche nicht lange, um mich zurechtzufinden, und dennoch wundere ich mich, was ich in Liams Schlafzimmer zu suchen habe.

Ich grüble und versuche, das Puzzle der letzten Nacht zusammenzusetzen.

Puzzlestück Nummer eins: Liam und ich haben uns geküsst. Nicht nur. Ich bin regelrecht über ihn hergefallen.

Wie ich in sein Kissen grinse, ist nicht normal.

Puzzlestück Nummer zwei: Wir haben uns weitere Folgen von *HIMYM* reingezogen.

Puzzlestück Nummer drei: Ich bin eingeschlafen. Auf ihm.

Aber eine Frage bleibt: Wie komme ich hierher? Hat mich mein Verlangen so unter Kontrolle gehabt, dass ich unbewusst zu ihm gelaufen bin? Ich hebe hektisch die Bettdecke an und ignoriere den rasenden Herzschlag in meiner Brust. Ich habe dieselben Klamotten an wie gestern. Ich bin weder nackt noch in Unterwäsche. Als würde ich vergessen, wenn wir weiter gegangen wären.

Schon allein wenn ich an Liam denke, ist mein Körper nicht der, den ich kenne. Und dennoch genieße ich es.

Mein suchender Blick gleitet durch das kahle Schlafzimmer. Kein Liam. Kein Barcley.

Mit den Handflächen reibe ich mir die Augen und sehe den verschmierten Mascara auf meiner Haut. Hilfe, hoffentlich sehe nicht aus wie ein Waschbär auf Drogen.

Durch die Wände höre ich ein Klirren, das mich animiert, aufzustehen. Mit dem strahlendsten Lächeln, das ich in den letzten Monaten auf den Lippen hatte, laufe ich durch den Flur und folge den Geräuschen.

Gemächlich gehe ich zur Küchentür und trete hinein. Barcley erblickt mich sofort. Aufgeregt tänzelt er um mich herum, als hätten wir uns Monate nicht gesehen. Ich gehe in die Hocke und wuschle über sein schwarzes Fell. »Na, Barcley. Hast du gut geschlafen?«

»Guten Morgen, wunderschöne Hope Green.« Ich sehe auf und erblicke Liam, der dabei ist, zwei Tassen aus dem Schrank über sich herauszuholen.

Wunderschön? Liam, muss blind sein. Obwohl ich noch keinen Blick in den Spiegel geworfen habe, weiß ich, dass mein Erscheinungsbild im Moment alles andere als wunderschön ist. Akzeptabel vielleicht.

»Guten Morgen«, erwidere ich lächelnd. Mein Herz tanzt hinter meinem Brustkorb, im Einklang mit seinen Mundwinkeln.

Liam, schön wie eh und je. Seine blonden Haare sind völlig verstrubbelt und am liebsten würde ich durch sie hindurchfahren, um sie ein wenig zu ordnen. Nicht weil er dann besser aussieht, denn das ist unmöglich. Sondern allein, um einen Grund zu haben, ihn wieder anzufassen.

Während ich noch immer in meiner Jeans vom Vorabend stecke, hat er sich eine bequeme Jogginghose angezogen. Das lässige weiße T-Shirt mit V-Ausschnitt lässt mich wieder mehr Kopfkino empfinden, als gesund für meinen Kopf ist. Es lässt mich träumen. »Ja, hat er.«

»Wer hat was?«, fragend hebe ich mein Kinn in die Luft. Ich habe den Faden verloren, was ich seinen smaragdgrünen Augen zu verdanken habe. Sie sind definitiv nicht von dieser Welt.

»Barcley hat gut geschlafen«, fasst Liam lächelnd zusammen.

Ich stemme mich auf die Arbeitsplatte und wackle mit meinen Beinen in der Luft. »Was mache ich hier?« Entspannt lehne ich mich ein wenig nach hinten und stütze mich mit meinen Händen auf der Arbeitsplatte ab. Ich beobachte Liam bei dem, was er macht.

»Du bist eingeschlafen«, zwinkert er mir zu.

Liam schiebt einen Teller mit frischen Croissants und Muffins in meine Nähe, die meinen Bauch sofort zum Knurren bringen.

»Ja schon. Aber warum bin ich in deinem Bett aufgewacht?«, frage ich. Gespannt auf seine Antwort.

Ich nehme mir ein Croissant und zupfe es erst auseinander, bevor ich es genüsslich in meinen Mund schiebe.

»He, die sind fürs Frühstück gedacht, ungeduldige Miss Green!«

»Du beantwortest meine Frage nicht, Connor«, tadle ich.

»Weil die Couch viel zu unbequem ist.« Liam zuckt locker mit seinen Schultern.

»Ist sie das?«, hinterfrage ich skeptisch.

»Zweifelsohne.«

»Und wie kam ich in dein Bett?«, frage ich, obwohl ich die Antwort längst erahne. Liams Körper nähert sich meinem, bis er direkt neben mir haltmacht und seine Hand sachte an mein Kinn legt. Genauso wie gestern Nacht. »Sieh dich an. Du bist nicht gerade schwer.« Mein Atem stockt. »Jetzt lass uns erstmal frühstücken.« Zärtlich streicht er mir eine Strähne hinters Ohr, was mich wieder völlig durcheinanderbringt. Er macht es zu oft und mit jedem Mal reagiert mein Herz heftiger.

»Wir sollten erst mit Barcley eine Runde gehen«, murmle ich zaghaft.

»Schon erledigt«, lächelt Liam und lässt von mir ab. Dann nimmt er den befüllten Teller und schlendert samt den Tassen ins Wohnzimmer. Ich springe von der Arbeitsplatte und folge ihm. »Was? Wann? Wir haben es nicht einmal um acht. Seit wann bist du denn schon wach?«

»Eine Weile«, erwidert er und richtet den Couchtisch an.

»Oh verdammt. Das tut mir leid.« Oh je, was habe ich heute Nacht bloß gemacht, was ihn nicht hat schlafen lassen?

»Was tut dir leid?« Stirnrunzelnd sieht mich Liam an.

»Naja, es lag sicher an mir. Hab ich mich zu breit gemacht oder hab ich vielleicht geschnarcht?« Oh mein Gott, wie peinlich.

»Keine Sorge, Hope. Ich konnte wegen dir nicht schlafen. Das ist richtig. Aber weder, weil du dich dick gemacht noch weil du geschnarcht hast. Ehrlich gesagt, hat Barcley mehr Platz eingenommen.«

»Barcley?« Er hat mit bei uns geschlafen? Liam lässt meine Frage unkommentiert. Mein Gott, muss ich kaputt gewesen sein. Wahrscheinlich haben mir meine Gefühle reichlich Energie geraubt, dass ich fast klinisch tot war.

»Es hatte andere Gründe, weshalb ich nicht schlafen konnte«, schmunzelt Liam.

»Will ich die wissen?«, frage ich misstrauisch.

»Bestimmt. Aber ich würde sie dir nicht erzählen«, stichelt er.

»Würdest du nicht?«

»Naja, wahrscheinlich doch. Jetzt setz dich und genieß das Frühstück.«

Ich hake nicht weiter nach und setze mich auf die Couch. Ich rutsche dichter an Liam heran, und als sein Körper gegen meinen stößt, kribbelt mein Bauch. Viele Schmetterlinge versammeln sich und fliegen gemeinsam los.

Als ich zu ihm schiele, spüre ich eine gewisse Anspannung, die auf seiner süßschmeckenden Zunge liegt. »Alles okay?«, frage ich ihn.

»Eigentlich schon«, erwidert er.

»Eigentlich?« Ich sehe direkt in seine bedrückten Augen.

»Darf ich dich etwas fragen? Du musst mir darauf keine Antwort geben, wenn du nicht willst«, murmelt Liam. Und das wieder mit so einer Behutsamkeit, die mir Angst macht.

»Ja?«, erwidere ich fragend.

Liams Augen finden meine. Entweder zittert er oder ich. Oder wir beide?

»Wer sind Sam und Mila?« Schock gefriert meine Adern und offenbar steht mir dieser auch ins Gesicht geschrieben. Ich sacke ein Stück zurück, als mir klar wird, auf was er mich anspricht. Wie kommt Liam denn darauf? Woher kennt er ihre Namen?

»Was?«, stottere ich. Gleichzeitig bringe ich mehr Distanz zwischen uns.

»Wer sind Sam und Mila?«, wiederholt er sich.

»Ich hab schon verstanden. Aber woher ...« Meine Stimme versagt.

»Du hast heute Nacht von ihnen geredet, im Schlaf. Du klangst traurig.« Liams Wärme weicht aus seinem Gesicht und wird mit Sorge überschattet.

»Konntest du deswegen nicht schlafen?«, ahne ich.

»Nein, daran lag es nicht«, schmunzelt er zurückhaltend. »Du musst nicht darüber reden. Es ist okay.«

Ich habe heute Nacht nicht nur von ihnen geträumt. Ich habe auch von Sam und Mila gesprochen. Wie konnte das nur passieren? Mir ist klar, dass ich es Liam sagen muss.

»Sam war mein Verlobter. Und Mila« Ihren Namen zu sagen, schmerzt mehr, als an Sams Tod zu denken. Es reißt mir ein Loch in die Brust, sollte ich nur ein Wort über sie verlieren. »Über sie kann ich nicht reden. Tut mir leid«, platzt es aus mir heraus. Wie soll ich Liam erklären, dass mir mein Mädchen aus dem Unterleib geschnitten wurde? Dass ich sie beerdigen musste, ohne die Chance gehabt zu haben, sie einmal an mich zu nehmen? Wie könnte ich das erzählen, ohne einen Nervenzusammenbruch zu erleiden?

»Ist okay«, entweicht es ihm.

Ich kann nicht deuten, wie er meine Erklärung aufnimmt.

»Ist es das wirklich?«

»Ist es wirklich«, beteuert er.

Ich sehe ihn an, um mich zu versichern, dass er meint, was er sagt.

»Hope?« Liams Stimme prallt mit Vorsicht gegen mein Gehör. Nie hörte sich mein Name so schwer an.

Was wird wohl noch in seinem Kopf herum gehen?

Da er gerade die Bestätigung bekommen hat, dass ich irgendwie kaputt bin, wäre es ihm keineswegs zu verübeln, wenn er hier haltmachen würde. Um das, was zwischen uns läuft, zu beenden. Wahrscheinlich ringt Liam mit sich, wie er mir das sagen soll.

Mit Sicherheit hat er schon vorher geahnt, dass etwas mit mir nicht stimmt. Nun aber ist ihm die Tragweite erst bewusst geworden. »Mhm?«

»Darf ich ehrlich zu dir sein?«

Liam, bitte sei es. Ich weiß es doch sowieso, was du vorhast. Beende es jetzt, bevor ich mich noch mehr in dich verliebe. Lieber jetzt einen Cut statt später, wenn es so richtig wehtut.

»Natürlich.« Ich versuche, so stark wie möglich zu klingen. Mir jede Angst kein bisschen anmerken zu lassen. Tapfer straffe ich meine Schultern.

Eine quälend lange Pause entsteht. Worauf wartet er?

Beunruhigt atmet Liam einen kräftigen Atemzug ein und stößt ihn genauso kraftvoll wieder aus. »Wirst du mir irgendwann sagen, was dich so zerbrochen hat? Jeden Tag sehe ich den tobenden Sturm in deinen Augen. Ich fühle, wie du leidest.« Mein Herz rast, mein Puls beschert mir ein Schwindelgefühl. Darum geht es?

Doch von welchem Sturm redet er? Erkennt er mehr, als mir selbst bewusst ist? Ich gebe mir doch so viel Mühe, den Schmerz zu verstecken.

»Vielleicht werde ich das. Eines Tages«, antworte ich zögerlich.

Zwischen Liam und mir kann es nur eine Zukunft geben, wenn ich ihm früher oder später von Sam und Mila erzähle. Aber ich bin noch so weit weg davon. Und damit viel zu weit weg von einer gemeinsamen Zukunft. Verliebt sein ist eine Sache. Sein Leben miteinander zu verbringen, eine ganz andere.

»Vielleicht wirst du das«, wiederholt er meine Worte. Und ich kann ein klein wenig Hoffnung aus seiner Stimme heraushören. »Ich will, dass du glücklich bist, Hope. Denn jeder Tag, an dem du nicht glücklich bist, ist ein verschwendeter Tag. Dafür ist das Leben zu kurz, weißt du?«

Und wie gut ich das weiß, Liam.

Dass er will, dass ich glücklich bin, berührt mich.

»Danke. Ich bin momentan glücklich. Seit Langem wieder«, gestehe ich mir und ihm. Liam zu sagen, dass er der Grund ist, wage ich nicht. »Darf ich dich jetzt auch etwas fragen?«

»Aber sicher. Alles, was du willst«, antwortet er.

»Das hier.« Mit meiner Hand zeige ich auf den gedeckten Tisch. »Machst du das für jede Frau?«

Eine seiner Augenbraue hebt sich in die Höhe. »Was? Nein!« Liam überkommt ein lüsternes Lachen. »Nur für die, die meinen geheimnisvollen Raum betreten dürfen.«

Jemand hämmert ununterbrochen gegen Liams Wohnungstür. Er stößt sich von der Couch ab, läuft hektisch durch den Flur und öffnet sie.

»Scheiße, Liam.« Sofort erkenne ich die quirlig dramatische Stimme. Es ist Ava.

Mist, ich habe ganz vergessen, dass sie heute wiederkommt.

»Ich finde es auch schön, dich wiederzusehen, Ava«, begegnet ihr Liam.

»Hope ist weg. Ich habe seit gestern Abend nichts mehr von ihr gehört. Sie und Barcley sind nicht in der Wohnung. Entweder ist ihnen etwas passiert, oder sie sind einfach abgehauen. Ihr Auto ist auch nicht mehr da«, spricht Ava, ohne nur einmal Luft zu holen.

Ich glaube, ich höre nicht richtig. Meinen Volvo habe ich gestern Abend eine Nebenstraße weiter geparkt, da der Räumungsdienst nicht hinterherkam und die Straße vor unserer Tür völlig verschneit war.

Ich ziehe mein Handy aus der Hosentasche und blicke auf das Display. Um Himmelswillen. 37 verpasste Anrufe und alle sind von Ava. Der durchgestrichene Hörer oben in der Ecke verrät mir, dass ich mein Handy die ganze Zeit auf lautlos habe.

»Was?« Liam ergötzt sich an ihrer Panik. Natürlich tut er das. Ihr Bruder weiß schließlich, dass ich in seinem Wohnzimmer sitze, während mich Ava schon tot glaubt. Ermordet und verscharrt in einem Seitengraben oder mit meinem Auto vom Asphalt abgekommen.

»Was lachst du da so dämlich? Wir müssen sie suchen. Los!« Liam hingegen lacht haltlos.

Barcleys Kopf dreht sich grüblerisch hin und her, als er die vertraute Stimme, die panisch durch das Treppenhaus hallt, verfolgt. Er wartete nur auf mein Kommando, um endlich nachsehen zu dürfen, wer dahintersteckt. Und bevor Ava einen Herzinfarkt bekommt, befehle ich Barcley, zu ihr zu laufen. Wie schleppend er auf dem glatten Untergrund vorankommt, lässt mich lauthals auflachen. Immer wieder rutschen seine vier Pfoten unkontrolliert zu allen Seiten.

Während Barcley aber so langsam aus der Wohnzimmertür rutscht, blinzle ich hinter dem Türrahmen hervor und winke Liams Schwester verhalten zu. »Hey, Ava.«

Liam tritt beiseite, sodass ich ihre zermürbte Erscheinung vollständig sehen kann. Avas dunkle Augenringe zeigen mir, wie müde sie sein muss. Hat sie wegen mir etwa kein Auge zugemacht? Ihre Haut ist blass, als müsse sie dringend ein Schluck Wasser zu sich nehmen. Der Wintermantel, der ihre schmale Figur umhüllt, hängt schief.

Ihre braunen Augen werden größer, während sie mich wahrnimmt, und ich kann erkennen, dass sich ihre Panik in Luft auflöst. Ava geht in die Hocke, streichelt Barcley aufgeregt durch sein Fell und rast dann an Liam vorbei, um mich völlig dramatisch zu umarmen. »Hope? Was machst du –« Ava stoppt. Ihr Gesicht beugt sich zurück, sodass sie in meine Augen sehen kann. Sie grinst gehässig vor sich hin. »Ahhh.« Ihre Augenbrauen heben sich.

»Was?«, frage ich sie argwöhnisch.

»Du bist also hieeer.« Wie sie das Wort in unerträgliche Länge zieht, gefällt mir gar nicht. Abwechselnd schaut Ava zwischen Liam und mir hin und her.

»Ja, sieht ganz so aus«, erwidere ich kopfschüttelnd. »Also, alles okay.«

Aufgeregt klatscht sie in die Hände und springt auf der Stelle. Ähnlich wie an dem Tag, als sie mich überreden konnte, in Nashville zu bleiben. »Ja, und wie es das ist. Und ich dachte schon.«

»Du dachtest, ich wäre gegangen, obwohl ich dir ein Versprechen gegeben habe.«

»Tut mir leid. Aber ich bin seit heute Morgen um fünf wieder da. Ich dachte erst, du bist mit Barcley eine Runde gegangen. Als du aber nach zwei Stunden immer noch nicht da warst, bin ich in dein Zimmer. Deine Klamotten waren da, aber du, Barcley und dein Auto nicht. Ich hatte einfach Angst.«

»Wie du siehst, geht es uns gut. Also dreh deinen Puls wieder nach unten, Ava«, fordere ich lachend.

»Und wie ich sehe, dass es dir gut geht.« Wieder schaut sie zwischen Liam und mir grinsend hin und her. Als ich sie zurechtweisen will, dass zu unterlassen, widmet sie ihre ganze Aufmerksamkeit Barcley, der geduldig an ihrem Bein wartet. »Na hallo, mein kleiner Racker. Ich habe dich auch vermisst.« Ava drückt ihn an sich. Mein Fellknäuel dreht sich auf den Rücken und lässt sich von ihr ordentlich den Bauch kraulen. »Oh, was rieche ich hier? Croissants?«, genießerisch fährt Ava mit der Zunge über ihre Lippen und sieht zu uns auf.

»Bedien dich!«, murmelt Liam, der mit verschränkten Armen in der offenen Tür steht. Die Kälte des Treppenhauses durchzieht langsam seine Wohnung.

»Ich störe auch nicht?« Ava schmollt und sieht uns mit großen Augen an. Wie soll man da nein sagen?

»Du störst doch nie, Ava.« Liam verdreht seine Augen. Ihm wird bewusst, dass er seine Schwester nicht aus seiner Wohnung bekommt, und er drückt daher die Wohnungstür hinter sich zu.

Ava wirft ihre Jacke auf die Couch und greift sich hungrig ein Croissant. Genüsslich beißt sie hinein, während ich mich neben sie setze.

»Die Garderobe ist dazu da, um Jacken ran zu hängen«, pflichtet ihr Liam ironisch bei. Er krallt sich ihre Jacke und hängt sie auf.

»Du und dein Ordnungswahn, Brüderchen«, japst sie. Aber wo er recht hat …

Ava ist endlich wieder hier und ich bin total neugierig, wie es ihr die letzten zwei Wochen ergangen ist. Wir haben uns zwar täglich Nachrichten geschrieben, aber wirklich spannend war keine davon. »Erzähl, wie war es in Orlando?«

»Absolut gigantisch«, schmatzt sie. »Ich habe so viele tolle, außergewöhnliche Menschen in der kurzen Zeit kennengelernt, dass ich noch immer total geplättet bin. Die Agentur hat mich für nächstes Jahr erneut gebucht, weil sie so zufrieden mit meiner Arbeit sind.«

»Das klingt toll. Ich habe geahnt, dass du sie umhauen wirst.«

Ich halte es für eine besondere Gabe, außergewöhnliche Menschen noch sinnlicher aussehen zu lassen.

»Und hier? Was gibt es Neues? Los, erzählt mal.«

Ich zucke mit der Schulter. Natürlich gibt es einiges, was ich ihr erzählen könnte. Dennoch schweige ich. Liam stützt seinen Kopf auf seiner Faust und tut es mir gleich. Ob ihn das genauso stört, dass Ava zwischen uns sitzt?

»Kommt, sagt schon! Irgendwas muss es doch Neues geben.« Wieder zucke ich mit den Schultern.

»Ihr scheint euch ja prächtig zu verstehen.« Sie grinst mich neckisch an. Um das herauszufinden, braucht man wirklich keinen Detektiv. Was mache ich sonst in seiner Wohnung?

Liam erwacht aus seiner Trance und lächelt mich hingebungsvoll an. Mir schießt die Hitze in die Wangen, weil mir sein Blick durch jede Ader meines Körpers geht. Ich reagiere seit Tagen viel zu intensiv darauf.

Kein Wort gleitet über unsere Lippen. Was zwischen Liam und mir ist, bleibt bei uns.

»Ja gut. Wie dem auch sei. Wie war die Party gestern? Hat sich Daniel über unser Geschenk gefreut?«

»Wie ein kleines Kind«, antwortet Liam.

Ich spüre seinen Blick auf mir ruhen, und mit jeder verstrichenen Sekunde kitzelt es mehr in meinem Bauch. Warum tut er mir das an?

»Dachte ich mir. Und wie war die Party sonst so?«

»Unspektakulär«, murmelt Liam und seine Blicke wandern langsam in Avas Gesicht. Von der Auseinandersetzung mit Oliver erzählt er ihr kein Wort.

»Ich habe Liams bezaubernde Ex kennengelernt«, spotte ich.

»Antonia?« Avas Lider gehen wütend in die Höhe.

»Jep.«

»Orrr. Dieses Miststück. Erzähl! Erzähl mir alles!«, fordert Ava.

»Du hast schon alles gesagt, was es zu sagen gibt. Dieses Miststück.«

»Hat sie dich angemacht, Hope? Ich weise sie zurecht. Das verspreche ich dir.«

»Ich denke, dass hat Hope ganz gut allein hingekriegt.« Liams rechter Mundwinkel zuckt.

Verwundert sieht Ava zu ihm. Als traut sie mir nicht zu, dass ich mich wehren kann. »Hat sie?«

»Hat sie.«

»Mich hat es ja sowieso gewundert, dass du mitgegangen bist, Hope.« Tja, Liam hat eben gute Überredungsarbeit geleistet. Nur würde ich ihr diese Tatsache nicht unbedingt auf die Nase binden.

»Hab dir ein Versprechen gegeben«, erinnere ich sie. Nämlich nicht mehr so reserviert und unnahbar zu sein. »Stimmt. Du bist wirklich loyal.«

Nachdem mir Ava noch viele Dinge aus Orlando erzählt hat, verweilen wir wenige Minuten zu dritt auf der Couch.

»Gut, dann werde ich mal raufgehen«, sage ich und stemme mich von der Couch hoch.

»Soll ich mitkommen?«, fragt Ava.

»Ach was. Ihr habt euch sicher noch einiges zu erzählen. Ich möchte sowieso duschen gehen.«

Als ich an meinen Oberschenkel klopfe und Barcley zu mir rufe, spüre ich Liams Blicke auf meiner Haut.

25

Liam

Natürlich freue ich mich, dass Ava wohlbehalten wieder in Nashville angekommen ist. Aber der Zeitpunkt, hier auf meiner Couch zu sitzen, könnte für mich nicht unpassender sein.

»Sag, was läuft da zwischen euch?« Meine Schwester, direkt wie eh und je.

»Wie meinst du das?« Ich spiele den Ahnungslosen.

»Ich bin nicht doof, Liam. Ich merke doch, wie ihr euch anseht. Wie ihr euch angrinst, wie zwei kitschig verliebte Teenager. Es ist fast eklig, das mit anzusehen. Außerdem behaupte ich mal ganz stark, dass sie hier geschlafen hat. Also, was läuft da?«

Ja, was läuft da zwischen Hope und mir? »Irgendwie ist es nicht zu definieren.«

»Weil?«

»Ava, ich glaube einfach, Hope ist ziemlich fies sitzengelassen worden. Ein gewisser Sam hat sie wohl mit einer Mila betrogen oder sowas. Deswegen ist es bei ihr nicht ganz so einfach, sich auf jemand Neuen einzulassen. Und wir kennen uns doch eigentlich erst wenige Wochen. Vielleicht braucht sie einfach mehr Zeit«, versuche ich, unsere Situation zu erklären.

»Was hat denn die Zeit damit zu tun? Wenn es funkt, dann funkts. Zeit verstreichen zu lassen, ist nur das Dümmste, was man machen kann. Hat sie dir das erzählt, dass sie sitzengelassen wurde?«

»Nein.«

»Aber?«

»Ava, wollen wir uns ehrlich über Beziehungskram unterhalten?« Bisher habe ich mich nur einmal mit Ava über Gefühle unterhalten. Das war an dem Tag, als ich Antonia mit Oliver erwischt habe. Ich hatte nicht vor, das zu wiederholen.

»Diesmal geht es um eine Freundin.«

Vielleicht würde es mir gut tun, mit Ava über Hope zu reden. »Ich erzähle es dir, weil ich dir vertraue. Hörst du? Und weil Hope dir vertraut.«

»Schon verstanden«, erwidert Ava.

»Nur weil ich zwei Namen gehört habe, will ich sie nicht weiter mit irgendwas konfrontieren, was vielleicht gar nicht stimmt. Ich weiß nur, dass Sam ihr Verlobter war. So offen konnte sie mit mir reden. Über Mila hat sie jedoch kein Wort verloren. Sobald es in die Richtung geht, distanziert sie sich von mir.« Wenn ich mir nur allein vorstelle, dass ihr jemand auf so üble Weise das Herz aus der Brust geschlagen hat, gehe ich an die Decke. Hope ist mit Abstand die schönste und außergewöhnlichste Frau, die ich jemals in meinem Leben kennengelernt habe. Wie kann man nur zulassen, dass sie gefühlsmäßig so vor die Hunde geht? »Sie ist letzte Nacht bei mir eingeschlafen und hat im Schlaf von Sam und Mila gesprochen. Ava, sie klang so bitter traurig, dass ich sie am liebsten in meine Arme gezogen hätte.« Ava muss ja nicht jedes kleinste Detail vom letzten Abend wissen. Der Kuss gestern bleibt mein süßes Geheimnis.

»Und warum hast du nicht?« Die Furche zwischen ihren Augenbrauen wird tiefer.

»Hope ist nicht so eine, die man einfach an sich zerren kann. Man muss ihr die Zeit geben, die sie braucht, und Hope entscheiden lassen, wann sie für etwas bereit ist.«

»Verdammt, Liam.« Überraschend schlägt sie ihre flache Hand auf mein Bein.

»Was?«, zische ich.

»Du bist verliebt in sie«, erkennt Ava. Wer, wenn nicht meine Schwester? Kein Mensch kennt mich besser.

»Lässt sich schlecht leugnen, was? Ich muss ihr zeigen, dass sie mir vertrauen kann und ich sie niemals verletzen würde. Denn verdammt, Ava, sie ist es einfach wert.« Meine Knie zittern, mein Herz schlägt laut und unregelmäßig, wenn ich an sie denke. Ich habe schon so viele Dinge in meinem Leben repariert und zusammengeflickt. Aber ist es möglich, eine so zerbrochene Seele, wie sie Hope hat, zu reparieren? Nur so hätten wir eine reelle Chance.

Wenn ich nur wüsste, was geschehen ist. Wenn sie sich mir voll und ganz anvertrauen würde. Vielleicht könnte ich ihr die Angst nehmen, die sie dran hindert, sich komplett in meine Arme fallen zu lassen.

»Natürlich ist sie das. Das habe ich schon nach den ersten Sekunden gemerkt, als ich neben ihr saß.«

»Ich will sie.« Und das mehr als sonst etwas in meinem Leben.

Das Grinsen in Avas Gesicht gibt mir zu verstehen, dass sie mir dabei helfen wird, Hopes Herz im gleichen Takt wie meins schlagen zu lassen. Laut und lebhaft.

26

4 Wochen später

Hope

Der Frühling in Nashville ist anders als der in Newport. Während die Straßen in Newport vom kalten Wind des Meeres überzogen werden, ist es hier so wunderbar lau.

Es wird wärmer, die Sonne scheint regelmäßiger.

Ich hätte es nie geglaubt, aber seit wenigen Wochen habe ich wieder Hoffnung. Und mit jeder Knospe, die ich sehe und die darum kämpft, sich endlich öffnen zu dürfen, wächst die Hoffnung in meinem Herzen.

Ich war nie ausgelassener. Alles zwischen Liam und mir wird von Tag zu Tag leichter und die Spannung zwischen uns spürbar intensiver. Ich verliere mich immer mehr in diesem Wir.

Komischerweise kann ich uns manchmal in der Zukunft sehen. Nicht in dreißig Jahren. Aber im kommenden Sommer oder in der nächsten Weihnachtszeit. Und das, obwohl wir nicht offiziell zusammen sind.

Mich in etwas reinzusteigern, dass nicht einmal tatsächlich da ist, ist eigentlich völliger Irrsinn.

Aber die Vorstellung zu haben, fühlt sich unglaublich gut an und lädt meine aufgebrauchte Energie wieder auf.

Fast täglich besuche ich Liam auf seiner Arbeit und ich mag immer mehr, was er da tut. Vor wenigen Tagen zeigte er mir, dass er die Instrumente nicht nur baut, sondern auch spielen kann. Und mein Inneres brannte regelrecht darauf, ihn spielen zu hören. Also nahm er sich eine Gitarre und glitt über die Saiten wie ein Profi, der jahrelang nichts anderes gemacht hat. Dieses Mal loderte allerdings kein Schmerz in mir auf. Ich war nur glücklich.

Liam berührt meine Haut, als gehöre sie ihm schon seit Jahren. Dennoch leben wir irgendwie ziemlich enthaltsam nebeneinander her. Seit dem Abend nach der Party haben meine Lippen kein weiteres Mal seine gespürt. Und von Minute zu Minute sehnt sich mein Körper mehr danach.

Liam fordert keinen Kuss ein, was mich ein wenig enttäuscht. Natürlich frage ich mich, warum er sich nicht genauso nach meinen Lippen verzehrt, wie ich mich nach seinen.

Trotzdem werde ich ihm gegenüber immer offener. Erzähle mehr über Newport, meinen alten Job und meine Vergangenheit. Nur lasse ich den schlimmen Teil meines Lebens weg.

Obwohl mir klar ist, dass ich es nicht bis in die Ewigkeit hinausschieben kann, rede ich noch immer nicht über Sam und Mila. Ich will ja, dass Liam davon weiß. Nur habe ich keine Ahnung, wie ich die richtigen Worte finden soll, ohne in Tränen auszubrechen. Seit jenem Morgen hat er mich nicht erneut darauf angesprochen. Ich bin erleichtert, dass er es nicht in Erwägung zieht.

Nun sitze ich auf meinem Bett. Barcley neben mir, der schläfrig mit seinem Kopf auf meinem Oberschenkel liegt. Ava hantiert in der Küche. Geschirr schlägt auf Geschirr.

Ich scrolle durch mein Handy und sehe mir die Bilder der letzten Tage an.

Umso näher ich dem heutigen Tag komme, desto glücklicher wirke ich.

Als ich bei dem neuesten Foto von Liam, Ava und mir hängen bleibe, komme ich in Versuchung, mich bei meiner besten Freundin zu melden. Ich teilte jeden Lebensabschnitt mit ihr und möchte sie auch jetzt an meinem Glück teilhaben lassen. Möchte sie wissen lassen, dass es mir gut geht.

Obwohl alles dafür spricht, sie anzurufen, habe ich Angst. Seit Wochen habe ich auf keine ihrer Nachrichten reagiert, bis sie es dann aufgegeben hat. Es kam dazu, dass ich mich bis heute nicht einmal bei ihr gemeldet habe. Auch weil es leichter für mich war, alles aus Newport von mir wegzuschieben.

Dennoch fasse ich den Mut in meinem Körper zusammen und leite ihn in meinen Daumen. Ich sende ihr das Foto mit einem Text:

Hallo, meine Isa!

Ich weiß, ich habe mich viel zu lange nicht gemeldet. Ich will, dass du weißt, dass ich im Moment glücklich bin. Ich denke immer an sie, aber die Gedanken werden erträglicher. Mein Alltag wird angenehmer.

Ich versuche, mich jetzt öfter zu melden, und hoffe, dass du mir antwortest. Ich habe Angst, du könntest unheimlich wütend auf mich sein.

Ich würde sehr gern deine Stimme hören. Also solltest du nicht ganz so böse auf mich sein, dann bitte ruf mich an.

Ich habe dich lieb!

PS: Drück James von mir! Ich vermisse euch!

Ich lege das Handy auf die Bettdecke und erwische mich dabei, wie ich immerzu hinüberschiele. In der Hoffnung sie könnte mich anrufen und mir sagen, wie sehr ich ihr fehle. Eigentlich will ich nur hören, dass es ihr gut geht. Ihr und James. Mit meinem Daddy und Barcley sind sie die Einzigen, die mir aus Newport geblieben sind.

Dann leuchtet mein Display auf und ich kann es nicht glauben, als ihr Name erscheint. Sofort drücke ich den grünen Hörer. Nie war ich aufgeregter, wenn ich einen Anruf meiner Isa entgegengenommen habe. Nicht zu stoppende Tränen laufen mir über die Wange.

»Isa?«, schluchze ich ins Telefon. Doch am anderen Ende bleibt es vorerst still.

»Hope. Meine verrückte Hope«, flüstert sie.

»Wie geht es dir? Wie geht es euch?«, frage ich.

»Wie konntest du es wagen, dich so lang nicht bei mir zu melden? Wie?« Spätestens jetzt weinen wir um die Wette.

»Ich habe einfach Zeit gebraucht«, versuche ich, mich zu erklären.

»Und jetzt?«

»Jetzt geht es mir besser. Ich werde langsam wieder die Alte.« Ein Lächeln überkommt mich und ich wünsche mir, dass sie es sehen könnte.

»Gott Hope, ich vermisse dich so schrecklich«, wispert Isa ins Telefon.

»Ich vermisse euch auch!«

»Normalerweise bin ich die, die durchs ganze Land zieht. Nicht du!«

»Das ist wahr«, erwidere ich. »Seid ihr noch immer in Newport? Bei …« Ich bekomme es nicht über die Lippen.

»Wir sind noch immer bei dir, ja.«

»Das ist schön.«

»Ist es das?«, hinterfragt sie bedrückt.

»Ja. Ich freue mich, wenn es genutzt wird und nicht vor sich hin modert.«

Ein Schweigen erstickt unser Gespräch.

»Wann kommst du wieder?« Ihre Frage ist mit so einer Unsicherheit gestellt, wie ich sich beantworte. »Ehrlich? Ich weiß es nicht.«

»Aber du kommst doch wieder, oder?«

Es drückt mir wieder die Tränen in die Augen. »Schon.«

Wieder diese Stille.

»Ach, Hope. Auf dem Foto siehst du wirklich glücklich aus.« Ich höre, wie ein zartes Lächeln über ihre Lippen gleitet.

»Das bin ich auch.«

»Ich bin froh, dass es dir besser geht. Ich bin nur nicht froh, dass du erst verschwinden musstest. Es macht mich traurig, dass ich dir nicht helfen konnte.«

»Es lag nicht an dir. Es lag in keinster Weise an euch. Es lag an Newport selbst. Überall war er, weißt du? Überall war sie.«

Ich greife zu einem Taschentuch und schnäuze mir die Nase, um etwas mehr Luft zu bekommen.

»Und wie ist Nashville so?«

»Es ist riesig, laut und schrill. Aber dennoch schön«, schmunzle ich in den Hörer.

»Und wer sind die zwei auf dem Bild?«

»Sie ist Ava, eine wirklich gute Freundin. Sie ist getrampt und ich habe sie mitgenommen.«

»Du hast was?« Isas schreit empört in mein Ohr.

»Ich habe sie mitgenommen«, wiederhole ich.

»Hope Green lässt fremde Menschen in ihr Auto steigen?« Ich glaube, sie verliert gerade die Fassung.

»Stell dir vor.«

»Kann ich nicht.«

Ich grinse nur.

»Und wer ist er?«, fragt sie.

»Liam.«

»Er sieht ja wirklich irre heiß aus.« Da ist sie wieder. Meine gute, alte, beste Isa.

»Hör auf, sowas über ihn zu sagen. Das ist absolut unpassend, Isa«, schimpfe ich.

»Warum sollte ich?«

Es gefällt mir nun einmal nicht, wenn du dich über meinen potenziellen Zukünftigen so äußerst. Du darfst meinen, was auch immer Liam ist, nicht heiß finden.

Bei Isa macht es inzwischen von allein klick. »Stopp mal. Läuft da etwas zwischen euch?« Ich kann erahnen, wie sie ihre blauen Augen verblüfft aufreißt und höre, wie sie ihr Kreischen unterdrückt. Aber zu Isa bin ich nun mal ehrlich. So war es schon immer.

»Wirklich definiert, was das zwischen uns ist, haben wir nie. Aber was auch immer es ist, ich will es auf keinen Fall missen. Er ist unglaublich nett und total verständnisvoll. Er hinterfragt nichts, weißt du? Bei ihm habe ich das Gefühl, ich kann so kaputt sein, wie ich bin.«

»Verdammt, Hope. Ich glaub's ja nicht. Du schwärmst ja richtig von ihm.« Natürlich schwärme ich. Wie könnte man von Liam Connor auch nicht hin und weg sein?

»Was? Glaubst du, es ist zu früh?«

»Nie und nimmer. Es ist perfekt, Hope! Einfach perfekt! Weiß er von Sam und Mila?« Isa spricht ihre Namen mit solch einer Selbstverständlichkeit aus, die ich selbst gern beherrschen würde.

»Nein. Also, ja. Aber irgendwie auch nicht.«

»Was soll das heißen?«

»Er weiß, dass Sam mein Verlobter war. Mehr nicht.«

»Du musst es ihm sagen, wenn er dir etwas bedeutet«, bringt sie auf den Punkt.

»Ich weiß. Aber es ist so unglaublich schwer, über sie zu reden.«

»Ich weiß, Hope. Ich weiß. Aber du musst. Alles andere ist nicht fair ihm gegenüber.« Ich hasse es, wenn Isa recht hat.

»Vielleicht ergibt es sich demnächst mal«, lenke ich ein.

»Sowas ergibt sich nie. Es gibt keinen passenden Zeitpunkt. Hab Mut. Wenn er der Richtige ist, dann fängt er dich auf, wenn du fällst.«

»Sam war der Richtige. Er war mein Seelenverwandter.« Hat Isa das schon vergessen?

»Hope, hör mir mal gut zu! Im Leben gibt es mehr als nur einen Seelenverwandten. Du und Sam wart seelenverwandt, ganz klar. Aber Hope, du und ich sind es auch. Genauso wie James und ich. Die Frage, die du dir stellen solltest, ist: Wie viel Platz in deinem Herzen hast du? Denn das ist das Tor zu deiner Seele. Warum sollte Liam nicht auch dein Seelenverwandter sein? Deine zweite Chance. Dein Schicksal, nachdem es Sam nicht mehr sein kann. Warum sträubst du dich so gegen dein Glück, dass dir erneut widerfährt?«

»Warum nennst du dich und James seelenverwandt?«, muss ich wissen, bevor es weiterhin nur um mich geht. Aufgeregt beiße ich mir in den Zeigefinger.

»Weil wir zusammen sind, Hope.« Isa kommt diese Tatsache so trocken aus dem Mund, dass ich mich verschlucke und laut husten muss.

»Weil ihr was seid?« Ich fall um. Und das nicht nur buchstäblich, sondern wortwörtlich. Mein Oberkörper sackt immer tiefer in die Matratze ein. »Bitte, was ist los?«

»Du hast schön richtig gehört!« Sie lacht ins Telefon. Isa. Lacht. Einfach. Ins. Telefon.

»Und das erfahre ich erst jetzt?«, frage ich schockiert.

»Du wolltest deine Zeit und die hast du bekommen. Jetzt schimpf mich nicht aus, dass ich dir das gegeben habe, was du wolltest«, ermahnt sie mich.

»Aber sowas darfst du mir doch nicht einfach verheimlichen!«

»Habe ich nicht. Ich wollte auf den passenden Moment warten.«

»Aber den gibt es nicht. Auf was wolltest du warten, bis er dir einen Antrag macht und du mich fragst, ob ich deine Trauzeugin werde?«

»Hope, auf was wartest du, bis du mit der Sprache herausrückst? Bis Liam DIR einen Antrag macht?« Ich schweige. Nicht, weil mir dazu nichts mehr einfallen würde. Sondern weil sie recht hat. Ihre Argumente sind in diesem Augenblick unschlagbar. Und Isa macht mir etwas klar. »Danke Isa. Ich hab dich lieb! Aber ich glaube, ich muss los.«

»Ich dich auch! Ich will ihn kennenlernen, hörst du?«

»Wirst du!« Isa hat mir ganz schön den Kopf gewaschen. Ich hätte mich viel eher bei ihr melden müssen. Denn wer kennt mich besser als sie? Jetzt, wo Sam nicht mehr da ist.

27

Liam

»Die ungesunde Lebensweise müssen wir uns dringend abgewöhnen, wenn wir die Achtzig erreichen wollen«, scherzt Hope. Ich habe soeben eine Pizza für uns bestellt. So, wie wir sie mögen. Viel Fleisch, viel Käse.

»Wir?«, erwidere ich und reiche ihr ein Bier, was sie nur mit einem Lächeln kommentiert. Dieses Wörtchen *Wir* hatte nie mehr Bedeutung für mich.

Es ist zur Gewohnheit geworden, dass wir uns jeden Abend ein paar Folgen von *HIMYM* ansehen. Heute mit einem wunderschönen Unterschied: Ava wird den ganzen Abend Bilder in ihrem Laden entwickeln, sodass Hope und ich endlich wieder ungestört Zeit für uns haben. Wenn das nicht mal von meiner Schwester geplant war.

Ich habe mir geschworen, sie heute zu küssen. Komme, was wolle. Es ist schon viel zu lange her, dass Hopes zuckersüße Lippen auf meinen lagen. Langsam drehe ich durch bei dem Gedanken, es könnte noch

Tage zwischen uns so weitergehen. Zwischen uns knistert es gewaltig und die energiegeladene Spannung bringt nicht nur in mir Gelüste hervor. Ich sehe Hopes Verlangen.

Dieses Bauchkribbeln und Herzrasen, das Hope in meinem Körper auslöst, ist ziemlich erregend. Und wenn ich mich nicht permanent zusammenreißen würde, würde ich mit einer Dauerlatte durch die Gegend rennen. Hope ist es nicht annähernd bewusst, welche Wirkung sie auf mich hat. Dass ich auf sie und das, was sie ist, stehe, ist kein Geheimnis. Dass ich nie einen Körper mehr begehrt habe, ist ein Geheimnis. Mein Geheimnis. Und solange sie nicht bereit ist, sich vollkommen in unser Wir fallen zu lassen, kann ich ihr nicht sagen, was Hopes Erscheinung in und an mir auslöst. Ich sehne mich nach ihren Lippen mehr, als mir selbst guttut. Denn momentan ist es eine Quälerei, sie nicht küssen zu können, wenn mir danach ist.

Die süße Folter hat zwar ihren Reiz und ich bin in allem bereit, zu warten, dennoch wünsche ich, dass sie mir irgendetwas geben könnte. Einen Kuss finde ich daher ganz fair.

Die letzten Wochen wirkte Hope frei und ausgelassen. Dass sie in diesem Moment aber ungewohnt hibbelig neben mir sitzt, macht mich stutzig. Zu oft zieht sie ihre Beine an die Brust und löst sie erneut von sich. Ich merke, wie sie mich ansieht und aufgeregt wieder wegsieht. »Ist alles okay, Miss Green?«

»Ist es.« Ist es ganz und gar nicht. Ihre sanfte Stimme zittert.

»Wirklich? Ich merke doch, dass irgendwas in dir los ist.«

»Ich möchte dir heute nur etwas sagen. Und es fällt mir total schwer, die richtigen Wörter aneinanderzureihen, weißt du?«, spricht sie fast flüsternd.

»Dann lass dir alle Zeit der Welt. Aber sei nicht so unruhig neben mir«, lächle ich und lege meine Hand auf ihren Oberschenkel. In der Hoffnung, es würde sie ein wenig beruhigen. Denn ich will derjenige sein, der sie beruhigen kann. Der ihr die Ängste nehmen kann. Und der sie auffangen kann, wenn sie fällt. Wider Erwarten nimmt sie meine Hand in ihre. Sie ist kalt. Eiskalt.

»Es geht um sie. Sam und … und Mila.« Stillschweigend sehe ich in Hopes dunkle Augen und verdammt, ich merke, wie viel Mut es sie gerade gekostet hat, dieses Thema anzuschneiden. Wird sie mir endlich sagen, was in ihr los ist?

Ich kann Hope ansehen, wie sie nach den passenden Worten sucht. Mehr als je zuvor tobt der Sturm, denn ich schon so oft in ihrem Braun gesehen habe. Ihre Augen werden glasig und ich bin bereit, sie zusammenzuhalten, wenn Hope mir noch mehr auseinanderbricht. Kontrolliert öffnet sie den Mund, bereit zu reden, wird aber von einem grellen Geräusch dabei gestört.

Die Klingel schallt durch meine Wohnung und ich verfluche diesen gottverdammten Lieferservice. Wie kann man zwei intensive Momente nur so versauen?

»Ist schon okay. Geh!«, sagt sie.

»Wirklich? Ich will nicht, dass …«

Ich will nicht, dass du einen Rückzieher machst. Bitte zeig und sag mir, was du fühlst. Schließe mich nicht aus.

»Sobald du wieder hier sitzt, werde ich dir von ihnen erzählen. Versprochen.« Ihr verhaltenes Schmunzeln verrät mir, dass sie sich ebenso über dieses Klingeln ärgert wie ich.

Ich stoße mich von der Couch ab und gehe eilig in den Flur. Dann öffne ich mit der Gegensprechanlage die Tür, weil ich der festen Überzeugung bin, dass es der Pizzabote ist. Mein Portmonee halte ich bezahlbereit in der Hand. Ich möchte keine Zeit verlieren. Und während ich gerade das Geld heraushole, erkenne ich empört, dass es nicht der Pizzabote ist, der vor mir steht.

Eine ganze Schippe liegt auf meiner Zunge, aber ich zwinge mich, ruhig zu bleiben, was mir nur bedingt gelingt. Meine Hände verkrampfen sich.

»Antonia«, knurre ich und kann gar nicht glauben, dass diese Furie vor mir steht. »Verschwinde«, fordere ich. Habe ich für dieses Biest echt Hope auf der Couch sitzenlassen?

»Oliver und ich haben uns getrennt«, erzählt sie mir unaufgefordert. Eine Information, die belangloser für mich nicht sein könnte. Antonia scheint nicht annähernd traurig darüber zu sein.

»Was interessiert mich das?«, verhöhne ich sie.

»Es war alles ein dummer Fehler. Bitte gib uns noch eine Chance. Ich liebe dich, Liam.« Mit ihren intriganten Fingern greift sie nach meinem Arm, den ich ruckartig wegziehe.

Nie habe ich eine Person mehr verachtet. Nachdem ich Hope wegen ihr unterbrechen musste, noch mehr.

»Du liebst mich, ja? Du weißt doch nicht einmal, was Liebe ist. Also, was willst du wirklich hier?« Ich lache und verschränke lässig meine Arme vor der Brust.

Ich höre, wie Hope aus dem Wohnzimmer in den Flur tritt. Barcley an ihrer Seite. »Ich werde euch wohl mal lieber allein lassen.« Hope ist gerade imstande, zu gehen.

»Wäre wohl mal besser«, zischt Antonia und stemmt herablassend ihre Hände in die Hüfte. Auf keinen Fall werde ich zulassen, dass mir Antonia den intensiven Moment mit Hope versauen wird.

»Auf keinen Fall. Nein, Hope. Antonia wird uns nun wieder allein lassen.« Antonia sieht mich stirnrunzelnd an. »Wenn sie glaubt, ich würde mich noch eine Sekunde auf ihr hinterhältiges Wesen einlassen, muss sie dringend zum Psychodoc.«

Antonias Gesicht wird rot. Rot vor Wut. »Du entscheidest dich wirklich für sie? Für dieses Narbengesicht? Was willst du mit ihr, wenn du mich haben kannst? Schau mich an Liam. Mit mir musst du dich wenigstens nicht schämen.« Mit jedem Wort, das über Antonias boshafte Visage kommt, werde ich wütender.

»Wage es nicht, noch einmal so abfällig von ihr zu reden. Dass wir überhaupt mal so etwas wie eine Beziehung hatten … Dafür schäme ich mich. Sieh zu, dass du wegkommst.« Ich bin selbst empört über meine Stimmfarbe, die so aggressiv und wütend klingt. Voller Zorn zeige ich auf die Haustür, die sie schleunigst zu benutzen hat.

»Du hast doch keine Ahnung, wer deine tolle Hope wirklich ist! Richtig? Wüsstest du es, könntest du niemals bei ihr bleiben.«

Ich will rein gar nichts mehr von ihr hören. Alles, was ich über Hope wissen muss, wird sie mir irgendwann selbst sagen.

»Verschwinde einfach!« Ich knalle ihr die Tür vor der Nase zu. Doch schnell stellt sie ihren Fuß dazwischen, damit die Tür nicht in den Rahmen fallen kann. Mit Schwung knallt sie zurück und scheppert mit der Türklinke gegen die Wand.

»Ich habe deine tolle Miss Green mal im Netz gesucht, nachdem du Oliver gesagt hast, sie hätte schon genug in ihrem Leben über sich ergehen lassen müssen. Das und die Narben in ihrem Gesicht haben mich neugierig gemacht«, schreit sie durch das Treppenhaus.

»Sag, spinnst du? Was fällt dir ein, ihr nachzuspionieren?« Hätte ich gewusst, wie fatal dieser eine Satz, den ich vor Wochen zu Oliver sagte, enden kann, hätte ich meine dämliche Klappe gehalten. Dass mir Hope gleich wegklappt, spüre ich, ohne sie ansehen zu müssen. Ihr ist es viel zu viel. Und das, was Antonia im Augenblick abzieht, ist auch mir zu viel. Nur redet sich dieses Miststück so in Rage, dass sie nicht einmal ein Pflaster auf dem Mund stoppen könnte.

»Und willst du wissen, welches Geheimnis sich hinter ihrem vernarbten Äußeren verbirgt? Was mit ihr los ist?« Schnell zieht sie Luft in ihre Lungen und redet, während sie ausatmet. Ich darf nicht zulassen, dass Antonia Hope irgendein Wort vorwegnimmt oder Lügen über sie erzählt. Aber selbst als ich versuche, sie an den Schultern wegzudrücken, nutzt sie die Situation und redet. »Sie ist nicht mehr ganz dicht, Liam. Das ist los. Sie hat ihren Verlobten und ihr Ungeborenes bei einem Autounfall verloren. Sie ist die Einzige, die das überlebt hat. So eine kann nicht ganz klar in der Birne sein. Sowas kann man nicht heil überleben. Sie ist krank, Liam. Also frage ich dich nochmal: Was also willst du mit so einer, wenn du mich haben kannst?«

Antonia steht vor mir, um dieselbe Erniedrigung in Hopes Augen zu sehen, wie sie sie auf der Party wegstecken musste. Und wenn ich mich umdrehe und in Hopes nasse Augen sehe, hat sie genau das erreicht.

Nun ist sie völlig zerbrochen und wahrscheinlich habe ich sie jetzt für immer verloren. Hätte ich nur niemals diese verdammte Tür geöffnet.

Ungehalten packe ich Antonia am Oberarm und zerre sie Richtung Haustür. »Mach, dass du hier rauskommst, bevor ich mich vergesse! Du bist das Allerletzte.« Mit einem lauten Knall drücke ich die Tür zu und lehne mich dagegen, um zu realisieren, was passiert ist. Nur Brocken sind in meinem Kopf hängen geblieben, weil ich so voller Adrenalin bin, dass ich diesem Biest kaum folgen konnte. Aber das Wichtigste ist mir nicht entgangen. Verlobter. Ungeborenes. Autounfall.

Wenn ich diesem Miststück nur ein Fünkchen Glauben schenken kann, bin ich der größte Trottel, dem ich selbst je begegnet bin. Wie konnte ich nur annehmen, dass sie einfach nur verlassen wurde. Sie wurde verlassen, ja. Aber auf die tragischste Weise, die man sich nur vorstellen kann.

Ich weiß, dass ich sofort zu Hope muss. Jetzt darf sie auf keinen Fall allein sein. Wenn es noch ein Fünkchen Hoffnung gibt, sie nicht völlig verloren zu haben, muss ich daran festhalten.

Doch als ich mit wenigen Schritten wieder im Flur stehe, ist sie weg. Panisch suche ich sie. Aber dank Barcley weiß ich, wo sie ist. Sie hat sich im Badezimmer eingesperrt.

Bitte Hope, schließe mich nicht aus. Ich halte dich, wenn du fällst. Ich halte dich zusammen, wenn du zerbrichst. Aber bitte gib mir auch die Chance dazu.

28

Hope

Man kann sein Herz nicht immer über den Kopf stellen. So funktioniert das nicht.

Selbst das kühle Wasser in meinem Gesicht hilft nicht mehr. Ich spucke alles raus, was sich in mir befindet. Und zum Schluss kommt nur noch Galle.

Was ist da gerade passiert? Es kann einfach nur ein bitterböser Albtraum gewesen sein. Doch die Kotze vor meinen Augen beweist mir das Gegenteil. Dieser Anblick prasselt auf mich ein wie eine mannshohe Welle, die einem die Beine wegreißt.

Ich war bereit, ihm alles zu erzählen. In einem Tempo, in dem ich mich wohlfühle. Und dann kommt mir dieses Miststück zuvor. Will mich das Schicksal eigentlich komplett verarschen? Woher sie die Informationen hat, weiß ich nicht, und ehrlich gesagt, ist mir das auch total egal.

Denn ich muss im Augenblick mit etwas anderem klarkommen. Alles ist wieder da. Ich fühle mich wie an dem Tag, als ich erfuhr, dass Sam und Mila gestorben sind. Damals riss ich mir die Nadeln aus dem Arm und wollte einfach nur wegrennen. Jetzt geht es mir ähnlich.

Und eigentlich wünsche ich mir, nicht so sicher zu sein. Aber Fakt ist, ich muss hier raus. Weg. Nicht nur weg aus dieser Wohnung. Sondern weg aus Nashville.

Ich betätige die Klospülung, sperre die Badezimmertür auf und drücke sie mit Wucht von mir. Gedankenlos renne ich aus Liams Wohnung. Barcley kommt unaufgefordert hinter mir her. Ohne Luft in den Lungen renne ich nach oben. Zitternd sperre ich die Wohnungstür auf und laufe in mein Zimmer. Mein Herz rast vor Angst, als ich die Klamotten in meine Tasche stopfe.

Wie konnte ich nur glauben, dass es mir hier besser gehen würde? Die letzten Wochen legte sich nur ein dichter Schleier über meinen Schmerz. Aber unter diesem Schleier befindet er sich immer noch. Dieser stechende Schmerz ist noch immer da. Antonia hat völlig recht. Sie hat ausgesprochen, was ich schon lange selbst erkenne. Ich bin kaputt.

Hektisch hänge ich mir meine Tasche um. Dass ich nicht einmal die Geduld aufbringen konnte, sie richtig zuzumachen, ist mir egal.

Ava hinterlasse ich einen kurzen Zettel auf dem Couchtisch. Die Schrift darauf kann ich selbst nicht entziffern. Aber ich habe keine Zeit, einen neuen zu schreiben. Ich muss gehen.

Es tut mir leid, mein Versprechen brechen zu müssen!
Hope

Die Dunkelheit drückt mit so einer Gewalt auf mich ein, dass ich schier keine Luft mehr bekomme. Irgendwoher kenne ich das Gefühl.

Ich leine Barcley an. Panisch renne ich mit ihm die Treppen hinunter. Und als ich imstande bin, die Haustür aufzureißen, um nach draußen zu stürmen, kommt Liam von hinten und drückt sie mit aller Kraft wieder zu. Er greift nach meinen Händen und dreht mich zu sich.

Die grünen Augen, die sonst so gut für mich waren, finden meine. Doch dieses Mal ist es anders. Jetzt tut es weh, in sie hineinzusehen. Weil ich ihn eigentlich nicht verlassen will und nichtsdestotrotz gehen muss.

Ich muss weg. Weg von dem, was passiert ist. Weg von dem, was mich in Newport tagtäglich verfolgt hat und hier von Neuen beginnt. Weg von allem, wovon ich dachte, dass es mir guttun würde. Weg von den fürchterlichen Gedanken in meinem Kopf. Einfach nur weg.

»Du kannst mit deinen smaragdgrünen Augen scheinbar jede Frau um den Finger wickeln. Du musst sie nur lang genug ansehen. Aber glaub mir, Liam, hör auf, es bei mir zu versuchen. Du solltest das wirklich lassen. Das tut weder dir noch mir gut. Antonia hat recht. Ich bin nicht mehr ganz dicht«, schießt es urplötzlich aus mir heraus.

»Doch, das sollte ich.« Liams Stimme ist viel impulsiver als meine, weil er an das glaubt, was er sagt. Im Gegensatz zu mir.

»Lass mich gehen!«, fordere ich ein und schlage seine Hände von mir.

»Nein!«

»Lass mich gehen!«, wiederhole ich mich. Nur viel lauter als zuvor. Ich drehe meinen Kopf weg, meine Lider schließen sich, um nicht mehr in dieses fesselnde Grün sehen zu müssen.

»Nein! Ich lass dich nicht gehen. Es würde dir nicht guttun, in diesem Zustand Hals über Kopf zu verschwinden.«

»Was weißt du schon, was gut für mich ist?« Meine Stimme bröckelt. Ich verachte mich selbst dafür, was ich ihm ins Gesicht schmettere.

»Es tut dir gut, wenn du mit mir redest. Es tut dir gut, wenn ich dich berühre, und verdammt, es tut uns beiden gut, wenn wir uns nahe sind. Mir ist es egal, was diese falsche Schlange behauptet!« Wieder umgreift er meine Arme und bringt mich dazu, ihn erneut anzusehen.

»Und wenn es keine Behauptungen sind? Wenn alles wahr ist? Hast du daran schon einmal gedacht? Es ist nämlich alles wahr, was sie gesagt hat. Es sind keine Behauptungen! Nichts davon, hörst du? Jetzt geh da weg und lass mich gehen.« Alles was gerade passiert, ist der beste Beweis dafür, dass Liam etwas Besseres verdient hat. Etwas Besseres als mich und meine Lasten auf der Schulter.

»Und wenn ich dich jetzt durch die Türe gehen lasse, was wird dann aus uns?«

»Es gibt kein Uns! Wir können nicht zusammen sein.« Meine Worte lassen ihn schwach werden. Tränen steigen in seine Augen. Nun lässt er mich freiwillig los. Liams verbittertes Lachen geht mir durch Mark und Bein. Aber für mich ist es in diesem Augenblick nur logisch, dass Liam erfährt, warum wir nicht zusammen sein können. Es ist einfach der schlechteste Zeitpunkt, den es gibt, weil ich merke, wie kaputt ich noch bin, und dass er jemanden verdient hat, der ihn ununterbrochen lieben kann. Nur ihn. Nur das, was er ist. Keine, die so eine Last mitbringt, wie ich es tue. Meine Schultern beben und ich bekomme kaum noch Luft. »Ich bin völlig zerbrochen und sowas hast du nicht verdient! Du hast jemanden Normalen verdient. Keine, die die Last eines ganzen Lebens auf seinen Schultern trägt!« Die Worte auszusprechen, schmerzt höllisch. Aber sie sind richtig, auch wenn sie sich vollkommen falsch anfühlen. Morgen, übermorgen oder in ein paar Wochen werde ich sie für richtig empfinden.

»Dir geht es also um mich?« Sein verbittertes Lachen verstreicht, seine Mimik wirkt starr. »Würdest du mich ein gottverdammtes Mal fragen, was ich will, bevor du für mich Entscheidungen triffst und einfach in Erwägung ziehst, abzuhauen?«

Die emotionalen Wellen in mir gehen auf und ab. Sie schütteln mich durch und machen mir das Leben im Moment mehr als schwer.

Ich sehe ihn an und der Blick in seinen Augen lässt mich ein bisschen freier atmen. Ich habe nicht mehr das Gefühl, zu ersticken.

Als wüsste Liam, wie es mir im Inneren ergeht, zieht er mich ruckartig an sich. Dann legen sich seine Arme um meinen Oberkörper und drücken mich gegen sein Herz. Erschrocken lasse ich Barcleys Leine fallen.

»Dass du mich auf diese Weise berührst, ist falsch!«, murmle ich.

»Aber es fühlt sich richtig an«, erwidert er. Warum kann ich ihm nicht widersprechen?

»Das solltest du nicht tun. Deinetwegen«, murmle ich in sein Shirt hinein.

»Doch, das sollte ich. Du darfst mich nicht verlassen. Das kann ich einfach nicht zulassen.« Nach diesen Worten kann ich es nicht mehr zurückhalten. Ich verliere jegliche Kontrolle. Ununterbrochen und unentwegt weine ich los.

»Ich muss weg hier! Lass mich bitte gehen«, schluchze ich in seine Brust hinein.

»Nein!«, hält Liam dagegen.

»Ich muss aber weg hier!« Die Dunkelheit hat mich wieder und trotzdem ist es noch nie schwerer gewesen, einfach zu verschwinden. Selbst aus Newport wegzulaufen, fiel mir weitaus leichter.

»Nein, musst du nicht! Sieh mich an, Hope!« Liams warme Hände umgreifen mein nasses Gesicht.

Aber ich schüttle unter Tränen den Kopf. Ich kann ihm so nicht in die Augen sehen. Ich kann einfach nicht.

Liam legt seine Hand unter mein Kinn und lehnt seine Stirn gegen meine. »Öffne deine Augen. Bitte.«

Und als hätte sich ein Schalter in meinem Kopf umgelegt, schlage ich die Lider auf und sehe ihn an.

»Sie hat recht, Liam. Sowas kann man nicht heil überstehen. Ich bin kaputt«, wispere ich.

»Kaputte Dinge lassen sich reparieren.« Er streicht mir eine verirrte Strähne aus dem Gesicht.

»Ich habe damals gesagt, herauszufinden, wer ich bin, könnte ziemlich mies und katastrophal enden. Das meine ich so, Liam. Ich bin kaputt. Du hast sie doch gehört«, schluchze ich. Jedes zweite Wort erstickt in meiner Traurigkeit, und obwohl ich im Augenblick tief falle, habe ich das Gefühl, Liam hält mich.

»Kaputte Dinge lassen sich reparieren, Hope«, wiederholt er bestimmend und drückt mich erneut an seine Brust. Sein Herz rast genauso schnell wie meins. »Aber dafür musst du mir nun mal sagen, was los ist und was in dir vorgeht!«

Ich sehe zu Liam auf. »Erträgst du das denn?«

»Ich bin bereit, alles zu ertragen, nur damit du nicht einfach verschwindest. Du bist das Highlight meines Lebens, Hope! Wie könnte ich dich nur gehen lassen?« Noch immer sehe ich die Tränen in seinen Augen, die mich trauriger werden lassen.

»Dein Highlight ist eine absolute Gefühlskatastrophe, die sie selbst nie sein wollte«, weine ich.

»Dann lass mich dich ordnen, Hope. Lass es mich wenigstens versuchen.« Zärtlich streift mir Liams Daumen ein paar Tränen aus meinem Gesicht.

»Es würde alle Wunden nur noch mehr aufreißen. Dabei waren sie gerade so gut verheilt. Ich kann da nicht wieder durch.«

»Das musst du auch nicht. Zumindest nicht mehr allein. Wenn du fällst, bin ich da, um dich aufzufangen. Ich verspreche es.« Erneut drückt er mich gegen sich. Und spätestens jetzt wird mir klar, dass ich nicht wieder davonlaufen darf. Dass ich nicht allein bin.

»Und du hast noch nie ein Versprechen gebrochen«, weiß ich.

»Nie. Ich würde mir wünschen, dass du dich einmal durch meine Augen siehst«, murmelt er in mein Haar.

»Was würde ich denn da sehen, mhm?«

»Die stärkste und schönste Frau dieser Welt.« Diese Worte gehen mit solch einer Leichtigkeit über seine Lippen, als hätte Liam sie schon öfter vor sich hergesagt.

»Dann wird es wirklich Zeit, dass du dir eine Brille besorgst, Connor«, murmle ich ironisch. »Ich bin die zerbrochenste Frau der Welt.« Das wiederum meine ich todernst.

»Soll ich dir sagen, was du gerade bist?«

Ich nicke.

Liam legt seine warmen Hände um mein Gesicht und sorgt dafür, dass sich unsere Blicke verkeilen.

Gott, ich sehe, wie verliebt er in mich ist. Und ich bin sicher, dass er dasselbe in meinen Augen erkennt.

»Du bist ein Mensch!«

Diese simple Aussage stellt meine ganze Welt auf den Kopf. Ich bin ein Mensch und darf fühlen, darf durchdrehen und darf auseinanderbrechen.

Sachte schiebt Liam seinen Zeigefinger unter mein Kinn. Seine Lippen kommen meinen näher und endlich küsst er mich. Wieder. Nach vier endloslangen Wochen küsst er mich, als hätte er nie eine Frau so ehrlich geküsst.

Liam schenkt mir mit dem Kuss so viel mehr, als er glaubt. Seine Lippen liegen so sanft auf meinen, dass ich das Gefühl habe, nach unten zu sacken, und das, obwohl ein Teil meiner Last abfällt. Er berührt nicht nur meine Lippen. Liam berührt mein Herz. Immer und immer wieder.

Dieses Mal geben mir seine Lippen ein Versprechen, von dem ich nicht weiß, ob ich es einfordern sollte. Das Versprechen: Für immer!

Ist er sich bewusst, dass ein *Für immer* viel zu kurz andauern kann?

Es ist zu spät, ihn von mir zu stoßen und meine Gefühle in eine Kiste zu sperren. Die ganze Zeit glaubte ich, es sei der Verrat an Sam, der mich von einer Beziehung mit Liam fernhält. Jedoch ist es die Angst, mich hingebungsvoll zu verlieben, um dann vielleicht wieder irgendwann einen Verlust hinnehmen zu müssen, der mir ein Loch in die Brust schlägt.

Denn ich weiß, dass ich das nicht noch einmal überleben würde.

29

Liam

Ich weiß, dass ich mich gerade noch mehr in dich verliebe, Hope Green.

Jetzt liegt sie hier, schlafend in meinen Armen. Völlig erschöpft und so zerbrechlich.

Ich erinnere mich an jeden Moment mit ihr. Jede Berührung, jeder Kuss. Jedes Wort, das ich ihr sagte, und jedes Lachen, das ich ihr schenkte.

Meine Hand fährt ununterbrochen durch ihr Haar, weil ich die letzten Wochen gemerkt habe, wie sehr sie das beruhigt. Ich ziehe nicht einmal in Erwägung, mich von ihr zu lösen, obwohl mich mein Durst bald umbringt.

Ich halte sie in meinen Armen und sobald ich mich nur einen Millimeter von ihr wegbewege, zieht sie mich noch fester an sich. Sie muss festgehalten werden, um nicht völlig zu zerbrechen. Und ich verspreche ihr und mir, dass ich derjenige sein werde, der sie hält. Für immer. So lang für immer auch sein mag.

Nach wenigen Stunden schlägt sie ihre Augen auf. Das geschieht so ruhig, dass ich das Gefühl habe, sie würde in meinen Armen sterben. Und das wiederum macht mir eine Scheißangst. Ihre Atmung ist abgeflacht und sie wirkt viel zu erschöpft.

Diesmal leuchten mich ihre Augen nicht voller Freude an. Ihr Blick wirkt dunkler. Dunkel wie die Nacht. Dunkel wie die Finsternis, die sie umgibt.

»Hey«, flüstere ich und höre nicht auf, ihr durch das Haar zu fahren. Sie erwidert nichts, vergräbt sich nur tiefer in meiner Brust. »Ich muss ihr schreiben. Ava. Sie wird sonst total durchdrehen«, murmelt sie so leise, dass ich sie kaum hören kann.

»Schon passiert«, antworte ich.

Ihr Atem pustet kräftiger die Luft aus ihren Lungen. Und dennoch wirkt es wie eine Feder, die unregelmäßig meine Haut streichelt.

»Du bist einfach weggelaufen«, flüstere ich und gebe ihr einen Kuss auf den Scheitel.

Sie krallt sich fester in mein T-Shirt. »Ich weiß.« Hopes Stimme bröckelt und der Stoff, den sie gerade nicht loslassen kann, wird immer feuchter. Sie weint.

»Vor mir.« Auch mir schießt die brennende Flüssigkeit in die Augen. Hope sollte vor mir nicht das Gefühl haben, weglaufen zu müssen.

»Ich weiß«, haucht sie.

Hope so niedergeschlagen zu erleben, setzt mir zu. Noch nie haben sich Tränen qualvoller auf meiner Haut angefühlt.

»Lauf nie wieder vor mir weg.« Denn es würde mich umbringen. Jetzt ist es meine Stimme, die bröckelt, und es sind meine Hände, die sie fester an meinen Körper ziehen.

»Tu ich nicht.«

»Versprich es mir.« Ich brauche ihr Wort, um nicht jeden Abend Angst haben zu müssen, dass Hope am nächsten Morgen nicht mehr da sein könnte.

»Ich verspreche es.« Ihr ehrliches Wort haucht gegen mein Herz und ich lege all meine Hoffnung hinein. Denn niemals haben wir ein dem anderen gegebenes Versprechen gebrochen.

Ihre Haut ist blasser. Ihr Körper wirkt empfindlicher. Noch immer ist sie eiskalt.

Hope liegt mir gegenüber und sieht mich an. Wie in Trance. Die ganze Nacht lang. Stillschweigend.

Wahrscheinlich sind schon über zwei Stunden vergangen, seitdem wir das letzte Wort miteinander gesprochen haben.

Ich halte ihre Hand. Weil sie es braucht. Weil ich es brauche.

»Du weißt, dass ich für dich da bin?«, flüstere ich und gebe ihr einen flüchtigen Kuss auf ihre Finger.

Sie nickt nur.

Wie kann ich dieser zerbrochenen Seele nur helfen? Hope so zu sehen, zerteilt selbst mich. Ich liebe es, wenn sie lacht, ungehalten redet und vor mir steht, als könne sie keine Naturgewalt umhauen. All das wünsche ich mir zurück. Nicht für mich. Sondern für sie. Ich kann mir nicht im Geringsten vorstellen, wie sie sich innerlich gerade fühlen muss. Aber vermutlich einfach nur leer. Und Leere ist in jeder Hinsicht das Schlimmste, was es gibt.

»Jeder Tag, an dem der Sturm in deinen Augen tobt und weiter darin verweilt, ist ein Tag zu viel. Ich würde dich gern heilen, Hope. Wenn du mich lässt. Du hast es verdient, glücklich zu sein. Vorzugsweise mit mir an deiner Seite.«

Ohne jegliche Mimik sieht sie mich an. Und auch die nächsten Minuten ändert sich nichts an ihr. Kein Lächeln. Nur ein flüchtiges Zwinkern, das kaum auffällt.

Dann, unerwartet, öffnet sie ihren Mund. »Liam.« Endlich spricht sie mit mir und gibt mir das Gefühl, bei ihr zu sein. Nur ein Wort. Nur ein Flüstern. Aber es ist mein Name, den sie, so stark sie kann, von sich stößt.

Ein beklemmtes Schmunzeln fährt über meine Lippen.

»Ich kann dich nicht auch noch verlieren«, flüstert sie. Mehr zu sich selbst statt zu mir. Ihre Augen werden feucht.

»Das wirst du auch nicht«, erwidere ich. Meine Hand wandert vorsichtig zu ihrer Wange.

»Das kannst du nicht wissen.« Hope schluchzt nicht mehr unaufhaltsam los, weil ihr schlichtweg die Kraft dazu fehlt. Dennoch rinnt ihr eine Träne nach der anderen über das Gesicht und so langsam verstehe ich, was Hope mir sagen will.

Die meisten haben Angst, verlassen zu werden, weil sich der Partner in einen anderen Menschen verlieben könnte. Oder man sich in der Beziehung auseinanderleben könnte.

Bei Hope ist das anders. Sie hat Angst, dass das Schicksal erneut zuschlägt. Und diese Angst ist so immens, dass ich nicht weiß, wie ich dagegen ankommen soll.

Ich wünschte, ich könnte ihre Tränen lindern. Und wenn nicht ich, dann Barcley. Obwohl er neben ihr liegt, kann selbst er ihre Traurigkeit nicht dämpfen.

»Ich möchte, dass du alles erfährst. Damit du damit umgehen kannst. Damit du vielleicht mit mir umgehen kannst. Und wenn du es nicht kannst, dann …« Hopes Stimme erstickt nun völlig unter ihrer Trauer. Als kenne ich sie schon Jahre, weiß ich, auf was sie hinauswill.

Ich ziehe sie an mich. Weil ich es brauche. Weil sie es braucht. »Ich werde bei dir bleiben. Komme, was wolle.« Und wieder küsse ich ihren Scheitel, weil ich hoffe, es bewirkt etwas Positives in ihr. Vielleicht kann ich so meine Worte unterstreichen. »Du musst mir nicht jetzt von ihnen erzählen. Lass dir alle Zeit der Welt.«

»Doch, es muss jetzt sein. Ich will es so«, wispert sie.

Ich schweige und höre auf das, was sie sagt. Scharf zieht sie mehrmals die Luft in ihre Lunge. Und dann nimmt sie erneut all ihren Mut zusammen.

»Sam«, Hope beginnt und stoppt im selben Atemzug. Seinen Namen auszusprechen, reißt ihr das Herz aus der Brust. »Sam war mein Verlobter. Mein Seelenverwandter. Die Liebe meines Lebens. Alles war perfekt und ich hatte mehr, als ich mir jemals zu träumen gewagt habe. Bis der 17. November letzten Jahres anbrach und sich mein Leben dramatisch verändert hat. Ich alles verloren habe.« Ich drücke sie fest an mich. Obwohl ich Angst habe, sie wie Glas zu zerdrücken. »Wir hatten einen schlimmen Autounfall. Sam ist dabei gestorben und mit ihm auch meine Tochter Mila. Wir waren gerade auf den Weg ins Krankenhaus, weil mir die Fruchtblase geplatzt war.« Hope drückt sich leicht von mir ab. Ihre Lippen zittern. Sie sucht meinen Blick, den ich ihr sofort schenke. »Ich habe die Kleine nie gesehen. Das Einzige, was mir von ihr geblieben ist, ist die Narbe hier.« Mutig schiebt Hope ihr Shirt nach oben und ihre Jeans ein kleines Stück nach unten. Dann sehe sie. Eine horizontale, circa zehn Zentimeter große Narbe. Damit zollt sie mir mehr Vertrauen, als ich wohl jemals von ihr eingefordert hätte. »Sie ist entstanden, als die Ärzte sie mir aus dem Bauch geholt haben. Da war sie schon tot und ich nicht mal bei Bewusstsein. Sie haben sie mir einfach rausgeschnitten.« Hope zittert am ganzen Leib. »Genauso wie die Narben in meinem Gesicht und an meinem Schienbein. Es sind alles Male, die mich immer an diesen fürchterlichen Tag erinnern werden. An dem Tag habe ich nicht nur Sam und Mila verloren. Sondern auch jegliche Liebe zu allem, was mich an die beiden erinnert.« Ich unterbreche Hope nicht, weil mir selbst die Spucke wegbleibt. Ihre grausame Vergangenheit geht mir tief unter die Haut. »Ich werde wahrscheinlich nie wieder so lieben können, wie ich einst geliebt habe. Nicht weil ich es nicht will. Ich weiß, Sam würde sich nichts anderes für mich wünschen. Er würde wollen, dass ich liebe und vor allem wieder lebe. Aber ich habe einfach zu große Angst, noch einmal so einen Verlust überstehen zu müssen. Denn ich würde sowas kein zweites Mal überleben. Deswegen bin ich aus Newport weggegangen. Um mein Leben wieder auf die Reihe zu kriegen. Du und Ava habt mein Leben wieder bunt gemacht.« Hope stoppt für einen Moment, um sich zu sammeln. »Und du, Liam, machst alles so viel erträglicher für mich. Schöner. Lebenswerter. Am Anfang glaubte ich, ich könne mich auf keine Liebe einlassen, weil ich Sam damit verraten würde. Sam und das Wunderschöne, was wir miteinander hatten. Aber das war totaler Schwachsinn. Jetzt ist mir klar geworden, dass ich einfach Angst habe, alles noch einmal durchstehen zu müssen. Das klingt völlig absurd, ich weiß.« Hope greift sich an die Schläfe. »Ich werde nie wieder so frei und furchtlos lieben können, wie es einmal war.« Sie schließt mich das erste Mal nicht aus. Und ich muss zugeben, dass ihre Gefühle und die Geschehnisse ihrer

Vergangenheit schmerzen. Wie Messerklingen, die andauernd in meine Brust stechen.

Zusammengekauert liegt sie in meinen Armen und ich muss mich absolut zusammenreißen, meine Lippen nicht auf ihre zu legen. Dabei wüsste ich, dass ihr es guttun würde.

»Es ist nicht absurd. Keine Ängste sind es«, antworte ich. »Du bist einfach nur menschlich. Jemand Wundervolles wie du sollte so etwas Grausames nicht einmal im Leben durchmachen müssen. Und ich kann dir zwar kein Versprechen geben, aber ich werde alles in meiner Macht Stehende tun, damit das nicht noch einmal passiert. Du nicht noch einmal durch so etwas musst.«

Mir wird klar, dass ich nicht gegen ihre verstorbene Liebe ankämpfen muss. Das will ich auch gar nicht. In ihrem Herzen ist sicherlich Platz für uns beide. Aber ich weiß, dass ich gegen ihre Ängste ankommen muss. Nur wie soll man das anstellen? Ich habe das Schicksal und die Zukunft nicht in der Hand und kann ihr nicht versprechen, mich niemals zu verlieren. Und Versprechen, die ich nicht einhalten kann, weil es schlichtweg nicht in meiner Hand liegt, gebe ich nicht.

Aber ich will ihre Angst dennoch vernichten. Und ich bin bereit, den Kampf aufzunehmen.

30

Hope

Bisher habe ich nur einem so viel Vertrauen geschenkt. Und das war Sam. Nicht mal Isa oder James wissen, wie es in mir aussieht. Von meinem Vater ganz zu schweigen. Es hätte ihn nur trauriger gemacht.

Ich weiß nicht, warum ich so viel Hoffnung in Liams Worte lege. Wahrscheinlich, weil er nie ein Versprechen mir gegenüber gebrochen hat und stets ehrlich zu mir war.

Liam wirkt, als wüsste er genau, wie er das Leben zu nehmen hat. Wie er mein Leben zu nehmen hat.

Als könnte er umstandslos die Last von mir nehmen und sie in den tiefen Abgrund werfen. So fühlt es sich zumindest an, wenn Liam mich ansieht.

Dieses Gefühl zu haben, seine Leichtigkeit und sein Selbstbewusstsein zwingen meine Ängste in die Knie, lassen mich aufatmen.

»Vorsicht! Heiß! Es ist nicht der aus dem *ChocoMakesHappy*, aber deiner Seele wird er sicherlich genauso guttun.« Liam sitzt auf der Bettkante und reicht mir eine Tasse.

»Du tust meiner Seele gut«, murmle ich in die Tasse hinein und schlürfe achtsam daran.

Ich traue mich gar nicht, Liam ins Gesicht zu sehen. Meine Augen sind geschwollen, sie brennen und sind mit Sicherheit blutunterlaufen.

Noch verrückter ist es, ihn in diesem Moment küssen zu wollen. Weil sich mein Körper danach sehnt, mein Herz auch.

Was ist nur los mit mir? In den vergangenen Stunden habe ich viel mehr Gefühlsstadien durchlebt als im letzten halben Jahr.

»Ich glaube, du weißt mehr über mich als sonst jemand auf der Welt. Keiner wusste bisher, wie es in mir aussieht.« Meine Feststellung überrascht mich selbst. Aber seitdem ich Liam von ihnen erzählt habe, geht es mir besser. Ich bin komischerweise erleichtert.

»Das ist gut, oder?«, fragt er.

»Es ist sehr befreiend.«

Ich kann ein unauffälliges Schmunzeln auf seinen Lippen erkennen.

»Warum siehst du mich dann nicht an?«, stichelt er.

»Weil ich aussehe wie ein Waschbär auf Drogen! Völlig zugeschwollen.«

»Sieh mich an. Komm schon«, fordert er und legt seinen Zeigefinger unter mein Kinn.

Wie er es will, sehe ich zu ihm.

Liams Haar ist völlig zerzaust. Seine Augen finden das gewohnte Leuchten der letzten Wochen wieder. Die Grübchen auf seinen Wangen werden tiefer mit jeder Sekunde, die wir uns ansehen. Rundum ist Liam perfekt. Und erneut habe ich das Gefühl, ich heile ein Stück weit. Durch ihn und das verständnisvolle Wesen, das in ihm steckt.

»So ists gut. Und du siehst nicht aus wie ein Waschbär auf Drogen«, erwidert er und legt seine Hand auf meine Wange.

»Wie dann?«

»Schlimmer.« Liam lacht. Er lacht frei und leicht.

»Liam!«, schimpfe ich und lasse mich zurück ins Bett fallen.

Mit voller Wucht drücke ich mir das Kopfkissen aufs Gesicht. Am liebsten möchte ich gerade in Grund und Boden versinken.

Seine Mundwinkel tanzen um die Wette, als Liam das Kopfkissen von mir herunternimmt und auf mich herabsieht. »Und dennoch bist du wunderschön.«

»Kauf dir eine Brille, und zwar heute noch«, fordere ich.

»Nope. Ich sehe ziemlich gut.« Liam klemmt sich das Kissen unter seinen Kopf und legt sich neben mich. Gemeinsam starren wir an seine kahle Decke, an der eine kupferfarbene Lampe hängt. Neben mir Barcley, der erschöpft auf dem Bett liegt. Der Kleine muss mit mir ziemlich viel mitmachen.

»Musst du nicht arbeiten?«, frage ich.

»Heute ist Sonntag, Miss Green.« Ist mir entfallen.

»Dein freier Tag.«

»Definitiv mein freier Tag.«, erwidert er.

Einen kurzen Augenblick ist es still zwischen uns. Im Normalfall mag ich es ja. Aber jetzt würde mich die Stille erdrücken. »Ich habe unseren Abend ganz schön versiebt, was?«

»Nicht du. Antonia.« Verachtung entweicht seiner Stimme, wenn Liam ihren Namen ausspricht. Ich fühle gleich. »Dennoch würde ich den Abend nicht als versiebt ansehen. Es waren zwar verdammt harte Umstände, aber ich fühl mich dir nun noch näher, weißt du?« Ich weiß, was er meint.

»Geht mir genauso«, schmunzle ich. »Ich hasse eigentlich keinen Menschen. Aber dieses Miststück schleicht sich gerade auf Platz zwei von zwei«, murmle ich zügellos.

»Wer ist auf Platz eins?« Liam dreht sich fragend zu mir und mustert mein Profil.

»Der Fahrer, der in unser Auto gekracht ist. Obwohl er auch an den Verletzungen des Unfalls starb. Es ist irgendwie unfair, so zu denken, oder?« Liam antwortet nichts darauf. Muss er auch gar nicht. Ich weiß selbst, dass es nicht fair ist, einen toten Menschen zu verdammen. Und eigentlich ist es ganz und gar nicht meine Art. Aber ich werde so wütend, wenn ich an den Fahrer denke, von dem ich kein Gesicht vor Augen habe.

»Weißt du, wer es war?«

Ich schüttle den Kopf. »Isa hat die Nummer seiner Frau.«

»Mhm«, erwidert Liam nachdenklich.

»Würdest du sie sehen wollen und mit ihr reden?« Wer will schon den Mörder seiner Liebe und seiner Tochter kennenlernen? Geschweige denn dessen Familie?

»Wahrscheinlich schon«, antwortet Liam zu meinem Schrecken. Ich erwidere seine Blicke mit Skepsis. Meine Augenbraue zieht sich merklich in die Höhe. »Weshalb?«

»Um abschließen zu können. Es ist schlimm, was deiner Familie passiert ist, Hope.« Als Liam das Wort Familie in den Mund nimmt, erstarrt mein Körper. »Aber es ist wichtig, zu wissen, was vielleicht wirklich passiert ist. Weißt du, wie ich das meine?« Ich habe mir schon einiges ausgemalt, warum der Mann die Kontrolle über seinen Wagen verloren haben könnte. Nur keine Erklärung war plausibel genug, um ihm so etwas verzeihen zu können.

War er betrunken und ist unvernünftigerweise ins Auto gestiegen? War er zu alt, um überhaupt noch Auto fahren zu können? War er zu schnell unterwegs und hat die Witterung unterschätzt?

Jetzt bin ich diejenige, die mit einem leisen »Mhm« antwortet.

Kann ich erst abschließen, wenn ich mich dieser Sache gestellt habe? Was passiert, wenn ich die Fassung verliere? Fragen über Fragen.

Auf jeden Fall lässt mich Liams Äußerung alles viel rationaler betrachten.

»Du bist viel zu gut für diese Welt, dass ich mich manchmal frage, wo der Haken ist.«

»Es gibt keinen Haken«, versichert er mir und unterstreicht seine Antwort mit einem fetten Lächeln.

Was er damit in mir auslöst, ist ihm bestimmt nicht bewusst. Vor allem nicht in diesem Moment.

Ich sollte trauernd neben ihm liegen. Das wäre die eigentliche Reaktion nach einer solchen Nacht. Doch ich lächle und schaue positiv meiner Zukunft entgegen. Noch immer mit einer gewissen Angst, aber ich bin hoffnungsvoller. Hoffnungsvoller wegen ihm und dem, was er ist. Wegen dem, was er mit mir macht.

»Liam?« Und so wie es stets zwischen war, verkeilen sich unsere Blicke ineinander. Wir funkeln uns an.

»Ja?«

Ich nehme seine Hand und verschränke meine Finger mit seinen. Ich bin aufgeregt, dennoch will ich es wagen. »Ich würde dich gern küssen.«

»Was hält dich ab?«, fragt Liam mit einer Leichtigkeit, die mich schier um den Verstand bringt.

»Naja, zum einen habe ich Angst, dass du es nicht wollen würdest. Nach dem, was du jetzt weißt. Zum anderen bist du zu weit weg.« Dabei sind es nur geschätzte dreißig Zentimeter, die zwischen uns liegen.

Bevor ich mich weiter erklären kann, lässt Liam keine Sekunde verstreichen. Ohne Vorwarnung, und zu meinem Glück haltlos, legt er seine Hand auf mein Becken und zieht mich dicht an sich. Seine Bauchmuskeln drücken durch unsere Klamotten gegen meine

Haut. Seine Lippen schreien nach einem Kuss, seine Augen nach so viel mehr.

Er schluckt. Ich schlucke. Sein Atem trifft meinen Atem. Mein Herz rast, mein Unterleib kribbelt.

Zärtlich wandert sein Daumen über meine Stirn. Er findet für wenige Sekunden auf meinem Mund Halt, bevor Liam seine Hand zurück auf meine Wange legt.

Dann dauert es nur einen kurzen Moment, bis sich unsere Lippen berühren. Wie zwei Magnetpole, die gezwungen sind, immer wieder zueinanderzufinden.

Seine Zunge streift über meine Unterlippe und dringt forsch in meinen Mund. Zärtlich und dennoch voller Leidenschaft umgreift Liam fester mein Gesicht.

Jede Berührung erweckt einen Donnerschlag in meiner Brust und sorgt für eine berauschende Gänsehaut am ganzen Körper.

Ich presse mein Becken dichter gegen seins und vergesse vollkommen, wozu ich mich gerade hinreißen lasse. »Du machst mich verrückt«, murmelt Liam, als er sich über mich beugt.

Er schwebt über mir, sieht mich an. Liams Gesicht ist perfekt. Von den Haaren bis zu den Lippen und wieder zurück. Ein Kunstwerk. Wieso fühlt sich alles so richtig mit ihm an?

Seine Blicke verweilen in meinem Gesicht, seine Hände auf meiner Taille. Ich genieße es, von ihm angesehen zu werden. Von ihm berührt und geküsst zu werden. Alles, was ich in diesem Moment will, ist, ihn viel inniger zu spüren. Liam so nah an mich heranzulassen, wie es nur möglich ist.

Liams Küsse wandern hinunter, bedecken meinen Hals und schleichen zaghaft über mein Schlüsselbein. »Küsst du jede Frau so?«, seufze ich.

»Wie küsse ich denn?« Ich spüre sein Schmunzeln auf meiner Haut.

»Als hinge dein Leben davon ab«, raune ich.

»Dann, nein. So küsse ich nur dich, Miss Green. Weil ich nur mit dir überleben kann.« Seine Worte. Seine unfassbar schönen Worte rauben mir jegliche Kontrolle.

Liams Hände schieben sich unter mein Shirt. Mit seiner warmen Hand streichelt er meinen Rücken. Hoch und runter.

Ich kann mir nicht annähernd einreden, dass das hier falsch ist. Denn im Moment ist es einfach viel zu schön, als das es auf irgendeine Art falsch sein könnte.

»Wenn ich aufhören soll«, er schluckt schwer, »dann sag es mir. Dann höre ich auf.«

»Hör nicht auf. Ich will, dass du mich küsst. Ich will, dass du jede Narbe meines Körpers siehst. Ich will, dass du mich berührst«, bitte ich. Noch nie habe ich ihn mehr gebraucht als jetzt.

Seine Finger gleiten zum Bund meines Shirts, das er bestimmend packt und über meinen Kopf zieht. Sekunden später landet es auf dem Boden. »Ich werde dich jetzt weiter ausziehen«, warnt er.

Langsam öffnet er mit einer Hand meinen BH und streift die Träger über meine Schultern.

Liams Hände wandern zum Knopf meiner Jeans, die er mir langsam abstreift. Sein Atem auf meiner

Haut hüllt mich ein, zusammen mit seinem holzig herben Duft, der jegliche Furcht vergessen lässt.

»Du bist wunderschön, Hope Green!« Diese Worte treffen meine Seele. So sanft. So heilend.

Noch nie hat sich ein Mann sehnsüchtiger nach mir verzehrt. Noch nie!

Ich zerre Liam sein Shirt vom Körper und werfe es neben mich. Barcley ergreift die Flucht, bevor er getroffen wird.

»Du bist so wunderschön, Liam Connor«, erwidere ich zaghaft.

Seine Muskeln zucken, wenn ich ihn berühre. Ich verbrenne, wenn er mich berührt.

Sanft fahren seine weichen Lippen über die Spuren meiner gnadenlosen Vergangenheit. Erst über die Narbe am Unterbauch, dann über die Narbe am Schienbein.

Wie Liam dieses beeindruckende Gefühl in meinem Herzen herbeizaubert, ist mir unerklärlich. Aber er schafft es tatsächlich, dass sich die Narben das erste Mal nach einem akzeptierten Teil von mir anfühlen.

Gleichzeitig erkunden seine Hände meinen Körper. Und sobald er über die empfindliche Stelle an meinem Becken streichelt, entflieht mir ein leises Stöhnen.

Ich schließe die Augen und genieße.

»Sag mir, wenn ich aufhören soll«, flüstert er.

»Du sollst nicht aufhören. Bitte«, beschwöre ich ihn erneut.

Alles an ihm riecht nach purer Sicherheit. Alles an ihm lässt mich wieder Hoffnung empfinden. Liam bringt mich dazu, wieder zu leben und zu lieben.

Egal, wie dunkel es um mich herum ist. Liam leuchtet, sodass es hell genug für uns beide ist.

Dann legt dieser atemberaubende Mann seine Hände an meine Schenkel und schiebt sie gefühlvoll auseinander. Zärtlich küsst er die Innenseiten, bevor er über meinen Slip streicht. Reflexartig schiebe ich ihm meine Hüfte entgegen.

Mein Herz schlägt schneller, als ich es jemals für möglich gehalten habe, während er meinen Slip quälend langsam hinunterzieht und ich seinen Atem spüre.

Er beginnt, meine Mitte mit seiner Zunge zu umkreisen, was mich dazu bringt, noch tiefer in die Matratze zu sinken. Meine Finger krallen sich ins Bettlaken.

Ich will mehr. Und noch viel wichtiger, ich will ihn.

Schweiß entsteht in kleinen Tropfen auf meiner Haut. Liam grinst, weil er bemerkt, wie sehr ich mich fallen lasse.

Er steht auf und zieht seine Jogginghose samt seiner Boxershorts aus. Liam ist erregt und alles an seinem Körper will mich. Genauso wie ich ihn.

Vor lauter Lust, Nervosität und Wünschen knabbere ich unaufhaltsam auf meiner Unterlippe herum.

»Du bist nervös«, flüstert mir Liam ins Ohr, als er sich über mich beugt. Nackt und in seiner ganzen, vollkommen freien Schönheit.

»Bin ich«, keuche ich.

Als wolle er meine Nervosität ersticken, küsst er mich. Leidenschaftlich und ehrlich. Im selben Atemzug dringt Liam in mich ein. Und je tiefer er in mich gleitet, desto intensiver fühle ich, wie verbunden wir miteinander sind. Dass ich ihn an meiner Seite brauche. Nicht nur für jetzt. Sondern so lange es uns bestimmt ist. Am liebsten für immer.

Liam begehrt mich. Er ist spürbar verliebt in mich und heilt die tiefen Wunden meiner zerbrochenen Seele. Stück für Stück klebt er sie wieder zusammen.

Seine Haut trifft meine Haut.

Liams Finger verflechten sich mit meinen, die er fest über meinem Kopf fixiert. Seine Berührungen sind perfekt abgestimmt. Nicht zu hart und nicht zu weich, sodass er es schafft, mich komplett meiner Lust zu überlassen, die mich hundertprozentig im Griff hat.

Ich weiß nicht, wann ich mich das letzte Mal so gut gefühlt habe.

Die Synapsen toben in meinem Kopf, je näher ich dem Höhepunkt komme. Ich kann ihn spüren, weiß, dass er mir alles unter meinen Füßen wegziehen wird.

Keuchend löse ich mich aus unserer Verflechtung und kralle mich in Liams Haar, bohre meine Nägel in sein Fleisch.

»Ich verliebe mich immer mehr in dich, Hope Green«, keucht er dicht an meinen Ohren, während er sich immer tiefer in mich hineinschiebt.

Als mich der Höhepunkt wie eine Welle mit sich zieht, zittere ich am ganzen Körper. Liam folgt mir wenige Sekunden später.

Seine Lippen an meinem Hals vergraben, seine Hände in meinem Nacken, sein Körper auf meinem.

»Ich verliebe mich immer mehr in dich, Liam Connor«, stelle ich flüsternd fest. Er antwortet nicht, weil es nichts darauf zu antworten gibt.

Liam sieht mich nur mit seinen vielsagenden Grübchen an und streicht mir eine verirrte Strähne aus dem Gesicht. Ich genieße es, dass Liam nicht daran denkt, seinen Körper von meinem zu heben. Wir bleiben verschmolzen.

Ich spüre unsere Verbundenheit, die ich mir immer wieder, tief in mir, gewünscht habe.

Wenn ich jemals dachte, dass er mich noch mehr zerbrechen würde, dann habe ich falschgelegen.

Seitdem wir uns kennen, ist es schon immer so gewesen. Seine Wärme kämpft gegen meine Kälte. Seine Leichtigkeit verdrängt meine Angst. Zusammen sind wir die rauschende Welle auf dem stillen Ozean.

Er küsst mich auf den Mundwinkel. So innig, so liebevoll, so sehnsüchtig, dass mir eines klar wird: Ich lebe wieder.

Unsere Körper harmonieren perfekt miteinander. Als wäre Liam die fehlende Saite eines kaputten Klaviers, das erst durch ihn die richtigen Töne von sich geben kann.

Dass er über meine Vergangenheit und meine Ängste Bescheid weiß, macht alles so viel einfacher zwischen uns.

Wir lieben uns die ganze Nacht lang. Auf der Couch, in der Küche, vor seinen Büchern und auf seiner Werkbank. Und als wir schließlich gemeinsam Kommen, habe ich das Gefühl, zu explodieren. Immer, wenn er meine Narben küsst, sei es die im Gesicht, am Unterbauch oder am Schienbein, fühle ich mich freier.

Über uns trampelt und klopft es. Liam vergräbt sein Gesicht in meinem Hals und lacht kehlig.

»Wir sind wohl einfach zu laut. Ava wird uns noch umbringen«, raunt er in meinen Nacken und sorgt für einen heftigen Ausfallschritt meines Herzens.

»Wir sind wohl einfach zu laut«, pflichte ich ihm lachend bei.

Als Liam meine Haut mit zärtlichen Küssen übersät, schmelze ich unter seinen Berührungen regelrecht dahin. Dann rollt er sich von mir und zieht mich in seine Arme.

»Bist du im Moment glücklich, Hope?« Meine Antwort auf seine Frage kommt unerwartet. Selbst für mich. »Mehr als das. Ich habe das Gefühl, ich lebe wieder.« Das hier ist Glück in seiner ehrlichsten Form. Ich bin vor vielen Monaten zersprungen und mit Liam langsam wieder ganz.

Die ganze Zeit verfolgte mich die Angst, ich könnte die Erinnerungen an Sam verlieren, wenn ich mich auf Liam einlasse. Aber jetzt weiß ich es besser.

Es ist okay, zwei Männer zu lieben. Sam als meine Vergangenheit und Liam als meine Gegenwart und Zukunft.

Und der Angst, wieder jemanden auf so eine grausame Weise zu verlieren, muss ich mich einfach stellen. Ich darf mir von ihr nicht mein Leben bestimmen lassen. Und ich weiß, Liam kann und wird mir dabei helfen.

31

Liam

Verdammt, es fühlt sich so gut an, wenn ihr Atem meine Haut streift. Besser, als ich es mir die letzten Wochen vorgestellt habe. Jetzt liegen wir hier, vor meinen Büchern und ich könnte nicht glücklicher sein.

Nie habe ich eine Frau mehr begehrt. Nie habe ich eine Frau sehnsüchtiger in meinen Armen gehalten. Und nie war ich verliebter. Durch Hope werde ich wirklich zu einem absoluten Romantiker.

»Ich weiß nicht, wie du das machst«, murmle ich in ihr Haar.

»Was meinst du?«, murmelt sie.

»Als ich dich das erste Mal sah, war es um mich geschehen. Willst du wissen, was mir als Erstes durch den Kopf ging?«

»Erzähl!«, fordert sie ein und funkelt mich gleichzeitig an. Ihre großen schokobraunen Augen machen mich wahnsinnig.

»Perfekt«, antworte ich ehrlich und bestimmt. Mein Daumen streichelt die Narbe auf ihrer Wange und ich bin unfassbar dankbar, dass sie es zulässt. »Du bist perfekt, Hope Green.«

Perfekt von innen wie von außen.

»Und dann sind da deine Augen. Sie bringen mich jeden Tag mehr dazu, mich in dich zu verlieben.«

Hope lächelt mich mit dem schönsten Lächeln dieser Welt an und erwidert meine Worte mit einem tiefsinnigen Kuss, der mir den Atem raubt. Meine Gedanken überschlagen sich.

Als sie von mir ablässt, zeichnet sie mit ihrem Zeigefinger kleine Kreise auf meine Brust. Die kleinste Berührung von ihr überzieht meinen Körper mit einer Gänsehaut.

Ich schlinge meine Arme um sie. Die Art, wie sie sich an mich schmiegt, benebelt meinen Verstand, aber es stört mich keinesfalls.

Mehr denn je möchte ich Hope vor dem Schmerz dieser Welt bewahren. Es mag egoistisch sein, aber ich werde Hope Green nie wieder hergeben. Meinetwegen. Unseretwegen.

Das, was in meiner Brust schlägt, fühlt sich das erste Mal echt an. Ob sie meinen Herzschlag hören kann, der ihr ununterbrochen erzählt, wie verliebt ich in sie bin?

32

Hope

»Wie geht es dir, mein Kind? Noch nie waren wir so lange getrennt voneinander. Wann kommst du wieder nach Hause? Du fehlst mir.« Mein Vater seufzt ins Telefon.

»Oh, Daddy … Du fehlst mir auch!« Das tut er wirklich. Mehr als mir bis eben bewusst war. Nicht nur er. Auch Isa, James und irgendwie auch das Haus, indem ich so viele Monate mit Sam lebte, fehlen mir.

»Mir geht es gut. Sehr gut sogar. Ich bin glücklich.« Auf die Frage, wann ich wieder komme, antworte ich nicht. Die Antwort würde mein Vater nicht hören wollen.

»Du klingst auch glücklich. Es ist schön, diesen ausgeglichenen Ton in deiner Stimme wieder zu hören. Er war viel zu lange verschwunden.«

»Ich weiß.« Was hat mein Vater nur die letzten Monate mit mir durchstehen müssen. »Aber sag, wie geht es dir?«

»Schon ganz gut.« Die Stimme meines Vaters springt und kichert. Mein Vater kichert nicht. Nie!

»Daddy, was ist los?« Versucht er, etwas vor mir zu verheimlichen?

»Es ist nichts. Alles beim Alten.«

»Daddy?«

Tiefes Schweigen umspielt unser Gespräch.

»Wie soll ich das nur sagen, Schätzchen?«, stammelt Daddy vor sich hin.

Normalerweise redet er nie um den heißen Brei herum. Ein Charakterzug, den ich zum größten Teil von ihm geerbt habe. Doch sobald es um unsere Gefühle geht, machen wir beide dicht. Dabei sollte er wissen, dass er mir alles sagen kann. Wir waren schon immer ein Team. Direkt und ehrlich.

»Ist doch völlig egal. Du kannst mir alles sagen. Auf jede erdenkliche Weise.«

Daddy holt tief Luft. »Dein Abschiedsbrief hat mir zu denken gegeben.«

»Was soll das heißen?« Ich gehe jedes Wort der Reihe nach durch, das ich meinem Vater hinterlassen habe.

»Du weißt doch. Ich bin seit vielen Jahren in dem Tennisverein von Newport.«

»Ja?«

»Dort habe ich schon vor langer Zeit jemanden kennengelernt, der mir tagtäglich mehr Bedeutung schenkt. Nur hatte ich bisher nicht den Mut, es zuzulassen.«

»Du bist verliebt, Daddy? Ist es das, was du mir sagen willst?« Meine Hände ballen sich zu freudegeladenen Fäusten. Ich grinse in den Kragen meines Pullovers.

»Ich bin wohl verliebt, ja.« Wahrscheinlich würde ich in die Luft hüpfen, wenn ich nicht bemerken würde, dass ihm etwas auf der Seele liegt. Mein Vater ist das erste Mal, seitdem meine Mutter fortgegangen ist, verliebt. Aber seine Stimmung dahingehend ist verhalten.

»Das ist nur noch nicht alles«, erkenne ich. »Spanne mich nicht so auf die Folter. Rück schon raus mit der Sprache.«

Kurz ist es still zwischen uns. Vermutlich weil er die passenden Wörter sorgsam auswählt.

»Ich möchte, dass du IHN kennenlernst.« Die tiefe Stimme meines Vaters versagt. Ich kenne meinen Herren besser als sonst jemand und kann ihn gerade regelrecht vor mir sehen, wie er auf seiner Couch sitzt und sich die Handfläche nervös gegen seine immer tiefer werdenden Stirnfalten drückt. Der Fernseher läuft und ist nur auf stumm gestellt, damit er und ich jedes Wort eindeutig verstehen können, das kommuniziert wird. »Glaubst du, das wäre in Ordnung für dich?« Dabei weiß er nicht, dass mir der Gedanke, er könne auf Männer stehen, nicht wirklich fremd ist.

Mein Vater hat noch nie einer Frau hinterhergesehen, geschweige denn Interesse an einer gezeigt. Seine Blicke auf fremde Männer hingegen waren weitaus intensiver. Wie gesagt, ich kenne meinen Vater besser als sonst jemand und meine Auffassungsgabe ist bemerkenswert gut. Noch eine Charaktereigenschaft von ihm.

Damals erklärte mir mein Vater, dass die Ehe meiner Eltern aus keiner Märchenliebe bestand. Sondern eher eine Mussliebe war. Deswegen kämpfte er nicht um das, was sie hatten. Was genau alles dahinter steckte, weiß ich nicht. Daddy würde es mir sicherlich erzählen, wenn ich ihn ausfragen würde. Aber ich habe gar nicht das Verlangen danach.

Selbst wenn die Homosexualität meines Vaters damals der Grund für meine Mutter gewesen war, abzuhauen, um ihr Verpasstes nachzuholen, verzeihe ich ihr dennoch nicht, dass sie sich seither nicht einmal bei mir gemeldet hat. Sie hatte sich nicht mal von mir verabschiedet. Eines Morgens war sie einfach nicht mehr da. Egoistisch nenne ich das.

Für meinen Vater hingegen bin ich die Welt. Seine Welt.

»Wie kannst du nur annehmen, dass es nicht in Ordnung für mich wäre? Ich möchte, dass du glücklich bist. Natürlich will ich IHN kennenlernen!« Jedes Wort betone ich so intensiv, dass er sicher sein kann, dass ich alles haargenau verstanden habe. »Und wissen, welcher MANN meinen Vater glücklich macht.«

Erleichtert stößt er einen kräftigen Luftstoß von sich. »Das bedeutet mir unglaublich viel. Danke, dass du einfach du bist.«

»Du hast mich so erzogen«, erwidere ich stolz. »Aber jetzt, wo du es einmal ansprichst, Daddy.«

»Ja? Sag mir bitte das, was ich glaube, dass du mir sagen willst.«

»Ich hoffe, dass es das ist, was du hören willst.« Ich stoppe. »Ich bin auch verliebt.« Und wieder stoppe ich, weil ich auf eine Reaktion von ihm warte. Aber sie bleibt aus. »Und ich würde ihn mitbringen, wenn es in Ordnung ist.«

»Mehr als das. Ich werde Sam immer in wunderschöner Erinnerung behalten. Aber ich bin froh, mein Schatz. Einfach nur froh, dass du bereit bist, ein zweites Glück zu wagen. Und ich bin dankbar. Dankbar, dass du nicht so viel Zeit verstreichen lässt wie ich.«

»Die letzten Monate waren sehr schwer für mich. Alles war viel zu dunkel in mir. Nach und nach wurde es in Nashville erträglicher. Einfacher. Ich werde Sam und Mila niemals vergessen. Und wahrscheinlich werde ich noch etliche Tränen vergießen. Aber ich habe entschieden, wieder positiv in die Zukunft zu sehen. Dank Liam. Er hilft mir dabei. Und ich weiß, du wirst ihn mögen.«

»Natürlich werde ich das. Wenn er dich glücklich macht, muss er ein vernünftiger und toller Mann sein.«

»Das ist er. Dann machen wir also ein Doppelkennlerndate daraus«, lache ich.

»Zum Geburtstag deines alten Herren wäre es doch ganz praktisch, nicht?« Und dieser ist schon in zwei Wochen. Er weiß ganz genau, dass er mich mit so einer Aussage dorthin bekommt, wo er mich hin haben will. Mein Vater legt keinen Wert auf Geschenke. Das Einzige, was er sich wünscht, ist ein gemeinsames Beisammensein. Diesen Wunsch muss ich ihm erfüllen.

»Aber sicher. Ich versuche mein Bestes.« Auch wenn ich nach Newport und mich in die tiefste Dunkelheit meiner Vergangenheit wühlen muss.

Ist es nicht komisch? Sein Zuhause zu vermissen und sich gleichzeitig davor zu fürchten?

Ich will nicht sagen, dass ich es etwas seltsam finde, Liam zu fragen, ob er mich nach Newport begleitet. Aber wir sind erst ziemlich frisch zusammen.

Ihn jetzt zu bitten, mich zu begleiten und meinen Vater kennenzulernen, könnte ihn überfordern.

Mir wiederum geht es nicht zu schnell. Ich weiß endlich, was ich will. Nämlich ihn. Auch wenn das bedeutet, für immer hier in Nashville zu bleiben, um bei ihm sein zu können.

Nur bringe ich es nicht über meine Lippen, es meinem Vater zu sagen. Noch nicht. Auch wenn er mit Sicherheit vollstes Verständnis dafür zeigt, würde es ihm kurzzeitig wohl das Herz stoppen.

Unser Ritual ist nicht abgebrochen. Bevor Liam von der Arbeit nach Hause kommt, warte ich schon auf ihn. Startklar, im Treppenhaus.

Nur sind die Begrüßungen anders. Schöner. Intensiver.

Seine Arme verschlingen meinen Körper und heben mich in die Luft, als hätten wir uns Tage nicht gesehen. Dann drückt er mir einen flüchtigen Kuss auf die Mundwinkel oder bedeckt mein ganzes Gesicht mit diesen sanften Berührungen.

Um mich nicht warten zu lassen, stürmt er in die Wohnung und zieht sich um. Das Duschen verlegt er nach hinten. Eine weitere Gewohnheit, die wir gemeinsam und zur selben Zeit verüben. Wenn wir unter dem warmen Schauer stehen, gibt es nicht einen Moment, an dem wir die Finger voneinander lassen können. Und ich bin froh darüber, denn diese Momente zeigen mir, dass alles echt ist, was um mich herum passiert. Jeder Augenblick mit Liam ist extrem innig und kostbar.

Zusammen fangen wir die letzten Frühlingsstrahlen des Tages ein und beobachten gleichzeitig den Sonnenuntergang von der *Cumberland River Pedestrian Bridge* aus. Ich fühle mich unfassbar wohl, wenn er hinter mir steht und seine Arme um meine Taille legt. Nervös bin ich dennoch. »Liam?« Ich beiße auf meiner Unterlippe herum.

»Miss Green?«, flüstert er fragend in mein Ohr.

Mein Atem wird unregelmäßig. Ich kralle mich vor Aufregung am Geländer der Brücke fest. »Würdest du mich nach Newport begleiten? Ich weiß, du kannst eigentlich nicht weg, weil du ziemlich viel in deiner Werkstatt zu tun hast. Aber –« Liam unterbricht mein hektisches Geplapper, wovon er zweifelsfrei nur die Hälfte verstanden hat.

»Atme, Hope.« Langsam legt er seine Hand auf meinen Arm und ich atme.

In seinen Armen drehe ich mich zu ihm und sehe in sein Gesicht. Liam lächelt. Seine Grübchen schlagen kleine Schatten auf den Wangen und dennoch sieht er mich mit geneigtem Kopf skeptisch an.

»Ich weiß, dass du eigentlich genügend Arbeit in deiner Werkstatt hast«, wiederhole ich. In der Hoffnung, den ersten Teil meiner eigentlichen Frage nicht noch einmal wiederholen zu müssen. Ein Nein von ihm würde doppelt schmerzen. »Aber ich dachte viellei –«

»Ich würde dich sehr gern begleiten«, unterbricht er mich erneut mit einer Selbstverständlichkeit, die mich aus der Fassung bringt.

»Würdest du?« Ein breites Grinsen legt sich in mein Gesicht.

»Natürlich würde ich.«

Warum schaut er dann so skeptisch?

»Ich bin nur leicht erstaunt. Nachdem du deine Handbremse über Wochen angezogen hattest, legst du jetzt ein ganz schönes Tempo an den Tag.« Als würde er meine Gedanken lesen können. »Gefällt mir.« Liam küsst mich flüchtig. Dennoch löst es spürbare Schmetterlinge in meinem Bauch aus.

»Mein Dad hat Geburtstag und er würde sich sehr freuen, wenn wir kommen.«

»Na, dann machen wir ihm doch die Freude, oder?«

»Das wäre nächsten Samstag. Wenn wir schon Freitagabend da sein könnten, wäre er bestimmt total aus dem Häuschen.«

»Ich habe eine bessere Idee. Was hältst du davon, wenn ich mir eine Woche Urlaub gönne und wir kommenden Sonntag fliegen würden. Dann hättest du eine Woche Zeit und könntest sie mit den Menschen verbringen, die du schon eine Weile nicht mehr gesehen hast.«

»Klingt verlockend. Aber was ist mit deiner Werkstatt und deinen Kunden?«

»Ich klotze diese Woche einfach ran und liefere alles aus. Die meisten Aufträge sind erst in einigen Wochen fällig.«

»Würdest du das tun, ja?«

»Für dich würde ich alles tun.« Meine Wangen werden von Liams warmen Händen umhüllt. Er nähert sich meiner Stirn und hinterlässt einen zärtlichen Kuss darauf.

Obwohl ich ein mulmiges Gefühl habe, wenn ich an Newport denke, freue ich mich trotzdem. Ich freue mich, dass Liam meinen Vater kennenlernen wird. Und ich freue mich, Isa und James wiederzusehen.

»Würdest du mir auch die Ehre erweisen, dir meine Eltern vorzustellen?« Wie du mir, so ich dir, was?

»Aber natürlich«, antworte ich selbstsicher. Obwohl ich alles andere als das bin. Was, wenn sie mich nicht mögen?

33

Liam

Mein Herz hat einen Salto gemacht, als Hope über ihren Schatten gesprungen ist und mich gefragt hat, ob ich sie begleiten möchte. Daran wäre vor einigen Tagen nicht annähernd zu denken gewesen. Für heute habe ich Hope, Ava und mich zum Abendessen bei meinen Eltern angemeldet.

Wenn Hope glaubt, ich habe ihr das *Aber natürlich* abgekauft, irrt sie sich gewaltig. Innerlich hat sie gezittert, dass ich es bis auf meine Haut gespürt habe. Irgendwie finde ich es süß, dass sie so aufgeregt ist.

Seitdem sie mir ihre Vergangenheit anvertraut hat, ist die Beziehung zwischen uns viel klarer und tiefgründiger. Hope wirkt etwas freier und gelassener, was mich in jeder Faser glücklicher macht. Lacht sie, lache ich. Ist sie glücklich, bin ich es auch. Mir ist bewusst, dass sie nicht von heute auf morgen heilen wird. Aber ein Schritt nach dem anderen.

Überhaupt den Ort zu betreten, an dem so viel Unheil passiert ist, ist schon mehr als tapfer. Für die

Menschen, die sie liebt, macht Hope nun mal alles, wie das beweist. Für sie stürzt Hope sich erneut in die Finsternis ihrer Vergangenheit.

Ich bin ziemlich neugierig, wie ihr Vater so drauf ist. Ob er mich mag oder nur Sam an Hopes Seite sehen kann. Für ihn war es bestimmt auch ein großer Einschnitt, den zukünftigen Schwiegersohn zu verlieren und seine Tochter so leiden zu sehen.

Ich werde ihm auf jeden Fall beweisen, dass ich seine Tochter ehren werde. So wie sich das nun einmal gehört.

Nach Newport zu fliegen, kommt meinen Absichten ziemlich gelegen. Ich wollte längst an die Ostküste, um einen alten Kindheitsfreund ausfindig zu machen, zu dem ich vor ungefähr fünfzehn Jahren das letzte Mal Kontakt hatte.

Da über das Internet kaum eine aussagekräftige Information rauszufinden war, bin ich gewillt, an die letzte Adresse zu fahren, die ich von ihm habe. Diese liegt nur eine knappe Stunde von Newport entfernt. Sollte er dort nicht mehr wohnen, muss ich anderweitig versuchen, herauszufinden, wo er lebt. Eine Woche sollte genügen.

Über alte Zeiten zu reden und vielleicht auch über unsere Dummheiten zu lachen, wäre schon echt genial. Ich kann nur hoffen, dass er mich nicht vergessen hat.

Seine Familie hat damals neben meinem Elternhaus gewohnt.

Der Vater, ein Abgeordneter, kam des Öfteren nicht mit dem Druck seines Berufes klar und versank immer regelmäßiger im Alkohol.

Irgendwann trennte er sich von seiner Frau.

Die Familie verließ das Anwesen und sie zog mit ihrem Sohn später an die Ostküste. Diese Tatsache hat uns beide sehr traurig gestimmt. Hätte seine Mutter damals nicht diese Entscheidung getroffen, wären wir wahrscheinlich noch heute die dicksten Buddys.

Was er wohl sagen wird, wenn ich vor ihm stehe?

34

Hope

Am Ende einer langen Landstraße voller Schlamm und Kies erheben sich prachtvolle Villen. Ich falle buchstäblich um, wenn irgendeine den Connors gehört.

Und Liam fährt ernsthaft eine private Straße herauf, die zu einer beigen Villa führt.

Das Grundstück erstreckt sich schätzungsweise auf fünftausend Quadratmeter oder so. Wahrscheinlich ist das noch untertrieben.

Der Rasen links und rechts ist malerisch grün, trotz der Jahreszeit. Direkt vor dem Anwesen ist ein überdimensional großer Springbrunnen, der einen schon aus der Ferne erschlägt.

Außen wirkt alles edel und extravagant. Was soll mich dann erst drinnen erwarten?

Ich weiß, dass Liams und Avas Vater ein Unternehmer ist. Nun ist mein Interesse geweckt, was genau er wirklich macht, dass man sich diesen Luxus leisten kann.

»Hast du Fragen?« Liam bemerkt mein Staunen.

»Seid ihr die *Anthony Starks* aus Nashville oder sowas?«, frage ich überrascht.

Sicherlich bin ich nicht auf den Kopf gefallen und konnte mir schon vorher denken, dass Geld hinter den Eltern der beiden steckt. Wenn sie sich ein Eckhaus relativ zentrumsnah in Nashville kaufen können, liegt es auf der Hand.

Nur habe ich mit so etwas gewaltig Großem nicht gerechnet. Ich fühle mich gerade wie auf *Dagobert Ducks* Anwesen.

»Oh, nice. Da kennt sich jemand mit den *Marvels* aus«, staunt Liam.

Ich verdrehe meine Augen, lege mein Kopf schief. »Ich lebe ja nicht hinter dem Mond«, murmle ich grinsend.

»Wer weiß das schon genau. Du, die nicht eine Folge *GOT* gesehen hat«, stichelt Ava hinter mir.

Liam parkt neben der riesigen Villa auf einem gepflasterten Parkplatz.

Mit jeder Sekunde, die ich hier bin, fühle ich mich unwohler.

Ich ärgere mich grade so sehr, weil ich auf Liam gehört habe. Ich habe ihn extra gefragt, ob ein legeres Outfit, also das, was ich immer trage, ausreicht. Er ist zwar auch recht locker gekleidet, mit seiner Jeans und seinem Kapuzenpullover, aber an ihm sieht alles verdammt gut aus. Ich hingegen fühle mich völlig fehl am Platz.

Wir laufen die wenigen Treppen zur Haustür hinauf.

»Sie werden dich mögen, glaub mir.« Liam streichelt meinen Rücken und küsst mich auf die Stirn, weil meine Anspannung kaum noch zu verstecken ist. Das Wackeln meiner Beine, nach vorn und nach hinten, nervt mich.

Wie zu erwarten war, treten wir in einen riesigen Eingangsbereich. Überall liegen Mamorfliesen aus. Wenn ich nach oben sehe, verfalle ich der riesigen Galerie mit zig Bücherregalen. Nun weiß ich, woher Liams Faible für überdimensionale Bücherregale in Wohnungen kommt.

Um mich herum sind überall Türen, die in andere Räume führen.

»Liam, Ava. Da seid ihr ja endlich!« Eine kleine Frau mittleren Alters kommt freudestrahlend auf uns zu. Seine Mutter?

Erst geht sie auf Liam zu, der sich hinunterbeugt und sich von ihr liebevoll umarmen lässt. Dann zieht sie Ava an sich.

»Hey, Elisabeth. Darf ich dir vorstellen? Das ist Hope.« Liam stellt mich dieser Frau vor. Reflexartig reiche ich ihr meine Hand. »Hope, das ist meine Tante Elisabeth.« Sie erwidert meine Geste, reißt mich an sich und umarmt auch mich.

»Hi.«, murmle ich fast zaghaft.

Mehr Selbstbewusstsein, Hope!

»Es freut mich sehr, deine Bekanntschaft zu machen«, antwortet Elisabeth.

Dann hallt ein »Sie sind da«, durch den Eingangsbereich, das nicht von Elisabeth kommt.

Eine schlanke Brünette in einem roten Anzug winkt uns hinüber ins Esszimmer. Darin steht eine lange Holztafel mit mehr Stühlen, als eine normale Familie benötigt. Ich zähle vierzehn.

»Meine Kinder. Hallo!« Definitiv die Mutter der beiden. Avas Augenfarbe und Liams Grübchen. »Ihr seid viel zu selten da. Das macht mich traurig.«

»Mom, du weißt, wie viel wir zu tun haben«, rechtfertigt sich Liam, der noch immer in ihrer Umarmung steckt.

»Schon gut. Ich verstehe das«, erwidert sie.

Dann widmet sie sich Ava. »Hi, Mom.«

»Darf ich dir Hope vorstellen. Meine bezaubernde Freundin«, schmalzt Liam daher. Eigentlich ist es ziemlich süß, wenn er so etwas sagt. Dennoch werde ich rot wie eine Tomate. Mir wird heiß.

»Das ich das noch erleben darf. Ich bin Charlotte, mein liebes Kind.« Liams Mom wirkt völlig aus dem Häuschen. Ich lächle sie nur an, weil ich keine Ahnung habe, was ich sagen soll.

Und wieder eine liebevolle Umarmung, an die ich mich erst gewöhnen muss. Jetzt weiß ich, woher Ava und Liam ihre Herzlichkeit herhaben. Sie werden damit ja regelrecht zugeschüttet.

»Los setzt euch, setzt euch! Euer Vater kommt gleich. Ihr wisst ja, … die Arbeit«, sagt sie aufgeregt.

»Was sonst«, murmelt Ava.

Nachdem sich Liams Vater, Peter, zu uns gesellt hat, dauerte es nicht lang, bis Charlotte das Essen serviert. Zu meiner Überraschung gibt es Burger, die meinen Augen ein Funkeln schenken.

»Überrascht, was?«, flüstert mir Liam ins Ohr.

»Ziemlich.«

»Du hast ein Edelessen erwartet, richtig? Gebratene Froschschenkel oder Kaviar«, schmunzelt er.

Und ja, habe ich. Aber die Burger geben mir gleich ein heimeliges Gefühl. Das Unwohlsein ist hiermit verschwunden.

»Ich habe mich schon so sehr auf den Champagner und die Austern gefreut«, scherze ich.

»Soll ich meine Mom fragen, ob …?«, stichelt Liam.

»Wehe«, drohe ich und verziehe dabei mein Gesicht. »Du hast mich vorhin schon genug in Verlegenheit gebracht.«

»Es wird Zeit, dass du selbst siehst, wie bezaubernd du bist. Dann ist es für dich eine ganz normale Tatsache. Nichts, was dich in Verlegenheit bringen könnte.«

Ich tue so, als würde ich ihn ignorieren. Nur verrät mich wieder mal mein Herumgekaue auf der Unterlippe.

»Und, Hope, was führt dich nach Nashville?« Es ist Peter, der sich neugierig an mich heranwagt. Wir waren direkt beim Du.

Nachdem er völlig gestresst hier reingestürmt kam, als hätte er den ganzen Abend verpasst, hauchte mir seine straffe Erscheinung ziemlichen Respekt ein. Ich weiß nicht genau, woran es lag. Vielleicht an seiner herrischen Haltung und dem grimmigen Blick, der sich zum Glück verflüchtigt hat. Jetzt wirkt er relativ relaxt und freundlich.

Liam hat seine Augen und seine Mundpartie.

»Erholung. Ich suche Erholung.« Das ist nicht einmal gelogen.

»Und hast du sie gefunden?«

Ich sehe zu Liam und für einen kurzen Moment verliere ich mich in seinem Lächeln. »Ich denke, ich bin auf dem besten Weg.«

»Das freut mich zu hören. Überhaupt mal ein neues Gesicht an diesem Tisch zu sehen, ist wirklich erfrischend.«

»Ist es das?«, hinterfrage ich.

Ich frage mich, ob Liam seine Familie gebeten hat, mich nicht auf meine Narben im Gesicht anzusprechen. Weder starren sie mich an, noch umschreiben sie die Tatsache auf peinliche Weise.

»Weißt du? Es kommt nicht sehr oft vor, dass unsere Kinder jemanden mit nach Hause bringen. Als müssten sie sich für uns schämen. Heute kann es das erste Mal sein, oder Charlotte?« Unmöglich. Liam wird doch mal eine Frau mit nach Hause gebracht haben. Oder Ava einen Mann.

»Wenn ich so recht nachdenke«, Charlotte reibt sich ihr Kinn. »Das ist das erste Mal. Nicht dass wir ihre Freunde nicht kennen würden, aber die haben wir alle eher nur flüchtig kennengelernt.«

Mit zusammengekniffenen Augenbrauen sehe ich Liam an, der mich nur schulterzuckend angrinst und in seinen Burger beißt.

Der restliche Abend verläuft sehr angenehm. Liams Eltern sind bezaubernd und absolut interessiert an ihren Kindern. Der Stolz ist kaum überhörbar.

Ich erfahre, das Peter im Vorstand einer großen Automobilfirma sitzt. Charlotte ist Hausfrau und etwas überfürsorglich, was ihre Kinder betrifft. Aber mit anzusehen, wie sie Liam den Kopf tätschelt oder Ava einen feuchten Kuss auf die Wange gibt, ist bezaubernd. Ob solch liebevolle Art auch in meiner Mutter gesteckt hätte, wenn sie nicht andere Interessen verfolgt hätte?

Während einer Hausführung, die jetzt schon eine gefühlte Stunde geht, horcht mich Tante Elisabeth unter vier Augen aus. »Liam und du, ihr seid nun zusammen, richtig?«

»Sieht ganz so aus«, murmle ich verlegen.

»Ich möchte dir gern sagen, du hast wirklich einen wunderbaren Büchergeschmack.«

»Habe ich das?«, frage ich.

Ich rufe mir Liams Worte herbei. Er hat eine Tante, die einen Buchladen besitzt. Diese Tante ist also Elisabeth.

»Ich finde *Das Mädchen und der tanzende Schuh* auch richtig klasse. Eine Geschichte, die einem Hoffnung verleiht.« Ich erwidere ihre Antwort nur mit einem breiten Grinsen, weil sie recht hat.

35

Hope

Mein Herz schmerzt, während wir an Newports Krankenhaus vorbeikommen und weiter die Straße zu meinem Vater entlangfahren. Überall sehe ich Sam und Mila, die den Unfall auf genau dieser Strecke nicht überlebt haben.

Wir haben uns einen Mietwagen geliehen, nachdem wir hier gelandet sind. Einen silbernen Ford Fiesta. Vier Stunden Flug sind besser als sechzehn Stunden Autofahrt.

Barcley ist bei Ava geblieben.

Ich kaue nervös auf meiner Unterlippe herum und blicke aus dem Fenster. Ende März ist es in Newport ziemlich frisch. Ich erwartete eiskalten Wind und bekam ihn auch. Zum Glück habe ich meine Winterjacke eingepackt, weil ich wusste, was mich erwarten würde.

Die Sonne quält sich ab und zu durch die dicken Wolken und wärmt gelegentlich mein Gesicht. Das

Wetter widerspiegelt mein Gefühlsstadium. Auf der einen Seite spüre ich die Dunkelheit, die von Minute zu Minute hinaufkriecht. Auf der anderen Seite freue ich mich, meinen Vater und meine besten Freunde wiederzusehen.

Dass mir immer wieder die Tränen in die Augen steigen und mein Herz erneut zerbricht, kann ich kaum vermeiden.

Liam hat am Flughafen das Steuer übernommen. Er klappt die Sonnenschutzblende hinunter und blickt sekundenweise durchdringlich zu mir rüber. »Wie geht es dir, Hope?« Er legt seine Hand auf mein Bein. Seine warme Berührung lässt mich kurzzeitig tief durchatmen.

»Ich würde lügen, wenn ich sagen würde, es ginge mir gut. Denn das tut es nicht. Ganz und gar nicht«, wispere ich. »Es ist hier passiert. Auf dieser Straße.« Langsam zweifle ich an der Entscheidung, hier zu sein.

»Oh, Hope.« Seine Hand wandert von meiner Wange durch mein Haar. Ich würde sie gern festhalten, weil sie mir die nötige Kraft schenken könnte, meine Tränen zu unterdrücken. Aber ich möchte Liam nicht am Schalten hindern. »Es ist okay, wenn du traurig bist. Es ist okay, wenn du trauerst.«

Nur wenige Kilometer trennen uns von Zuhause. Und je näher wir kommen, desto enger legt sich die Schlinge um meinen Hals.

Alles wird gut. Atme! Tief einatmen, Hope!

Dieses Mantra habe ich schon wochenlang nicht mehr benutzen müssen. Ich hasse es, dass mich mein Inneres dazu bringt, es wieder hervorzukramen.

Während wir vor dem Haus meines Vaters parken und aussteigen, fühlt es sich seltsam an, wieder hier zu sein. Ich war nur wenige Wochen weg und doch wirkt auf mich alles so fremd.

Eine Ablenkung von meinen Bedenken und der grässlichen Nervosität gibt mir Liam, der weitaus angespannter neben mir steht. Obwohl er die letzten Stunden so entspannt schien.

»Das glaube ich ja nicht. Liam Connor ist nervös«, stichle ich.

Mindestens genauso nervös wie an dem Tag, als er mir seine Werkstatt zeigte.

»Natürlich bin ich das. Was, wenn er mich nicht ausstehen kann?« Er ist so unbeschreiblich süß, wenn er auf seinen Fußballen aufgeregt hin und her wippt. Und komischerweise lassen mich seine Bedenken für einen Moment meine Zweifel vergessen.

»Wo ist denn deine Leichtigkeit geblieben? Mach dir keine Sorgen. Er wird dich lieben. Genauso wie ich.« Mit dem letzten Satz verblasst mein Grinsen im Gesicht. Verdammt. Ist mir das gerade wirklich über die Lippen gekommen?

Liams Gesicht ist starr. Genauso wie sein Körper, der vor wenigen Sekunden so nervös zappelte.

Also ja, dumme Hope. Du hast das wirklich gesagt!

Ruckartig lege ich meine Hand auf den Mund, damit nicht mehr Unsinn meine Zunge verlässt. Es ist kein

Unsinn, Liam zu lieben. Denn das tue ich. Das tue ich wirklich. Mein Kopf, mein Geist und mein Körper sind längst über den Verliebtheitsgrad hinaus. Aber ihm diese Tatsache unerwartet an den Kopf zu knallen, erschreckt selbst mich.

»Wie, du …? War das gerade eine kleine Liebeserklärung, Miss Green?«

Ich merke, wie meine Wangen rot werden. Sie glühen förmlich. Sein freches Grinsen macht es nicht gerade besser.

»Ich habe es mir zwar etwas anders vorgestellt. Vielleicht einen Tick romantischer. Nicht gerade im Vorgarten deines Vaters. Aber ich liebe dich auch, Hope.« Diese Worte aus diesen makellos schönen Lippen tanzen mir entgegen wie jeder Ton seiner Instrumente. Leicht und dennoch gezielt, mitten ins Herz. »Tust du?«

»Tu ich.« Bestimmt legt er seine Hand in meinen Nacken, zieht mich an sich und umschließt meine Lippen mit seinen. In meiner Brust schlägt der Blitz ein, es donnert und hämmert.

»Sollte mich dein Vater zum Teufel jagen, ist es wichtig, dass du das weißt«, flüstert er.

»Wie stellst du dir nur meinen Vater vor?«

Ich klingle an der Tür, obwohl ich eigentlich einen Schlüssel habe.

»Wie jemand, der seine Tochter abgöttisch liebt.«

»Deswegen würde er dich niemals zum Teufel jagen.« In diesem Moment öffnet sich die Haustür. Mein Vater blinzelt mich freudestrahlend mit seinen braunen Augen, die meinen so ähnlich sind, an. »Wer jagt hier wen zum Teufel?« Liam löst sich erschrocken von mir, als er meinem Vater in die Augen sieht. Als wolle er ihn erst um Erlaubnis fragen, ob er mich berühren darf.

Wer hätte gedacht, dass dieses Kennenlernen Liam so aus der Fassung bringt?

Daddy ist definitiv eine Respektsperson. Sein sportlicher Körper wirkt jung und freundlich. Es ist eher seine Mimik und die Art, wie er die Sätze betont. Verbunden mit dem dichten Bart und dem kritischen Blick, den er des Öfteren an den Tag legt, kann das einen schon einschüchtern.

»Keiner keinen, Daddy«, ich lache.

»Ach meine Kleine, komm her. Ich habe dich so vermisst.« Ich habe vergessen, wie stark mein Vater seine Tochter umarmen kann. »Daddyyyy«, schnaufe ich.

»Es tut mir so leid. Ich kann nur nicht glauben, dass du hier bist. Es fühlt sich wie eine Ewigkeit an, dass ich dich das letzte Mal in den Armen gehalten habe.«

Als er mich loslässt, wuschle ich mit meinen Händen durch sein graumeliertes Haar. Vor meiner Abreise dominierte das Braun auf seinem Kopf. Jetzt hingegen ist es das Grau, das heraussticht und das Braun verdrängt.

Ich war doch nur ein paar Wochen weg.

»Schon gut«, schmunzle ich.

»Wo ist Barcley?«

»Er ist bei Ava.«

Wäre mein Fellknäuel hier, würde er sicherlich wild herumsausen und seine Freude nicht annähernd unterdrücken. Ich wünschte, ich könnte dieselbe Freude in mir tragen wie Barcley. Natürlich ist es schön, Daddy endlich wiederzusehen. Aber hier in Newport zu sein, ist nicht einfach für mich.

»Daddy, das ist Liam.« Wenigstens ist mein Lächeln ehrlich und breiter als breit, wenn ich seinen Namen ausspreche.

»Mich freut es wirklich sehr, Sie kennenzulernen, Mr. Green.« Liam streift seine rechte Hand an der Jeans ab und hält sie ihm aufgeregt entgegen.

»Mr. Green? Thomas, Liam. Für dich bin ich Thomas.« Er erwidert die Geste und bittet uns hinein.

Ich nehme Liams Hand in meine und merke, wie sich seine Nervosität drosselt. Ein gutes Zeichen.

Wir streifen uns die Schuhe von den Füßen und laufen durch den Flur.

Damals hingen hier überall Bilder von meinem Vater, mir und Sam. Doch diese sind verschwunden. Nur ein großes, schwarz-weißes Bild vom Meer ziert die Wand des Flurs. Und ich kenne die Stelle, die darauf abgebildet ist. Sam hat mir dort seinen Antrag gemacht.

Erster Messerstich.

»Daddy? Warum hast du …?« Ich richte meinen Finger auf die Wand.

»Keine Sorge, ich habe nur ein wenig umgeräumt.«

Thomas Green hat umgeräumt? Was ist nur mit meinem Vater passiert?

Die Küche ist so, wie ich sie in Erinnerung habe.

Jedoch staune ich nicht schlecht, als ich mit Liam ins Wohnzimmer komme und auch da alles verändert erscheint. Die Wände wurden in einem dezenten Pastellblau bemalt. Neu sind der Fernseher und die beige Couch, auf der ein farbiger Mann mittleren Alters sitzt und angespannt auf uns zu warten scheint.

Er steht auf und kommt uns wenige Schritte entgegen. Vor mir wirkt er riesig. Mindestens einen Kopf größer als ich. Und einen halben Kopf größer als Liam und mein Vater. Mir gefällt sein rot-blaues Karohemd. »Hallo ... Ich bin ...«

Mein Vater eilt zu ihm. »Hope, darf ich dir Paul vorstellen. Er ist … ähm …«, stottert mein Vater und legt seinen Arm auf die Schultern des unbekannten Mannes.

»Deine Liebe«, entgegne ich schmunzelnd.

»Richtig. Er ist meine Liebe.« Nie haben die Augen meines Vaters mehr gefunkelt. Und nie wurde er von einem anderen Menschen so angehimmelt.

»Hallo, Paul, freut mich sehr, dich kennenzulernen. Ich bin Hope«, stelle ich mich vor.

»Ich weiß. Dein Vater hat mir sehr viel von dir erzählt«, schmunzelt Paul verhalten.

Natürlich hat er das, denke ich mir.

»Hallo, Paul. Ich bin Liam.« Er reicht Paul die Hand. Ich habe Liam schon vor der Anreise eröffnet, dass mein Vater einen Partner hat, den wir kennenlernen werden. Eine Tatsache, die ihn erleichtert hat.

Wahrscheinlich weil er dadurch nicht der einzige Neuling im Hause Green ist.

»Bringt eure Sachen in dein altes Zimmer, Hope. Ich habe das Bett schon bezogen«, bittet mein Vater. Es ist nicht viel, was wir dabei haben. Ein kleiner Trolley und ein Rucksack, in dem unsere Klamotten und ein wenig Kosmetika verstaut sind.

»Das ist wirklich lieb. Aber wir schlafen zu Hause.« Warum fühlt es sich so falsch an, das zu sagen?

Ich spüre den irritierten Blick von Liam und Daddy. Die Entscheidung, in meinem Haus zu schlafen, das mich an die tiefe Dunkelheit zurückerinnern wird, habe ich erst in diesem Moment gefällt.

»Bist du dir sicher?«

»Ich bin sicher«, flunkere ich. »Isa und James wissen schon Bescheid. Wahrscheinlich ist mein Haus sowieso nicht mehr wiederzuerkennen«, scherze ich.

»Sie haben fast nichts verändert.«

»Warst du mal dort?«

»Natürlich. Öfter.«

»Sie hatten die Erlaubnis, das Haus zu verändern.«

»Isa findet es perfekt. So wie es ist.«

»Daddy, wir wissen beide, dass das gelogen ist.«

Isa hat mich immer belehrt, wie langweilig alles in unserem, jetzt meinem, Heim ist. Es fehlten ihr die Bilder und die Farbeklekse an den Wänden. Daher vermutete ich, dass alles kunterbunt und kitschig sein wird, wenn ich wieder zurückkehre.

Nicht dass ich es schön gefunden hätte. Aber vielleicht wären mir einige Gedanken an Sam und Mila erspart geblieben.

Nun muss ich mich innerlich darauf vorbereiten, dass die Angst und die schmerzhaften Erinnerungen wie eine Flut auf meinen Körper einprasseln werden. Mehr als jetzt schon.

Ich sehe Liam auf demselben Stuhl sitzen, auf dem Sam immer saß. Meine Brust brennt und ich versuche, mich selbst zu ermahnen.

»Danke, dass du dir die Mühe gemacht hast.«

Natürlich hat mein Vater eines meiner Lieblingsgerichte gekocht. Spaghetti Bolognese mit einer dicken Schicht Käse überbacken. Es ist deshalb die beste Pasta der Welt, weil sie von ihm kommt.

»Es ist das Mindeste. Es freut mich so sehr, dass ihr da seid«, wiederholt mein Vater das fünfte Mal an diesem Tag. »Wie ist es für dich, hier zu sein? Seit …« Er sieht zwischen Liam, mir und Paul hin und her und wägt ab, wie offen er über Sam und Mila sprechen kann.

»Liam ist komplett im Bilde, Daddy.« Und ich weiß, dass es Paul ebenso ist. Ich stoppe und versuche, die passenden Worte für meine jetzige Gefühlssituation zu finden. »Es ist irgendwie seltsam. Aber hier, bei dir, bin ich gern.« Es ist nicht gelogen, dass ich gern bei meinem Vater bin. Dennoch erinnert mich alles in Newport an die Finsternis, vor der ich weglief. Sie erdrückt mich und hat mich nun wieder im Griff. Nicht ganz so stark, aber dennoch spürbar.

Als könnte Liam meine Gedanken lesen, wandert seine Hand an meinen Rücken und gleitet langsam auf meinen Oberschenkel. Ich finde die Tatsache, mit ihm hier zu sein, ziemlich beruhigend. Denn sollte ich die Kontrolle verlieren wie an dem einen Abend, ist Liam da, um mich aufzufangen.

Mir gehen Isas Worte nicht aus dem Kopf: *Wenn er der Richtige ist, dann fängt er dich auf, wenn du fällst.* Wie recht sie damit hatte.

»Und Paul? Ihr habt euch im Tennisverein kennengelernt?«, lenke ich ab und versuche, mehr über den Partner meines Vaters zu erfahren.

Mit verliebten Blicken erklärt mir Paul, wie er sich in meinen Vater verguckt hat.

Wie ich war Paul überrascht, dass sich mein Vater auf etwas Festes einließ. Das Hin und Her mit ihnen schien einige Monate, wenn nicht sogar Jahre zu gehen. Daddy hat mir nie etwas davon erzählt, obwohl wir uns eigentlich immer alles sagen. Wie ich hat er eben auch kleine Geheimnisse. Wir reden ungern über unsere Gefühle.

Es ist neu für mich. Aber ich sehe die beiden gern vor mir. Innig. Glücklich. Verliebt.

»Hast du auch Kinder?«

Pauls dunkler, sonst so gefühlvoller Blick wirkt bedrückt. Er reibt sich über seinen kahlrasierten Kopf und legt die andere Hand auf seinen Wohlstandsbauch. »Ich … nein. Nicht mehr. Mein Sohn ist vor drei Jahren an den Folgen einer schweren Krebserkrankung verstorben.«

»Oh, dass tut mir furchtbar leid. Ich wusste nicht, dass –« Warum musste ich Dummkopf dieses Thema anschneiden? Ich fühle, was er fühlt.

»Du konntest es nicht wissen.« Die Hand meines Vaters umschließt tröstlich Pauls Handgelenk.

»Paul?«

»Ja?«

»Wie kommt man darüber hinweg?«

»Gar nicht, mein Kind. Gar nicht.« Ein betrübtes Schmunzeln entgleitet seinem Gesicht. Seine Augen werden feucht.

»Aber wie lebst du dann damit?« Ich weiß nicht, warum, aber irgendwie hoffe ich, dass Paul mir weiterhelfen kann. Wie kann man akzeptieren und abschließen?

»Die Liebe, Hope. Die Liebe. Sie hilft dir über die scharfen Steine des Lebens.« Ich sehe zu Liam und weiß, was Paul mit seinen Worten meint. Die Liebe ist der süße Trost eines bitteren Lebens.

Mein Vater reicht uns nach dem Essen ein Bier, bevor ich beschließe, aufzubrechen.

»Schon?«

»Ja, Daddy. Wir kommen morgen wieder. Versprochen.«

Liams Finger verflechten sich mit meiner Hand. »Ich dachte, dein Vater und du, ihr könntet morgen den Tag zusammen verbringen. Ich würde gern einen alten Freund ausfindig machen, der vor etlichen Jahren hierhergezogen ist.«

Ich bin überrascht. »Du hast gar nicht erzählt, dass du einen Freund in dieser Gegend hast.«

»Es ist schon circa fünfzehn Jahre her, dass er aus Nashville weggezogen ist. Vielleicht hat er mich längst vergessen.« Sein bedrückter Blick verrät mir, dass Liam Angst davor hat, sein Freund könnte ihn nicht mehr erkennen, sich nicht mehr an ihn erinnern.

Liam, als könnte man dich jemals vergessen. Du hast sein Leben sicherlich genauso verändert wie meins.

»Dich kann man nicht vergessen«, schüttle ich den Kopf. »Das ist unmöglich. Einfach unmöglich.« Dieser wunderschöne Mann ist zu gut, zu loyal, zu warmherzig, um ihn aus dem Gedächtnis zu verdrängen. Und ich bin mir sicher, dass Liam schon damals so war.

Er lächelt und gibt mir einen flüchtigen Kuss auf meine Nasenspitze.

»Soll ich dich begleiten?«, frage ich.

»Genieß du die Zeit bitte mit deinem Vater.«

Bevor wir uns auf den Heimweg machen, zeige ich Liam einige Straßen von Newport. Zum Teil meine damaligen Lieblingsorte. Ähnlich wie Liam es mit mir in Nashville gemacht hat. Nur mit dem riesengroßen Unterschied, dass sich in Newport auf einmal alles unbekannt für mich anfühlt. Die Straßen, die ich hunderte Male entlangging. Der Spielplatz, auf dem ich hunderte Male spielte. Und das Haus, vor dem wir das erste Mal gemeinsam stehen – mein Zuhause.

Vor meinem Haus zu stehen, löst bei mir ziemliche Schnappatmung aus. Ich wühle den Schlüssel hinaus und führe ihn zittrig ans Schloss.

»Atme, Hope. Atme.«

Atmen. Das war mir zum Schluss in diesem Haus unmöglich und jetzt fühlt es sich erneut danach an, als würde sich meine Luftröhre verschließen.

Doch während ich aufschließe und den ersten Fuß ins Haus setze, kommt mir schon das pure Leben entgegen. Isa mit James an der Hand.

»Hope!« Ihre quirlige Stimme und der dazugehörige Körper, der selbst in den Schlabberklamotten nahezu perfekt aussieht, hüpfen auf mich zu. Ihre Arme legen sich erleichtert um meinen Hals und Isa drückt mein Gesicht in ihr langes blondes Haar. Sie riecht so gut. Nach Pfirsich. So vertraut. »Endlich bist du wieder daheim. Wenn du noch einmal verschwindest, ohne ein Wörtchen zu sagen, dann …«

»Ich habe euch auch schrecklich vermisst«, erwidere ich.

»Schön, dass du wieder da bist«, flüstert James, der hinter ihr verweilt, solange sie mich im Arm hält.

Ich lächle nur und bin still. Genieße die Anwesenheit meiner besten Freunde und der Liebe, die mich aus der Dunkelheit gezogen hat.

Sanft drücke ich mich von Isa ab und ergreife Liams Hand. »Isa? James? Das ist …«

»Liam«, unterbricht sie mich. Hibbelig schließt Isa ihn in die Arme.

Ich schaue mich um und bin beeindruckt, wie leicht meine zurückhaltenden Blicke durch das Wohnzimmer und die angrenzende Küche wandern. »Es ist wirklich alles so, wie ich es verlassen habe.«

»Wie hätten wir etwas verändern können? Wie? Nein … Stopp … eine Sache haben wir verändert.«

»Die da wäre?«, frage ich skeptisch.

»Kommt mit.« Sie umgreift mein Handgelenk und zieht mich hinter sich her. Ins Obergeschoss, vor die Tür des Gästezimmers.

Als James die Tür öffnet, falle ich aus allen Wolken. Das Zimmer ist renoviert.

Vor wenigen Monaten war es kaum bezugsfertig. Ein hässlich brauner Teppich zierte den Boden. Graue Tapeten drückten den Raum und ließen ihn total altmodisch erscheinen. Nun sind die Wände hell und das Zimmer wirkt dadurch größer. Den Teppich gibt es nicht mehr. Stattdessen ziert den Boden ein nussigbraunes Parkett auf dem ein weißer Kleiderschrank und eine moderne, ausziehbare Couch stehen.

Wenn ich zum Bad des Zimmers laufe, sind dort keine beigen Fliesen der siebziger Jahre auf Boden und Wänden. Jetzt sind es anthrazitfarbene, gemischt mit weißen. Die Dusche wie die Toilette funktionieren endlich.

»Wir hoffen, es gefällt dir.« Zappelig drückt sich Isa ihre Fäuste unters Kinn.

»Mehr als das! Es ist perfekt. Einfach perfekt«, staune ich.

Ich muss die beiden in meine Arme nehmen. »Danke, dass ihr für mich da seid.«

Mutig gehe ich einen Raum weiter, weil es mich buchstäblich zu ihr zieht. Dann öffne ich die Tür von Milas Kinderzimmer. Mein Herz brennt, aber ich atme. Ich atme vielleicht unregelmäßig. Aber ich atme und habe nicht das Gefühl, zusammenzubrechen.

Nichts hat sich hier verändert, bis auf die dicke Staubschicht auf den Regalen.

Wenn ich in das gemeinsame Schlafzimmer von Sam und mir gehe, läuft es mir eiskalt den Rücken hinunter. Viel zu langsam bewegt sich mein Körper durch diesen Raum.

Das Bett ist abgezogen, die Schränke beinhalten nur ein wenig Kram von mir. Sams Sachen habe ich vor meiner Abreise verstaut und auf den Boden gestellt. Genau wie alle Bilder von ihm und jedes Accessoire, was mich an das, was wir hatten und ich verloren habe, zu sehr erinnert hat.

Liam umgreift meine Schultern und zieht mich sanft an sich, nachdem ich wie erstarrt vor dem Bett stehen bleibe. »Ich bin da, Hope.« Wie viele Stunden haben Sam und ich in diesem Bett verbracht. Wie oft haben wir uns darin geliebt und uns die Ewigkeit geschworen. Er war mein Ritter auf dem weißen Pferd. Immer.

Nur der Gedanke, dass Liam bei mir ist, hält mich davon ab, schreiend aus dem Haus zu laufen. Denn seitdem ich hier bin, spüre ich immer häufiger Nadelstiche auf meiner Haut. Und langsam werden sie unerträglich. Mehr und mehr Glasscheiben wollen sich durch die verheilten Wunden bohren. Liams Anwesenheit jedoch hält sie fern von meiner Seele und meinem Herzen.

»Ich weiß.« Ich drehe mich zu ihm, sehe in seine smaragdgrünen Augen, die Sams nicht annähernd ähneln. Und dennoch habe ich mich in sie verliebt. Ich habe mich in ihn verliebt. Liam ist meine Gegenwart und meine Zukunft, an die ich mich klammere. Er ist das Licht, das die Dämonen in meinem Körper wieder und wieder vertreibt. Er ist die Stütze, die mich nicht den Abgrund hinunterfallen lässt. Er ist meine zweite Chance auf das glückliche Leben, dass ich mir immer erträumt habe.

Meine Arme führe ich um seinen Oberkörper. Dann lege ich meinen Kopf an seine Brust und beginne, nachzudenken. Das erste Mal seit Sams und Milas Tod versuche ich wirklich nachzudenken, wie es mit meinem Leben in Newport weitergehen soll. Und Liams Herzschlag hilft mir dabei.

Eine Entscheidung treffe ich sofort. »In diesem Haus muss sich einiges verändern.«

Sam hat dieses Haus geliebt, wie es war. Genauso wie ich, als er an meiner Seite stand.

Aber die Tatsache, dass wir nicht mehr zusammen in diesem Haus leben werden, heißt für mich, hier einiges verändern zu müssen. Nicht alles. Aber die Wände, Decken und Möbel schreien nach unserer Zukunft, nicht nach meiner. Sam und ich haben jeden Raum für uns eingerichtet. Aber es wird niemals wieder ein UNS geben. Alles hier war für uns bestimmt, nicht für mich allein.

Ich muss in meine lebendige Zukunft schauen, darf mich nicht mehr von meinen Verlusten leiten lassen. Das bedeutet für mich, meinen eigenen Weg zu finden und mir etwas aufzubauen, dass der Hope-ohne-Sam entspricht. Ich kann seinem Geist nicht entkommen, und das will ich auch gar nicht. Es tut gut zu wissen, dass er von Raum zu Raum wandern wird. Mit Mila im Arm. Zumindest stelle ich es mir so vor.

»Wie meinst du das?«, hinterfragt James.

»Das Bett muss hier raus und ich möchte Milas Kinderzimmer ausräumen.«

»Bist du dir da sicher?«

»Ich muss endlich loslassen. Ich will keine Erinnerung löschen oder Sam wie auch Mila vergessen. Das wird niemals passieren. Denn sie werden immer hier drin bleiben«, symbolisch zeige ich auf mein Herz. »Aber ich brauche einen Tapetenwechsel. Ich kann nicht jeden Tag mit ihrem Tod konfrontiert werden. Jetzt bin ich stark genug, um mich von einigen Dingen zu trennen. Daran wäre vor einigen Monaten nicht annähernd zu denken gewesen.«

In Nashville habe ich gelernt, ich selbst zu sein. Ich habe gelernt, allein zu sein, ohne mich von der Leere auffressen zu lassen. Ich habe gelernt, mich meinen

Ängsten zu stellen, auch wenn ich immer erneut gegen sie ankämpfen muss. Noch sind sie nur unterdrückt und nicht besiegt.

Ich lerne noch immer, niemals vor ihnen wegzulaufen, wie ich es in Newport getan habe. Ich habe gelernt, mich von meinen vergangenen Wünschen zu verabschieden, um dem Leben mit Liam eine realistische Chance zu geben. Weil ich glaube, dass er mein glückliches Schicksal in einem dunklen Leben ist, und weil ich glaube, dass Sam es sich genauso für mich gewünscht hätte.

Vermutlich werde ich in Newport immer nur zeitweise leben, wenn ich mich entscheide, nach Nashville zu ziehen. Dennoch wird dieses Haus mein Zuhause bleiben, auch wenn es sich im Moment nur bedingt danach anfühlt. Und damit es mich nicht nur an meinen Verlust erinnert, muss sich hier etwas ändern. Es soll die glücklichen Momente von Sam und mir widerspiegeln und mein jetziges und zukünftiges Glück mit Liam beinhalten. Aber vor allem muss es mich widerspiegeln – die Hope, die sich neu gefunden hat und wieder gelernt hat, zu leben.

»Meine Hope.« Isa umarmt mich. Ihr entweicht eine Träne. »Tut mir leid.«

»Muss es nicht«, flüstere ich.

Ich kann nicht jede Träne wegblinzeln, sodass mir die eine oder andere über die Wange kullert. Aber es sind keine Tränen der Angst oder der Dunkelheit. Es sind endlich die Tränen des Abschieds.

36

Hope

Die erste Nacht war überraschend leicht.

Zu viert saßen wir bis tief in die Nacht auf dem Dielenboden und haben uns fast fusselig geredet.

Isa, wie sie leibt und lebt, ließ es sich nicht nehmen, Liam über jede Kleinigkeit auszufragen, während ich alles über Isas und James' Zusammenkommen wissen wollte.

Wir tranken Bier und von Stunde zu Stunde habe ich mich wohler gefühlt. Was sicher nicht am Alkohol, sondern eher an Liam und meinen besten Freunden lag. In dieser vertrauten Runde hat mir Barcley gefehlt. Aber ich bin mir sicher, dass er in den besten Händen ist und ein Leckerchen nach dem anderen von Ava abbekommt.

Liam schläft noch, während ich beschließe, aufzustehen.

Der vertraut holzige Duft meines Wohnzimmers steigt mir in die Nase, als ich die Treppe hinunterkomme.

James und Isa haben uns das Gästezimmer überlassen, während sie auf der Couch geschlafen haben. Im Schlafzimmer zu nächtigen, war für mich keine Option, solange wir nicht alles von Grund auf erneuert haben. Diese Tat gehe ich heute mit Isa an.

»Und du bist dir sicher, dass du dich dafür entscheiden willst? Du bist doch sonst nicht so farbenfroh.« Isa sieht stirnrunzelnd auf mich herab, während ich die schweren Farbeimer in den Einkaufswagen hieve.

»Absolut. Hilf mir lieber!«

Ich habe mich für ein Smaragdgrün entschieden, dass mich sofort an Liams Augenfarbe erinnert hat. Es ist grell und unübersehbar. Die Vorstellung, an diesen unfassbar schönen Blick erinnert zu werden, sobald ich das Haus betrete, gefällt mir.

»Wie wird dein Leben jetzt eigentlich aussehen, Hope?« Isa reibt sich die wenigen Schweißtropfen von der Stirn. »Ihr werdet doch sicher keine Fernbeziehung führen, oder?«

»Naja, ich spiele mit dem Gedanken, ganz nach Nashville zu ziehen. Mir dort einen Job zu suchen und ein Leben mit Liam aufzubauen.« Der Gedanke macht mir ein wenig Angst, weil er so etwas Endgültiges hat.

»Ist das dein Ernst?«, fragt Isa schockiert. Ihre Augen sind so groß wie Tennisbälle, bevor eine tiefe Furche zwischen ihren Augenbrauen entsteht. »Ich mag Liam. Sehr sogar. Wahrscheinlich hätte ich mir nichts Schöneres für dich wünschen können nach dem

Tod deiner Familie. Wie er dich ansieht, zeigt mir, dass er dich liebt. Und du ihn. Deine Augen leuchten richtig, wenn sich eure Blicke ineinander verkeilen. Lacht er, lachst du. Ich bin mir sicher, dass das Schicksal eine zweite Chance für dich erkämpft hat. Erst überlebst du den Unfall, worüber ich den Göttern über uns mehr als dankbar bin. Dann findest du eine neue einzigartige Liebe. Aber du kannst Newport nicht verlassen. Du kannst dieser Stadt nicht den Rücken kehren und nur ein paar Mal im Jahr hier aufschlagen. Sie bedeutet dir zu viel. Hier ist dein Zuhause.«

»Es wird auch immer mein Zuhause sein und ich versuche, so oft es geht, herzukommen, aber ich möchte Liam nicht missen müssen. Verstehst du? Er hat dort seine Werkstatt. Liam liebt das, was er tut. Dort leben seine Familie und seine Freunde. Ich kann von ihm niemals erwarten, nach Newport zu ziehen. Ich fühle mich zwar von Stunde zu Stunde wohler hier, aber auch das ist nur Liam zu verdanken. Ich weiß nicht, was genau es ist und wie er es schafft, aber er vertreibt die fürchterlichen Gedanken in meinem Kopf. Ich war völlig zerbrochen, als ich in Nashville ankam. Aber Liam heilte mich. Nun komme ich hier her, spüre die Risse auf meinen verheilten Wunden, die fürchterlich zu brennen beginnen, und er heilt mich wieder. Ihn nur alle paar Wochen zu sehen, ist keine Option für mich.« Nur allein die Vorstellung, Liam allein nach Nashville gehen zu lassen, erträgt mein Herz nicht.

»Du weißt, ich bin immer ehrlich zu dir«, wispert Isa. »Sam hat nicht die Versicherung abgeschlossen, damit du daraus ein Ferienhaus machst. Es sollte dein Zuhause und deine Zukunft werden.«

Isas Worte fahren mir unter die Haut und geben mir zu denken. Mehr als mir wahrscheinlich guttut. Denn irgendwie habe ich jetzt das Gefühl, mich zwischen Sams Wünschen oder Liams Leben in Nashville entscheiden zu müssen.

37

Liam

»Es tut mir leid, Mr. …« Die ältere Dame sieht über ihre Brille hinweg auf den Bildschirm und scrollt bedacht rauf und runter.

»Connor«, erwidere ich.

»Mr. Connor. Aber wir haben hier niemanden mit diesem Namen hinterlegt. Bei dem Namen der Mutter leider dasselbe. Ich finde rein gar nichts.«

Ich habe es mir fast gedacht, als ich den verengten Blick gemeinsam mit einem klassischen Kopfschütteln bei der älteren Frau bemerkt habe.

Mein Anliegen hat sie anfangs kaum interessiert. Es hat mich viel Überredungsarbeit gekostet, dass sie sich ein wenig Zeit für mich nimmt, um in allen Datenbanken der Stadt zu forschen.

Es wird sich nicht vermeiden lassen, dass es ziemlich arrogant klingt. Aber ich glaube, meine Augen und der hartnäckige Blick dahinter haben sie letztendlich doch umgestimmt. Ein paar nette Worte hier und da und schon tippte sie grinsend in die Tasten.

Ich war mir so sicher, dass mir die öffentliche Einrichtung in Brockton helfen könnte. Denn von hier stammt die letzte mir bekannte Adresse meines Freundes.

Bevor ich hierherkam, bin ich erst dorthin gefahren. Jetzt befindet sich ein Park an der Stelle, an dem ein Wohnblock stehen sollte. Die Nachbarn gegenüber erzählten mir, dass dieser vor circa fünf Jahren angelegt wurde. Eine recht große Zeitspanne, in der er überall hingezogen sein kann.

»Ich danke Ihnen dennoch. Wissen Sie, an wen ich mich vielleicht noch wenden kann?«, frage ich, so höflich es nur geht.

»Vielleicht wissen Sie auf welches College oder welche High School ihr Freund gegangen ist. Oder hat er vielleicht irgendeinen Verein erwähnt, in dem er gespielt hat? Vielleicht kann Ihnen dort jemand weiterhelfen.«

Die Chance, ihn zu finden, steht sozusagen bei null. Es ist schade, aber ich habe keine Ahnung, wo ich mit meiner Suche weitermachen soll. Ich habe einige Briefe von damals mitgenommen, die aber nicht annähernd einen Aufschluss geben, auf welche Schule er gegangen ist.

Ich weiß, dass er sich und der Musik treu geblieben ist und regelmäßig in einer Garage mit anderen Jungs geprobt hat. Genau wie wir damals.

Aber da ich kein aktuelles Bild habe, kann ich schlecht die Bars mit einem Kinderfoto abklappern.

Ich muss mich wohl geschlagen geben.

Ich kam niedergeschlagen bei Hopes Dad an.

»Hast du herausgefunden, wo dein Freund wohnt?«, fragt Hope und setzt sich auf meinen Schoß. Sie legt liebevoll ihre Arme um meinen Hals.

Sobald ich ihre sanfte Stimme höre und sie mich mit ihren schokobraunen Augen ansieht, vergeht selbst dieser Frust wie im Flug.

»Nope. Aber es war ein Versuch wert.«

»Das tut mir sehr leid für dich«, murmelt sie und gibt mir einen tröstenden Kuss auf die Wange.

Meine Blicke wandern von ihren Augen zu ihren geschwungenen Lippen und wieder zurück. Ich streiche durch ihr gewelltes Haar und drehe die Spitzen mit meinem Zeigefinger ein.

Dass sie noch immer nicht erkennt, wie wunderschön sie ist, finde ich wirklich ärgerlich. Am liebsten würde ich mir ein Schild an die Stirn tackern, worauf steht: *Hope Green, das schönste Wesen dieser Welt!* Und ich würde es erst wieder abnehmen, bis sie es endlich begriffen und verinnerlicht hat.

»Irgendwie habe ich mich darauf gefreut, ihn wiederzusehen. Mich macht es schon neugierig, was aus ihm geworden ist und ob er vielleicht Familie hat. Ob er noch leidenschaftlicher Musiker ist. Er ist einer der Gründe, die mich zu dem gemacht haben, der ich heute bin. Durch unsere Flausen im Kopf bin ich auf das Spielen verschiedener Instrumente gekommen. Wir übten mehrmals die Woche in der Garage meines

Großvaters. Er schrieb die Texte, während ich versuchte, die Songs mit einer vernünftigen Melodie zu untermalen. Eigentlich wollten wir immer eine Band zusammen gründen. Schwachsinn, oder?« Ich schmunzle selbst über unsere Träume.

»Überhaupt nicht. Er hätte sich sicherlich gefreut, dich wiederzusehen.« Und wieder dieser heilende Kuss. Nur dieses Mal auf meinen Mund.

»Nun ja.« Ich hole einmal tief Luft. »Wie war dein Tag?«

»Gut. Bevor ich hierhergekommen bin, haben Isa und ich Farbe gekauft. Wir haben auch schon eine Wand gestrichen. Ich bin gespannt, was du dazu sagst. Sie findet den Farbton mal wieder absolut schrecklich. Ich hingegen mag ihn«, kichert Hope.

Ihre Augen leuchten jedes Mal, wenn sie von ihren Freunden oder ihrem Vater spricht. Hope muss sie die letzten Wochen unheimlich vermisst haben. Obwohl ihr die Angst in den Augen stand, wirkt sie nun so ausgeglichen und froh.

»Dann werde ich ihn auch mögen«, entgegne ich.

Hope lächelt. Herrgott, ich liebe ihr Lächeln. Und die Tatsache, dass wir heute das Haus für uns haben werden, versüßt mir den Tag weitaus mehr.

38

Hope

Nachdem mich mein Vater bat, ihm beim Abendessen zu helfen, habe ich Liam so freundlich wie es nur möglich war, mit einem Bier abgespeist. Paul ist bei ihm. Sie unterhalten sich köstlich, was man aus ihrem hitzigen Lachen vernehmen kann.

Ich stehe gern mit meinem Vater in der Küche und koche für uns. Mir ist gar nicht aufgefallen, wie sehr mir das gefehlt hat.

Ich schnipple im Eiltempo die Zwiebeln, bevor ich mit Weinen beginne. Schon seit vielen Jahren behauptet mein Vater, ein Löffel im Mund könnte Abhilfe schaffen und mich vor dem fürchterlichen Brennen in den Augen bewahren.

Jedes Mal versuche ich es aufs Neue und weiß, wie dämlich ich damit aussehe, wenn der Griff des Löffels aus meinem Mund ragt.

Mein Vater nimmt mich die ganzen Jahre damit auf den Arm, was mir sein freches Grinsen bestätigt.

Ich hasse es, die Dinger zu schneiden, ebenso wie er. Und immer wälzt er diese Aufgabe auf mich ab.

»Was ich dir sagen wollte. Ich bin heute auf Camila getroffen.«

»Bist du? Wie geht es ihr?« Ich werde die letzte Begegnung mit ihr niemals vergessen. Sie geistert in meinem Kopf herum wie das Feuer des Teufels. Sie war immer so nett zu mir. Doch diese fürchterlichen Worte, die sie mir ins Gesicht knallte, lassen sie nun anders auf mich wirken. Verbittert und teilweise bösartig. Sie hat ihren Sohn verloren und diese Tatsache ist tragisch. Aber mir indirekt den Tod zu wünschen, weil ich „heil" aus dem Auto gekommen bin, ist nicht fair. Als hätte ich nicht schon genug mit den Lasten zu kämpfen, dass ich überlebt habe und die beiden nicht.

»Sie hat noch sehr an Sams Tod zu knabbern. Aber ihr ist klar, dass sie mehr als unfair zu dir war. Ich habe ihr erzählt, dass du wieder in Newport bist. Sie möchte sich gern bei dir entschuldigen.«

»Möchte sie das?«, frage ich mit gehobener Augenbraue.

»Ich weiß, es war ziemlich harter Tobak, den sie dir an den Kopf geworfen hat, und mir ist klar, was ich von dir verlange. Aber du weißt ja, wie wir es in unserer Familie handhaben«, predigt mir Daddy.

»Wir sind nicht nachtragend und haben Verständnis«, flüstere ich. »Dennoch wird es mir schwer fallen, ihr gegenüber zu stehen. Es war unendlich verletzend.«

»Wenn du möchtest, laden wir sie hierher ein. Dann bist du nicht allein.«

»Nein, ich denke, ich werde kurz vor unserer Abreise zu ihr gehen und mich von Frau zu Frau mit ihr unterhalten«, erwidere ich.

»Danke, Hope. Sie belastet es wirklich sehr.«

Ich möchte mich wieder meiner Schlacht gegen die Zwiebeln stellen.

»Bist du glücklich, Hope?«, fragt mein Vater, während er neben mir die Tomaten klein hackt.

Ich sehe fragend zu ihm. »Du meinst mit Liam?«

»Ich meine, ob du mit ihm hier glücklich bist.« Nun sieht auch er mich an.

»Gerade bin ich glücklich. Selbst hier in Newport. Ich hatte wirklich Angst, hierher zu kommen. Und es gibt Momente, in denen sich noch alles irgendwie seltsam und angsteinflößend anfühlt. Aber dann sehe ich ihn an und bin wieder sorgenlos. Ich bekomme das Gefühl, dass ich alles habe, was ich brauche, wenn nur er an meiner Seite steht. Weißt du, wie ich das meine? Ich kann das schlecht beschreiben. Du weißt, ich bin nicht gerade gut darin.«

»Von wem du das nur hast«, schmunzelt er und reibt sie spaßig die Schläfe. »Deswegen weiß ich auch, was genau du damit meinst. Ich kann mich ziemlich gut in dich hineinversetzen.«

Kurzzeitig widmen wir uns weiter dem Gemüse. Der Risottoreis köchelt schon.

»Diese Blicke. Wie er dich ansieht, Hope«, murmelt mein Vater vor sich hin.

»Wie sieht er mich denn an?«, frage ich.

»Als gäbe es keine Welt mehr ohne dich. Bewegst du dich, bewegt er sich. Liam liebt dich. Ganz sicher.«

Ein breites Lachen überkommt mein Gesicht. Glücksgefühle über das, was mein Vater sieht und ich spüre, erfüllen mein Herz.

»Apropos Abreise. Wie ist dein Plan? Wie lang wirst du noch in Nashville bleiben?«, fragt mein Vater und schüttet ein wenig Gemüsebrühe auf den garenden Risotto.

»Wenn ich dir sagen würde: Für immer! Wie würdest du darauf reagieren?«, entgegne ich.

»Mir würde wahrscheinlich ganz übel werden. Aber nach mir darfst du nicht gehen, mein Kind. DU musst wissen, wo du dich Zuhause fühlst.«

»Irgendwie fühle ich mich zu beiden Orten stark hingezogen. Wenn ich genauer in mein Herz sehe, ein wenig mehr nach Newport. Auch wenn hier so viel passiert ist. Hier bin ich nun mal aufgewachsen. Mein ganzes Leben spielte sich immer in dieser Kleinstadt ab. Auch wenn mich alles an Sam und Mila erinnert, heile ich gerade. Obwohl ich hier bin, verstehst du?« Geheilt bin ich sicher noch lange nicht, aber ich gehe voran und lasse mich von Rückschritten nicht mehr unterkriegen. »Ich dachte, dass mich jeder Zentimeter in diesem Ort erneut zerbrechen würde. Aber es geschah nicht. Und weißt du, warum? Seinetwegen. Ich liebe es hier. Seinetwegen. Aber ich liebe auch die Vorstellung einer gemeinsamen Zukunft mit Liam. Denn einen besseren Mann kann ich mir nicht an meiner Seite wünschen, nach dem, was mir passiert ist. Er sieht mich, wie ich bin. Sieht nicht nur die Last auf meiner Schulter. Ich habe meine Vergangenheit als Bürde gesehen. Von mir. Als etwas, dass mich und mein Leben mindert. Doch Liam zeigt mir tagtäglich, dass es eben nicht so ist. Und all das geschieht, ohne dass er es selbst vermutlich mitbekommt. Einfach weil er ist, wie er ist. Es passieren nun mal schreckliche Dinge auf dieser Welt. Deswegen ist mein Leben nicht weniger wert oder trostlos. Bis zu diesem Moment ließ mich das Gefühl nicht los, dass ich mich zwischen Sams Wünschen und einem Leben mit Liam entscheiden muss. Aber so ist es nicht. Ich muss mich entscheiden, zwischen einer Frau, die ich einst war und die ich heute bin. Ich habe heute gewählt. Ein Leben ohne Liam ist für mich einfach undenkbar. Er ist meine zweite Chance, verstehst du? Ich bin glücklich mit ihm, Daddy. Und er lebt nun mal in Nashville. Also …«, versuche ich, zu erklären.

»Dann ist deine Entscheidung doch eindeutig. Du musst auf dein Herz hören, Hope.«

Und mein Herz schlägt in jeglicher Hinsicht für Liam. Also werde ich mich mit dem Gedanken abfinden müssen, Newport zu verlassen.

39

Liam

Es ist der schönste Schauer meines Lebens, den sie mir mit dieser Liebeserklärung beschert. Obwohl kein Wort direkt an mich gerichtet war. Nur über mich.

Ihr ist nicht klar, dass ich fast jedes Wort gehört habe, das sie mit ihrem Vater sprach. Und ich habe deutlich herausgehört, dass Hope Newport eigentlich nicht verlassen will. Sie tut es nur meinetwegen. Wegen mir ist Hope bereit, alles hier aufzugeben, um nach Nashville zu ziehen.

Einen größeren Liebesbeweis gibt es wohl kaum und dennoch stimmt es mich traurig. Denn ich weiß nicht, ob ich das zulassen kann. Dieses Leuchten in den Augen und das breite Lächeln auf den Lippen, seitdem wir hier sind, und das Tag für Tag intensiver wird, kann und will ich ihr nicht stehlen. Ich kann ihr nicht das eigene Zuhause wegnehmen, mit dem sie so viel verbindet.

Hope überwindet gerade den größten Verlust ihres Lebens. Es ehrt mich zu hören, dass ich ihr dabei helfe. Aber Fakt ist: Hope würde nie glücklich in Nashville werden. Nicht so, wie sie es in Newport wäre. Also liegt es an mir, eine Entscheidung zu fällen. Nicht an ihr. Und diese wird wohl die schwerste meines Lebens werden. Keine Ahnung, wie ich ihr das sagen soll. Keine Ahnung, wie sie damit umgehen wird.

Hope erzählt so ausgelassen wie nie, als wir nach Hause laufen. Und ich Trottel bin die ganze Zeit am überlegen, wie ich es ihr sagen soll.

»Findest du nicht?«, fragt Hope und ich habe das erste Mal nicht eine Sekunde zugehört. Nicht den wunderbaren Klang ihrer Stimme verfolgt.

»Was?«, entgegne ich und fühle mich ertappt, als sie mich skeptisch mustert.

»Ist alles in Ordnung?« Ihre Augen sehen selbst in der Dunkelheit der Nacht wunderschön aus. Selbst jetzt sehe ich jeden kleinen Funken.

»Ja, es ist nur …«, stammle ich.

»Es ist nur, was?« Ihre Augenbrauen bilden eine Furche.

»Ich muss …« *mit dir reden,* wollte ich ergänzen, als ich von einer Frauenstimme hinter uns unterbrochen werde.

Hope dreht sich zu ihr, hält mich am Arm und fordert mich auf, stehen zu bleiben. »Es ist die Mutter von …« Hope muss nicht weiter sprechen, damit ich verstehe.

Mit Pantoffeln kommt die dunkle Erscheinung auf uns zu gestolpert. Hope kann die Stimme längst zuordnen. Ich sehe es an ihrem Blick. Er wirkt von der einen auf die andere Sekunde bedenklich und dennoch kontrolliert. Ihre Hände ballt sie zu Fäusten. Nicht vor Wut, sondern aus Anspannung. »Hope, bitte warte! Bitte.«

Als die Frau mittleren Alters vor uns zum Stehen kommt, stützt sie sich auf ihren Knien ab und ringt hektisch nach Luft. Ihr Gesicht zum Boden geneigt.

»Bitte warte einen kleinen Moment«, schnieft sie.

»Ich hätte auch so gewartet. Dafür hättest du nicht rennen müssen«, antwortet Hope verhalten.

»Es ist gut, dass du hier bist. Ich muss mit dir reden. Ich muss mich entschuldigen«, keucht die unbekannte Frau, weiter mit gesenktem Blick.

»Mein Vater hat es mir schon erzählt. Ich wollte vor meiner Abreise zu dir kommen, um dir zu sagen, dass ich nicht nachtragend bin.« Was ist zwischen ihnen vorgefallen?

Langsam, aber sicher erholt sich die Frau und richtet ihren abgemagerten Oberkörper auf. Wie kann ein Mensch nur so dünn sein? Es sieht nicht annähernd gesund aus. Und warum trägt sie nur ein T-Shirt? Am Abend ist es ziemlich kalt in Newport. Kälter, als ich es von Nashville gewohnt bin um diese Jahreszeit. Scheint an der Seeluft zu liegen.

Mit ihren knochigen Fingern streicht sie sich ihre zerzausten Haare über die Schulter.

Würde mir diese Frau in Nashville über den Weg laufen, könnte ich schwören, sie schon einmal gesehen zu haben. Doch hier, tausend Meilen entfernt, ist es unmöglich, dass ich dieser dürren Gestalt jemals begegnet bin. Dennoch kommen mir ihre gerade Haltung und die Art, wie sie ihre Handballen in die Hüfte stemmt, bekannt vor. Und diese tiefblauen Augen. Diese seltenen tiefblauen Augen.

»Nein, Hope. Zu sagen, dir nicht in die Augen sehen zu können, weil du überlebt hast und er nicht, war alles andere als fair. Ich möchte mich dafür wirklich aufrichtig entschuldigen und hoffe sehr, dass du meine Entschuldigung annimmst. Nicht weil du nicht nachtragend sein willst, wie es dein Daddy immer zu sagen pflegt. Denn das lässt dich nicht immer verzeihen. Sondern weil du es von dir aus wirklich möchtest, weil du mir verzeihen kannst.« Und diese Stimme.

Aber, was hat sie zu Hope gesagt? *Zu sagen, dir nicht in die Augen sehen zu können, weil du überlebt hast und er nicht, war alles andere als fair.* Wie eine hängende Schallplatte wiederholt sich dieser Satz in meinem Kopf. Was musste Hope bitte noch alles ertragen?

»Ich verzeihe dir. Weil es für dich genauso schwer war und ist wie für mich. Weil die Emotionen in solchen Augenblicken überkochen können und mit einem durchgehen. Man sagt Dinge, die man im Nachhinein nicht so meint. Deswegen verzeihe ich dir, Camila.«

Camila? Ein Blitz. Ein unaufhaltsamer Blitz zischt an meinen Augen vorbei. Mein Herz rast und mir wird das erste Mal im Leben schwarz vor Augen.

Reiß dich ja zusammen! Das ist unmöglich, Connor. Zufall. Reiner Zufall.

»Ich danke dir, Hope. Ich danke dir von ganzem Herzen. Du wirst immer meine Tochter sein. Immer.«

»Wir werden eine Familie bleiben. Versprochen.« Während Camila in Hopes Armen liegt, werde ich blasser und blasser. Nun weiß ich, wie es Hope ergangen sein muss, wenn man schier keine Luft mehr bekommt. Ich rede mir ein, dass dieser Zufall unmöglich sein kann. Warum gelingt es mir nicht, meinen Gedanken Glauben zu schenken?

»Camila«, fährt es mir fast flüsternd über die Lippen, ohne dass ich es wollte.

Noch immer in Hopes Armen sieht sie zu mir auf. »Kennen wir uns?« Ihr Blick verengt sich und durchlöchert mich genauso wie ich sie. Eine gefühlte Ewigkeit starrt sie mich an und nichts passiert, außer dass sie sich von Hope löst und einen Schritt auf mich zu geht.

Nun ist sie diejenige, die ihre Augen aufreißt, den Atem anhält und verblasst. »Liam? Liam Connor?«

Ihre Augen werden feucht, ihre Lippen beben. Unsicher führt sie ihre Hand vor den Mund.

Ich nicke nur. Zu mehr bin ich nicht imstande.

Ich spüre Hopes unergründlichen Blick auf mir, weil sie nicht weiß, was diese Situation zu bedeuten hat. Genauso wenig wie ich.

»Mein Gott.« Die Einzige, die Herrin über diese Lage wird, ist Camila, die tränenübergossen auf mich zustürmt und sich um meinen Hals klammert. »Ich kann nicht glauben, dass wir uns noch einmal wiedersehen. Es ist Balsam für meine zerrissene Seele.« Was ist nur mit ihr geschehen? So dünn, so abgemagert, so gealtert.

»Ich habe euch überall gesucht«, flüstere ich. »Doch nicht gefunden.«

Vorsichtig lege ich meine Arme um ihren zerbrechlichen Körper und realisiere, dass es wahr ist.

Aber, das kann nicht sein. Das darf nicht sein. Denn all das würde bedeuten, dass …

Was ist hier passiert?

Hope riss mich von Camila los und zieht mich seit einigen Minuten wortlos durch die Dunkelheit des Abends. Mit den schnellsten Schritten, die sie jemals hatte.

Hope dreht sich nicht zu mir, atmet nur hektisch ein und aus.

Sie stürmt in ihr Haus, streift sich während des Gehens die Jacke vom Körper und wirft sie auf die Couch. Dann rennt Hope unaufhaltsam nach oben.

Mir scheint es, als braucht sie Zeit für sich, sodass ich beschließe, ihr diesen Freiraum zu geben. Ich will sie nicht bedrängen, obwohl mir gerade ganz nach einer Umarmung von ihr wäre. Ich würde sie gern an mich ziehen und mir ein, zwei Küsse stehlen. Danach würde ich mir selbst klarmachen, dass alles ein abnormaler Albtraum ist. Keine Realität.

Ich höre, wie etwas auf das Parkett im Obergeschoss knallt, was mich veranlasst, wie ein Wahnsinniger nach oben zu stürmen. Zu meiner Erleichterung sehe ich, dass die Bodenklappe offen und die Holzleiter ausgefahren ist. Keine Hope, die vor Schockstarre etwas fallen gelassen hat – oder selbst umgefallen ist.

Über mir höre ich ein Rascheln. Ich erwäge, hinauf zu gehen, bevor Hope mit drei großen Sätzen hinunterklettert.

Noch immer wortkarg zieht sie mich zurück ins Wohnzimmer.

Zusammen sinken wir auf dem Sofa ein. Sie sitzt auf ihren Beinen und hält einen Holzrahmen fest umschlossen an ihre Brust. Langsam dreht sie ihn zu mir um.

Darin ein Bild. Hope vor dem Meer mit einem dunkelhaarigen, athletischen Mann. Und verdammt, diese Augen würde ich unter tausenden wiedererkennen. Dieser Mann, und dafür muss ich kein Detektiv sein, ist ihr verstorbener Verlobter. Aber auch mein Kindheitsfreund Sam Stevens.

»Du hast ihn gesucht, nicht wahr? Du hast Sam gesucht!« Ihre Lippen zittern, ihre Stimme bebt.

Das ist Sam. Das ist also IHR Sam. Das kann nicht sein. Das ist unmöglich. Einfach absolut unmöglich. Obwohl sie mir dieses Bild vor die Nase hält, weigere ich mich, dieser Tatsache Glauben zu schenken. Weil dieser Zufall einfach viel zu gigantisch wäre.

»Woher …?« Meine Stimme versagt.

Ich umgreife das Bild so fest, dass ich spüre, wie sich der Holzrahmen immer tiefer in meine Haut drückt. Dieser dezente Schmerz zeigt mir, wie wahr dieser Moment ist. Umso mehr reißt es mir den Boden unter den Füßen weg.

»Camila kennt dich und ich zähle wieder nur eins und eins zusammen, Liam«, flüstert sie.

»Das hier ist dein Sam?« Ich drehe das Bild zu ihr und zeige auf sein Gesicht. Natürlich ist es ihr Sam, aber ich muss es von Hope hören. Immer und immer wieder. Denn ich begreife es einfach nicht. »Sam Stevens, geboren am 18. Juli? Sam Stevens, der Bananen und Schluckauf verabscheut? Der Schokoladeneis und Heidelbeermuffins vergöttert? Das ist dein Sam?«

Sie nickt. »Miller. Sam hat den Mädchennamen seiner Mutter angenommen.« Deswegen konnte ich unter Sam oder Camila Stevens nichts finden.

Ihre Blicke bleiben starr, ihre Iriden wirken schwarz. »Aber, das WAR mein Sam«, korrigiert sie mich.

Jedes Wort bohrt sich auf grausame Weise tiefer in ihr Herz. »Er. Ist. Tot.« Hopes Augen werden feucht und es dauert nicht lang, bis eine Träne nach der anderen über ihr Gesicht kullert. Nicht eine streicht sie weg. Und ich zerbreche an diesem Anblick und an dem Wissen. Sam ist tot und ich werde ihn nie wieder sehen.

Ich möchte sie so gern zu mir ziehen und umarmen, weil ich es im Augenblick selbst brauche. Aber ich habe Angst. Angst, dass sie mich von sich stößt und sie mir in meinen Armen zerfällt. Damals habe ich mir geschworen, Hope entscheiden zu lassen, wann der richtige Zeitpunkt für die kleinste, vertraute Berührung ist. Obwohl mir der Geduldsfaden fast reißt, bestehe ich erneut darauf und setze mir Grenzen. Grenzen, die nur Hope überschreiten kann.

»Ich habe es nicht gewusst, Hope. Ehrlich. Ich habe es nicht gewusst«, schwöre ich.

»Das behaupte ich auch nicht. Ich bin nur einfach geschockt.« Wie könnte man das auch nicht sein. Wie hoch ist die Wahrscheinlichkeit, dass so etwas passiert? Die Chancen gehen gegen null.

»Dein Sam, Hope, ist mein bester Freund aus Kindheitstagen.« Endlich spreche ich aus, was gesagt werden muss. »Und viele Jahre weiterhin danach. Wir blieben in Kontakt, als er an die Ostküste zog und Nashville verlassen hat. Irgendwann haben die Briefe aufgehört. Die letzte Adresse war die in Brockton. Der bin ich gefolgt. Nur ist an dieser Stelle jetzt ein Park«, versuche ich, mich zu erklären.

»Da hat er vorher auch gewohnt.« Langsam findet Hope ihre verlorene Stimme wieder. »Früher war dort eine Einrichtung, die Familien eine bestimmte Hilfe angeboten hat.«

»Was genau meinst du damit?« Eine bestimmte Einrichtung? Ich verstehe gar nichts mehr.

»Weißt du es denn nicht? Camila ist vor ihrem gewalttätigen Ehemann geflüchtet. Mit Sam. Sie haben in Brockton Schutz gesucht. Weit weg von allem. Nach wenigen Jahren sind sie dann nach Newport gekommen und haben Camilas Mädchennamen angenommen, um alles hinter sich zu lassen. Hier habe ich Sam und Camila kennengelernt.«

»Roger hat sie geschlagen?« Dieser elende Mistkerl. So viel zu dessen Wahrheit. In unserer Nachbarschaft hat er Camila damals dafür verantwortlich gemacht, dass die Ehe gescheitert ist.

»Sam hat nicht unbedingt viel über ihn gesprochen. Jedes Wort über seinen Erzeuger wäre verschwendete Lebenszeit gewesen, meinte er. Sam hat mir damals erzählt, dass sie nicht zur Polizei gehen konnten, weil er irgendein Abgeordneter war. Camilas Wort stünde gegen seins. Und wer glaubt schon einer Frau, die durch ihren Mann psychisch labil wurde oder einem Teenager, der in der Trotzphase ist?«

Wenn es nicht aus Hopes Mund käme, könnte ich diese Geschichte nicht glauben. Nicht weil ich annehme, dass sie gelogen wäre. Eher aus Selbstschutz. Wie konnte mir das all die Jahre entgehen? War ich zu blind oder nicht aufmerksam genug? Ich war ein Teenager, ja. Aber ich bin nie mit verbunden Augen durch die Welt gewandert. Warum ist mir nie aufgefallen, dass es Sam und Camila bei Roger nicht gut ging? Warum?

»Und du wusstest nicht, dass Sam aus Nashville kommt?« Ich benötige keinen Spiegel, um zu erkennen, wie mir der Schock ins Gesicht fährt.

»Nein.« Hope schüttelt den Kopf.

»Hat er denn sonst nie etwas von seiner Vergangenheit erzählt? Hat er dieses Kapitel, das mich mit einschließt, einfach verdrängt oder sogar vergessen?« So sehr ich es auch versuche, aber ich kann die Enttäuschung in meiner Stimme nicht verstecken. Sam und ich waren verdammt noch mal die besten Freunde. Warum hat er all die Jahre Hope gegenüber nichts von mir erwähnt? Warum hat er mir nicht anvertraut, dass sein Vater gewalttätig war? Warum nicht?

Unerwartet verflechtet Hope ihre Finger mit meinen und zieht meine Hand an ihren Mund. Zarte Küsse lässt sie über meine Finger wandern. Ihre Lippen zittern ein wenig. »Nein, Liam, er hat sicher nichts vergessen. Aber über die Zeit zu sprechen, in der er und seine Mutter permanent verprügelt wurden, mied er. Ich weiß fast nichts von dem Kindheits-Sam, geschweige denn von dem Teenager-Sam. Dass er darüber nicht reden wollte, habe ich akzeptiert. Immer.«

Es gibt eine Tatsache, die ich erst einmal verdauen muss. UNSER Sam ist Tod. Nun bin ich derjenige, dem die Tränen in die Augen schießen. Hope ist diejenige, die tröstend ihre Hände um meinen Nacken legt und ihre Stirn sanft gegen meine drückt.

40

Hope

Ich hatte mein Leben stets genau durchgeplant. Bevor Sam starb, habe ich gewusst, was ich vom Leben erwarten kann. Niemals habe ich einen Verlust einkalkuliert und niemals habe ich mit so einer Unmöglichkeit gerechnet, die Liam und mir in diesem Moment widerfährt. Wobei *Unmöglichkeit* die falsche Wortwahl ist. Denn es ist schließlich passiert und damit nicht mehr unmöglich.

Schon von Kindheitstagen an war ich ein Planungs- und Organisationsfreak. Wenn mir das Leben in den kleinsten Situationen einen Strich durch die Rechnung gemacht hat, bin ich schier durchgedreht. Man kann sich vorstellen, wie es mir nach Sams und Milas Tod ging und teilweise noch immer geht. Kaum beschreibbar sind die Gefühle, die ich gerade durchlebe, während ich mit Liam auf der Couch liege und wir das Bild von Sam und mir anstarren.

Wie ist das möglich? Je länger ich drauf starre, desto stärker erhoffe ich mir eine Antwort.

Wenn man solch eine planungsorientierte Charaktereigenschaft besitzt, ist es beängstigend, Dinge aus der Hand zu geben. Es ist schwer, Unvorhersehbares zu akzeptieren. Aber so ist das mit unserem Dasein.

Der Autounfall hat mir die Augen geöffnet. Nicht sofort, aber vor einigen Wochen.

Das Leben ist nicht immer planbar, es bringt seine Überraschungen mit sich. Gute – wie auch schlimme.

Es hat gedauert, diese Tatsache zu akzeptieren. Genauso wie es nun dauern wird, Liams Eintritt in mein Leben und dessen Umstand zu akzeptieren. Geschweige denn zu kapieren. Es wird darauf hinauslaufen, dass ich es niemals verstehen werde. Denn es gibt da Dinge zwischen Himmel und Erde, die wir nicht in der Hand haben. Die wir nicht erklären können.

»Bitte erzähl mir alles über ihn, Hope. Alles. Lass nicht die kleinste Sache aus.« Liams Finger streifen durch mein Haar. Ich liege auf seiner Brust.

In einer Situation, die im Normalfall zu viel für mich wäre, überkommt mich ein ehrliches Lächeln. »Dann tu du es auch nicht. Lass nichts aus.«

Wir würden uns die ganze Nacht Geschichten über Sam erzählen. Wahrscheinlich werden wir gemeinsam trauern. Zu wissen, dass Liam ihm verbunden war, macht es leichter. Keiner würde mich besser verstehen als er. Dafür lege ich meine Hand ins Feuer.

Und von Minute zu Minute glaube ich nicht nur wieder vollständig an die Hoffnung. Ich vertraue auch wieder dem Schicksal.

Das Schicksal ist eine höhere Macht, die das Leben des Menschen bestimmt und lenkt. Meins hat es gelenkt. Zwar um viele Kurven und durch stockfinstere Tunnel. Aber nun befinde ich mich wieder auf einer hellen Geraden.

Sam, ich weiß, dass du diese höhere Macht bist. Du hast mich zu ihm geschickt, nicht wahr? Du hast dafür gesorgt, dass meine Seele nicht vollständig zersplittert, oder? Du wolltest, dass ich wieder leben und lieben lerne, richtig?

41

Hope

Die Sonne scheint und strahlt uns ins Gesicht. Meine Haut saugt das Vitamin D regelrecht auf.

Bisher war ich nicht bereit. Aber nun bin ich es.

Ich bin erleichtert, dass mich das Rauschen des Meeres glücklich statt traurig stimmt.

Ungehalten renne ich den Wellen entgegen und ziehe Liam hinter mir her.

Meine Vorstellung ist, den Tag heute hier zu verbringen und die Bewegungen der Wellen so extrem aufzusaugen, dass es für die nächsten Monate reichen wird. Denn ich habe mir vorgenommen, mindestens alle drei Monate meinen Vater, Isa und James zu besuchen. Sofern Isa und James hier in Newport bleiben werden.

James hat die letzten Monate seinen IT-Job pausiert, den Urlaubsrest abgebaut beziehungsweise „Homeoffice“ betrieben. Scheint in seiner Firma möglich zu sein. Isa hat sich vorübergehend auf Kurzstrecken versetzen lassen.

Ich ziehe eine große Decke aus meiner Umhängetasche und breite sie vor uns aus. Dann streife ich mir meine Schuhe und meine Socken von den Füßen und berühre nach Monaten endlich wieder den weichen Sand. Ich stöhne erleichtert. Er ist arschkalt, dennoch absolut vertraut.

Ich habe es so unfassbar vermisst. Das Meer, die Luft, meine Heimat.

»Was hast du vor?« Liam sieht mich misstrauisch an.

»Was wohl. Ich will das Meer berühren? Komm mit!«, fordere ich und kremple mir meine Jeans ein wenig nach oben.

»Du willst was?«

Das Wasser hat vielleicht vier Grad Plus. Jede Berührung wird sich wie kleine Nadelstiche auf der Haut anfühlen.

Mit schmerzenden Stichen habe ich die letzten Monate genug gekämpft. Demgegenüber werden sich die Stiche des Meeres erlösend anfühlen.

»Du hast mich schon verstanden.«

»Aber ohne mich, Miss Green. Ohne mich.« Verneinend hebt Liam seine Hände in die Luft und lässt sich auf die Decke fallen. »Ich sehe dir dabei zu und rette dich, solltest du untergehen. Ansonsten bekommt mich nichts und niemand in diese kalte Brühe rein«, räuspert er sich und zwinkert mir bestimmend zu.

»Ich wusste es, Connor. Die harten Thriller und grausamen Krimis lesen, sich dann aber dem Wasser wegen in die Hosen machen. Soso. Du bist ein Hasenfuß«, stichle ich und halte mein Kichern nicht zurück.

»Ein was?« Liams fragender Blick ist unbezahlbar und dennoch so verdammt süß.

Mein Vater nannte mich als Kind so, wenn ich mich vor eine Lappalie wie einer Spinne gefürchtet habe. Was ich wohlgemerkt noch immer tue.

»Ein Hasenfuß«, wiederhole ich.

»Was zur Hölle ist das?«

Ich stemme meine Hände in die Hüfte und sehe provokant auf ihn herab. »Gut. Nur für dich, Connor. Du bist ein Feigling, ein Angsthase, eine Memme.«

»Das hast du nicht wirklich gesagt.« Liams Augen verengen sich. »Nimm das zurück, Miss Green. Sonst werden nicht nur deine Füße Bekanntschaft mit dem kalten Wasser machen.«

Liam hat seinen Pullover bis zu den Ellenbogen hochgekrempelt. Dadurch sehe ich, dass er gerade seine Unterarme anspannt. Dauert nicht mehr lange, dann habe ich ihn. Ich grinse in meinen Kragen hinein. »Was? Soll mich der Wind umstoßen?«

Ruckartig springt Liam auf, was mich veranlasst, kreischend vor ihm wegzurennen. Ich fühle mich wie eine Gejagte. Das Adrenalin schießt nach oben und aus meinem Kreischen wird ein stechendes Quieken.

Doch es ist alles um sonst. Liam schafft es, mich einzuholen. Er hält mich an meiner Taille fest, dreht mich zu sich und wirft mich, als wäre ich ein Sack Federn, über seine Schulter. Dann klopft er mir zwei

Mal auf den Hintern. »Hab dich. Du hast wirklich geglaubt, du könntest wegrennen, oder?«

Auch wenn ich es nicht sehe. Sein freches Grinsen höre ich eindeutig heraus.

»Nein, Liam. Wehe …«, drohe ich lachend.

»Wer ist nun der Hasenfuß, mhm?« Bestimmend trägt er mich über den Strand. Streift jetzt auch seine Schuhe und Socken von den Füßen und läuft, samt mir auf den Schultern, Richtung Meer.

»Tu das nicht.« Ich lache beherzt weiter, weil ich hoffe, dass er es mit seiner Drohung nicht ernst meint.

»Du würdest mich nie wieder für voll nehmen, wenn ich das jetzt nicht durchziehe.«

Das Rauschen wird immer lauter und wenn ich an Liams Rücken hinuntersehe, steht er schon längst mit den Knöcheln im Wasser.

Verdammt, er meint das ernst. Wie wild klopfe ich panisch und dennoch breit grinsend auf seinem Rücken herum. »Doch, Doch, Doch. Versprochen, versprochen«, kreische ich.

»Nein. Nein. Nein. Mach die Augen zu und halte die Luft an, Miss Green.«

»Bitte nicht!« Ich kreische, lache und zittere.

Ich schließe die Augen und hole nochmals tief Luft, bevor ich innehalte und die Lippen aufeinanderpresse.

Was habe ich da nur ausgelöst? Ich und meine Klappe. Wer Wind sät, wird Sturm ernten. Ganz klare Lebensphilosophie.

Abrupt hebt mich Liam von seiner Schulter. Meine Hände balle ich zu festen Fäusten. Jetzt ist es soweit.

Während ich erwarte, mit eiskaltem Wasser umhüllt zu werden, lande ich jedoch auf den Beinen und spüre die Nadelstiche nur bis zu meinen Knöcheln. Liams Hände legen sich um meinen Oberkörper. Seine Wärme geht wahrlich durch meine Klamotten.

Langsam öffne ich die Augen und finde sofort Liams grünen Blick, der mich hingebungsvoll anfunkelt. Er lächelt. Was das Verlangen in mir hochkocht, ihn nach wenigen Sekunden zu küssen. Aus Erleichterung, aus Bedürfnis, aber vor allem aus Liebe.

Ich ziehe mich weiter an seinen Körper heran, der mir so viel Wärme schenkt, presse mich an ihn und vergrabe meine Finger in seinen weißen Kapuzenpullover. Es ist derselbe, den er trug, als wir uns das erste Mal begegnet sind.

Nur die reine und ehrlichste Liebe verdient dieser wunderschöne Mann, der vor mir steht und mich aus der Finsternis des Lebens gefischt hat. Und ich verspreche ihm und mir, dass ich sie ihm geben werde. Nicht in ein paar Wochen, Monaten oder Jahren. Sondern ab jetzt, bis in die Ewigkeit. Ich liebe Liam so sehr, wie man einen Menschen nur lieben kann.

42

Liam

Sie küsst mich und es fühlt sich gewiss perfekt an. Sie ist diejenige, die unsere Lippen spreizt und mich von ihrer Zungenspitze kosten lässt. Also vertiefe ich den Kuss, was Hope einen leisen Seufzer entlockt. Sie streicht mir von der Brust zu den Schultern und legt ihre Hände um meinen Nacken.

Immer wenn ich sie küsse, habe ich Gänsehaut. Nie habe ich bei einem Kuss gezittert, wie ich es bei ihr tue. Nie habe ich es mir dringender gewünscht, dass die Welt stehen bleibt, damit ich den Moment weiter auskosten kann.

Hope zu küssen fühlt sich von Tag zu Tag besser an. Alles zwischen uns wirkt so mühelos und synchron. Gleichzeitig ist da diese gewisse Vertrautheit, die durch Sam nur noch gestärkt wurde.

Von Anfang an, als ich Hope das erste Mal sah, habe ich mich in ihr verloren. Sie hat sich immer tiefer in mein Herz vergraben und ich kann mir eine Zukunft ohne Hope nicht mehr vorstellen. In ihr finde ich meine Erfüllung. Ich bewundere ihre Lebensenergie. Ungehindert nahm und nimmt sie den Kampf gegen die Trauer auf. Hope musste großen körperlichen, aber auch seelischen Schmerz ertragen und steht dennoch wie das blühende Leben vor mir. Damit reiht sie sich an oberster Spitze der stärksten Frauen dieser Welt ein.

»Wow«, haucht sie, als sie sich einen kurzen Moment nimmt, um Sauerstoff zu tanken.

Die kleinen Wellen rauschen sanft an unsere Knöchel und machen den Moment nur wundervoller.

»Mhm«, brumme ich und wickle ihre dunklen Locken um meinen Finger. Ich sehe in ihre Augen, zu ihrer Nasenspitze, auf ihre Lippen. Wahrlich, diese Frau ist das, was man perfekt und vollkommen nennt.

Der vorletzte Tag vor unserer Abreise ist sonnig. Perfekt, um ihn am Strand zu verbringen. Hope und ich sind das erste Mal am Meer, seitdem wir hier sind. Für Anfang April ist es verdammt kalt, im Wasser zu stehen, aber mit Hope fühlt es sich besonders an.

Als wir erfuhren, was und vor allem wer uns verbindet, glaubte ich für einen kurzen Moment, Hope verloren zu haben. Ich dachte, sie würde vielleicht nicht damit klarkommen, dass mein Kindheitsfreund ihr Sam ist. Ich habe Hopes Schock jedoch falsch gedeutet. Denn seit diesem Abend bin ich ihr näher als je zuvor. Sie schließt mich nicht eine Minute aus. Sagt mir, wie sie sich fühlt und was sie braucht. Hope lässt es zu, dass ich jeden Zentimeter ihrer Haut küssen und begehren darf. Ich darf ihre Narben berühren, die sie immer an so viel Schlimmes in ihrem Leben erinnern werden.

»Bleib kurz hier, ja?«, bitte ich sie.

Diesen misstrauischen Blick wird Hope niemals ablegen. Aber dafür liebe ich sie. Ich liebe ihre Stärken und Schwächen. Ich liebe alles, was sie ist und mit sich herumträgt, weil es ein Teil von ihr ist. Aber vor allem habe ich mich in die Hope verliebt, die ich in Augenblicken wie diesen erlebe. Die sich nicht von den Dämonen und der Finsternis hat unterkriegen lassen.

Ich gehe zurück an meine Sachen, um mein Handy aus der Tasche zu wühlen. Dieser Anblick muss festgehalten werden. Hope, bis zu den Waden im Salzwasser. Glücklich. Zufrieden. Frei.

Wenn ich sie so sehe, kann ich mir mein zufriedenes Grinsen nicht verkneifen.

»Sam, du Hund. Selbst vom Himmel aus führst du mich auf den richtigen Weg. Auf der Erde führtest du mich einst zu meinem Job, der mich erfüllt. Nun, von da oben, führst du mich zu Hope, die mir mehr bedeutet als mein Leben. Ich werde auf sie aufpassen, Sam. Das schwöre ich dir. Und ich weiß, dass du über uns wachen wirst, mit ihr – dem kleinen Mila-Engel.«

Hope sieht in den Horizont mit einem zarten Lächeln auf den Lippen. Es bringt mich fast um den Verstand, wie sie so im Wasser steht – in der Sonne, so bildschön. Ich muss sie einfach fotografieren.

Dann dreht sie sich zu mir und schenkt mir dieses bezaubernd freie Lächeln, während ich auf den Auslöser drücke. Ihre Lippen geschwungen, ihr braunes Haar weht im Wind, ihre Augen leuchten.

Ich ziehe sie erneut an mich, drücke ihr einen Kuss auf die Stirn.

»Ich liebe dich, Hope Green«, raune ich.

»Ich liebe dich, Liam Connor.«

43

Liam

Wir beobachten den Sonnenuntergang, bis wir mit Hopes Dad zum Geburtstagsessen verabredet sind. Diese schöne Erscheinung sitzt vor mir, fest umschlungen von meinen Armen. Ihr Haar duftet, wie ich es mag. Nach Vanille und Veilchen.

Ich gebe Hope einen flüchtigen Kuss auf ihren Scheitel. Dann lege ich die Decke um uns, weil ich merke, wie sie zittert. Kaum spürbar, aber ich sehe, dass sie friert.

Den heutigen Tag wollte ich als Anlass nehmen, um mit ihr zu reden. Es wäre schon längst fällig gewesen. Aber ich wurde an dem Abend, als ich Camila wieder getroffen habe, unterbrochen.

»Du bist hier glücklich, Hope. Hier in Newport.« Es ist eine Feststellung, keine Frage.

»Das bin ich. Wieder«, gibt sie zu. Bis ihr klar wird, auf was ich hinauswill. Morgen ist der Tag der Abreise. Sie dreht sich in meinen Armen ein wenig mehr zu mir. »Aber ich bin glücklicher mit dir.«

»Ich weiß.« Zaghaft verteile ich Küsse auf ihrer Stirn, dann auf ihrer Nasenspitze.

»Liam? Auf was willst du hinaus?« Hope riecht den Braten.

»Wie sage ich das jetzt?« Ich möchte es richtig formulieren, ohne dass sie etwas in den falschen Hals bekommt. »Ich will nicht, dass du dir eine Wohnung oder einen Job in Nashville suchst.«

»Liam, was soll das heißen, du willst nicht, dass ich mir eine Wohnung oder einen Job in Nashville suche?«, fragt Hope mit angstverzerrtem Gesicht.

»So wie ich es gesagt habe. Du gehörst hier her. Nicht nach Nashville.« Sofort schießen Hope die Tränen in die Augen. Nein, nein, nein. Verflucht. Absolut nicht das, was ich beabsichtigt habe. Ich dämlicher Volltrottel.

»Nein. Ich gehöre zu dir«, flüstert sie zittrig.

»Das gehörst du auch. Aber eben nicht nach Nashville.«

»Wenn du mir jetzt sagen willst, dass unser Gespräch auf eine Fernbeziehung hinauslaufen wird, sage ich dir gleich, dass es keine Option für mich ist.« Sie stoppt und blinzelt ihre Tränen weg.

Was habe ich da bitte gerade angerichtet? Ich habe nachgedacht und nachgedacht und trotzdem die Worte mehr als unpassend gewählt. »Und wenn du auf die Idee kommst, dass mit uns jetzt hinzuschmeißen …«, ihre Stimme bebt, »… einen Tag, bevor wir zusammen nach Hause wollten, dann …« Hopes Blick wird wütend. Verdammt, ich merke, dass sie alles völlig falsch versteht und alles aus dem Ruder läuft. Ganz und gar nicht das, was ich eigentlich wollte.

»Stopp mal, verrückte Miss Green. Wie kannst du nur glauben, dass ich das mit uns hinwerfen würde?« Ich schüttle hektisch den Kopf und nehme ihr Gesicht in meine Hände. »Ich wollte dich damit durch die Blume fragen, ob du glaubst, dass in Newport ein Instrumentenbauer gebraucht werden kann.« Ich lächle, während Hopes Kinnlade nach unten fällt. Ihre Augen so riesig wie Bowlingkugeln.

»Bitte? Bitte, was?«, stammelt sie.

Ich weiß, dass es für sie feststand, ihr Leben mit mir in Nashville zu verbringen. Aber es fühlt sich für mich mehr als falsch an. Nicht nur ihretwegen, auch meinetwegen. Ich weiß nicht, wann ich mich mit einem Ort so verbunden gefühlt habe wie mit Newport. Und das nach einer Woche.

Mir ist bewusst, dass ich Hopes Pläne nun vollkommen durcheinanderbringe. »Ich bin überall glücklich. Glücklich mit dir. Und noch nie habe ich dich so ausgelassen erlebt wie die letzten Tage. Du bist von Tag zu Tag mehr aufgeblüht.«

»Aber Nashville ist dein Zuhause«, murmelt sie.

»Falsch. Es ist ein Ort, an dem ich viele Jahre verbracht habe. Aber mein Zuhause, das bist du.« Ich lasse meine Hände weiter auf ihren Wangen verweilen, bis sie begreift.

»Das kann ich nicht von dir verlangen. Nein. Vergiss das mal schnell wieder.« Schüttelt sie abrupt den Kopf.

»Du verlangst es auch nicht von mir. ICH möchte die Entscheidung gern mit DIR gemeinsam treffen.«

»Deine Familie. Deine Freunde. Deine Werkstatt. Deine Kunden. Nein, Liam! Das sind genug Gründe, um in Nashville zu bleiben.«

Ich nehme ihre Hand in meine. Sie ist eiskalt, zittrig.

»Meine Familie ist nicht aus der Welt. Ebenso meine Freunde. Meine Werkstatt ist schneller vermietet, als du bis drei zählen kannst. Genauso schnell habe ich hier Möglichkeiten, eine Halle zu finden, in der ich meine Instrumente fertigen kann. Meine Kunden bleiben meine Kunden.«

»Warum willst du das tun, Liam? Warum willst du in Nashville alles aufgeben? Warum willst du es dir so schwer machen?«

»Weil du es wert bist, Hope. Weil ich dich liebe und ich die Wahrheit sage, wenn ich dir erzähle, dass du mein Zuhause bist. Egal, wo das auch sein mag. Nur du zählst! Nur. Du! Und offen gestanden, habe ich mich nie mit einem Ort so verbunden gefühlt wie mit diesem.« Langsam verinnerlicht Hope meine Worte und Gedanken. Nervös kaut sie ihre Unterlippe wund und reibt ihre Stirn.

»Ich habe hier nichts, was mich hält.«

»Wieder falsch. Alles hier hält dich in Newport. Deine Vergangenheit, unsere Gegenwart, unsere Zukunft. Du bist hier frei und zufrieden. Genauso wie ich.« Und wie zufrieden ich hier bin.

»Deine Eltern würden mich umbringen, wenn ich das zulassen würde. Ich kann wirklich nicht verantworten, dass du ihnen das Herz brichst.«

Ich muss ihre Zweifel vernichten. Hope muss einsehen, dass ich es ernst meine und den Umzug nach Newport von mir aus will. Nicht um ihr einen Gefallen zu tun.

Als wir hierhergekommen sind, habe ich es selbst nicht in Betracht gezogen, hier einmal leben zu wollen. Aber die Wahrheit ist, dass nicht nur Hope sich von Tag zu Tag wohler gefühlt hat, sondern auch ich.

Dass sie sich hier so richtig zu Hause fühlt, sie glücklicher und erfüllter wirkt, ist einfach nur das Pünktchen auf dem i.

Es ist keine Kurzschlussreaktion, wie sie vielleicht vermuten mag. Es ist mein ehrlicher Wille. Weil ich weiß, dass ich hier mit ihr glücklich werde. So wie ich es mir immer selbst erträumt habe.

»Liebst du mich?«, frage ich sie.

»Hör auf, die falschen Fragen zu stellen. Bitte.« Genauso wie ich weiß Hope, dass es keine falsche Frage ist.

»Liebst du mich?«, wiederhole ich mich bestimmend.

»Natürlich. Ich liebe dich. So sehr man einen anderen Menschen nur lieben kann.«

»Dann lass uns ein gemeinsames Leben in Newport aufbauen. Ich fühle mich hier angekommen, verstehst du? Deinetwegen und seinetwegen.« Mit meinem Finger zeige ich Richtung Himmel. »Und so unglaublich unsere Geschichte auch ist. So verrückt es klingen mag. Ich bin mir sicher, dass Sam dafür gesorgt hat, dass wir zueinander finden. Alles Weitere liegt in unseren Händen.« Unsere Blicke verkeilen sich. »Sag ja, bitte.« Muss ich Hope wirklich überreden, in Newport zu bleiben?

Hope zögert. Und nach weiteren Sekunden zögert sie immer noch, was mich etwas nervös werden lässt. »Willst du das wirklich?«

»Ich will es wirklich.«

»Du tust es nicht nur mir zuliebe?«, versichert sie sich.

»Für mich ist es keine Entscheidung zwischen Newport und Nashville. Sondern zwischen ›wo mich mein Herz hinzieht‹ und ›wohin nicht‹. Wir, du und ich, sind das vollkommenste Glück, wovon ich nicht einmal zu träumen gewagt habe. Ich entscheide mich vorrangig wegen mir, hauptsächlich wegen uns und vor allem wegen dir so. Hier gehören wir hin. Es gibt kein Ich ODER du. Dir ODER mir. Deinetwegen ODER meinetwegen. Nur noch ein Und, Hope. Nur noch ein Und.« Ob sie versteht, was ich ihr damit sagen will?

»Das kommt immer auf das Gleiche raus.« Hope lächelt und legt ihre Stirn an meine.

»Sag es mir«, bitte ich. Ich möchte, dass sie endlich versteht.

»Alles dreht sich immer um UNS. Du und Ich. Dir und Mir. Deinetwegen und Meinetwegen. Mein Herz und Dein Herz.« Ihre Hand wandert langsam auf die pochende Mitte hinter meiner Brust. »Es ist das UND, welches immer ein komplettes Uns und ein vollständiges Wir ergibt.« Und natürlich, sie versteht es.

»Es hat noch nie etwas anderes gezählt, Hope. Nie. Die Entscheidung fällen WIR für UNS.«

Hope legt ihre Lippen an meinen Hals und wandert langsam immer weiter in Richtung meines Mundes. Ihre Küsse widerspiegeln die Musik meines Herzens. Einzigartig und wundervoll.

Nie hat sich unser vollständiges Wir so verdammt richtig angefühlt. Auch nicht, als wir gemeinsam in Nashville lebten.

In Newport ist alles so viel intensiver und prägender zwischen Hope UND mir. Hier in Newport hat sich alles für uns verändert.

»Kannst du dich noch an unser erstes Gespräch erinnern?«, raune ich und wage es nicht, meine Hände von ihr zu nehmen.

»So ziemlich«, erwidert sie. Unwissend, auf was ich genau hinaus möchte.

»Zum Glück habe ich nicht auf dich gehört. Es hat sich gelohnt, herauszufinden, wer du bist, Hope. Ich habe herausgefunden, dass du die Liebe meines Lebens bist!« Sie lächelt. Frei. Vollkommen. Glücklich. Alles, was ich mir jemals für sie gewünscht habe.

Während Hope wieder lebt und schon einmal in den Genuss des puren Glücks kam, fange ich gerade erst so richtig an, das Leben zu genießen. Ich hatte ja keine Ahnung, was ich bisher alles verpasst habe.

Ich muss meiner kleinen Schwester danken. Die letzten Tage liefen ihre prägenden Worte in meinem

Kopf auf und ab. Diese Äußerung hat wirklich Spuren hinterlassen: *Wenn es funkt, dann funkts. Zeit verstreichen zu lassen, ist nur das Dümmste, was man machen kann.*

44

5 Wochen später

Hope

Wie mein Vater waren auch Isa und James völlig aus dem Häuschen, als ich ihnen sagen durfte, dass Liam und ich Newport nicht verlassen werden. Zumindest nicht auf lange Sicht gesehen. Denn einiges gab es für uns in Nashville zu regeln, was etwas Zeit brauchte.

Wir mussten selbstverständlich Barcley abholen. Gott, freute ich mich auf meinen kleinen Räuber. Liam musste seine Kundschaft in Kenntnis setzen, einen Mieter für seine Halle organisieren und wir mussten uns dem Gespräch mit Liams Eltern und Ava stellen. Davor graute es mich am meisten. Aber sie haben es unerwartet freudig aufgefasst, dass ihr Sohn und Bruder, tausend Meilen entfernt, ein Leben mit einer für sie fast Unbekannten aufbauen wird. Sie scheinen mich zu mögen, sonst hätten sie versucht, es Liam auszureden.

Ava fiel der Abschied sichtlich leicht, denn sie erfreute sich an der Tatsache, dass Liams Wohnung nun für sie frei wäre. Also bezog sie seine Etage und gestaltete in ihrer Wohnung ein Atelier mit ihren schönsten Bildern. Und davon gibt es eine Menge. Ava ist mir in den letzten Wochen eine sehr gute Freundin geworden und ich danke ihr für alles, was sie eingerührt hat. Gewollt oder ungewollt.

Natürlich hat Liam seinen Eltern von Sam und Camila erzählt, die Geschichte, die uns damit verbindet. Seine Mutter weinte, sein Vater rieb sich fassungslos die Wangen und Ava schluckte schwer. Unsere Lovestory ist ein Sechser im Lotto, so beschrieb es Charlotte.

Keiner wusste die wirklichen Hintergründe, weshalb Camila mit Sam Nashville verließ. Umso geschockter waren alle, als sie die Wahrheit erfuhren. Camilas Name ist somit reingewaschen, was mir irgendwie wichtig erschien. Sie hat genug in ihrem Leben durchgemacht, um jetzt nicht noch als Auslöser einer Scheidung geahndet zu werden.

Der Kontakt zwischen ihr und mir ist wieder intensiver. Gemeinsam trauern wir, das ist klar. Aber zusammen ist es leichter.

Wenn sie auf Liam trifft, scheint es, als würde sie immer noch den Teenagerjungen in ihm sehen. Für Camila ist Liam eine wunderschöne lebende Erinnerung, die sie mit Sam verbindet.

Vor drei Wochen hat Liam alles daran gesetzt, eine Halle in Newport zu finden, in der er seine Instrumente fertigen kann. Dank meinem Vater, der seine Kontakte spielen ließ, haben wir das passende Objekt gefunden.

Ein neues Geschäft spricht sich ziemlich schnell in Newport rum, was Liam schon einige Neukunden eingebracht hat. Meine Befürchtung, es könnte nicht anlaufen, ist zum Glück nicht eingetreten. Ich möchte, dass er hier so glücklich ist wie nur möglich.

Liam und ich sind für meine Verhältnisse noch ziemlich frisch zusammen. Dennoch macht mir die Tatsache, dass er nach Newport zieht und wir gemeinsam einen so gewaltigen Entschluss gefasst haben, keine Angst.

Ich hatte die letzten Monate genug Ängste auf meinen Schultern, sodass ich nicht noch mehr auf meine Seele laden will. Und ich muss es auch nicht, denn alles mit diesem wunderschönen, grünäugigen Mann fühlt sich richtig und vollkommen an.

Dass Liam in mein Leben getreten ist, hat eine Bedeutung und sie ist zweifellos größer, als wir sie uns beide vorstellen können.

Hibbelig stehe ich vor unserem Haus und warte auf ihn. Einem Haus, das von zwei wunderbaren Seelen, Sams und Milas, immer umhüllt sein wird. Es fühlt sich wahnsinnig gut an. Ich habe das Gefühl, mit Liam meine Gegenwart und meine Zukunft genießen zu können, aber die Vergangenheit mit Sam niemals missen zu müssen.

»Wann kommen sie denn endlich«, murmle ich ungeduldig und sehe sekundenweise auf meine Uhr.

»Geduld, mein Kind.«

Ich, Vater und Paul, Isa und James, aber auch Camila warten gemeinsam, um Liam zu empfangen. Mein Herz rast, mein Puls steigt. Wir haben uns sechzehn Tage nicht mehr gesehen, weil ich eher mit Barcley nach Newport zurückgefahren bin.

Die Heimfahrt war anders als die Fahrt nach Nashville. Sie war mit ehrlichen Glücksgefühlen verbunden. Immer wieder sah ich auf die andere Straßenseite, die ich vor Monaten nach Nashville gefahren bin. Ich konnte einfach nicht glauben, was in den letzten Wochen um mich herum geschehen ist und was in einem Vierteljahr alles passieren kann. Mit welcher Wonne ich erneut gesegnet wurde.

Nach langem Warten kann ich endlich die Lichter des Umzugslasters sehen. Er fährt auf die Schotterstraße auf, die zum Haus führt. Auf meinen Lippen das breiteste Grinsen, das man sich nur vorstellen kann. Euphorisch heben sich meine Hände in die Luft.

»Endlich«, murmle ich.

Als der Laster vor unseren Füßen haltmacht, steigt nicht nur Liam aus. Auch die Beifahrertür öffnet sich.

»Ava«, kichere ich.

»Überraschung«, kreischt sie und kommt wie eine Verrückte auf mich zugerannt. Ihre Arme legen sich um meinen Hals. »Ich muss doch wissen, wo genau mein großer Bruder leben wird. Außerdem hat er mir erzählt, dass ihr ein wundervolles Gästezimmer habt«, zwinkert sie.

Nachdem wir das Schlafzimmer renoviert haben und Isa mit James vor wenigen Wochen ihre eigene gemeinsame Wohnung in Newport bezogen hat, ist das Gästezimmer nun frei. Für meine besten Freunde ein gewaltiger Schritt. Ich wünsche ihnen, dass sie zu allen Zeiten miteinander glücklich sein werden. Isa hatte es nicht immer leicht im Leben, aber James wusste, damit umzugehen. Wusste, mit ihr umzugehen. Und nun hat er Isabellas Herz erobert.

»Nachdem du mich so viele Wochen aufgenommen hast, ist es das Mindeste«, erwidere ich. Ava hat mich, ohne mit der Wimper zu zucken und ohne Forderungen zu stellen, bei sich leben lassen. Sie wusste nichts über mich, drängte mich nicht zur Offenheit. Sie wartete, bis ich bereit war, ihr meine Vergangenheit zu erklären. Selbstverständlich habe ich ihr bis heute alles erzählt, was mich nach Nashville getrieben hat.

»Es ist nur für zwei Wochen. Dann lasse ich euch zwei Turteltäubchen unter euch.«

»Solange du bleiben willst, Ava.«

»Länger und unsere Mom wird bewusstlos. Jemand muss schließlich verhindern, dass sie weint wie ein kleines Kind. Als wäre Newport am anderen Ende der Welt.«

Ungeduldig drängt Liam seine Schwester ein wenig zur Seite, schließt mich lächelnd in seine Arme und küsst mich. Ein erlösendes Stöhnen entrinnt seiner Kehle. Ich kralle mich in den Stoff seines Shirts und erwidere seinen leuchtenden Blick.

Als Daddy die Ladetür des Lasters hochschiebt, lässt Liam zögerlich von mir ab und wir fangen nach und nach an, alles ins Haus zu tragen.

»Du sagtest, der Garderobenständer würde sich ziemlich gut in deinem Haus machen«, sagt Liam.

»Unserem«, korrigiere ich.

»Unserem«, berichtigt er. »Deswegen dachte ich, ich bringe ihn mit.«

Ich lächle, wie den ganzen Tag schon.

Seine Couch, Liams besondere Regale und Lampen finden sofort die passenden Plätze.

Hinter zig Umzugskartons steht sein Kinosessel. Ich muss schmunzeln. Weil es das erste Möbelstück war, das mich auf seinen außergewöhnlichen Einrichtungsstil aufmerksam gemacht hat. Natürlich findet dieses Möbelstück den passenden Ort. Als Sitzgelegenheit in der Garderobe.

Liams bezaubernde Bücherregale dürfen in unserem gemeinsamen Zuhause ebenso wenig fehlen. Sie mussten mit und ich habe mir die letzten Tage schon den optimalen Platz dafür ausgesucht. Ich kann nur hoffen, dass es ihm gefällt.

Paul und James tragen die Bücherregale ins Wohnzimmer. Sie stellen sie links und rechts an die weiten Wände neben den Panoramafenstern. Wenn wir hinaus in den Wald sehen, wird der Blick durch all die Bücher märchenhafter.

Das Wohnzimmer wirkte immer recht leer. Nun füllen es Liams Bücherregale mit Leben. Und gemeinsam auf der Couch vor dem lodernden Kamin zu sitzen und zu lesen, stelle ich mir einfach traumhaft vor.

»Hope? Du hast das hier auf der Couch liegen lassen.«

Liam reicht mir mein Lieblingsbuch. Spätestens in dem Moment, als ich es in Liams Wohnung das erste Mal in den Händen hielt, hatte ich mich vollständig in ihn verliebt.

Mein Vater erblickt es und kommt mit offenem Mund auf mich zu. Vorsichtig nimmt er es mir aus der Hand und lässt seine Handflächen über das Cover gleiten. »Wo hast du es her?« Daddys Stimme zittert.

»Liam hat es mir in Nashville geschenkt.«

»Aber wie kann das sein? Es gab doch nur wenige Exemplare.«

Ich zucke nur mit meinen Schultern und lächle.

Meinem Vater bedeutet dieses Buch mindestens genauso viel wie mir. So viele intensive Momente sind damit verbunden, die nur uns beiden gehören. Während meine Mutter damit verschwand, brach sein Herz mehr als meins. Er kneift sich in den Nasenrücken und blinzelt seine Tränen weg. Mit wenigen Schritten nähert er sich Liam und zieht ihn in seinen Arm. »Wie kann ich dir nur jemals danken, mein Junge?«

»Lass mich einfach ein Teil dieser Familie sein«, murmelt Liam in seine Schulter.

»Das bist du doch schon längst. Seitdem du das erste Mal über meine Türschwelle getreten bist.«

Isa weigerte sich nicht, mir die Nummer seiner Frau zu geben. Deswegen stehe ich nun vor dem Haus der Frau, dessen Mann mit unserem Auto kollidiert ist.

»Sicher, dass ich nicht mitkommen soll?« Liams Hände verweilen einige Zeit auf meiner Taille.

»Ich bin mir nicht sicher. Aber ich weiß, dass ich das allein machen muss.«

»Ich bin hier, wenn irgendetwas ist.«

»Natürlich bist du das«, schmunzle ich.

Ich öffne das hüfthohe Gartentor und laufe zur Haustür. Ich ziehe ein letztes Mal scharf die Luft ein, bevor ich die Klingel betätige.

Keine fünf Sekunden vergehen, als mir die grauhaarige Frau, schätzungsweise Anfang-Mitte sechzig, die Haustür öffnet.

Als ich mich gerade vorstellen will, bittet sie mich in ihr Haus.

»Danke, dass Sie gekommen sind. Bitte lassen Sie die Schuhe an und folgen Sie mir.« Ich tue, was mir die ältere Dame sagt, und folge ihr in das Wohnzimmer. »Nehmen Sie bitte Platz.« Wortkarg mache ich auch das. Auf einer abgenutzten Ledercouch mit einer Katze, die es sich darauf bequem macht.

Meine Blicke gleiten durch den Raum. Ich sehe viele glückliche Bilder von ihr und einem Mann. Er hat eine sportliche Erscheinung, besitzt graumeliertes Haar und lächelt bis über beide Ohren. »Kann ich Ihnen etwas zu trinken anbieten?«

»Mein Name ist Hope. Bitte nennen Sie mich nicht Sie.« Ein verhaltenes Schmunzeln entgleitet meinem Gesicht. Nervös zupfe ich am Saum meines Pullovers.

»Ich bin Karla, Hope.«

»Hallo, Karla.«

Mit ihren unendlich traurigen Augen mustert sie mein Gesicht. »Ist die Narbe von dem Unfall?«

»Ist sie.«

»Es tut mir unfassbar leid, dass du deinen Mann und dein Kind verloren hast. Es tut mir so schrecklich leid. Joseph, mein Mann, hatte einen Herzinfarkt und die Kontrolle über das Steuer verloren. Er war ein so wundervoller Mann. Er … Nein, das ist sicher das Letzte, was du hören möchtest. Bitte entschuldige.«

Karla liegt völlig falsch. Ich muss über ihren Mann, dessen Name Joseph ist, mehr erfahren. Ich muss wissen, wie er war. Nur so kann ich die Wut und den Hass auf diesen Menschen verlieren. »Nein, bitte erzähle mir etwas über ihn.«

»Er war ein fürsorglicher Vater und ein noch viel fürsorglicherer Ehemann. An dem frühen Morgen, als er mit eurem Wagen zusammengeprallt ist, war er gerade auf dem Weg nach Hause. Er war Sanitäter, weißt du? Joseph lachte den ganzen Tag. Er erfreute sich an den kleinsten Dingen und liebte sein Leben, so stark er nur konnte. Alles an ihm vermisse ich. Sein blinder Optimismus fehlt mir wohl am meisten. Er glaubte an das Schicksal und an Fügung. Alles sollte kommen, wie es eben kommen soll. Nur rechnet man doch nicht mit so etwas.« Karla steigen die Tränen in die Augen. Tapfer versucht sie, sich diese Tränen der Trauer wegzublinzeln.

Ich habe mir schon einiges ausgemalt, warum der Mann die Kontrolle über seinen Wagen verloren haben könnte.

In diesem Moment wird mir aber etwas klar. Der Unfall geschah. Aber nicht, weil Joseph betrunken war und unvernünftigerweise ins Auto gestiegen ist. Auch nicht, weil er zu alt war, um überhaupt noch Auto fahren zu können. Joseph war auch nicht zu schnell unterwegs und hat die Witterung unterschätzt. Der Unfall passierte, weil einfach etwas Unvorhersehbares geschehen ist.

Der Grund für den Zusammenprall ist ein Zusammenspiel aus zig gleichzeitig stattfindenden Zufällen gewesen. Für die Menschen, die es betrifft, schwer zu ertragen.

Das Ungeplante reißt uns manchmal aus den Angeln, verändert unser ganzes Leben. Und doch können wir nichts dagegen unternehmen. Wir können nur für die Zeit dankbar sein, die uns bleibt. Jede Sekunde davon genießen. Das Schicksal weiß, was es tut. Auch wenn es manchmal die grausamsten Wege einschlägt.

Mit einem Schlag bin ich weder wütend noch mit einem Fünkchen Hass gefüllt.

»Karla, ich vergebe deinem Mann. Es war ein Unfall.« Meine Hand legt sich auf ihre Schulter und wandert auf ihr Handgelenk. »Schicksal und Fügung«, wiederhole ich.

»Schicksal und Fügung«, erwidert sie. Aufgelöst schnäuzt sich Karla ihre Nase.

Langsam stehe ich von der Couch auf und gehe allmählich zur Haustür. Weil es nichts mehr gibt, was ich wissen oder erfahren muss. Ich wollte abschließen und mit diesem kurzen Gespräch kann ich das. Und Karla vielleicht auch.

Als ich die Tür öffne, sehe ich meine Zukunft.

Liam lehnt mit verschränkten Armen am Volvo und legt seinen Kopf, merklich angespannt, etwas schief.

»Alles okay«, flüstere ich ihm stumm zu. Meine Mundwinkel tanzen in die Höhe. Und seine Mundwinkel? Sie tanzen natürlich mit.

Noch ein letztes Mal werfe ich einen Blick zurück, zu meiner Vergangenheit, und schenke Karla ein Lächeln, das Vergebung bedeutet.

Ich steckte nie tiefer im Prozess des Abschieds und es wird nicht mehr allzu lange dauern, bis dieser Prozess abgeschlossen ist. Dank meiner Gegenwart. Dank meiner Zukunft.

Ich irrte mich, als ich der festen Überzeugung war, ich könne niemals mehr so stark lieben wie einst. Ich irrte mich, als ich sagte, es gäbe nur einen Seelenverwandten. Isa hat recht. Es gibt nicht nur einen, der auf dieser Erde schwebt.

Ich darf wieder in meiner alten Firma anfangen.

Dankend nahm mein Chef vor wenigen Tagen die Bewerbung entgegen. Somit steige ich kommenden Monat wieder ein.

Auch wenn das, was ich im Moment mache, mich nicht vollkommen erfüllt, habe ich alle Zeit der Welt, herauszufinden, was ich in Zukunft tun möchte.

Im Moment bin ich auf dem besten Weg dahin, mich in diese Richtung zu finden. Denn wer hätte gedacht, dass in einer Hope Green eine kreative Ader steckt?

Ich habe angefangen, meine Lebensgeschichte aufzuschreiben. Mit jedem Wort, das ich auf ein Blatt Papier bringe, bin ich entspannter und freier. Ich stelle mich den Dingen viel intensiver.

Liam glaubt, es würde mich von jedem Dämon befreien, der noch an mir klebt, wenn ich etwas Langlebiges aus dem mache, was mir widerfahren ist. Ich kann es mir wieder und wieder durchlesen und der Finsternis beweisen, dass ich keine Angst mehr vor meiner Vergangenheit habe. Und Liam hat recht. Mit jedem Wort fällt mancher Dämon von mir ab.

Das zauberhafte, aber dennoch bittere Märchen mit Sam und Mila ist geschrieben. Meine Vergangenheit ist auf weißem Papier. Am Ende steht kein: U*nd wenn sie nicht gestorben sind, dann* ... Am Ende steht geschrieben: *Ihr seid überall und doch nicht wirklich bei mir. Ruhet in Frieden.*

Es wird dauern, bis meine Geschichte vollends abgetippt ist. Denn meine glänzende Zukunft mit

Liam liegt vor mir. Und wer weiß, was noch alles kommen wird. Welche Höhen, aber auch Tiefen ich bestreiten werde. Trotzdem werde ich jede Situation meistern. Denn eins darf ich niemals wieder vergessen: Hope bedeutet Hoffnung. Danke, Daddy!

Epilog

2 Jahre später

Hope

Es fällt mir schwer, die richtigen Worte zu sagen. Viel leichter ist es, die richtigen Worte aufzuschreiben:

Sam, du weißt, dass ich dich niemals vergessen werde. Ich werde nie vergessen, wie charmant du mir das erste Mal begegnet bist. Werde nie vergessen, was ich empfand, als wir uns das erste Mal küssten. Was ich empfand, wenn ich in deine tiefblauen Augen gesehen habe. Werde nie vergessen, dass du mir nicht einen dieser Kosenamen gegeben hast, weil du immer fandest, dass Hope alles widerspiegelt, was ich bin.

Keine Zeit der Welt würde reichen, um dich zu vergessen.

Obwohl du jede andere so glücklich hättest machen können, hast du dich für mich entscheiden. Ich danke dir dafür, dass du mir gezeigt hast, wie leben funktioniert.

Ich war der glücklichste Mensch der Welt, als du mich gebeten hast, deine Frau zu werden. Genau hier, an dieser

Stelle, wo ich gerade mit Barcley verweile. Er liegt neben mir, mit seinem Kopf auf meinen Beinen. Manchmal glaube ich, dass er dich spürt. Ebenso wie ich es tue.

Du sagtest mir einst, dass man die Hoffnung niemals aufgeben darf. Du sagtest mir, dass ich lachen, leben und vor allem lieben soll. Immer.

Bist du stolz auf mich, wenn ich dir sage, dass ich genau das tue?

Wahrscheinlich weißt du es schon längst.

Ich gebe es zu. Diese drei Dinge sind mir einige Zeit unmöglich gewesen. Aber ich habe versucht, mein Leben wiederzufinden. Und Gott, Sam, ich habe es geschafft.

Es wird immer Tage geben, an denen ich mir erlaube, um euch zu trauern. Zu weinen. Aber weißt du was? Ich zerbreche nicht mehr daran. Seinetwegen. Er repariert mich, bevor ich etwas derartig Zersplittertes in mir spüren kann.

Du sagtest mir einst, dass man sein Glück festhalten soll, wenn es an der Tür klopft. Liam hat wortwörtlich an die Tür geklopft. Nicht an meine, aber es war eine Tür, die ich öffnete. Er trat über die Türschwelle und schlich sich damit tiefer in mein Herz. Nun halte ich ihn so fest ich kann, Sam.

Kannst du mein Glück gerade am Meer genauso gut sehen wie ich? Diese beiden Männer, die mein Leben augenblicklich verändert haben.

Ist es schlecht, zu sagen, dass ich glücklicher nicht sein könnte? Dass ich das Leben mehr zu schätzen weiß als in unserer Zeit?

Liam und ich haben vor einem Jahr einen Jungen bekommen. Und rate, welchen Namen wir ihm gegeben haben. Es lag viel zu klar auf der Hand, als groß darüber nachdenken zu müssen. Sein Name ist Sam. Benannt nach einem der außergewöhnlichsten Menschen dieser Welt. Nach jemandem, der es geschafft hat, andere Menschen miteinander zu verbinden, weil sie nur zusammen vollkommen sind.

Ich werde unserem Sohn einmal genau erzählen, über welche Schicksalsschläge und Umwege ich zu seinem Vater kam. Genau wie es Ted Mosby in How I Met Your Mother mit seinen Kindern getan hat. Und da wirst du eine ganz entscheidende Rolle spielen.

Sam soll es Mut schenken und Hoffnung geben. Sollte das Leben noch so schwer sein, darf er nicht vergessen, dass das Glück irgendwann wieder auf einen warten wird.

Man muss nur fest daran glauben, hoffen und danach greifen, wenn es soweit ist.

Wenn er alt genug ist, werde ich ihm erzählen, dass er eine große Schwester hat, die vom Himmel aus auf ihn Acht gibt. Ich vermisse Mila.

Nun habe ich mein drittes Wunder im Bauch.

Ich weiß nicht genau, was es werden wird. Aber ich glaube fest daran, dass Mila und Sam eine kleine Schwester bekommen. Und ich habe einmal gelesen, dass eine Mutter so etwas spürt. Du würdest mich wahrscheinlich belächeln, weil ich wieder im Netz herumsurfe und mir die seltsamsten Fakten merke.

Aber, Sam, ich muss es dir einfach noch einmal sagen: Du hast mein Leben bereichert, selbst über den Tod hinaus.

Liam und Du, ihr seid grundverschieden.

Liams Geruch ist holzig-herb. Dein Geruch war fruchtig-frisch.

Liam berührt mich anders als du einst. Trotzdem fühlt es sich genauso schön und richtig an.

Liam wagt, was nie in deinem Wollen lag.

Liam gibt mir einen Kosenamen, was du niemals getan hast. Aber ich mag ihn. Du würdest ihn sicher auch mögen. Miss Green nennt er mich. Und langsam glaube ich ihm, wenn er sagt, dass er den Kosenamen niemals ablegen wird.

Trotz eurer Unterschiede liebe ich Liam.

Dennoch habt ihr auch so viele Dinge gemein.

Liam liebt die Musik. Wie du einst.

Liam steckt voller Hingabe. Wie du einst.

Liam liebt mich von ganzem Herzen. Wie du einst.

Liam zeigt mir, wie leben funktioniert. Wie du einst.

Als ich in deine tiefblauen Augen gesehen habe, sah ich Hoffnung. Mit dir ist auch sie kurzzeitig verschwunden.

Ist es nicht verrückt, dass ich dieselbe Hoffnung nun in Liams smaragdgrünen Augen sehe?

Ich liebe ihn, Sam. Ich liebe ihn anders, aber genauso stark, wie ich dich geliebt habe.

Diese unterschiedliche Liebe zeigt mir, dass er nicht du ist und du nicht er bist.

Selbst vom Himmel aus hast du mich dazu gebracht, wieder zu lachen, zu leben und zu lieben. Und dafür danke ich dir auf ewig.

Ich wünsche mir und glaube auch, dass du mich verstehen kannst, warum ich ihn so sehr in mein Herz gelassen habe.

Liam ist das Band, das mich immer mit dir verbinden wird. Immer.

Liam hält mich. Mehr bedarf es auch nicht.

Wir gehören zusammen.

Wir werden unser Glück vollkommen machen und im Sommer heiraten. Aber wahrscheinlich weißt du das schon längst.

Und was ihr auch noch gemeinsam habt? Er besteht darauf, meinen Namen anzunehmen, weil man Hope und Green einfach nicht trennen darf.

Sam, du hast mich eines gelehrt, ohne dass du es offenbar angestrebt hast.

Es ist egal, wie lange man liebt. Es zählt nur, wie tief.

Ich hatte niemals eine Ahnung, wie unberechenbar das Leben sein kann. Und wie nah der größte Schmerz und das größte Glück nebeneinanderliegen.

Dennoch darf man die Hoffnung niemals aufgeben. Man muss die Kraft aufbringen, genauer hinzusehen. Dann erkennt man, wie viel Liebe und Licht sich dennoch in der größten Finsternis spiegelt.

Der Brief ist meine Art, mich von dir zu verabschieden. Ich will dir damit »Auf Wiedersehen« sagen. Denn irgendwann werden wir uns wiedersehen.

Ich will, dass du weißt: Du bist die schönste Vergangenheit, die man haben kann.

In Liebe,
Deine Hope!

PS: Ich verstehe nun, was du mit deinen letzten Worten »Alles wird gut!« gemeint hast. Jetzt weiß ich, du hattest recht.

Danksagung

Noch nie habe ich mich schneller in einer Geschichte zu Hause gefühlt. Es hat keine drei Gedankenstränge benötigt, bis ich ihr verfallen war.

Ich bewundere Hopes Willen, sich ins Ungewisse zu stürzen, obwohl es nicht annähernd in ihrer Art liegt. Dennoch ist sie bereit, alles Mögliche zu tun, damit sich ihr tragisches Leben ändert. Hope nimmt ihr Schicksal nicht einfach so hin. Genau das mag ich an ihr. Ebenso wie ich Liam in mein Herz geschlossen habe. Wer wünscht sich nicht einen Menschen an der Seite, der vollstes Verständnis für einen hat. Der einfühlsam und absolut hingebungsvoll ist.

Ich möchte an dieser Stelle jedem Menschen danken, der so selbstlos handelt, wie es Liam tut. Der hinter die Fassade sieht, statt seine Blicke nur auf das Offensichtliche zu richten.

Ich möchte mich aber auch bei denjenigen entschuldigen, denen ich mit Sams Tod ein Loch in die Brust geschlagen habe. Aber wie Hope selbst sagt: *Das Schicksal weiß, was es tut. Auch wenn es manchmal die grausamsten Wege einschlägt.* Ich hoffe, Liam konnte euer Loch heilen.

Ich danke Dirk, meinen Partner in diesem Leben. Dafür, dass er mir jederzeit den Rücken freigehalten hat, damit ich diese Geschichte zu Papier bringen konnte. All meine Liebe, die ich geben kann, Liebling. Für immer.

Danke an meine Familie, meine Mädels und meine Blogger, die mich immer haben wissen lassen, wie sehr sie sich auf dieses Buch freuen. Was wäre ein Autor ohne seine Leser? Richtig, unvollkommen.

Désirée? Ich möchte dir für deine Unterstützung danken, die alles andere als selbstverständlich ist. Du hast manchen Sätzen einen Hauch deines Zaubers mitgegeben.

Julia? Danke für dieses atemberaubende Cover, in das ich mich nach der ersten Sekunde verliebt habe. Die Geschichte zwischen Hope und Liam ist eine besondere. Und du hast es geschafft, ihr das schönste Gesicht zu verleihen.

Alina? Du warst die Erste, der ich mein Vertrauen geschenkt habe. Danke für deine ehrliche Meinung zu meinem Manuskript. Vielleicht ist es dir nicht bewusst, aber deine positive Meinung hat mir großen Mut gegeben. Dadurch konnte ich mit einer angenehmen Leichtigkeit *BROKEN Hope – Bis ich dich lieben kann* veröffentlichen. Tut mir leid, dass du einige Tränen vergießen musstest.

DIE FANTASYTRILOGIE »JOELEEN« von Vanessa Schöche

Band 1: **VERGELTUNG**

Vanessa Schöche
JOELEEN – Vergeltung
410 Seiten
ISBN 978-3-9819888-0-2
VAJONA Verlag

Talera – grausame Experimente, blutrünstige Dämonen und die Spaltung der Bevölkerung in arm und reich prägen die geheime Insel, von der nur noch die Bewohner selbst wissen.

Ein außergewöhnliches Erbe fließt in Joeleen Linneys Adern. Sie ist eine Jägerin und ahnt nicht, dass die gefährlichste Bestie nach ihrem Blut giert und sie damit selbst eine Gejagte ist.

Joeleen entdeckt immer nähere Zusammenhänge, zwischen ihr und den Geschehnissen der Vergangenheit. Schon als Kind wurde ihr die Bestimmung auferlegt, Talera vor einer tyrannischen Herrschaft zu schützen, um das Leben auf der Insel zu bewahren. Und obwohl sich Talera im Würgegriff der Finsternis befindet, gibt es doch einen winzigen Hoffnungsschimmer.

Band 2: **VERACHTUNG**

Vanessa Schöche
JOELEEN – Verachtung
410 Seiten
ISBN 978-3-9819888-3-3
VAJONA Verlag

Eine zerstörerische Offenbarung und ein hinterhältiger Verrat erwarten Joeleen Linney, als sie einen Schritt zu tief in die Vergangenheit ihrer Vorfahren tritt. Ihr wird bewusst, dass sie so viel mehr ist, als nur eine Dämonenjägerin.

Die tyrannische Machtgier von Kieran bringt ihn dazu, verbundene Grenzen zu überschreiten, um an sein bestialisches Ziel zu gelangen. Er lässt nichts unversucht, um Joeleen zu finden und ihr kostbares Erbe zu missbrauchen. Getrieben von einem finsteren Verlangen wird die unerbittliche Suche nach Joeleen bald zu seinem einzigen Ziel …

Band 3: **VERGEBUNG**

Vanessa Schöche
JOELEEN – Vergebung
410 Seiten
ISBN 978-3-9819888-2-6
VAJONA Verlag

Eine Bestimmung, die bedeutender nicht sein kann. Ein Licht, gefangen in der grausamsten Finsternis aller Zeiten. Zwischen alldem eine Frau, die über sich hinauswachsen muss, um Talera vor der absoluten Dunkelheit zu bewahren.

Joeleen war sich ihrer Bestimmung nie bewusster und doch zweifelt sie an dem, was sie ist. Aber um endlich ihre Freiheit zurückzubekommen, muss sie ihre Zweifel beiseiteschieben und kämpfen. Kämpfen, um das, was sie liebt, und um das, was ihr gegeben wurde.
Doch sie kann Kieran nur besiegen, wenn sie zu sich selbst findet …

Die **BROKEN**-Reihe von Vanessa Schöche

Emotional, tiefgründig und romantisch

BROKEN Hope – Bis ich dich lieben kann

Vanessa Schöche
BROKEN Hope
536 Seiten
ISBN 978-3-9819888-8-8
VAJONA Verlag

»Das Schicksal weiß, was es tut. Auch wenn es manchmal die grausamsten Wege einschlägt.«

Hope bedeutet Hoffnung.
Doch diese hat die junge Hope Green schon längst aufgegeben. Ihr Leben gleicht einem irreparablen Scherbenhaufen. Das Schicksal, das immer gnädig zu Hope war, schlug unerwartet eine andere Richtung ein und reißt sie damit in eine unergründliche Schlucht der Leere.

Die zerbrochene Hope fällt immer tiefer in die dunklen Schatten ihres Lebens, bis sie auf den einfühlsamen und verständnisvollen Liam trifft. Für ihn scheint die junge Frau, in deren Augen ein heftiger Sturm tobt, jedoch unnahbar. Dennoch versucht Liam alles, um Hope aus dieser Finsternis herauszuholen, die ihr den Weg zu einem wunderschönen Leben versperrt.
Unwissend, dass er ihr in diesem Moment schon so viel verbundener ist als sonst jemand.

BROKEN Will – Bis ich mit dir zu träumen wage

Vanessa Schöche
BROKEN Will
ca. 500 Seiten
ISBN 978-3-948985-02-8
VAJONA Verlag

»Meine Vergangenheit hat mich eins gelehrt: Wenn man einmal den schwarzen Peter im Leben zugeschoben bekommen hat, ist es unmöglich, ihn wieder loszuwerden.«

Willow bedeutet die Zauberhafte.

Doch nichts in Willows Leben gleicht einem wundervollen Zauber. Denn eine unvorhersehbare schlechte Entscheidung verwandelt ihr wohlbehütetes Leben in ein Schlachtfeld voller gebrochener Gefühle. Die junge Will glaubt an keine Liebe und nicht annähernd an einen Hauch von Glück, das für sie bestimmt sein könnte. Zu tief sind die Schrammen ihrer Vergangenheit.

Um keine weiteren Katastrophen heraufzubeschwören, hat Will aufgegeben, für ihre Träume einzustehen. Bis sie auf den entschlossenen Josh trifft, der ihr wohlgehütetes Kartenhaus ins Wanken bringt. Denn Josh ist ein Mann, der bereit ist, für Wills Glück zu kämpfen, wenn sie selbst nicht die Kraft dazu hat. Er ist bereit, gegen Wills hoch errichtete Stahlwände zu prallen, und hartnäckig genug, immer wieder aufzustehen, um Will das Leben zu schenken, das sie verdient hat.

Für beide beginnt eine besondere Freundschaft, die tiefer geht. Tiefer als die Regeln, die sie beide aufgestellt haben.

VAJONA VERLAG

Besonders. Grenzenlos. Lesen.

Instagram: www.instagram.com/vajona_verlag
Facebook: www.facebook.com/vanessa.schoeche
Website: www.vajona.de